U0127777

广视角·全方位·多品种

权威·前沿·原创

政治参与蓝皮书

BLUE BOOK
OF POLITICAL PARTICIPATION

中国政治参与报告
（2011）

主　编／房　宁
副主编／杨海蛟
执行主编／史卫民

ANNUAL REPORT
ON POLITICAL PARTICIPATION IN CHINA
(2011)

社会科学文献出版社
SOCIAL SCIENCES ACADEMIC PRESS (CHINA)

法 律 声 明

　　"皮书系列"（含蓝皮书、绿皮书、黄皮书）为社会科学文献出版社按年份出版的品牌图书。社会科学文献出版社拥有该系列图书的专有出版权和网络传播权，其LOGO（🖹）与"经济蓝皮书"、"社会蓝皮书"等皮书名称已在中华人民共和国工商行政管理总局商标局登记注册，社会科学文献出版社合法拥有其商标专用权，任何复制、模仿或以其他方式侵害（🖹）和"经济蓝皮书"、"社会蓝皮书"等皮书名称商标专有权及其外观设计的行为均属于侵权行为，社会科学文献出版社将采取法律手段追究其法律责任，维护合法权益。

　　欢迎社会各界人士对侵犯社会科学文献出版社上述权利的违法行为进行举报。电话：010－59367121。

社会科学文献出版社

法律顾问：北京市大成律师事务所

政治参与蓝皮书编委会

主　　编　房　宁

副 主 编　杨海蛟

执 行 主 编　史卫民

编委会成员　（以姓氏笔画为序）

史卫民　李良栋　负　杰　杨海蛟　张明澍

陈红太　房　宁　周少来　赵秀玲

编　　务　李国强　涂　锋

摘　要

现代政治是一种典型的参与性政治。改革开放以来，广泛和有序的中国公民政治参与，已经成为发展社会主义民主政治极为重要的内容。真实地反映中国公民政治参与各方面的情况，揭示公民政治参与的基本规律，分析公民政治参与面临的主要问题和解决方法，既需要实践经验的总结，也需要更深入的理论阐释。

本书是第一本由国家权威机构发布的中国公民政治参与蓝皮书，作者均来自中国社会科学院政治学研究所，除了政治学研究所的研究人员外，在政治学研究所攻读博士、硕士学位的部分研究生亦参加了文稿的写作。全书分为总报告、综合研究篇、数据分析篇和案例分析篇四大部分。总报告概述了改革开放以来中国公民政治参与的发展历程，重点说明的是 2004～2010 年中国公民政治参与各方面的情况，并结合已有的数据，从选举参与、人民团体和群众自治组织参与、政策参与、接触式参与、政治参与意识及政治参与评价五个方面对当前中国公民的政治参与水平作了综合评估。综合研究篇只收录了一份报告，重点阐释政治参与涉及的一些基本理论问题。数据分析篇的内容是基于国内统计数据和问卷调查数据的公民参与分析，所收录的十份报告，既涉及不同选举中的公民参与，也涉及不同公民群体（村民、农民工、大学生）的政治参与情况，还涉及公民整体的政策参与和中国职工的政策态度，以及公民的参与意识和公民对公共服务的基本评价。案例分析篇收录的六份报告，包括个案观察报告（对苏州市社区居民委员会直接选举的调查）和地方改革或创新公民政治参与方式的综合调查报告（对哈尔滨市的公民立法参与、成都市的新型村级治理机制、河南省的"四议两公开"、天津市武清区的村民代表会议制度创新、浙江省乐清市的"人民听证"制度的调查），都是基于实践经验的总结和分析。希望这些政治参与的重点案例能够引起社会的广泛关注。

Abstract

Modern politics is typical of participatory politics. Since the inception of reform and opening up policy, Chinese citizens have undertaken extensive and orderly participation in political affairs, which is also significant for developing socialist democracy politics. For reflecting the Chinese citizens' political participation truthfully, revealing the fundamental rule of political participation, and analyzing the main issues and corresponding solutions as to political participation, it is imperative to integrate both practical experience and theoretical interpretation on this subject. This book is the first blue book about Chinese citizens' political participation published by a national level academic authoritative organization. All the contributors of this book come from Institution of Political Science of CASS. Apart from the researchers, some Ph. D. and graduate students in the institution also contribute for the book.

This book has four parts: the general report, the integrated research, the data analysis and the case study. The general report gives an overview of the Chinese citizens' political participation development since the inception of reform and open up policy. It emphasizes the period of 2004 to 2010. Based on data analysis, it also gives a comprehensive evaluation on the level of political participation in China. This evaluation is undertaken from five aspects: election participation, peoples' organization participation, policy participation, contacting participation, political participatory consciousness and evaluation. The integrated research part has one report. It emphasizes some basic theoretical issues concerning political participation. The data analysis part is about the studies of citizens' participation based on both statistical data and survey data. It has ten reports on the citizens' participation in various elections, and on various citizen groups, such as villagers, peasant-workers and university students. Policy participation in general and the workers' attitudes to public policies are analyzed in two reports respectively. Two other reports on the citizens' participation consciousness and their evaluation on public services are also included in this part. The case study part has six reports, of which one is a case observation and the other five are comprehensive researches on local reforms or initiatives about citizens' political participation. The observation report is on the direct election of community residents' committee in Suzhou. The subjects of the comprehensive research reports include the citizens' legislative participation in Harbin, the "new type of village governance" in Chengdu, the "four discussion and two openness" in Henan, the innovative villagers' delegate meeting in Wuqing District of Tianjin, and the "people's hearing of witnesses" in Yueqing of Zhejing. The reports are all based on summarized practical experience and analysis. It is hopeful that these key cases about political participation will bring about extensive social concern on this research subject.

目录

B Ⅳ　案例分析篇

皮书数据库阅读**使用指南**

CONTENTS

B I   General Report

B II   Integrated Research

B III   Data Analysis

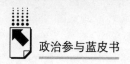
BⅣ   Case Studies

总 报 告

General Report

B.1

改革开放以来中国公民政治参与的发展

史卫民

中国共产党第十七次全国代表大会报告明确指出："坚持国家一切权力属于人民，从各个层次、各个领域扩大公民有序政治参与，最广泛地动员和组织人民依法管理国家事务和社会事务，管理经济和文化事业。"① 从中国公民政治参与的实践发展看，大致可以将公民政治参与分为选举参与、政策参与、人民团体和群众自治组织参与、接触式参与等类型。本报告采用相关统计数据和20世纪80年代以来国内科研机构、高等学校的一些重要问卷调查数据，说明改革开放以来中国公民政治参与各方面的发展情况，并对当前中国公民的政治参与状况作出基本评估。这样的评估，只是对中国公民政治参与的一次归纳性总结，并尝试建立一套中国公民政治参与的评估指标体系；希望通过今后持续的研究，逐步修正和完善这一指标体系。

---

① 胡锦涛：《高举中国特色社会主义伟大旗帜，为夺取全面建设小康社会新胜利而奋斗》（在中国共产党第十七次全国代表大会上的报告，2007年10月15日），《中国共产党第十七次全国代表大会文件汇编》，人民出版社，2007，第28页。

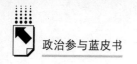

一 1978～2003 年中国公民政治参与的发展

1978～2003 年中国政治参与的发展，大体可以划分为三个阶段。

（一）恢复公民的选举参与（1978～1981 年）

1966 年爆发的"文化大革命"，中断了自 1953 年以来中国公民普遍参与的基层人民代表大会代表选举，不仅使《中华人民共和国宪法》规定的中国公民的选举权无法正常行使，[①] 亦严重破坏了中国的人民代表大会制度。1977 年 8 月召开的中国共产党第十一次全国代表大会正式宣告"文化大革命"结束，随即着手恢复在民主选举基础上的各级人民代表大会，重新发挥人民代表大会制度的重要作用。1979 年 7 月 1 日第五届全国人民代表大会第二次会议通过新的《中华人民共和国全国人民代表大会和地方各级人民代表大会选举法》（简称《选举法》）和《中华人民共和国地方各级人民代表大会和地方各级人民政府组织法》（简称《地方组织法》，从 1980 年 1 月 1 日起施行），规定县、人民公社（镇）两级人大代表均由选民直接选出。1979 年下半年，全国有 66 个县、自治区、不设区的市和市辖区进行了两级人大代表直接选举试点工作，1980 年下半年开始全国范围的两级人大代表直接选举，1981 年底选举全部结束，全国共登记选民 539394620 人（占全国总人口 969928480 人的 55.61%），参加投票选民 516829021 人，平均投票率为95.82%。[②] 这一次大规模的选举，不仅落实了公民的选举权利，以较高投票率显示了选民的参与热情，[③] 亦使选举参与成为中国公民政治参与的一种常态形式，此后每三年举行一次选举，直到 1995 年选举法修改后才有所变化。

受"文化大革命"影响，1978 年制定的《中华人民共和国宪法》，规定公民有运用"大鸣、大放、大辩论、大字报"（简称"四大"）的权利（第 45 条），

① 即便是"文化大革命"中制定的《中华人民共和国宪法》（1975 年 1 月），亦明确规定"年满十八岁的公民，都有选举权和被选举权"。该宪法全文见刘政等主编《人民代表大会工作全书（1949～1998）》，中国法制出版社，1999，第 55～57 页。

② 刘智、史卫民、周晓东、吴运浩：《数据选举：人大代表选举统计研究》（简称《数据选举》），中国社会科学出版社，2001，第 91～92、164～165 页。

③ 程子华：《关于全国县级直接选举工作的总结报告》，《人民代表大会工作全书（1949～1998）》，中国法制出版社，1999，第 133～137 页。

并希望以此来保障无产阶级领导下的大民主。① 由此不仅出现了北京西单"民主墙"等民众参与的形式，亦使"文化大革命"中的"运动式"群众参与得以延续，引来了不少质疑。邓小平后来明确指出："实现民主和法制，同实现四个现代化一样，不能用大跃进的做法，不能用大鸣大放的做法。就是说，一定要有步骤，有领导。否则，只能助长动乱，只能妨碍四个现代化，也只能妨碍民主和法制。四大，即大鸣、大放、大字报、大辩论，这是载在宪法上的，现在把历史的经验总结一下，不能不承认，这个四大的做法，作为一个整体来看，从来没有产生积极的作用。应该让群众有充分的权利和机会，表达他们对领导的负责的批评和积极的建议，但是大鸣大放这些做法显然不适宜达到这个目的。"② 1980 年 4 月 8 日，中共中央向全国人大常委会提出了《关于修改宪法第四十五条的建议》，1980 年 4 月 16 日全国人大常委会通过了《关于建议修改宪法第四十五条的议案》，1980 年 9 月 10 日第五届全国人民代表大会第三次会议通过《关于修改中华人民共和国宪法第四十五条的决议》，取消了公民有运用"大鸣、大放、大辩论、大字报"权利的规定，③ 并由此终结了"四大"的政治参与方式。

由于"文化大革命"以及此前的各种政治运动制造了大量的冤假错案，"文化大革命"结束后，不少干部、党员甚至群众要求"平反"，使"信访"或"上访"成为政治接触的主要方式，中央政府亦高度重视"信访"或"上访"反映的问题，进行了大规模的复查和平反冤假错案工作。"文化大革命"中大规模开展的知识青年上山下乡运动，在"文化大革命"结束后依然延续，引起知识青年及其家长等的强烈不满，1978～1979 年不少地方出现下乡知识青年要求回城的"风潮"（既有大量的上访和直接向中央"请愿"，也有较大规模的集会、游行等，还有不同程度的罢工）。中央及时调整政策，于 1980 年明确宣布不再动员城镇知识青年下乡，并于 1981 年将国务院知青办并入国家劳动总局，彻底结束了知识青年上山下乡运动。④

---

① 叶剑英：《关于修改宪法的报告》（1978 年 3 月 1 日），《人民代表大会工作全书（1949～1998）》，中国法制出版社，1999，第 65～71 页。

② 邓小平：《目前的形势和任务》（1980 年 1 月 16 日），《邓小平文选》第 2 卷，人民出版社，1994，第 257 页。

③ 建议、议案和决议全文，见《人民代表大会工作全书（1949～1998）》，中国法制出版社，1999，第 73～74 页。

④ 《政策调整与知识青年上山下乡的结束》，载《党和国家重大决策的历程》（下卷），红旗出版社，1998，第 1168～1187 页。

1978～1981 年中国的政治参与，明显带有"转折期"的特点，即将"文化大革命"的盲目政治热情下的政治运动式的政治参与，改变为"以经济建设为中心"的理性化、制度化的政治参与，全面恢复人大代表选举和取消"四大"，都带有重大的"转折"意义。

（二）基层群众自治成为一种新的政治参与方式（1982～1994 年）

1980 年 2 月 5 日，中国出现了第一个由农民选举产生的村民委员会——广西壮族自治区宜山县（现为宜州市）三岔公社（现为屏南乡）果作村（现为合寨村）村委会。村民委员会的组织形式于 1982 年得到认可，1982 年 8 月 28 日中共中央批转《全国政法工作会议纪要》的通知（中发〔1982〕36 号），明确要求各地"有计划地进行建立村民（或乡民）委员会试点"；1982 年制定的《中华人民共和国宪法》亦规定"城市和农村按居民居住地区设立的居民委员会或者村民委员会是基层群众性自治组织"。1987 年 11 月 24 日第六届全国人民代表大会常务委员会第二十三次会议通过的《中华人民共和国村民委员会组织法（试行）》，1989 年 12 月 26 日第七届全国人民代表大会常务委员会第十一次会议通过的《中华人民共和国城市居民委员会组织法》，明确规定村民委员会和居民委员会是村民、居民自我管理、自我教育、自我服务的基层群众性自治组织。在发展村民自治和居民自治中，又明确提出了基层群众自治"四个民主"（民主选举、民主决策、民主管理、民主监督）的要求。1982～1994 年，中国农民广泛参与的村民自治有了重要的发展。在民主选举方面，不仅村民直接选举村民委员会的范围不断扩大，还在 1988～1990 年出现了"空白票大选"（山西省河曲县）、"三上三下三公布"产生候选人（河南省驻马店地区）、"联选制"（又称"竞选组阁制"，安徽省岳西县）等新的选举方式，以及在 1991～1994 年形成了"海选"（吉林省梨树县）、"两票制"（山西省河曲县）等选举模式。① 在民主决策方面，1994 年全国已经有 50% 的村建立了村民代表会议制度，并以此作为村民参与决策的重要方式。在民主管理方面，制定《村规民约》和《村民自治章程》，并将以此来规范村务管理的做法逐步推广。在民主监督方面，不仅开始建

---

① 史卫民、郭巍青、汤晋苏、黄观鸿、郝海波：《中国村民委员会选举：历史发展与比较研究》，中国社会科学出版社，2009，第 1～97 页。

立对村干部的监督、考评机制，还出现了村民评议监督小组、村民监督检查小组、村民监督委员会等监督组织。①

1982～1994年举行了四次县、乡人大代表选举，全国选民的平均投票率，1983～1984年为96.63%，1986～1987年为93.77%，1989～1990年为94.01%，1992～1993年为94.25%。② 由于在县、乡人大代表选举中允许选民采用"委托投票"的方式参加选举，因此高于90%的全国平均投票率不能完全反映选民的实际参与水平，学术单位的问卷调查则反映出中国公民的选举参与水平不是很高。王惠岩、刘广义1986～1987年主持的"公民选举意识调查"显示，受访人中，参加县级人大代表投票的占71.7%，了解或了解一些选举法的占84.92%，了解或比较了解县级人大代表选举程序的占75.76%，参加过选民会议的占41.38%，参与提名候选人的占14.03%，参与代表候选人讨论与协商的占6.02%，参与介绍代表候选人活动的占7.27%，了解候选人的占30.34%，严肃认真填写选票的占64.66%；该调查还显示，受访人中的66.66%选择"以主人翁态度积极参加人大代表选举"，18.69%对人大代表选举不关心，6.34%持弃权态度，5.45%对选举持反感态度；受访人认为选举表达了选民意志、是人民当家作主表现的占52.3%，认为选举不能表达选民意志、选民不能充分行使自己权利的占19.95%，认为选举是领导者意志的反映、选举是走形式的占25.82%。③ 唐文方的调查显示，1987年参加人大代表选举的受访人占88%，其中单位组织参加的占43%，随大流的占23%，自愿参加的占24%，受访人对人大代表候选人有所了解的占54%。④ 张明澍1988～1989年主持的"中国公民政治素质调查"以对上一次选举的记忆程度来评估选民参与选举的程度，记得选举中投什么票的占45.1%，记得自己赞成的候选人是否当选的占30.5%，记得当选人大体情况的占24.5%，知道当选人在人民代表大会工作情况的只占10.5%；受访人对参加投票（主要指人大代表

① 白钢、赵寿星：《选举与治理：中国村民自治研究》，中国社会科学出版社，2001，第61～79页。
② 《数据选举》，中国社会科学出版社，2001，第164～165页。
③ 见赵宝煦主编《民主政治与地方人大——调查与思考之一》，陕西人民出版社，1990，第285～309页。
④ 唐文方：《中国民意与公民社会》，中山大学出版社，2008，第119～120页。

选举）的认识，选择"在做一件对社会和自己都有益的事情"的占21.7%，选择"只不过在尽公民的责任"的占35.4%，选择"投一票应付应付，至于选谁无关紧要"的占32.7%。① 夏勇1993~1995年主持的"中国公民权利和义务抽样问卷调查"显示，对于"选举人民代表时，不知道候选人的底细"，受访人中的37.5%选择从没遇到，16.1%选择较少遇到，18.2%选择有时遇到，17.2%选择经常遇到，11.1%选择总是遇到。②

尽管在1989年的政治风波中一些民众参加过集会、游行，但是从学术界的问卷调查情况看，在各种接触式参与中，结社、集会和游行并不是中国民众偏好的政治参与方式，信访或"找领导"是民众较愿采用的方式。如张明澍在1988~1989年的调查中列出的8种参与方式，受访人的选择由高到低的排序是"向政府有关部门（包括信访部门）反映"（25.9%），"向本单位领导反映"（15.1%），"向人民代表反映"（14.0%），"向报刊、电台等反映"（8.8%），"结社（把邻居组织起来共同努力争取）"（7.2%），"集会"（1.8%），"游行"（1.3%）；受访人对"游行"的态度，54.8%选择"必要时可以"，31.3%选择"最好不要"，7.9%选择"任何情况下都不要"；对于可能参加游行的原因，27.8%选择"领导人有严重腐败现象"，26.2%选择"物价上涨到不能承受"，18.8%选择"国家的决策出现重大失误"，3.0%选择"实际收入明显下降"。③ 唐文方的调查显示，1987年民众预期的表达意见的渠道是找单位领导占17%，找政府机构占25%，找媒体占28%，通过私人关系占10%，找人大代表占12%，其他占8%；实际使用渠道为找单位领导占43%（成功率16%），找政府机构占36%（成功率12%），找媒体占5%（成功率12%），私人关系占1%（成功率10%），找人大代表占12%（成功率30%），其他占3%（成功率11%）。④

1982年制定第四部《中华人民共和国宪法》时，公布了宪法修改草案，并

---

① 张明澍：《中国"政治人"——中国公民政治素质调查报告》，中国社会科学出版社，1994，第49~61页。

② 夏勇主编《走向权利的时代：中国公民权利发展研究》（修订版），中国政法大学出版社，2000，第811~814页。

③ 张明澍：《中国"政治人"——中国公民政治素质调查报告》，中国社会科学出版社，1994，第85~104页。

④ 唐文方：《中国民意与公民社会》，中山大学出版社，2008，第116~120页。

以4个月的时间（5~8月）进行全民讨论。这次全民讨论宪法草案，不仅是一次公民的重要立法参与，也是一次全国范围的群众性的法制教育。① 此后，"开门立法"的发展和中国共产党对科学决策、民主决策的重视，使中国民众开始注重立法参与和政策参与，但参与水平总体上偏低。张明澍1988~1989年的调查显示，受访人对于会否想到自己有权利影响政府的决定，19.7%选择会想到，32.9%选择不会想到，42.1%选择说不清；受访人对于是否参与过影响全国性政策的经历，11.2%选择有，70.3%选择没有，12.7%选择说不清；对于是否参与过影响地方性政策的经历，9.3%选择有，73.8%选择没有，11.0%选择说不清。② 夏勇1993~1995年的调查显示，对于"没有机会对制定政策和法律发表意见"，受访人中的52.6%选择从没遇到，14.8%选择较少遇到，10.5%选择有时遇到，11.8%选择经常遇到，10.3%选择总是遇到。③

1982~1994年中国的政治参与，带有重要的"路径选择"特征。在席卷全球的"第三波民主化浪潮"中，中国的政治参与面临三种路径的抉择：第一种路径是以大规模的群众示威、游行等参与形式，向党和政府施压，要求政治体制改革，并且有一部分人明确要求在中国发展西方式的民主。第二种路径是认真摸索适应中国国情的政治参与方式，并且使公民广泛的政治参与符合坚持社会主义道路，坚持人民民主专政，坚持共产党的领导，坚持马克思列宁主义、毛泽东思想四项基本原则。第三种路径是限制政治参与的发展，以此来抵御"资产阶级自由化"的影响。1989年中国的政治风波和随后发生在苏联、东欧社会主义国家的变化，对中国起了重要的警示作用，第一种路径不利于中国经济社会的发展，这已逐渐成为共识；限制中国公民政治参与的第三种路径，对中国经济社会的发展也会带来较多的负面影响；只有选择第二种路径，才可能保证中国经济社会平稳、健康发展。积极发展村民自治，就是选择第二种路径的具有代表性的事件。1989年的政治风波引起了对发展村民自治的质疑，有人认为把村民委员会

① 彭真：《关于中华人民共和国宪法修改草案的报告》（1982年11月26日），《人民代表大会工作全书（1949~1998）》，中国法制出版社，1999，第14~22页。
② 张明澍：《中国"政治人"——中国公民政治素质调查报告》，中国社会科学出版社，1994，第72~78、127~133页。
③ 夏勇主编《走向权利的时代：中国公民权利发展研究》（修订版），中国政法大学出版社，2000，第801~804页。

定性为群众性自治组织脱离了中国农村的实际，甚至有人认为村民委员会是"资产阶级自由化"的产物，并提出了废止《村委会组织法（试行）》、建立村政权等建议。为讨论村民自治发展面临的重大问题，1990 年 8 月 5～10 日，中共中央组织部、中央政策研究室、民政部、共青团中央、全国妇联在山东省莱西县（后改为莱西市）联合召开了全国村级组织建设工作座谈会；1990 年 12 月 13 日，中共中央发出《关于批转〈全国村级组织建设工作座谈会纪要〉的通知》（中发〔1990〕19 号），强调村民委员会是在党的领导下，在国家法律规定的范围内，由村民自我管理、自我教育、自我服务的基层群众性自治组织；加强村民委员会建设，要认真实施《村民委员会组织法（试行）》。"莱西会议"不仅对村民自治的发展具有重要意义，亦昭示了中国将排除来自"左"和"右"的干扰，继续探索符合中国国情的政治参与方式。20 世纪 90 年代初期政治参与的"路径选择"，确定了发展中国政治参与的基本方向，并且只有经过实践检验和对国内外经验、教训的吸取，才能作出这样的重要选择。

（三）基层选举密集化时期政治参与的发展（1995～2003 年）

1993 年修改《中华人民共和国宪法》，将县级人民代表大会的任期由三年改为五年，1995 年选举法和地方组织法也作了相应修改，使原来在同一时间内进行的县、乡人大代表选举分别举行，再加上已经定期举行的村民委员会选举（1998 年成为正式法律的《村民委员会组织法》，规定村民委员会选举三年举行一次），中国出现了基层选举密集化的现象。1995～2003 年的 9 年中，进行了三次乡级人大代表选举、两次县级人大代表选举、三次村民委员会选举，几乎每年都有涉及全国范围的基层选举（1995～1996 年乡级人大代表选举，1995～1997 年村民委员会选举，1997～1998 年县级人大代表选举，1998～1999 年乡级人大代表选举，1998～2000 年村民委员会选举，2001～2002 年乡级人大代表选举，2002～2003 年县级人大代表选举，2001～2003 年村民委员会选举）。

在基层选举密集化的态势下，各种选举的全国平均投票率仍达到 90% 以上。县级人大代表选举的全国平均投票率，1997～1998 年为 94.16%，2002～2003 年为 93.75%。乡级人大代表选举的全国平均投票率，1995～1996 年为 93.95%，1998～1999 年为 93.32%，2001～2002 年为 92.71%。1995～2000 年村民委员会选举实现了全面的直接选举，全国平均参选率，1995～1997 年为 90.53%，

1998～2000 年为 91.30%，2001～2003 年为 91.36%。各种选举的投票率相比，县级人大代表选举最高，乡级人大代表选举次之，村民委员会选举最低。但是统计选民本人实际到选举大会或投票站参加投票（不包括委托投票、流动票箱投票、邮寄投票等）的"到站投票率"，则反映出了不同的情况。2001～2002 年乡级人大代表选举的全国平均到站投票率为 46.20%，2002～2003 年县级人大代表选举 7 个省份的平均到站投票率为 52.29%；村民委员会选举的全国平均到站投票率，1998～2000 年为 57.27%，2001～2003 年为 64.20%。村民委员会选举的全国平均到站投票率，既高于乡级人大代表选举，也高于县级人大代表选举，显示出选民的实际投票参与更倾向于村民委员会选举，而不是人大代表选举；[①] 但是在选举参与意愿上，人大代表选举似乎更受重视，如蔡定剑 2000 年主持的中国选举状况问卷调查显示，受访人愿意参加人民代表大会代表选举的人最多（29.7%），其次是村民委员会和居民委员会选举（23.7%），再次是单位内部的选举（17.1%），愿意参加党、团组织选举的人最少（11.9%）；对于最愿意参加某种选举的原因，受访人中的 27.90% 选择"这一种选举比较民主"，25.00% 选择"对选举的情况比较了解"，23.55% 选择"选举与自己有直接的关系，涉及自己的意愿、利益"，11.32% 选择"这一种选举比较重要"，3.26% 选择"自己有这种权利"。[②]

蔡定剑的调查还显示，受访人对参加人大代表选举，愿意的占 76.2%，不愿意的占 6.0%，无所谓的占 16.6%；对人大代表选举的态度，受访人中的 54.46% 选择"在行使公民的政治权利，对社会有益"，14.33% 选择"只不过在尽公民的责任，跟自己的切身利益关系不大"，19.24% 选择"是关系到自己切身利益的事"，10.24% 选择"投一票应付应付，至于选谁无关紧要"。在人大代表选举中发现公布的选民名单中没有自己的名字，受访人中的 27.0% 选择"无所谓，不管他"，50.7% 选择"向选举委员会提出申诉"，14.3% 选择"向党组织反映"，2.5% 选择"向人民法院起诉"，1.7% 选择"继续努力"；也就是说，在选举中涉及个人问题时，多数人（67.5%）可能作出积极反应。受访人在人大代表选举中主动参与过联名提名候选人的占 27.0%，没有参与过的占 61.3%；

① 史卫民、郭巍青、刘智：《中国选举进展报告》，中国社会科学出版社，2009，第 512～520 页。
② 蔡定剑主编《中国选举状况的报告》，法律出版社，2002，第 525～526 页。

受访人在选举前见过候选人的占 37.5%，没有见过的占 32.8%，听说过没见过的占 25.0%；对候选人很了解的占 21.4%，完全不了解的占 20.1%，了解一点、主要是简历的占 55.7%。受访人的投票取向，3.1% 选择"先问问别人选谁，再作决定"，21.1% 选择"根据当时的简要了解，作出选择"，1.5% 选择"看哪个名字顺口好听，作出选择"，1.2% 选择"按照姓氏笔画作出选择"，37.7% 选择"根据事先对候选人的充分了解，认真选择信得过的人"，3.0% 选择"亲戚、朋友、老熟人、上级等有交情的人"，6.5% 选择"无所谓，随便选一个"。① 从这样的调查结果看，选举密集化之后，选民在人大代表选举方面的参与，变化并不明显。

1995～2003 年出现的一系列选举改革，如乡镇长、乡镇党委书记等的"公选"、"公推直选"、直接选举等，都为基层民众的选举参与提供了机会，但是这些改革都处于试点阶段，涉及试点地区少数民众的参与，对选举参与的发展只是起了一定的示范作用。

其他方面的政治参与，在 1995～2003 年也有了重要发展，并出现了一些新的政治参与形式。

除了以村民广泛参与的民主选举尤其是逐步普及"海选"推动村民自治发展外，在民主决策、民主管理、民主监督方面，亦随着村民代表会议的制度化和村务公开的全面展开，提升了村民参与的水平，并出现了村务公开监督小组、村民理财小组等新的组织形式和"一事一议"、"民主恳谈"、"民主听政"等新的参与方式。②

经过 1995～1999 年的试点，从 2000 年开始在全国范围内开展的城市社区建设，与居民自治结合，发展出一些社区居民参与的新形式，如制定《社区居民公约》和《社区自治章程》，建立民主评议机制和"社区人民联络员制度"，开设议事园或实行"三会制度"（听证会、协调会、评议会）、居民公决等，但社区居民总体参与水平程度较低，突出表现为参与意识弱、参与内容有限、参与率低、参与效益低和参与的制度化程度低。③

随着计算机的逐步普及，以计算机网络为载体的参与（主要表现为政策讨

---

① 蔡定剑主编《中国选举状况的报告》，法律出版社，2002，第 452～580 页。
② 赵秀玲：《村民自治通论》，中国社会科学出版社，2004，第 227～263、350～356 页。
③ 潘小娟：《中国基层社会重构——社区治理研究》，中国法制出版社，2004，第 167～188 页。

论和政策建议）开始成为一种重要的参与方式，2003 年发生的"孙志刚事件"，就是"网络参与"的一个代表性事件。

在各种接触式参与中，"找领导"或"找政府"（包括信访）仍是民众较愿采用的参与方式。唐文方的调查显示：1999 年民众接触式参与的预期渠道是单位领导占 13%，政府机构占 34%，媒体占 27%，私人关系占 3%，人大代表占 3%，其他占 20%；实际使用渠道为单位领导占 26%（成功率 25%），政府机构占 54%（成功率 22%），媒体占 10%（成功率 10%），私人关系占 3%，人大代表占 5%（成功率 42%），其他占 2%。① 全国总工会 1997 年的第四次中国职工状况调查显示，受访人遇到生活困难时首先找谁解决，由高到低的排序是"工会"（33.5%）、"朋友或同乡"（29.0%）、"单位行政"（13.4%）、"单位党组织"（13.3%）、"政府有关部门"（2.0%）；② 全国总工会 2002 年的第五次中国职工状况调查显示，受访人遇到生活困难时首先找谁解决，由高到低的排序是"亲友或同乡"（46.9%）、"本单位党组织"（15.4%）、"本单位工会"（14.9%）、"本单位行政"（12.4%）、"上级党政有关部门"（2.5%）、"上级工会"（0.8%）。③ 按照唐文方的调查，"找领导"或"找政府"的比例（80%）远高于其他途径。按照全国总工会的调查，1997 年"找领导"或"找政府"的比例（28.7%）低于"找工会"（33.5%），但是 2002 年"找领导"或"找政府"的比例（30.3%）已经高于"找工会"（15.7%）。

1995～2003 年中国的政治参与，带有明显的"创新"参与方式特征：一是在基层选举密集化的态势下，出现了一系列的"选举创新"（在县乡人大代表选举、村民委员会选举、社区居民委员会选举、党内选举以及县、乡国家机关领导人员选举中，都出现了创新选举方式的试点），为民众的选举参与提供了不同的参与机会。二是在群众自治参与、政策参与中创造了一些新的参与平台，如村务公开、城市社区建设和"网络参与"等。在既定发展路径下的政治参与方式创

① 唐文方：《中国民意与公民社会》，中山大学出版社，2008，第 116～120 页。
② 见全国总工会政策研究室编《1997 中国职工状况调查》（数据卷），西苑出版社，1999，第 1248 页。
③ 见中华全国总工会研究室编《第五次中国职工状况调查》，中国工人出版社，2006，第 1269～1270 页。

新，不仅对发展社会主义民主具有重要的意义，亦为全面提升民众的参与水平起了重要的推动作用。

二　2004～2010 年的中国公民政治参与

2003 年中国共产党十六届三中全会提出的"全面、协调、可持续的发展观"（即"科学发展观"）和 2004 年中国共产党十六届四中全会提出的"构建社会主义和谐社会"的要求，使中国的公民政治参与进入了一个新的发展阶段，在不同的政治参与领域又出现了一些重要的变化。可根据 2004 年以来各高等学校、研究机构等的问卷调查数据等，说明不同领域政治参与的基本情况。

（一）选举参与

2004 年 3 月修改《中华人民共和国宪法》，将乡级人民代表大会的任期由三年改为五年，2004 年 10 月选举法和地方组织法也作了相应修改，此前分别举行的县、乡人大代表选举又改为在同一时间内进行，改变了基层选举过于密集的状态；1998 年成为正式法律的《村民委员会组织法》，2010 年 10 月进行了修改，村民委员会的任期仍为三年，加上已定期（三年一次）举行的城镇社区居民委员会选举，中国的基层选举依然经常进行，为民众的选举参与提供了必要的机会。

1. 投票率

2006～2007 年在同一时间内进行的县、乡人大代表选举，县级人大代表选举的全国平均投票率为 93.50%，乡级人大代表选举的全国平均投票率为 93.23%；村民委员会选举的全国平均投票率，2004～2006 年为 90.68%（全国平均到站投票率为 72.43%），2007～2008 年为 90.72%；2006 年统计的社区居民委员会选举的全国平均投票率为 70.02%（社区居民委员会选举还没有全面实行直接选举，这一投票率数据只能作为参考）。①

2. 实际投票情况

统计数据显示的 90% 以上的投票率，与民众实际参与投票的情况仍有较大

---

① 史卫民、郭巍青、刘智：《中国选举进展报告》，中国社会科学出版社，2009，第 512～520 页。

差距，可列出一些问卷调查的数据来说明。

（1）冯兴元等 2005 年主持的"中国村级组织调查"显示，① 受访人中的 80.7% 参加了上届村民委员会选举，19.3% 没有参加选举。

（2）民政部 2005 年进行的"全国村民自治状况抽样调查"显示，② 受访人中的 77.0% 参加了现在的村民委员会选举投票，21.7% 没有参加投票。"流动村民"受访人中只有 18.9% 参加了现在这届村民委员会选举，81.1% 没有参加。

（3）民政部 2005 年组织的"全国百城社区建设情况调查"显示，③ 受访人中参加过社区居民委员会选举的占 56.44%，未参加过选举的占 42.95%。

（4）中国人民大学 2003～2008 年的综合社会调查显示，④ 2003 年只有 18.58% 的人参加了居民委员会选举，64.23% 的人不知道居民委员会是如何产生的。2006 年在经历过县级人大代表选举的受访人中，曾经投票的只占 27.37%，什么活动都没有参加的占 69.12%；但是在当年的农村居民调查中，90.6% 的受访人表示参与过县、乡人大代表选举。

（5）全国总工会 2007 年的第六次中国职工状况调查显示，⑤ 受访人中只有 42.8% 参加了最近一次县（区）或乡（镇）人大代表选举投票，52.0% 没参加，5.2% 表示不清楚。

（6）中国政法大学 2006～2008 年的"社区居民问卷调查"显示，⑥ 受访人或其家人参加本届居民委员会选举的占 69.4%，没参加的占 27.1%，从未听说的占 3.5%。

（7）北京大学中国国情研究中心 2008 年的"中国公民意识调查"显示，⑦

① 该调查的数据均来自冯兴元、（瑞典）柯瑞思（Christer Ljungwall）、李人庆《中国的村级组织与村庄治理》，中国社会科学出版社，2009，第 353～396 页。
② 该调查的数据均来自民政部基层政权和社区建设司《全国村民自治状况抽样调查资料汇编》（2007 年 7 月）。
③ 该调查的数据均来自詹成付主编《社区建设工作进展报告》，中国社会出版社，2005。
④ 该调查的数据均来自中国人民大学中国调查与数据中心中国综合社会调查项目《中国综合社会调查报告（2003～2008）》，中国社会出版社，2009。
⑤ 该调查的数据均来自中华全国总工会研究室编《第六次中国职工状况调查》，中国工人出版社，2010。
⑥ 该调查的数据均来自石亚军主编《中国行政管理体制专项问卷调查数据统计》，中国政法大学出版社，2008，第 5～36 页。
⑦ 该调查的数据均来自沈明明等《中国公民意识调查数据报告（2008）》，社会科学文献出版社，2009。

受访人在过去五年中参加选举的情况是：村民委员会和社区居民委员会选举，35.2%选择"最近五年没有举行过选举或者不记得举行过选举"，50.6%选择"投过票"，14.2%选择"没投过票"；县、乡人大代表选举，75.0%选择"最近五年没有举行过选举或者不记得举行过选举"，14.6%选择"投过票"，10.4%选择"没投过票"。

（8）北京大学中国国情研究中心2008年的"公民文化与和谐社会调查"显示，①受访人在过去五年中参加选举的情况是：村民委员会和社区居民委员会选举（应主要反映的是村民委员会的选举情况，因为受访人中的87.90%参加的是村民委员会选举，8.47%参加的是居民委员会选举，3.63%参加的是社区选举），80.76%选择"最近五年举行过选举"，74.51%选择"投过票"，25.49%选择"没投过票"；在最近一次县、乡人大代表选举中，20.25%选择"投过票"，79.25%选择"没投过票"。

问卷调查的数据显示，受访人在村民委员会选举中参加投票的在50%~81%（中位数65.5%），与选举统计的72.43%的平均到站投票率接近。受访人在县、乡人大代表选举中参加投票的在14%~43%（中位数28.5%），大大低于村民委员会选举的参与投票水平。专门针对社区居民委员会选举的调查数据显示，受访人在社区居民委员会选举中参加投票的在56%~70%（中位数63.0%），投票参与水平低于村民委员会选举，但是大大高于县、乡人大代表选举。

3. 自愿投票程度

冯兴元等2005年主持的"中国村级组织调查"显示，受访人中的90%表示参加村民委员会选举是自愿的，10%表示不是自愿的；在没有误工补贴的情况下，受访人中的83.9%表示愿意参加选举，16.1%表示不愿意。

中国人民大学2003~2008年的综合社会调查显示，根据2005年的调查，在人大代表选举中，未投票的占66.01%，服从性投票的占22.33%，自愿性投票的占11.66%；在村民委员会和居民委员会选举中，未投票的占56.25%，服从性投票的占26.94%，自愿性投票的占16.81%。

中国人民大学的调查由于涉及了三类选举的自愿投票程度（11%~17%），

---

① 该调查的数据均来自严洁等《公民文化与和谐社会调查数据报告》，社会科学文献出版社，2010。

应比单一选举的调查（如冯兴元等人的调查）更具可信性。

4. 对选举的关注程度

冯兴元等 2005 年主持的"中国村级组织调查"显示：30.6% 的受访人对村民委员会选举不感兴趣，69.4% 对村民委员会选举感兴趣；54.1% 在村民委员会选举期间经常在朋友、熟人之间议论选举，45.9% 不常议论选举；对于"村民委员会选举是否每次都去"，77.2% 的受访人选择是，20.3% 选择否。

中国政法大学 2006~2008 年的"社区居民问卷调查"显示，受访人对居民委员会选举很关注的占 42.9%，比较关注的占 42.2%，无所谓的占 8.0%，不太关注的占 5.9%，很不关注的占 1.0%。

北京大学中国国情研究中心 2008 年的"中国公民意识调查"显示，受访人对村民委员会、居民委员会选举兴趣最高（41.28%），其次是乡镇人大代表选举（28.17%），对县级人大代表选举的兴趣最低（26.86%）。

调查数据显示，民众对村民委员会选举关注或感兴趣的在 41%~70%（中位数 55.5%），对社区居民委员会选举关注或感兴趣的在 41%~95%（中位数 68.0%），对县、乡人大代表选举关注或感兴趣的在 26%~29%（中位数 27.5%）。换言之，在三类选举中，民众较关注的是村民委员会和社区居民委员会选举，对人大代表选举的关注程度较低。

5. 候选人提名、确定、介绍的参与

冯兴元等 2005 年主持的"中国村级组织调查"显示，受访人对村民委员会候选人选择的条件，由高到低的排序是"根据其能力"（59.4%）、"根据其道德品质"（22.2%）、"与其比较熟悉，关系较好"（9.2%）、"根据其任期目标演说"（2.2%）。

民政部 2005 年进行的"全国村民自治状况抽样调查"显示，受访人在村民委员会选举中自己提名、推荐某候选人的，经常做的 7.9%，有时做的 12.1%，偶尔做的 9.7%，从未做的 70.2%；动员别人提名候选人的，经常做的 1.2%，有时做的 3.3%，偶尔做的 4.3%，从未做的 91.2%。受访人在村民委员会选举中参加选举会议或候选人情况介绍会的，经常做的 15.2%，有时做的 15.7%，偶尔做的 12.5%，从未做的 56.5%；动员别人参加会议、了解候选人情况的，经常做的 2.6%，有时做的 6.2%，偶尔做的 6.8%，从未做的 84.4%。

中国人民大学 2003~2008 年的综合社会调查显示，2006 年在经历过县级人

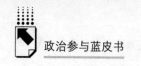

大代表选举的受访人中，曾经推荐候选人的只占5.52%。

北京大学中国国情研究中心2008年的"公民文化与和谐社会调查"显示，在村民委员会和居民委员会选举中，受访人参与竞选某个职位的占9.70%，主动提名某个人作为候选人的占9.63%，当领导征集建议时推荐某个人做候选人的占8.12%，劝说他人提名候选人的占5.83%。受访人参加介绍候选人会议的占17.53%，劝说别人参加介绍候选人会议的占6.50%。

在村民委员会选举中，已全面实现选民提名候选人或自荐为候选人，但是根据调查数据，受访人实际参与候选人提名的在28%~33%（中位数30.5%）。尽管以候选人与选民见面形式展开村民委员会候选人之间的竞争，在村民委员会选举中也已成为较普遍的做法，但是调查数据显示，受访人实际参与选举会议或候选人情况介绍会的在17%~43%（中位数30.0%）。县、乡人大代表选举和社区居民委员会选举还处于"组织提名候选人"与"选民提名候选人"并存状态，候选人与选民见面刚开始推广，选民在候选人提名、确定和介绍候选人中的参与大大低于村民委员会选举，应是当前现实状况的真实反映。

6. 对候选人的了解程度

冯兴元等2005年主持的"中国村级组织调查"显示，受访人中的74.4%对村民委员会候选人有比较深入的了解，25.6%表示不太了解。

中国政法大学2006~2008年的社区居民问卷调查显示，受访人在居民委员会选举中对候选人了解的占65.0%，不太了解的占26.8%，一点都不了解的占8.3%。

村民委员会选举的候选人必须是经过选民登记的本村村民，选举人对候选人较为了解应是普遍现象，调查数据也显示74%的受访人了解候选人。社区居民委员会选举的候选人不一定全部来自本社区，选举人对候选人了解的程度（65%的受访人了解）低于村民委员会选举应是较普遍现象。县、乡人大代表选举中选区较大，选民对候选人的了解程度应更低，但需要新的调查数据才能说明其真实情况。

7. 影响他人的投票取向

民政部2005年进行的"全国村民自治状况抽样调查"显示，受访人在村民委员会选举中动员别人投某个候选人的票，经常做的0.9%，有时做的3.1%，偶尔做的4.0%，从未做的92.1%；动员别人不投某个候选人的票，经常做的

0.4%，有时做的 1.2%，偶尔做的 2.9%，从未做的 95.6%。受访人在村民委员会选举中被别人动员投某个候选人的票，有过的 13.1%，没有的 86.0%，不记得了的 0.8%。

北京大学中国国情研究中心 2008 年的"公民文化与和谐社会调查"显示，19.78% 的受访人表示在基层组织选举中有人说服其投某一候选人的票，80.22% 的受访人则表示没有人来说服；曾劝说他人投票给某个候选人的占 7.83%，曾劝说他人不投票给某个候选人的占 5.23%，劝说他人在选举中投票的占 7.81%，对选举中不合理的地方提意见的占 11.58%，劝说亲戚、朋友和同事抵制不公平选举的占 10.23%。

从调查数据看，在选举中试图影响他人投票取向（动员其他人投或不投某个候选人的票）的受访人应在 8%～20%（中位数 14%）。

8. 对选举程序的了解程度

选民对选举程序的了解程度，受调查数据的限制，只能以民政部 2005 年进行的"全国村民自治状况抽样调查"为例。该调查显示，对"村民选举委员会"产生方式的了解，受访人中的 40.2% 选择"是由全体村民大会推选产生的"，8.9% 选择"是由村民小组会议推选产生的"，10.1% 选择"是由村民代表会议推选产生的"，4.1% 选择"是由党支部指定任命的"，2.3% 选择"是由上级领导指定的"，33.7% 选择"不清楚"。对村民选举委员会选举时初步候选人如何提名产生，受访人中的 48.2% 选择"是由群众直接提名产生的"，11.7% 选择"是由选举委员会提名产生的"，5.3% 选择"是由村党支部提名产生的"，3.5% 选择"是由上级提名产生的"，31.4% 选择"不清楚"。对村民选举委员会选举时正式候选人如何确定，受访人中的 58.5% 选择"由全体村民投票确定的"，6.1% 选择"由各村民小组投票确定的"，6.4% 选择"由村民代表会议讨论或投票确定的"，2.7% 选择"由村党支部确定的"，2.4% 选择"由上级确定的"，23.9% 选择"不清楚"。对村民委员会选举时如何介绍候选人，受访人中的 44.9% 选择"张榜公布介绍"，32.1% 选择"开村民会议介绍"，13.8% 选择"没有介绍"，4.9% 选择"候选人走家串户介绍"，4.1% 选择"其他方式介绍"，17.8% 选择"不清楚"。对是否实行公开计票，受访人中的 75.8% 选择"实行了"，6.2% 选择"没有实行"，18.0% 选择"不清楚"。对是否设立秘密写票处，受访人中的 48.9% 选择"设立了"，30.2% 选择"没有设立"，20.9% 选择"不

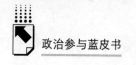

清楚"。

从这样的调查数据看，受访人对村民委员会选举各程序"不清楚"的在17%~34%（中位数25.5%）；反之，熟悉或较熟悉村民委员会选举各程序的应在66%~83%（中位数74.5%）。

9. 选民对选举公正性的评价

冯兴元等2005年主持的"中国村级组织调查"显示，对于"是否满意村民委员会选举的公正性"，受访人中的19.8%选择很满意，50.2%选择满意（满意度70%），17.1%选择不满意，7.0%选择很不满意，5.9%选择不知道。

民政部2005年进行的"全国村民自治状况抽样调查"显示，受访人在村民委员会选举中对选举表示不满或提出批评的，经常做的1.0%，有时做的3.5%，偶尔做的6.0%，从未做的89.6%；20.7%认为这一届村民委员会选举非常公平，62.8%认为比较公平（认为公平或较公平的占83.5%），12.0%认为不太公平，3.2%认为很不公平。

北京大学中国国情研究中心2008年的"中国公民意识调查"显示，受访人对于最近一次村民委员会选举和社区居民委员会选举，18.6%认为非常公正和自由，52.0%认为比较公正和自由（认为公平或较公平的占70.6%），21.3%认为不太公正和自由，8.1%认为根本不公正和自由。

调查数据显示中国民众对选举的公正性给予了较高评价（主要是针对村民委员会选举的评价），受访人认为选举公平或比较公平的在70%~84%（中位数77%）。

10. 选民对选举作用的评价

冯兴元等2005年主持的"中国村级组织调查"显示，受访人中的57.4%不同意"村民委员会选举是走形式，换汤不换药"，42.6%同意；受访人中的61.8%认为村民委员会选举前后村干部存在很大的行为差异，38.2%认为差异不大。

民政部2005年进行的"全国村民自治状况抽样调查"显示，受访人中的56.0%认为村民委员会选举能够把大家公认的人选出来，9.6%认为不能，33.7%认为不好说；3.6%认为村民委员会干部由上级任命更好，70.0%认为老百姓自己选更好，18.9%认为上级任命和老百姓选举相结合更好，7.1%认为不好说；40.5%认为选举产生的村民委员会干部能够代表村民利益，37.8%认为基本能，5.4%认为不能，15.9%认为不好说；48.3%认为选举能使村民委员会干部大多数时候注意听取群众意见和要求，39.1%认为有时候可以，11.5%认为很少能起这种作用。

北京大学中国国情研究中心 2008 年的"中国公民意识调查"显示，受访人对于人大代表选举"在多大程度上能让政府官员重视老百姓的意见和要求，是能起非常大的作用，起到一定的作用，起不了很大作用，还是根本不起作用"，15.8%选择起非常大的作用，52.8%选择起一定的作用，22.7%选择起不了多大作用，8.7%选择根本不起作用。受访人对于村民委员会选举和社区居民委员会选举"在多大程度上能让政府官员重视老百姓的意见和要求，是能起非常大的作用，起到一定的作用，起不了很大作用，还是根本不起作用"，8.9%选择起非常大的作用，47.6%选择起一定的作用，30.7%选择起不了多大作用，12.8%选择根本不起作用。

北京大学中国国情研究中心 2008 年的"公民文化与和谐社会调查"显示，对人大代表选举的作用，受访人中的 14.38%选择起非常大的作用，52.68%选择起一定的作用，22.17%选择起不了多大作用，10.77%选择根本不起作用。对村民委员会和居民委员会选举的作用，受访人中的 9.79%选择起非常大的作用，47.28%选择起一定的作用，29.59%选择起不了多大作用，13.34%选择根本不起作用。

调查数据显示，受访人认为村民委员会选举能起一定或较大正面作用的在 43% ~78%（中位数 60.5%），认为县、乡人大代表选举能起一定或较大正面作用的在 67% ~69%（中位数 68%），认为社区居民委员会选举能起一定或较大正面作用的占 57%。也就是说，民众对中国选举的作用，基本持肯定态度。

（二）人民团体与群众自治组织参与

中国公民的人民团体与群众自治组织参与，是指除选举之外，民众在工会、妇联、村民自治、居民自治的组织形态下参与民主决策、民主管理、民主监督，可根据近年的调查数据等分述不同组织形态下的参与情况（妇联组织下的妇女参与，因缺乏全国性的调查，难以说明总体情况，暂时从略）。

1. 基层工会组织中的工人参与

基层工会组织中的工人参与，可以用全国总工会 2007 年的第六次中国职工状况调查（简称"全国总工会调查"）为主要参考数据，说明其基本情况。

（1）职工加入工会组织情况。2009 年，全国共有职工 24535.3 万人，基层工会组织 184.5 万个，会员 22634.4 万人，工人入会率为 92.3%（女职工入会率为 95.3%，男职工入会率为 90.6%），工会专职工作人员 74.6 万人。① 但是另有统计数据显示，2008 年 3 月中国的基层工会组织为 150.8 万个，基层工会会员 1.93 亿人，工人入会率仅为 71.5%。② 全国总工会 2007 年的调查显示，61.5% 的受访人表示所在单位建立了工会组织，22.6% 表示没建立，15.8% 表示不知道；受访人中有 43.8% 是工会会员，47.8% 不是工会会员，8.4% 曾经是工会会员但现在不是会员。

（2）实行工会与单位行政平等协商制度。全国总工会调查显示，受访人中的 20.0% 表示所在单位实行了工会与单位行政平等协商制度，23.0% 表示没有实行，57.0% 表示不知道。受访人希望工会提供的帮助由高到低的排序是提高工资福利待遇（49.2%），维护职工劳动就业权利（37.1%），督促单位给职工上各种保险（4.3%），改善劳动条件、消除安全隐患（2.4%），帮助职工解决实际生产生活困难（2.1%），维护职工的民主权利（1.9%），提高职工技能和素质（1.8%），指导和帮助职工签订劳动合同（0.5%），保障女职工特殊权益（0.5%），代表职工与单位进行平等协商和签订集体合同（0.4%）。

（3）工会帮助职工签订劳动合同。全国总工会调查显示，受访人中的 55.2% 与单位签订了劳动合同，3.3% 签订过劳动合同但合同已经过期没有续签，7.0% 签订了劳务合同，6.6% 签订了聘用合同，28.0% 没有签订任何合同；37.6% 的受访人在签订劳动合同时得到过工会的指导或帮助，62.4% 的受访人表示没有得到过工会的帮助。

（4）工资集体协商。全国总工会调查显示，受访人中的 12.6% 表示所在单位开展了工资集体协商，48.8% 表示没有开展，38.5% 不知道所在单位是否开展了工资集体协商；开展工资集体协商后，69.1% 表示工资增加了，19.1% 表示工资没有增加，11.8% 表示不知道。

（5）工会协助劳动争议调解。全国总工会调查显示，受访人中的 20.0% 表示所在单位建立了劳动争议调解委员会，34.2% 表示没有建立，45.8% 表示不知道；受访人中的 11.9% 表示所在单位发生过劳动争议，88.1% 表示没发生过；

---

① 《中国统计年鉴 2010》，中国统计出版社，2010，第 885 页。
② 《中国基层工会组织达 150 万个，会员数达 1.93 亿人》，"搜狐网" 2008 年 3 月 14 日载文。

最近一次劳动争议的解决，受访人中的25.0%表示全部解决，43.0%表示部分解决，32.1%表示没有解决；最近一次劳动争议的解决方式，协商占40.7%，调解占28.1%，仲裁占3.7%，诉讼占3.8%，其他占23.7%；受访人在解决劳动争议中16.8%接受过工会的法律援助，83.2%未接受过；如果与单位发生劳动争议，受访人最希望的解决途径由高到低的排序是找单位经营管理者（28.0%），找单位工会组织（23.7%），私下协商（15.6%），找劳动争议调解委员会（12.7%），找劳动争议仲裁委员会（11.4%），其他渠道（5.4%），到法院起诉（3.3%）。

（6）对工会维权作用的评价。全国总工会调查显示，受访人对工会在维护职工合法权益方面的作用，18.2%表示有重要作用，38.2%表示能发挥一定作用，21.6%表示作用不大，7.3%表示没有作用，14.7%表示说不清楚。

（7）参与职工代表大会选举。全国总工会调查显示，受访人中的63.6%参加过本单位的职工代表选举，36.4%没有参加过选举。

（8）职工代表大会的作用。全国总工会调查显示，受访人中的42.8%表示所在单位建立了职工（代表）大会制度，29.2%表示没有建立，28.0%表示不知道；受访人中的19.7%表示所在单位参加了区域或行业职代会，25.7%表示没有参加，48.1%表示不知道。对所在单位职工（代表）大会的作用，受访人中的13.9%认为很好，27.6%认为较好，40.5%认为一般，5.0%认为较差，3.7%认为很差，9.2%表示不清楚。

（9）职工参与管理意愿。全国总工会调查显示，受访人中的94.5%赞同"职工参与企（事）业管理有利于促进企（事）业的发展"的观点，95.7%赞同"职工参与企（事）业管理有利于维护职工权益"的观点，91.1%赞同"应当让职工都有机会参与企（事）业管理"的观点，91.7%赞同"职工参与企（事）业管理是职工应当享有的权利"的观点，85.4%不赞同"职工只需要干活挣钱，没有必要参与企（事）业管理"的观点，88.5%不赞同"让职工参与企（事）业管理只会降低企（事）业效率"的观点，77.6%不赞同"让职工参与企（事）业管理必然增加企（事）业成本"的观点；受访人中的71.3%表示愿意参加所在单位的民主管理、民主监督、民主参与和民主选举，6.4%表示不愿意参加，22.4%表示说不清楚。

（10）职工参与管理的渠道。全国总工会调查显示，受访人中的33.8%表示对本单位的经营管理有表达意见、反映愿望的渠道，43.9%表示没有，22.3%表示说不清楚；受访人参与本单位管理的渠道由高到低的排序是通过单位的职代会反映意见和要求（36.4%），直接向单位管理者反映意见（28.0%），参与厂务公开活动（10.6%），在单位集体协商会上提出意见和要求（7.6%），向职工董事、职工监事反映意见或要求（7.5%），在单位的民主议事会、恳谈会上发表意见或建议（4.4%），向单位工会组织反映自己的意见和要求（3.5%），其他渠道（2.1%）。

（11）厂务公开。全国总工会调查显示，受访人中的32.3%表示所在单位实行了厂务公开，24.8%表示没有实行，43.0%表示不知道。

（12）实行职工董事、职工监事制度。全国总工会调查显示，受访人中的22.3%表示所在单位实行了职工董事、职工监事制度，29.6%表示没有实行，48.1%表示不知道。

（13）实行民主议事制度。全国总工会调查显示，受访人中的24.2%表示所在单位实行了民主议事制度，24.3%表示没有实行，51.5%表示不知道。

（14）管理者与被管理者的关系。全国总工会调查显示，受访人中的17.4%表示所在单位管理者与普通员工之间的关系很融洽，35.8%表示比较融洽，39.3%表示一般，5.9%表示不太融洽，1.6%表示很不融洽。

2. 村民自治中的村民参与

村民自治中的村民参与，尽管已经有大量的个案调查和分析等，但还是可以采用一些主要的问卷调查数据，说明村民参与民主决策、民主管理、民主监督的基本情况。

（1）经选举产生的村民委员会能否顺利交接。民政部2005年进行的"全国村民自治状况抽样调查"显示，受访人中的57.6%认为能够顺利交接，7.4%认为不能，35.0%表示不清楚。

（2）村民小组长的作用。民政部2005年进行的"全国村民自治状况抽样调查"显示，受访人中的44.3%表示村民小组长是由本小组村民或户代表选举产生的，18.9%认为村民小组长是由村干部指定的，1.5%认为是以其他方式产生的，15.1%表示根本没有村民小组长，20.1%表示不清楚村民小组长是怎样产生的；受访人中的11.1%认为村民小组长作用很大，23.8%认为作用比较大，40.1%认为有些作用（75%认为有作用），12.8%认为没什么作用，12.3%表示不清楚。

（3）村民代表的作用。民政部2005年进行的"全国村民自治状况抽样调查"显示，受访人中的56.8%表示本村成立了村民代表会议，13.4%表示没有成立，29.8%表示不清楚；35.9%表示村民代表是由各村民小组推选产生的，10.5%表示村民代表是由联户推选产生的，12.6%认为村民代表是由村干部指定的，1.0%认为是以其他方式产生的，10.4%表示没有村民代表，29.7%表示不清楚村民代表是怎样产生的；34.4%认为村民代表会由村民委员会主任召集和主持，19.7%认为由党支部书记召集和主持，2.9%认为由村民代表会主席召集和主持，42.9%表示不清楚由谁召集和主持村民代表会；对于每年召开村民代表会的次数，受访人中的3.8%选择一次也没有召开，7.6%选择一次，11.9%选择两次，7.4%选择三次，8.9%选择四次以上（选择每年召开会议的占35.8%），60.4%表示不清楚。

（4）村民会议的作用。民政部2005年进行的"全国村民自治状况抽样调查"显示，受访人对于每年召开村民会议的次数，37.5%选择没有召开过，19.0%选择一次，8.7%选择两次，6.9%选择三次以上，28.0%表示不清楚（选择每年召开会议的占34.6%）。冯兴元等2005年主持的"中国村级组织调查"显示，45.8%的受访人参加过村民会议，40.5%未参加过。北京大学中国国情研究中心2008年的"公民文化与和谐社会调查"显示，受访人中只有1.72%表示一年召开很多次村民大会，8.85%表示一年召开过几次村民大会，19.62%表示一年召开过一两次村民大会，69.81%表示一年一次都没召开村民大会（选择每年召开会议的占30.19%）；村民参加村民大会的次数，5次占2.01%，4次占1.70%，3次占8.25%，2次占22.68%，1次占28.59%，未参加过的占33.72%。

（5）"一事一议"的作用。中国人民大学2003～2008年的综合社会调查显示，只有27.5%的受访者回答自己的村庄已经实行"一事一议"。中国农业大学2008年的"中国贫困地区农村法律服务调查"显示，①59.2%的受访人没有听说过"一事一议"制度，9.5%认为"一事一议"还是村干部说了算，只有25.0%认为"一事一议"能反映大多数农民意愿。

（6）村里重大事项的决定情况。冯兴元等2005年主持的"中国村级组织调

---

① 该调查的数据来自李小云等《2008年中国贫困地区农村法律服务调研报告》，载李小云等主编《2008中国农村情况报告》，社会科学文献出版社，2009，第346～373页。

查"显示，村里重大事务的决策主体由高到低的排序是"村党支部书记"（28.8%）、"村民代表会议"（23.8%）、"村民委员会主任"（11.7%）、"村民小组组长"（10.4%）、"村民委员会主任与村党支部书记"（1.7%）、"乡镇领导"（1.7%）。对于村级组织民主决策的状态，受访人中的11.5%认为村民完全通过民主决策来决定本村事务，28.9%认为村民能够参与决策并在一定程度上决定村里的事务，12.3%认为村民虽然能够参与并影响决策，但不能决定村里的事务，12.1%认为村民虽然能够参与但基本没有什么决策权，19.4%认为民主决策少，村民基本没有什么参与机会，15.8%认为没有民主决策。

民政部2005年进行的"全国村民自治状况抽样调查"涉及的村里各项决策的情况，见表1。

表1 2005年民政部调查显示的村务决策情况

单位：%

项　　　目	村民会议决定	村民代表会决定	村干部决定	不知道
乡镇统筹与村提留款	6.5	13.6	27.9	52.0
误工补贴人数和标准	3.1	10.9	25.9	60.1
村集体经济收益使用	4.0	13.3	25.1	57.6
公益事业经费筹集	9.7	20.9	24.4	45.0
公益事业方案与承包	5.9	17.9	24.6	51.6
土地承包经营方案	17.3	18.5	21.9	42.3
宅基地使用方案	8.3	14.2	31.1	46.4

中国农业大学2008年的"中国贫困地区农村法律服务调查"显示，对村里大事决策的依据，受访人中的18.9%认为是依据国家政策和法律，28.3%认为是依据村干部或基层干部的想法，7.3%认为是依据村规民约，17.3%认为是依据村民的想法，2.3%认为没有依据或村里没管，22.1%说不清。

从以上调查数据可以看出，以村民会议或村民代表会决定村里重大事务的在14%~40%（中位数27%）。

（7）村民参与决策的作用。民政部2005年进行的"全国村民自治状况抽样调查"显示，只有15.4%的受访人表示最近三年中村干部提议的事项被村民会议或村民代表会议否决，41.3%表示未否决过，43.4%表示不清楚。冯兴元等2005年主持的"中国村级组织调查"显示，40.7%的受访人参加过讨论村里大事的会议，59.3%未参与过；88.1%表示参与村庄重大事务表决时未受制于某个组织、家族和个人的压力，11.9%表示曾受制于这些压力；只有25.4%的受访人认为自己能够影响村里的一些决策或事务，64.3%认为个人没有影响力；39.3%的受访人经常参加村庄或社区活动，60.7%不经常参与。中国农业大学2008年的"中国贫困地区农村法律服务调查"显示，受访人中的66.1%认为普通农民应该参加村里大事的决策，但是67.8%认为自己不能影响村里决策，27.7%不关心村里各项事务。这些调查数据显示，受访村民认为能够影响村里决策的在15%～26%（中位数20.5%）。

（8）村财务开支审批和财务公开。民政部2005年进行的"全国村民自治状况抽样调查"显示，村财务收支的审批，受访人中的12.5%认为由村党支部书记兼村委会主任审批，10.4%认为由村党支部书记（不兼村委会主任）审批，12.5%认为由村委会主任（不兼党支部书记）审批，10.0%认为由村党支部书记和村委会主任共同审批，52.9%不知道由谁审批；受访人中的26.9%表示本村有民主理财小组，25.3%表示没有理财小组，47.8%不清楚是否有理财小组；对本村多长时间公布一次财务收支情况，受访人中的15.5%选择一年一次，9.9%选择半年一次，8.3%选择三个月一次，0.3%选择两个月一次，3.3%选择一个月一次，1.6%选择随时公布，16.7%选择从来没有公布过，44.3%选择不清楚；受访人中的2.4%表示对村的财务收支情况很清楚，5.0%比较清楚，14.1%知道一些收支情况，78.5%表示不清楚村财务收支情况；对村财务管理，受访人中的5.3%认为很好，15.4%认为比较好，24.7%认为一般，8.2%认为一般，4.0%认为很不好，42.4%表示不清楚。中国农业大学2008年的"中国贫困地区农村法律服务调查"显示，受访人中的73.1%不知道村财务管理等大事；对村财务管理的依据，受访人中的33.6%认为是依据国家政策和法律，18.8%认为是依据村干部或基层干部的想法，4.2%认为是依据村规民约，3.3%认为是依据村民的想法，2.8%认为没有依据或村里没管，34.3%说不清。

（9）村务公开。民政部2005年进行的"全国村民自治状况抽样调查"显示，村民了解村务、财务情况的渠道由高到低的排序是"看村务、财务公开栏"（50.7%），"听村民小组长或村民代表介绍"（26.7%），"听村干部开会介绍"（21.2%），"听大喇叭广播"（20.9%），"看发给村民的明白纸"（11.5%），"听村务监督小组或民主理财小组介绍"（5.6%），"查账"（5.3%）；受访人中的

19.8%表示村干部公开的事项真实可靠，39.7%表示基本真实可靠（真实性59.5%），28.0%表示部分真实可靠，8.1%表示不真实可靠，4.4%表示不清楚；村民对村务公开事项的具体认知，见表2。

表2　2005年民政部调查显示的村务公开情况

单位：%

项　　目	没公布	村民会议	公开栏	广播	其他	不清楚
统筹和提留款收缴使用情况	22.8	9.4	36.1	11.3	6.3	14.1
误工补贴发放情况	31.3	6.2	31.9	6.3	5.9	18.3
集体经济收入使用情况	29.8	7.2	35.8	4.0	4.5	18.9
村集体项目立项和承包	27.8	11.9	30.3	5.6	5.0	19.4
土地承包经营方案	20.6	23.6	27.0	7.1	5.2	16.5
宅基地使用审批	28.3	11.9	29.1	5.4	7.0	18.2
计划生育	8.4	10.1	48.6	13.8	8.5	10.5
救灾救济款物发放	24.0	9.1	35.2	8.2	8.1	15.4
水电费收集使用	24.3	4.8	30.5	15.0	12.0	13.3
村集体债权债务	33.5	7.1	31.0	3.3	5.2	19.9
种粮直接补贴或退耕还林补偿	15.2	14.7	31.6	13.6	10.9	13.9

从民政部的调查数据看，村务事项的公开在46%～81%（中位数63.5%）。

（10）建立村务公开监督小组。民政部2005年进行的"全国村民自治状况抽样调查"显示，受访人中的26.6%表示本村有村务公开监督小组，27.7%表示没有村务公开监督小组，45.7%不清楚是否有村务公开监督小组；25.8%表示本村村民委员会每年向村民代表会或村民会议报告工作，12.4%表示有的年份报告，有的年份不报告，19.6%表示从未报告过，42.2%不清楚是否报告过工作。

（11）村务公开的作用。民政部2005年进行的"全国村民自治状况抽样调查"显示，受访人中的49.1%认为村务公开能起到监督作用，11.7%认为不能，39.2%表示不好说或不清楚。

（12）民主评议和监督村民委员会工作。民政部2005年进行的"全国村民自治状况抽样调查"显示，受访人中的28.6%表示本村实行了民主评议村干部，27.0%表示没有实行，44.4%不清楚是否实行了民主评议村干部；受访人中的4.3%经常向村干部提意见和建议，19.6%偶尔提意见，76.2%没有提过意见和建议；村民向村干部反映意见的渠道由高到低的排序是"找村干部谈话"

（37.7%），"憋在心里不说"（33.8%），"找村民相互议论"（30.4%），"村里开会时发言提意见"（27.1%），"选举时不选他们"（20.8%），"向上级反映（上访）"（13.2%），"联合村民罢免他们"（2.4%）。冯兴元等2005年主持的中国村级组织调查显示，受访人中的51.8%认为能够对村民委员会工作进行有效监督，48.2%认为不能有效监督；41.9%给村干部提过意见，58.1%未提过意见；村民给村干部提意见的具体效果是，69.4%认为有改善，10.0%认为只听不做，5.3%认为不听，15.3%认为不了了之。

（13）制定村民自治章程。民政部2005年进行的"全国村民自治状况抽样调查"显示，受访人中的49.8%表示本村有村规民约或村民自治章程，28.8%表示没有，45.7%不清楚是否有村民自治章程；村民自治章程的制定，受访人中的23.1%认为是召开村民会议（户代表会议）讨论通过的，27.0%认为是召开村民代表会议通过的，15.0%认为是村干部分别征求过一部分村民的意见，15.3%认为是村干部商量决定、未征求村民意见，19.6%不清楚制定过程。

（14）村规民约的执行情况。民政部2005年进行的"全国村民自治状况抽样调查"显示，受访人中的13.3%认为村规民约或村民自治章程执行得很好，35.3%认为执行得比较好（48.6%认为执行得很好或较好），33.4%认为执行得一般，11.4%认为执行得不好或很不好，6.5%表示不清楚。

（15）村民对村干部的满意度。民政部2005年进行的"全国村民自治状况抽样调查"显示，受访人中的11.8%认为村干部在处理村务时的表现非常公正、公道，55.7%认为比较公正、公道（正面评价67.5%），12.6%认为不太公正、公道，4.0%认为很不公正、公道，15.9%表示不清楚。

（16）村民对村民自治的评价。民政部2005年进行的"全国村民自治状况抽样调查"显示，受访人中的14.2%认为村民自治效果很好，31.3%认为效果比较好（正面评价45.5%），43.8%认为效果一般，9.1%认为效果不太好或很不好，1.6%表示不清楚。冯兴元等2005年主持的"中国村级组织调查"则显示，对上届村民委员会工作的满意度为71.8%，对本届村民委员会工作的满意度为72.2%，对村党支部工作的满意度为75.0%。北京大学中国国情研究中心2008年的"公民文化与和谐社会调查"显示，受访人对本村村民委员会、居民委员会工作的满意度为5.69分（满分10分）。综合这些调查数据，村民对村民

自治的满意度应在 45.5% ~ 72.2% 之间（中位数 58.9%）。

3. 城市社区居民自治中的居民参与

在城市社区建设中，尤其是在居民自治中，一般居民的参与情况也可以采用问卷调查数据等作具体说明。

（1）对居民自治的认识。民政部 2005 年"全国百城社区建设情况调查"显示，对社区工作的认识，49.48% 的社区认为是"政府下派第一，居民求助第二，居委会自主开展工作第三"，24.05% 的社区认为是"政府下派第一，居委会自主开展工作第二，居民求助第三"。托马斯·海贝勒等 2002 ~ 2005 年主持的"中国城市社区调查"显示，[①] 受访人中只有 5.8% 认为居民委员会是自治组织，29.1% 认为居民委员会是政府机构的一部分，16.3% 认为居民委员会缺少自治的前提，48.8% 表示不知道；受访人中的 80.8% 认为街道办事处是居民委员会的上级领导，7.7% 认为居民委员会是居民和街道办事处之间的桥梁。

（2）政府部门在社区开展对话活动。民政部 2005 年"全国百城社区建设情况调查"显示，政府听取社区居民意见的途径，居民委员会反映占 65.63%，热线电话占 19.79%，干部入户调查占 14.58%，网上听取意见占 1.04%；76.04% 的受访人表示政府未公示服务承诺，23.96% 表示政府公示过服务承诺；6.81% 的社区未举办过政府部门与居民对话活动，27.66% 的社区举办过 1 ~ 3 次对话活动，5.53% 的社区举办过 4 ~ 6 次对话活动，2.98% 的社区举办过 7 次以上对话活动（举办过对话活动的占 36.17%）。

（3）对居民需求的认识和公共服务满意度。民政部 2005 年"全国百城社区建设情况调查"显示，居民认为对自己生活帮助很大的公共服务项目由高到低的排序是有线电视（74.75%）、菜市场（62.75%）、小型超市或小卖部（56.48%）、社区卫生站（48.58%）、美容美发（38.49%）、宽带接入（37.71%）、劳动保障服务站（35.27%）、餐厅（33.14%）、老人服务设施（28.22%）、洗衣店（27.69%）、停车场（26.77%）、文化设施（24.47%）、建设设施（23.76%）、儿童服务设施（21.18%）。中国政法大学 2006 ~ 2008 年"中国行政管理体制专项问卷调查"显示，居民对社区环境的满意度为 59.6%，

---

① 该调查的数据均来自托马斯·海贝勒、君特·舒耕德《从群众到公民——中国的政治参与》（城市卷），中央编译出版社，2009。

对社区治安的满意度为 57.9%，对社区卫生的满意度为 62.3%，对社区文体服务设施的满意度为 42.7%（综合满意度为 55.6%）。

（4）居民对不良政策的反映。中国政法大学 2006~2008 年"中国行政管理体制专项问卷调查"显示，居民对政府或某个单位作出的有损社区共同利益的决策，受访人中的 40.0% 选择事关自己利益一定要争取阻止，32.6% 选择政府的决策争也没用，13.3% 选择随大流、看别人态度，10.9% 认为没有有效途径去管，3.2% 认为没有精力去管。

（5）居民代表会议召开情况。民政部 2005 年"全国百城社区建设情况调查"显示，2003~2004 年，53.19% 的社区召开过 4 次以上居民代表会议，10.21% 的社区召开过 3 次会议，20.05% 的社区召开过 2 次会议，4.60% 的社区召开过 1 次会议（88.05% 的社区召开过会议）。

（6）居民协商议事委员会会议召开情况。民政部 2005 年"全国百城社区建设情况调查"显示，2003~2004 年，41.70% 的社区召开过 4 次以上居民协商议事委员会会议，5.53% 的社区召开过 3 次会议，16.17% 的社区召开过 2 次会议，5.53% 的社区召开过 1 次会议（68.93% 的社区召开过会议），2.13% 的社区未召开过会议。

（7）居民小组活动情况。民政部 2005 年"全国百城社区建设情况调查"显示，在被调查的 235 个社区中，居民小组经常开展活动的比率，5.11% 的社区在 10% 以下，9.36% 的社区在 11%~30%，19.21% 的社区在 31%~50%，15.74% 的社区在 51%~80%，33.19% 的社区在 81% 以上（50% 以上活动率的社区占 48.93%）。

（8）居民参与社区活动情况。民政部 2005 年"全国百城社区建设情况调查"显示，居民参与活动最多的一次的居民参与比例，25.96% 的社区在 10% 以下，22.13% 的社区在 11%~30%，9.79% 的社区在 31%~50%，13.19% 的社区在 51%~80%，2.90% 的社区在 81% 以上（50% 以上参与率的只占 16.09%）；受访居民中的 48.85% 参加过社区组织的志愿者活动，51.15% 未参加过；25.05% 参加过社区组织的文体活动，73.05% 未参加过。中国政法大学 2006~2008 年"中国行政管理体制专项问卷调查"显示，受访人中的 75.9% 参加过社区组织的志愿者活动，24.1% 未参加过；不参加志愿者活动的原因，43.4% 表示实在没有时间，17.2% 认为得不到相应回报，15.7% 认为没有多大实际意义，

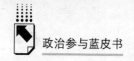

10.9%表示可能不好意思，1.9%表示家人不太支持。

（9）举办居民论坛情况。民政部2005年"全国百城社区建设情况调查"显示，2004年内，5.11%的社区未举办过居民论坛，31.06%的社区举办过1次论坛，6.30%的社区举办过2次论坛，3.75%的社区举办过3次以上论坛；受访居民中的30.56%表示社区有居民论坛，35.66%表示社区没有居民论坛，33.04%表示不清楚；受访居民中的60.38%表示社区如果有居民论坛会去参加，27.27%表示与我相关就会参加，11.37%表示不会参加。中国政法大学2006～2008年"中国行政管理体制专项问卷调查"显示，受访人中的49.3%表示本社区有居民论坛，37.5%表示没有，13.2%表示不知道；68.3%表示社区如果有居民论坛会去参加，24.7%表示与我相关就会参加，7.0%表示不会参加。

（10）举办社区听证会情况。民政部2005年"全国百城社区建设情况调查"显示，10.21%的社区未举办过社区听证会，22.98%的社区举办过1～3次听证会，0.43%的社区举办过4～6次听证会，1.28%的社区举办过7次以上听证会；受访居民中的47.13%表示社区有过听证会，10.98%表示没有举办过社区听证会，39.87%表示不清楚。中国政法大学2006～2008年"中国行政管理体制专项问卷调查"显示，受访人中的63.8%表示本社区有过居民听证会，12.5%表示没有，23.7%表示不知道；69.2%表示社区如果举办听证会会去参加，24.5%表示与我相关就会参加，6.3%表示不会参加。

（11）社区重大事务决策的参与。中国政法大学2006～2008年"中国行政管理体制专项问卷调查"显示，受访人中的38.8%经常被邀请参加与居民直接有关事务的讨论，40.5%曾被邀请参加过（参加过决策的占79.3%），20.2%一次也没被邀请过；67.4%的受访人表示涉及整个社区利益的事务应征求居民意见，20.1%表示涉及个人切身利益的事务应征求本人意见，12.5%表示涉及一些人的利益应征求居民意见；涉及与个人利益相关事务的决定，41.5%的受访人表示作出决定前以某种方式征求了本人意见，33.8%表示通知本人结果并解释了原因，11.6%表示通知本人结果但没有解释原因，5.5%表示根本就未告诉本人；受访人中的74.3%认为社区暂住人员有权参与本社区建设和管理，13.3%认为无权，12.3%表示无所谓。

（12）居务公开情况。中国政法大学2006～2008年"中国行政管理体制专项问卷调查"显示，受访人中的81.6%表示本社区有"居务公开栏"，7.6%表示没有，10.8%表示不清楚；66.7%表示关心居务公开，8.2%表示不关心，25.1%表示与我相关就会关心。中国政法大学2006~2008年"中国行政管理体制专项问卷调查"显示，受访人中的47.3%表示了解社区居民委员会的工作，45.9%表示了解一些，6.8%表示不清楚；34.0%表示社区居民委员会与居民的沟通很密切，49.1%表示较密切，15.8%表示不很密切，1.0%表示根本不密切。

（13）居民评议社区工作人员情况。民政部2005年"全国百城社区建设情况调查"显示，2003~2004年，3.03%的社区未召开过评议社区工作人员会议，27.66%的社区召开过1次评议会议，35.32%的社区召开过2次评议会议，6.30%的社区召开过3次以上评议会议（69.28%的社区召开过评议会议）。

（14）居民向社区居民委员会等提意见和建议。中国政法大学2006~2008年"中国行政管理体制专项问卷调查"显示，受访人中的54.9%表示很愿意就社区公共事务向居民委员会或有关部门提出建议，33.9%表示比较愿意提建议，8.4%表示无所谓；1.7%表示不愿意提建议；39.7%没有提过建议，60.3%提过建议；对于所提建议和意见，受访人中的81.9%表示社区党组织或居民委员会会热情接待，积极反映，14.9%表示会热情接待但行动不力，2.3%表示会态度消极，搪塞应付，0.9%表示会不予理睬；居民反映意见的方式，55.3%选择亲自到居民委员会办公室，23.8%选择打电话，15.4%选择反映给居民代表或楼长。托马斯·海贝勒等2002~2005年主持的"中国城市社区调查"显示，居民对居民委员会工作提过建议或表达过自己意见的，沈阳为51.7%，重庆为43.8%，深圳为40.0%。

（15）居民对物业公司、业主委员会的满意度。中国政法大学2006~2008年"中国行政管理体制专项问卷调查"显示，33.3%的受访人认为居民与物业公司关系很好或较好，37.3%认为居民与业主委员会关系很好或较好；66.3%希望居民委员会与物业管理部门合在一起对小区进行管理，31.2%不希望这样做，2.5%坚决反对这样的做法；受访人对物业公司的满意度为24.0%，对业主委员会的满意度为22.6%。

（16）居民对社区建设和居民自治的满意度。民政部2005年"全国百城社区建设情况调查"显示，普通居民对社区建设的满意度为72.17%，对社区居民委员会的满意度为85.31%，对社区党组织的满意度为75.77%（综合满意度为77.75%）。中国政法大学2006~2008年"中国行政管理体制专项问卷调查"显示，受访人对社区居民委员会的满意度为74.0%，对社区党组织的满意度为74.0%。

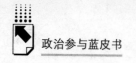

（三）政策参与

2003～2010 年中国公民的政策参与，还缺乏系统的问卷调查，只能根据现有的一些其他调查数据等，说明其基本情况。

1. 评价政府的权利意识

北京大学中国国情研究中心 2008 年的"中国公民意识调查"显示，对于"像我这样的人，无权评价政府行为"，受访人中的 10.9% 非常同意，30.2% 比较同意（41.1% 持赞成态度），5.9% 中立，38.4% 不太同意，14.6% 非常不同意（53.0% 持反对态度）。

北京大学中国国情研究中心 2008 年的"公民文化与和谐社会调查"显示，对于"像我这样的人，无权评价政府行为"，受访人中的 6.49% 非常同意，23.35% 比较同意（29.84% 持赞成态度），9.12% 中立，44.82% 不太同意，16.22% 非常不同意（61.04% 持反对态度）。

从这样的调查数据看，53%～61% 的受访人认可公民有权评价政府行为（中位数 57%）。

2. 政策参与意愿

吴潜涛 2005 年主持的"当代中国公民道德状况调查"显示，[①] 对于"如果政府的某项政策不合理，或侵犯了个人利益所采取的做法"，受访人中的 43.43% 选择"想方设法反映情况，表达自己的意见"，21.73% 选择"在方便时顺便说一下"，10.15% 选择"私底下发牢骚"，15.25% 选择"在其他人提出来时也会跟着响应"，4.38% 选择"服从"。

3. 政策参与的实际选择

北京大学中国国情研究中心 2008 年的"公民文化与和谐社会调查"设计了两组与政策参与有关的问题。（1）在"维持国内秩序"、"重要政府决策上有更多发言权"、"控制物价上涨"、"保障言论自由" 4 个选项中，受访人认为第一重要的排序是"控制物价上涨"（57.78%）、"维持国内秩序"（35.25%）、"重要政府决策上有更多发言权"（4.81%）、"保障言论自由"（2.15%）。（2）在"快速的经济增长"、"保证我国有强大的国防力量"、"保证人们在工作单位和社

---

① 该调查数据均来自吴潜涛等《当代中国公民道德状况调查》，人民出版社，2010。

区中有更多的发言权"、"努力使我们的城市和乡村更美丽"4 个选项中，受访人的首选排序是"快速的经济增长"（41.05%）、"保证我国有强大的国防力量"（31.74%）、"努力使我们的城市和乡村更美丽"（23.65%）、"保证人们在工作单位和社区中有更多的发言权"（3.56%）。从这样的数据可以看出，在政策参与和其他问题进行比较和选择时，选择政策参与的比例极低（中位数 4.2%）。

4. 计算机网络承载的政策参与

进入 21 世纪后，随着计算机的普及，中国的"网民"人数快速增长。2002 年全国共有网民 0.59 亿人，占全国总人口的 4.60%；2003 年全国共有网民 0.80 亿人，占全国总人口的 6.19%；2004 年全国共有网民 0.94 亿人，占全国总人口的 7.29%；2005 年网民增至 1.11 亿人，占全国总人口的 8.47%；2006 年网民增至 1.37 亿人，占全国总人口的 10.46%；2007 年网民增至 2.10 亿人，占全国总人口的 15.91%；2008 年 6 月，中国网民达到 2.53 亿人，网民总数超过美国，成为世界上网民最多的国家；2008 年底网民增至 2.98 亿人，占全国总人口的 22.44%；2009 年网民增至 3.84 亿人，占全国总人口（13.35 亿人）的 28.76%。① 2010 年 3 月，中国网民达到了 4.04 亿人，应已接近或超过总人口的 30%。

根据《第 25 次中国互联网发展状况统计报告》的统计，各类网络使用率和应用指数（中国的个人互联网应用指数为 56.1）是：（1）网络娱乐应用指数为 71.7，其中网络音乐使用率最高（83.5%，总排序第一），其次是网络游戏（68.9%，总排序第五），再次是网络视频（62.6%，总排序第六），网络文学使用率最低（42.3%，总排序第十）；（2）信息获取应用指数为 76.7，其中网络新闻使用率最高（80.1%，总排序第二），其次是搜索引擎（73.3%，总排序第三）；（3）交流沟通（互动参与）指数为 49.0，其中即时通信使用率最高（70.9%，总排序第四），其次是博客应用（57.7%，总排序第七），再次是电子邮件（56.8%，总排序第八），最后是社交网站（45.8%，总排序第九），论坛使用率最低（30.5%，总排序第十一）；（4）商务交易指数为 20.2，其中网络购物使用率最高（28.1%，总排序第十二），其次是网上银行（24.5%，总排序第

---

① 中国互联网络信息中心：《第 25 次中国互联网络发展状况统计报告》，"新华网" 2010 年 1 月 15 日载文。

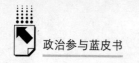

十三），再次是网上支付（24.5%，总排序第十四），第四是网络炒股（14.8%，总排序第十五），旅行预订使用率最低（7.9%，总排序第十六）。

中国政法大学2003～2005年的"中国公民人文素质调查"显示，① 受访人不上网或极少上网的约占39%，上网的受访人的网络利用率由高到低的排序是"娱乐"（约51%），"信息利用"（约48%），"学习"（约48%），"交友"（约42%），"随便聊天、打发时间"（约31%），"论坛或创作"（约30%），"看稀奇"（约25%），"商务"（约23%），"谈恋爱"（约7%）。这样的调查结果与《第25次中国互联网发展状况统计报告》反映的情况基本吻合。

北京大学中国国情研究中心2008年的"公民文化与和谐社会调查"显示，在网络上发表政治评论的，利用网络论坛的最多（47.31%），其次是网络聊天室（39.59%），利用网络博客的最少（24.33%）；参与网络民主讨论的只有22.50%利用政府网站获取信息、作出评论或提出意见，77.50%不利用政府网站。

中国网民利用论坛发表意见（不一定都是对政策发表意见）的虽然只占30%，但是比起参加政策听证会或直接向政府反映政策意见等政策参与方式，网络承载的政策参与显然涉及的民众最多，讨论的政策问题也更为宽泛。

5. 民众对政策的了解程度

南开大学周恩来政府管理学院2004～2007年的"农村居民眼中的服务型政府调查"显示，② 农村居民并不是很了解新农村政策（2.61分，总分5分）和政府任务（2.21分），但是会较积极响应政府号召（3.47分）。中国农业大学2008年的"中国贫困地区农村法律服务调查"显示，受访人对涉农政策的了解程度不高，57.0%不了解村民自治制度，49.8%不知道征地补偿安置制度，43.1%不知道基本农田保护制度，31.6%不知道种粮直补政策，29.0%不知道计划生育家庭奖励计划，18.9%不知道义务教育免费政策，15.8%不知道土地承包制度，7.9%不知道农村新型合作医疗制度（不了解政策的均值为31.6%）。农民了解政策的主要途径是看电视（72.8%）和村干部的宣传（10.3%）。

---

① 该调查的数据均来自石亚军主编《中国公民人文素质研究——数据评析与对策建议》，经济科学出版社，2009。
② 该调查的数据均来自朱光磊主编《中国政府发展研究报告》第2辑《服务型政府建设》，中国人民大学出版社，2010，第139～203页。

6. 民众对决策过程的认知

中国政法大学 2006 ~ 2008 年的"行政管理体制调查"显示，对地方政府主要采用哪些决策方式，受访人的选择由高到低的排序是"专家论证"（78.1%）、"成本效益分析"（58.5%）、"公众参与"（52.6%）、"决策程序公开"（45.4%）；地方政府决策的利益取向，由高到低的排序是"当地各阶层的利益"（53.0%）、"当地弱势群体的利益"（15.7%）、"上级领导的利益"（14.3%）、"当地党政部门及公务员的利益"（7.2%）、"当地民间精英的利益"（7.1%）、"其他社会群体的利益"（2.7%）。从政策参与的角度看，50%上下的民众注意到了决策过程中的公众参与和决策程序公开问题。

7. 民众对政策执行过程问题的认知

中国政法大学 2006 ~ 2008 年的"行政管理体制调查"显示，在解决当前社会反映强烈的上学难、看病难、住房难等民生问题上，政府存在的主要问题由高到低的排序是"政府公共服务职能履行不到位"（75.7%）、"政府公共服务市场取向的改革不合理"（60.6%）、"公共利益部门化，部门利益个人化"（59.4%）、"某些利益集团控制了政府决策"（40.3%）、"政府部门执行政策时打折扣，自行变通"（25.4%）、"政府部门分工过细，缺乏系统管理思维"（18.9%）；中央政令有令不行、有禁不止的原因由高到低的排序是"地方保护"（71.3%）、"法制不健全"（62.7%）、"政令本身的科学性和可操作性不足"（43.1%）、"政出多门，地方政府无所适从"（35.4%）、"缺乏执行政令的人、财、物手段"（34.7%）、"中央政令忽视地方利益"（18.3%）、"中央权威不足"（12.6%）。

8. 民众对政策绩效的认知

中国政法大学 2006 ~ 2008 年的"行政管理体制调查"显示，受访人对"种粮补贴"政策，45.8%选择"赞成，它克服了流通领域补贴的弊端，调动了农民种粮积极性"，33.3%选择"不太赞成，认为分发到户的种粮补贴对增进农民收入没有实际意义"，2.1%选择"反对，应当就该项资金直接补贴到流通领域"；对农村合作医疗政策，81.3%认为"有一定效果，一定程度上缓解了农民的看病贵看病难问题"，12.5%认为"没什么效果，政策力度不够，农民受惠少"，只有 2.1%认为"非常成功，解决了农民看病贵看病难的问题"；对中央涉农政策贯彻、执行不到位的现象，76.1%认为"偶尔有这样的事情，但不经常发生"，15.2%认为"很普遍，经常发生这样的事情"，8.7%认为"从来没有这样

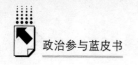

的事情发生"（政策绩效均值71.3%）。

全国总工会2007年的"第六次中国职工状况调查"显示，对现行的社会失业保险制度，受访人中的12.0%认为好，15.9%认为较好（正面评价27.9%），35.4%认为一般，10.6%认为较差，5.8%认为很差，20.3%表示不知道。对现行的社会医疗保险制度，受访人中的15.0%认为好，20.6%认为较好（正面评价35.6%），38.5%认为一般，9.9%认为较差，5.1%认为很差，10.8%表示不知道。对现行的社会养老保险制度，受访人中的17.3%认为好，23.6%认为较好（正面评价40.9%），39.4%认为一般，5.8%认为较差，3.2%认为很差，10.7%表示不知道；对现行的社会工伤保险制度，受访人中的14.7%认为好，19.2%认为较好（正面评价33.9%），36.1%认为一般，6.6%认为较差，3.1%认为很差，20.4%表示不知道；对现行的社会生育保险制度，受访人中的12.0%认为好，16.5%认为较好（正面评价28.5%），30.6%认为一般，4.9%认为较差，2.8%认为很差，33.2%表示不知道（正面评价均值33.4%）。

全国总工会2007年的"第六次中国职工状况调查"还显示，对政府采取的"给零就业家庭提供工作岗位"措施对促进社会和谐的意义，受访人中的62.4%认为意义重大，33.7%认为有一定意义，4.0%认为意义不大。对政府采取的"提高城镇最低生活保障标准、扩大低保覆盖面"措施对促进社会和谐的意义，受访人中的62.8%认为意义重大，32.4%认为有一定意义，4.8%认为意义不大。对政府采取的"提高最低工资标准"措施对促进社会和谐的意义，受访人中的67.0%认为意义重大，29.2%认为有一定意义，3.8%认为意义不大。对近年来政府采取的"要求高收入者申报纳税"措施对促进社会和谐的意义，受访人中的57.3%认为意义重大，34.3%认为有一定意义，8.4%认为意义不大。对政府采取的"逐步免除义务教育阶段学杂费"措施对促进社会和谐的意义，受访人中的75.4%认为意义重大，22.2%认为有一定意义，2.4%认为意义不大。对政府采取的"限制药品价格"措施对促进社会和谐的意义，受访人中的73.7%认为意义重大，22.1%认为有一定意义，4.2%认为意义不大。对政府采取的"为低收入群众提供廉租住房和经济适用房"措施对促进社会和谐的意义，受访人中的65.6%认为意义重大，29.9%认为有一定意义，4.5%认为意义不大。对政府采取的"加强环境保护，减少资源浪费"措施对促进社会和谐的意义，受访人中的74.3%认为意义重大，22.9%认为有一定意义，2.8%认为意义不大（意义重大均值 67.3%）。

9. 政策满意度

北京大学中国国情研究中心 2008 年的"公民文化与和谐社会调查"显示，受访人对"总体而言，我基本上满意政府政策"的提法，31.16% 表示非常同意，54.21% 表示比较同意（持同意态度的占 85.37%），6.16% 表示中立，6.68% 表示不太同意，1.79% 表示非常不同意。

10. 政策参与的满意度

北京大学中国国情研究中心 2008 年的"中国公民意识调查"显示，对于"政府官员不太在乎像我这样的人有何种想法"，受访人中的 14.9% 非常同意，41.5% 比较同意（56.4% 持赞成态度），7.9% 中立，28.5% 不太同意，7.1% 非常不同意（35.6% 持反对态度）。

北京大学中国国情研究中心 2008 年的"公民文化与和谐社会调查"显示，对于"政府官员不太在乎像我这样的人有何种想法"，受访人中的 12.35% 非常同意，39.60% 比较同意（51.95% 持赞成态度），10.65% 中立，29.08% 不太同意，8.32% 非常不同意（37.40% 持反对态度）。

只有 35% ~38% 的人反对"政府官员不太在乎像我这样的人有何种想法"的说法（中位数 36.5%），表明民众对参与政策或意见表达还是有较大的疑虑，亦间接反映了公民对政策参与的满意度不是很高。

（四）接触式参与

接触式参与有不同的形式，各种调查数据说明了不同形式接触式参与的选择情况。

中国政法大学 2003 ~2005 年的"中国公民人文素质调查"显示，对于"如果与他人有激烈矛盾纠纷，首先会想到的解决方法"，受访人中的约 59% 选择"遵循法律和政策规定解决"，约 37% 选择"找单位和领导帮助解决"，约 4% 选择"通过恐吓、武力或其他施压方式解决"。

南开大学周恩来政府管理学院 2004 ~2007 年的"农村居民眼中的服务型政府调查"显示，农村居民对政治参与的 10 种途径由高到低的赋值（满分 5 分）是"响应政府号召"（3.47）、"看电视新闻"（3.25）、"参与村民委员会选举"（2.87）、"相信政府会答复意见"（2.69）、"了解新农村政策"（2.61）、"了解政

府任务"（2.21）、"接触乡干部"（2.05）、"接触县干部"（1.59）、"有困难求助政府"（0.62）、"向政府提建议"（0.49）。

胡荣 2005 年对"福建省厦门市城市居民的政治参与调查"显示，① 受访人经常或较经常的政治参与方式有"为自己或同事利益找单位领导"（10.1%）、"为自己的合法权益向政府投诉"（6.3%），"在网络上参与讨论国家大事"（5.1%），"给媒体写信表达对问题的看法"（4.5%），"向人大代表、政协委员提意见"（3.0%），"在网络上对本市发展问题发表意见"（2.6%），"到政府部门或信访部门上访"（2.4%），"写信给政府部门或信访部门投诉"（1.8%），"带头到政府请愿讲理"（1.3%）。

全国总工会 2007 年的"第六次中国职工状况调查"显示，受访人遇到困难和问题时倾向找谁解决由高到低的排序是"亲朋好友"（38.8%）、"政府（行政部门）"（19.4%）、"工会"（11.5%）、"党组织"（9.7%），"新闻媒体"（5.8%）、"司法部门"（5.0%）、"社区组织"（4.5%）、"慈善机构"（0.4%）、"宗教组织"（0.2%）。

中国人民大学 2003～2008 年的综合社会调查涉及不同情况下的参与方式选择，可分述与下。

（1）对于"遭遇与他人纠纷时的解决途径"，受访人由高到低的选择是"熟人调解"（30.7%），"忍了"（26.5%），"政府部门或村组织调解"（20.5%），"法律途径"（16.2%），"找对方单位领导"（8.0%），"媒体投诉"（1.2%），"自己协调解决"（0.6%），"武力解决"（0.2%）；解决与他人纠纷的诉求则是"法律途径"（31.2%），"集体上访"（22.7%），"找上级领导解决"（21.1%），"找该机关领导解决"（10.7%），"忍了"（10.7%），"找媒体投诉"（1.7%），"自己协调解决"（1.0%），"武力解决"（0），"看情况而定"（0.4%）。

（2）对于"同政府机关（村组织）发生纠纷时的应对措施"，受访人由高到低的选择是"法律途径"（27.6%），"找上级领导"（26.8%），"忍了"（26.1%），"找该机关领导"（19.5%），"集体上访"（13.4%），"媒体投诉"（4.6%），"自己协调解决"（0），"武力解决"（0）；解决与政府机关纠纷的诉

---

① 该调查的数据均来自胡荣《社会资本与城市居民的政治参与》,《社会学研究》2008 年第 5 期。

求则是"法律途径"（41.3%），"找上级领导解决"（25.1%），"找该机关领导解决"（14.4%），"忍了"（11.8%），"找媒体投诉"（4.2%），"集体上访"（2.3%），"自己协调解决"（0.2%），"武力解决"（0），"看情况而定"（0.2%）。

（3）对于"城乡居民遭受环境污染所采取的行动"，受访人由高到低的选择是"直接与污染者交涉"（44.38%），"找政府有关部门处理"（43.20%），"向新闻媒体反映"（4.14%），"向法院提起诉讼"（1.18%）。

（4）对于"遭受不公平对待时所采取的解决手段"，受访人由高到低的选择是"上访"（39.61%），"直接找对方要说法"（37.67%），"找律师咨询有关知识"（19.17%），"找亲戚、朋友或熟人咨询有关知识"（19.17%），"到法院起诉"（13.94%），"向新闻媒体投诉"（6.50%），"通过亲戚、朋友或熟人施加压力"（4.22%），"游行、示威、罢工、罢课"（2.70%）；解决纠纷的社会网络诉求则是"上门找对方"（35.9%），"找律师咨询"（19.2%），"找亲友咨询"（19.2%），"到法院起诉"（13.9%），"个人、家庭上访"（9.5%），"集体上访"（8.9%），"向媒体投诉"（6.5%），"通过亲友施压"（4.2%），"私下威胁报复"（1.8%），"游行示威"（1.8%），"罢工罢课"（0.9%）。

（5）对于"遭遇不公平时想去上诉的部门"，受访人由高到低的选择是"本地政府"（49.2%），"法院"（16.0%），"本单位领导"（14.6%），"非政府组织"（3.4%），"工会、共青团、妇联等社会团体"（2.1%）；实际上诉的部门则是"本地政府"（43.4%），"法院"（16.5%），"社会团体"（6.7%），"非政府组织"（5.9%）。

（6）对于"农村居民遭到冤屈时最想求助的部门"，受访人由高到低的选择是"本地政府"（57.2%），"法院"（17.6%），"本单位领导"（8.0%），"非政府组织"（3.9%），"工会、共青团、妇联等社会团体"（1.0%）。

北京大学中国国情研究中心2008年的"中国公民意识调查"显示，在列出的9项政治参与方式中，受访人有过的参与行为由高到低的排序是"为一项社会活动组织募捐或筹集资金"（21.1%），"参加与政治有关的各种会议"（15.3%），"向上级政府领导表达自己的观点"（14.1%），"通过社会组织表达自己的观点"（5.9%），"为某项特定的理想或事业加入组织或团体"（5.9%），"在互联网有关政治主题的论坛或者讨论组中发表自己的观点"（5.4%），"在请愿书上签名"（4.8%），"通过媒体表达自己的观点"（2.7%），"游行、静坐、

示威"（1.6%）。

中国公民的接触式参与，无论是为了个人的事情还是为了大众的事情，无论是政治问题还是经济问题、社会问题，大致可以归纳为14种参与途径，可对各途径的情况作简要说明。

1. 接触上级领导

"接触上级领导"的参与方式，一般应指在本单位、团体、组织内部已经无法解决问题，寻求上级领导帮助（主要是寻求政府帮助），但又不是通过上访的渠道，而是通过个人接触的方式（如自己上门找上级领导、通过熟人找上级领导、通过组织系统向上级反映、利用领导下来调研视察的机会接近领导等）反映问题，尽管在不少调查中将找单位和领导解决问题列为一类，或将向政府有关部门反映与信访列为一类，但大体还是可以看出，接触上级领导应是公民接触式参与中选择意愿较高的一种；但冯兴元等2005年主持的"中国村级组织调查"显示，在受访人获得帮助的7种渠道中，找国家与政府党政干部帮助只占5.3%；北京大学中国国情研究中心2008年的"公民文化与和谐社会调查"显示，在向上级领导表达自己的观点方面，受访人中的5.71%表示"去年参加过"，8.93%表示"更早以前参加过"，1.52%表示"以前参加过，今后绝不参加"，29.07%表示"从未参加过，但将来有可能会参加"，54.78%表示"从未参加，今后也绝不参加"；北京大学中国国情研究中心2008年的"中国公民意识调查"显示，受访人与本乡镇或区、县、市领导接触的频率，经常找的只占0.7%，找过几次的占2.2%，找过一次的占1.7%，从未找过的占95.4%；找领导所要解决的问题，37.6%是村、居或社区问题，62.4%是个人问题。也就是说，尽管民众找上级领导解决问题的意愿较高，但实际找上级领导的频率很低，应在6%上下。

2. 单位内部解决

"单位内部解决"的参与方式，应该既包括公民个人在国家机关、企业、事业单位内部找单位反映意见和要求解决问题，也包括公民个人在村民委员会、社区居民委员会内部反映意见和要求解决问题，其主要方式是公民个人或公民群体与"单位"领导的接触。

从各种调查结果看，"单位内部解决"是民众选择意愿相当高的一种参与方式（综合比例应在30%~40%）。在实际参与层面，城市和农村基层的"单位内部解决"亦占较高比例（综合比例应在30%上下）。冯兴元等2005年主持的"中国村级组织调查"显示，受访人经常接触村干部的占43.2%，接触不多的占28.1%，偶尔接触的占16.9%，从不接触的占11.9%；在受访人获得帮助的7种渠道中，找村干部帮助的占29.2%。民政部2005年进行的"全国村民自治状况抽样调查"显示，在处理家庭纠纷、街坊邻里纠纷时，分别有40.1%和73.5%的受访人选择找村干部帮助解决；即便是借钱借物、婚丧嫁娶、治病就医，亦分别有11.1%、9.8%和14.9%的受访人选择找村干部帮助解决。中国农业大学2008年的"中国贫困地区农村法律服务调查"显示，农民对纠纷化解途径的选择，首先是村干部调解（43.9%），其次是双方自己和解（28.8%），找政府的比例偏低（3.0%）。中国政法大学2006～2008年的"社区居民问卷调查"显示，受访人中的29.7%找居民委员会主任办过事，21.6%找社区党支部书记办过事。北京大学中国国情研究中心2008年的"中国公民意识调查"显示，受访人与本村民委员会、居民委员会、社区干部接触的频率，经常找的只占2.7%，找过几次的占15.7%，找过一次的占7.5%，从未找过的占74.0%；找基层自治组织干部所要解决的问题，20.3%是村、居或社区问题，79.7%是个人问题。

3. 接触人大代表

通过接触人大代表，反映公民（选民）的意见和建议，或解决公民面临的一些实际困难和问题，是一种具有中等意愿的参与方式。公民接触人大代表的意愿不高，应与民众对人民代表大会和人大代表作用的基本评价有密切关系。公民（选民）实际接触人大代表的比例更低，北京大学中国国情研究中心2008年的"中国公民意识调查"显示，受访人与本乡镇或区、县、市人大代表接触的频率，经常找的只占0.5%，找过几次的占2.2%，找过一次的占1.3%（找过的占4.0%），从未找过的占96.0%；找人大代表所要解决的问题，38.8%是村、居或社区问题，61.2%是个人问题。

4. 接触政协委员

"接触政协委员"的参与方式，在学者的问卷调查中或者没有涉及，或者与人大代表合在一起，算作一类参与方式，原因应有三点：一是政协委员并不是选举产生的，不能像人大代表一样通过选区或选举单位联系选民，一般民众亦不一定知道在自己周围谁是政协委员；二是在人大代表与政协委员之间比较，民众更愿意找"权力机关"的人，而不愿意找"协商机构"的人；三是民众对政协制

度的作用认识不高，尤其对民主党派是否能够代表自己利益不一定有明确认识。采用过这种接触方式的民众应在2%以下。

5. 参加民间组织或社会组织

所谓"民间组织"或"社会组织"，可包括商业协会、行业协会、农民协会、环保组织、农民工组织以及业主委员会等组织。

中国人民大学2003～2008年的综合社会调查显示，只有1.39%的受访人（141人）参加了协会、社团、俱乐部或其他组织。这141人参加了175个组织，其中生活、娱乐组织占31.43%，教育、科学、文化、研究组织占22.86%，群体和社区自我管理组织占15.43%，政治组织占10.29%，联谊、社交组织占8.57%，经济、商业组织占6.86%，其他组织占4.57%。对农村居民的调查显示，受访人中的99.4%未参加社团、组织，只有0.6%参加了社团、组织。

北京大学中国国情研究中心2008年的"中国公民意识调查"显示，尽管有91%的受访人认为参加民间团体不会受到限制，但是受访人中的92.9%不是工会成员，98.7%不是商会、协会、私协、行业协会会员，98.4%不是职业协会、学会会员，95.1%不是体育或娱乐团体成员，97.1%不是同乡会成员。

北京大学中国国情研究中心2008年的"公民文化与和谐社会调查"显示，受访人中只有1.16%参加了商会、个协会、私协、行业协会，1.38%参加了职业协会、学会，1.41%参加了教堂或其他宗教组织，4.13%参加了体育或娱乐组织，3.37%参加了邻里或社区组织，2.20%参加了其他志愿组织或社会组织。在为某项特定的理想或事业加入组织和团体方面，受访人中的1.50%表示"去年参加过"，5.51%表示"更早以前参加过"，1.52%表示"以前参加过，今后绝不参加"，20.86%表示"从未参加过，但将来有可能会参加"，70.62%表示"从未参加过，今后也绝不参加"。

从以上调查数据看，民众以参加社会组织的形式实现政治参与的综合比例应在4%以下。

6. 依靠社会组织

"依靠社会组织"的参与方式亦可称为"依靠民间组织"的参与方式，专指民众通过民间组织或社会组织解决自己的问题，与上文的民众参加民间组织或社会组织有所区别。

北京大学中国国情研究中心2008年的"中国公民意识调查"显示，受访人与商业协会、行业协会接触的频率，经常找的只占0.2%，找过几次的占0.6%，找过一次的占0.6%，从未找过的占98.6%；找商业协会、行业协会所要解决的问题，33.3%是村、居或社区问题，66.7%是个人问题；受访人与其他社会组织接触的频率，经常找的只占0.2%，找过几次的占0.4%，找过一次的占0.5%，从未找过的占98.9%；找其他社会组织所要解决的问题，41.2%是村、居或社区问题，58.8%是个人问题。

北京大学中国国情研究中心2008年的"公民文化与和谐社会调查"显示，在通过社会组织表达自己的观点方面，受访人中的1.32%表示"去年参加过"，3.01%表示"更早以前参加过"，1.70%表示"以前参加过，今后绝不参加"，29.64%表示"从未参加过，但将来有可能会参加"，64.14%表示"从未参加过，今后也绝不参加"。

也就是说，无论是参与意愿还是参与实际，"依靠社会组织"的参与方式都还处于较低或低水平（综合比例应在2%以下）。

7. 依靠熟人网络

"依靠熟人网络"的参与方式，可作较宽泛的理解，将亲戚、朋友、同事、同学、同乡、宗族、家族以及"有势力的人"等都纳入"熟人"的范畴。中国人的交际网络，往往可以在需要时变成一个"办事"或参与解决纠纷的网络。

前引中国人民大学2003～2008年的"综合社会调查"反映出民众在涉及个人的纠纷中首先倚赖熟人调解，但是在与政府部门有纠葛和面临政策问题时，熟人依赖度则大大降低。

民政部2005年进行的"全国村民自治状况抽样调查"显示，面对不同问题时熟人依赖度不同：（1）家庭或家族纠纷，受访人中的28.5%选择亲属亲戚帮助，5.6%选择街坊邻里帮助，24.0%选择家族长辈帮助，40.1%选择村干部帮助；（2）街坊邻里纠纷，受访人中的8.8%选择亲属亲戚帮助，9.5%选择街坊邻里帮助，6.2%选择家族长辈帮助，73.5%选择村干部帮助；（3）借钱借物，受访人中的72.2%选择亲属亲戚帮助，11.5%选择街坊邻里帮助，2.2%选择家族长辈帮助，11.1%选择村干部帮助；（4）婚丧嫁娶，受访人中的54.2%选择亲属亲戚帮助，26.1%选择街坊邻里帮助，8.7%选择家族长辈帮助，9.8%选择村干部帮助；（5）治病就医，受访人中的66.7%选择亲属亲戚帮助，11.3%选择街坊邻里帮助，2.9%选择家族长辈帮助，14.9%选择村干部帮助。

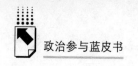

冯兴元等 2005 年主持的"中国村级组织调查"显示，受访人在遇到困难时获得帮助的 7 种渠道中，亲属排序第一（40.6%），以下是村干部（29.2%）、朋友（20.8%）、国家与政府党政干部（5.3%）、其他组织（3.0%）、慈善机构（0.2%），宗教团体排在最后（0.2%）。

北京大学中国国情研究中心 2008 年的"中国公民意识调查"显示，受访人与城市业主委员会代表或农村宗族家长接触的频率，经常找的只占 0.7%，找过几次的占 3.7%，找过一次的占 1.6%，从未找过的占 94.0%；找城市业主委员会代表或农村宗族家长所要解决的问题，26.0% 是村、居或社区问题，74.0% 是个人问题。受访人与一些有势力的人接触的频率，经常找的只占 0.4%，找过几次的占 1.9%，找过一次的占 1.7%，从未找过的占 96.0%；找有势力的人所要解决的问题，19.0% 是村、居或社区问题，81.0% 是个人问题。

北京大学中国国情研究中心 2008 年的"公民文化与和谐社会调查"涉及了在熟人社会中的政治沟通倾向。该调查显示，15.83% 的受访人在一周内曾通过小道消息了解时事政治情况，84.17% 没有这种情况。受访人经常与他人谈论政治话题的，住在一起的家人比例最高（11.45%），以下是本地的朋友（10.74%）、家乡的朋友（6.15%）、在家乡的亲人（4.43%）、在外地工作的家人（2.27%），在外地工作的朋友比例最低（1.66%）；沟通的方式，面谈比例最高（87.71%），以下是打电话（13.73%）、发 QQ/MSN/手机短信等（4.73%）、发电子邮件/互联网（2.00%），写信比例最低（0.67%）。

由此得出的结论应是，在社会参与方面，熟人网络发挥的作用较大；但是在政治参与方面，熟人网络发挥的作用应是极其有限的（综合比例应在 1% 以下）。

8. 依靠法律途径

"依靠法律途径"的参与方式，在各种接触式参与方式的选择中往往排在靠前的位置，但民众往往有较高的法律解决问题的意愿（调查数据反映 31% ~ 57% 的受访人有此意愿，中位数 44%），但是实际可能采取法律行动的应只占 20% 上下（按中国人民大学的调查数据，综合比例为 24%；吴潜涛 2005 年主持的调查亦显示，当受访人"买到假货蒙受损失时"，21.34% 选择"诉诸法律，捍卫自身权利"），甚至只有 5% 上下（全国总工会的调查数据）。统计数据反映的"依靠法律途径"解决问题的比例更低，2009 年全国人民法院审理一审案件 668.8963 万件；只占全国 15 岁以上人口 108811 万的 0.61%，占全国家庭数

34543 万户（2009 年平均家庭户规模 3.15 人）的 1.94%。①

9. 上访

"上访"，或"信访"（包括个人给领导写信）在多种接触参与方式中大致排在中间位置，如中国人民大学综合社会调查反映的解决纠纷的社会网络诉求中，受访人中的 18.4% 选择"个人、家庭上访"和"集体上访"，低于"上门找对方"、"找律师咨询"、"找亲友咨询"三种诉求；该调查还显示，受访人在"遭受不公平对待时所采取的解决手段"中将上访列在了首位，但是在"同政府机关（村组织）发生纠纷时的应对措施"中上访被排在了第五位。北京大学中国国情研究中心 2008 年的"公民文化与和谐社会调查"显示，在请愿书上签字的受访人中的 2.12% 表示"去年参加过"，2.99% 表示"更早以前参加过"，1.62% 表示"以前参加过，今后绝不参加"，21.96% 表示"从未参加过，但将来有可能会参加"，71.32% 表示"从未参加过，今后也绝不参加"。也就是说，有过"上访"经历的，只占受访人的 6.73%。统计数据显示，2003 年以来全国每年上访的已超过 1000 万人，占全国 15 岁以上人口的 1% 上下，占全国家庭数的 3% 上下，比例都不高。

10. 向媒体反映

"向媒体反映"在各种接触参与方式中往往排在中间或偏后位置。北京大学中国国情研究中心 2008 年的"公民文化与和谐社会调查"显示，在通过媒体反映自己的观点方面，受访人中的 0.95% 表示"去年参加过"，1.26% 表示"更早以前参加过"，1.27% 表示"以前参加过，今后绝不参加"（找过媒体的只占 3.48%），31.93% 表示"从未参加过，但将来有可能会参加"，64.60% 表示"从未参加过，今后也绝不参加"。民众对"向媒体反映"参与方式的依赖度明显偏低，实际使用的概率也很低（中国人民大学综合社会调查显示无论是诉求还是实际选择，受访人的选择比例都在 7% 以下，全国总工会的调查亦显示偏向找媒体的只占 5.8%）。

11. 游行、请愿等抗争行为

游行、示威、集会、静坐、请愿等，都可以列入"组织抗争"的参与方式，但这种方式在各种接触参与方式中往往排在偏后或最后的位置（综合比例在

---

① 《中国统计年鉴 2010》，中国统计出版社，2010，第 96、102、897 页。

1. 3% ~ 3. 0%，中位数 2. 15%）。

中国人民大学 2003~2008 年的"综合社会调查"显示，受访的城镇居民在遭受环境危害后，只有 38. 29% 进行过抗争，61. 71% 选择沉默；对集体抗争的看法，受访人中的 32. 0% 选择"大力支持，积极参与"，25. 6% 选择"可以参与，但不出头"，19. 8% 选择"看看形势的发展再作决定"，21. 9% 选择"无论如何也不参与"；收入水平越低、自我阶层认同越低，参与集体抗争的倾向越强烈。

北京大学中国国情研究中心 2008 年的"公民文化与和谐社会调查"显示，在参加游行、静坐、示威方面，受访人中的 0. 43% 表示"去年参加过"，1. 10%表示"更早以前参加过"，1. 40% 表示"以前参加过，今后绝不参加"（参加过的占 2. 93%），12. 47% 表示"从未参加过，但将来有可能会参加"，84. 60% 表示"从未参加过，今后也绝不参加"。

12. 罢工、罢课

罢工、罢课（包括怠工）等方式，在各种可参与方式中也排在靠后或最后的位置，如在中国人民大学"综合社会调查"反映的解决纠纷的社会网络诉求中排在倒数第一，显示这种方式与游行等抗争行为一样，都是参与意愿与参与实际处于低水平的方式（综合比例 0. 9%）。

13. 个人暴力方式

"个人暴力方式"因为总要涉及别人，所以也是一种参与方式。以"个人暴力方式"处理纠纷甚至政策问题等，在各种参与方式中往往排在靠后的位置，并且已经被限制在相当低的比例内（10% 甚至 5% 以下的概率），所以在不少调查中未再列出这一参与方式。

14. 接触式参与的满意度

中国人民大学 2003~2008 年的"综合社会调查"显示，受访人对于表达或接触式参与的结果，39. 64% 选择"一点都不满意"，23. 67% 选择"不太满意"（不满意率为 63. 31%），14. 20% 选择"一般"，20. 71% 选择"比较满意"，1. 78% 选择"非常满意"（满意率为 22. 49%）。

（五）政治参与意识与政治参与评价

中国公民的宏观政治参与意识与政治参与评价，可以采用各种调查数据，从不同方面作概要说明。

1. 民众对政治问题的了解程度

北京大学中国国情研究中心 2008 年的"中国公民意识调查"显示，对于"我觉得我对中国面临的重大政治问题很了解"，受访人表示非常同意的占 5.3%，比较同意的占 24.0% （持同意意见的占 29.3%），不太同意的占 47.8%，非常不同意的占 14.2%；对于"我觉得我比一般人知道更多的政治的情况"，受访人表示非常同意的占 3.8%，比较同意的占 21.3% （持同意意见的占 25.1%），不太同意的占 49.1%，非常不同意的占 16.0%；对于"政治太复杂，不是像我这样的人可以理解的"，受访人表示非常同意的占 16.0%，比较同意的占 39.5%，不太同意的占 28.8%，非常不同意的占 6.5% （持反对意见的占 35.3%）。由此反映，应只有 30% 的受访人对政治问题有所了解或理解。

2. 民众对言论自由或"表达自由"的看法

北京大学中国国情研究中心 2008 年的"中国公民意识调查"显示，对"那些与多数人立场不一致的政治观点应该被禁止"还是"人们应该不受政府影响地表达他们的政治思想，哪怕多数人都不喜欢他们的观点"，选择前者的占 45.2%，选择后者的占 54.8%。该中心 2008 年的"公民文化与和谐社会调查"显示，对于"如果大家思想不一致，社会将陷入混乱"，受访人中的 22.14% 表示非常同意，45.90% 表示比较同意（持同意态度的占 68.04%），11.30% 表示中立，17.71% 表示不太同意，2.96% 表示非常不同意（持反对态度的占 20.67%）。受访人中的 61.44% 认为中国社会自由太多，38.56% 认为中国社会自由太少。

北京大学中国国情研究中心 2008 年的"中国公民意识调查"还显示，对于"您平时与他人闲聊批评中央政府时，有顾虑吗"，62.5% 的受访人表示没有顾虑；对于"您平时与他人闲聊批评地方政府时，有顾虑吗"，63.7% 的受访人表示没有顾虑；对于"您平时与他人闲聊批评党和国家领导人时，有顾虑吗"，63.7% 的受访人表示没有顾虑（无顾虑的批评政府的均值为 63.3%）。

3. 民众对国家与政府的关心程度及对政治话题的兴趣

中国政法大学 2006～2008 年的"行政管理体制专项问卷调查"显示，受访人对本地政府的各种活动，"非常关心"的占 72%，"一般，知道也行，不知道也行"的占 28%。北京大学中国国情研究中心 2008 年的"中国公民意识调查"显示，受访人对国家的发展，非常关心的占 28.4%，比较关心的占 47.8%（关心的占76.2%），不太关心的占17.4%，一点不关心的占6.3%；对本县、市的事务，非常关心的占8.6%，比较关心的占38.4%（关心的占47.0%），不太关心的占37.0%，一点不关心的占16.0%；对本村、本社区事务，非常关心的占14.9%，比较关心的占45.0%（关心的占59.9%），不太关心的占30.9%，一点不关心的占10.1%。按照这样的调查数据，民众关心国家和政府的均值应为63.7%。

北京大学中国国情研究中心2008年的"中国公民意识调查"还显示，对"是否经常与他人谈论政治话题"，受访人中的45.1%选择"从不"，31.2%选择"偶尔"，17.4%选择"有时"，6.2%选择"经常"（有时或经常谈论政治话题的占23.6%）；对"是否经常与他人谈论国家大事"，受访人中的43.2%选择"从不"，31.8%选择"偶尔"，18.8%选择"有时"，6.2%选择"经常"（有时或经常谈论国家大事的占25.0%）。该中心2008年的"公民文化与和谐社会调查"显示，受访人对政治非常感兴趣的占9.78%，比较感兴趣的占32.60%（对政治有兴趣的占42.38%），不太感兴趣的占38.06%，根本不感兴趣的占19.56%。从这样的调查数据看，对政治话题较感兴趣的民众应占30.3%。

4. 政治参与能力与采取参与行动

中国人民大学2003～2008年的"综合社会调查"显示，受访人对于不参加接触参与的原因，22.42%选择"没想过采取行动，忍忍也能过"，18.79%选择"想过采取行动，但不知怎么办"，10.51%选择"想过采取行动，但代价太大"，43.43%选择"想过采取行动，但知道没有用"。

北京大学中国国情研究中心2008年的"中国公民意识调查"显示，对于"我认为我完全有能力参与政治"，受访人表示非常同意的占5.2%，比较同意的占16.7%（持同意意见的占21.9%），中立的占8.8%，不太同意的占47.0%，非常不同意的占22.2%。该中心2008年"公民文化与和谐社会调查"涉及的同类问题的调查结果与此接近，对于"我认为我完全有能力参与政治"，受访人表示非常同意的占4.72%，比较同意的占16.55%（持同意意见的占21.27%），中立的占15.68%，不太同意的占42.99%，非常不同意的占20.06%。

从以上调查数据看，只有20%的民众认为自己有能力参与政治（均值21.6%），有近20%（18.8%）的民众想过采取政治参与行动但不知道怎么办，显示民众的政治参与意愿并不强。

5. 政治参与权利保障程度

北京大学中国国情研究中心 2008 年的"中国公民意识调查"显示，受访人对"当前我国在保障言论自由权利方面，您的满意程度如何"，表示非常满意的占 28.1%，比较满意的占 60.5%（满意度 88.6%），不太满意的占 9.5%，非常不满意的占 1.9%；受访人对"当前我国在保障投票权利方面，您的满意程度如何"，表示非常满意的占 24.1%，比较满意的占 54.5%（满意度 78.6%），不太满意的占 16.5%，非常不满意的占 4.9%；受访人对"当前我国在保障政务信息知情权方面，您的满意程度如何"，表示非常满意的占 15.1%，比较满意的占 53.3%（满意度 68.4%），不太满意的占 25.7%，非常不满意的占 6.0%；受访人对"当前我国在保障批评政府的权利方面，您的满意程度如何"，表示非常满意的占 14.8%，比较满意的占 49.2%（满意度 64.0%），不太满意的占 29.2%，非常不满意的占 6.8%；受访人对"当前我国在保障参与社团的权利方面，您的满意程度如何"，表示非常满意的占 14.0%，比较满意的占 66.3%（满意度 80.3%），不太满意的占 17.1%，非常不满意的占 2.6%。从该调查测量的 5 项政治权利保障情况看，满意度的均值为 76%。

6. 民众对中国民主、法治发展现状的评估

北京大学中国国情研究中心 2008 年的"中国公民意识调查"显示，受访人对中国民主程度的平均估分为 5.7 分（0 分为非常不民主，10 分为非常民主）。在民主的体现方式方面，受访人中的 39.0% 选择"国家的领导人能够关注民生"，23.4% 选择"人们都有丰厚的收入"，22.5% 选择"国家的领导人由人民直接选出"，15.0% 选择"人们都自由地追求他们的理想"。

中国政法大学 2006～2008 年的"行政管理体制专项问卷调查"显示，受访人对现代行政观念如民主、法治、平等、公平、公正、科学、开放、创新、分权、责任等在行政机关的实际贯彻情况，只有 43.5% 选择"得到实际贯彻，但贯彻效果还有待改善"，29.8% 选择"基本停留于一般宣传，并未得到实际贯彻或实际贯彻很少"，25.8% 选择"试图实际贯彻，但尚未将这些观念转化为具体工作制度，贯彻效果不好"。对中央政府正在和将要推行的行政体制改革，受访人中的 63.5% 认为"有必要，前景是光明的"，26.5% 认为"有必要，但前景不好说"，5.3% 认为"改革与不改革对我来说关系不大"，3.5% 认为"没有太大必要，改革成效不明显"（中国政法大学调查的正面肯定均值应为 53.5%）。

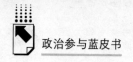

7. 民众对改革开放道路的评估

全国总工会 2007 年的"第六次中国职工状况调查"显示，受访人对于"与5 年前相比，您的家庭生活水平有何变化"，9.8% 选择"有很大提高"，61.0% 选择"有所提高"（家庭生活有所提高的占 70.8%）。

北京大学中国国情研究中心 2008 年的"中国公民意识调查"显示，受访人对 30 年来的改革开放，54.6% 认为很有成就，40.9% 认为有一定成就，3.7% 认为没有多大成就，0.9% 认为没有成就；对近一年来的改革开放，32.7% 认为很有成就，53.1% 认为有一定成就，12.7% 认为没有多大成就，1.5% 认为没有成就；对 30 年改革开放给家庭带来的益处，20.5% 认为非常多，32.2% 认为很多，36.9% 认为有一些，10.4% 认为没有多少；对最近一年改革开放给家庭带来的益处，10.9% 认为非常多，24.2% 认为很多，41.9% 认为有一些，21.0% 认为没有多少；反之，对 30 年改革开放给家庭带来的不利影响，3.0% 认为非常多，5.5% 认为很多，25.7% 认为有一些，65.8% 认为没有多少；对最近一年改革开放给家庭带来的不利影响，2.1% 认为非常多，4.3% 认为很多，23.5% 认为有一些，70.1% 认为没有多少。

综合以上调查的结果，中国公民对改革开放取得成就的正面肯定，较低的比例已接近 70%（全国总工会），较高的比例达到 95%（北京大学），均值为82.5%；尽管各次调查的问题有所不同，但反映的基本态势应是一致的。

8. 中国公民的国家和个人发展信心指数

北京大学中国国情研究中心 2008 年的"中国公民意识调查"显示，受访人对全国短期（一两年）经济发展的预期，79% 认为比现在好，17% 认为没有变化，4% 认为不如现在；对全国长期（5～10 年）经济发展的预期，91% 认为比现在好，7% 认为没有变化，2% 认为不如现在；对本地短期经济发展的预期，68% 认为比现在好，28% 认为没有变化，4% 认为不如现在；对本地长期经济发展的预期，85% 认为比现在好，13% 认为没有变化，2% 认为不如现在；对家庭短期经济状况变化的预期，66% 认为比现在好，30% 认为没有变化，4% 认为不如现在；对家庭长期经济状况变化的预期，83% 认为比现在好，14% 认为没有变化，3% 认为不如现在（综合信心指数 78.7%）。

北京大学中国国情研究中心 2008 年的"中国公民意识调查"还显示了对未来五年发展前景六个方面的不同估计：（1）社会保障，受访人中的 19.0% 选择

"得到很大程度改善"，68.3%选择"得到较大程度发展"，12.2%选择"不会有什么改善"，0.5%选择"会恶化"。（2）社会稳定，受访人中的18.3%选择"得到很大程度改善"，66.6%选择"得到较大程度发展"，13.8%选择"不会有什么改善"，1.4%选择"会恶化"。（3）法制建设，受访人中的18.4%选择"得到很大程度改善"，66.8%选择"得到较大程度发展"，14.1%选择"不会有什么改善"，0.7%选择"会恶化"。（4）环境保护，受访人中的17.1%选择"得到很大程度改善"，63.2%选择"得到较大程度发展"，15.2%选择"不会有什么改善"，4.5%选择"会恶化"。（5）政治民主，受访人中的15.4%选择"得到很大程度改善"，65.2%选择"得到较大程度发展"，19.0%选择"不会有什么改善"，0.5%选择"会恶化"。（6）社会平等，受访人中的14.4%选择"得到很大程度改善"，60.4%选择"得到较大程度发展"，22.8%选择"不会有什么改善"，2.4%选择"会恶化"。也就是说，受访人对发展社会保障的预期最高（87.3%），以下依次是法制建设（85.2%）、社会稳定（84.9%）、民主政治（80.6%）、环境保护（80.3%），社会平等的发展预期最低（74.4%）；由此反映的信心指数均值应为82.1%。

全国总工会2007年的"第六次中国职工状况调查"显示，受访人对于"您觉得未来5年您的家庭生活水平是否会有所变化"，9.0%选择"会有很大提高"，51.7%选择"会有所提高"，16.5%选择"基本不会有变化"，7.0%选择"可能会下降"，1.4%选择"可能会下降很多"，14.4%选择"说不清楚"；对于"您认为今后改善自己的生活和工作条件的机会多吗"，只有8.2%的受访者选择"很多"，28.6%选择"较多"，29.4%选择"较少"，15.6%选择"很少"，18.3%选择"不知道"。从此次调查看，提高收入水平和家庭生活水平的信心指数为60.7%，改善生活和工作条件的机会指数为36.8%。

从这些调查数据看，中国公民的国家和个人发展信心指数较高，均值应为73.8%。

9. 民众的生活满意度和幸福感

中国人民大学2003~2008年的"综合社会调查"显示，受访人对生活的满意度，4.62%非常满意，62.97%比较满意，28.74%不太满意，3.26%非常不满意，总体满意度（67.59%）较高。

全国总工会2007年的"第六次中国职工状况调查"显示，受访人对家庭的满意度（很满意与比较满意相加）为 82.9%，对个人与别人关系的满意度为 70.2%，对个人健康状况的满意度为 65.7%，对职业的满意度为 53.1%，对生活环境的满意度为 45.0%，对居住条件的满意度为 43.3%，对知识和能力的满意度为 37.9%，对社会地位的满意度为 35.0%（满意度均值为 54.1%）。受访人中的 13.8% 感到幸福，43.4% 感到比较幸福（幸福与比较幸福相加为 57.2%），35.2% 表示一般，6.2% 感到不太幸福，1.4% 感到很不幸福。

北京大学中国国情研究中心 2008 年的"中国公民意识调查"显示，中国公民的生活满意度平均分为 6.6 分（0 分为非常不满意，10 分为非常满意，"公民文化与和谐文化调查"的满意度为 5.9 分）；中国公民的幸福感平均分为 6.9 分（0 分为非常不满意，10 分为非常满意，"公民文化与和谐文化调查"的幸福感平均分为 6.8 分）。

综合 3 个单位的调查数据，中国公民的生活满意度均值应为 61.7%，幸福感均值应为 64.1%。

10. 中国公民对政府的信心指数

中国政法大学 2006～2008 年的"行政管理体制专项问卷调查"显示，受访人对现实中大多数领导干部"为官之道"的排序是"为官一任，造福一方"（53.7%）、"有权不用，过期作废"（36.3%）、"唯我独尊，大权独揽"（29.6%）、"不做实事，夸夸其谈"（22.7%）、"敷衍了事，得过且过"（20.5%）、"事不关己，高高挂起"（13.1%）。

北京大学中国国情研究中心 2008 年的"中国公民意识调查"和"公民文化与和谐社会调查"显示，公民对政府机构的总体信任程度并不高（4.60 分，总分 10 分）。

中国政法大学 2006～2008 年的"行政管理体制专项问卷调查"显示，受访人对政府及其职能部门履行经济发展、社会管理和公共服务的状况，满意的只有 6%，36% 比较满意，44% 认为一般，10% 不满意，2% 很不满意；对政府及其职能部门的工作作风和办事效率，满意的亦只有 6%，30% 比较满意，42% 认为一般，18% 不满意，4% 很不满意。北京大学中国国情研究中心 2008 年的"公民文化与和谐社会调查"显示，受访人对中央政府工作的满意度为 8.04 分（满分 10 分，下同），对本市、县政府工作的满意度只有 6.46 分（平均 7.25 分）。

北京大学中国国情研究中心 2008 年的"中国公民意识调查"显示，公民对公共服务的满意度只有 2.19 分（总分 12 分）。

从这些调查数据看，中国公民对官员、政府机构的正面评价或信任程度不高（均值 49.9%），对政府工作的综合满意度更低（均值 42.2%），对政府的综合信心指数应处于中等偏低水平（均值 46.1%）。

三 当前中国公民政治参与水平的初步评估

根据本报告第二部分提供的统计数据和各种调查数据，可以从选举参与、人民团体与群众自治组织参与、政策参与、接触式参与、参与意识与参与满意度五个方面对 2003～2010 年的中国公民政治参与水平作出初步评估。这样的评估可能带有一定的主观性，评估所依据的数据亦不够全面和准确（由于没有按统一标准进行长期跟踪调查的数据，只能归纳来自不同单位、不同时间的问卷调查数据，形成反映基本趋势的参考数据），但我们认为还是应该作一次尝试，并以此作为《中国政治参与蓝皮书》的开端，通过持续、深入的研究，不断修正中国公民政治参与评估的指标体系，充实支撑指标体系的调查数据等，使之能更准确地反映中国公民政治参与的实际水平。

（一）中国公民政治参与评估的指标体系

中国公民政治参与评估指标体系采用 5 分制，设立 5 个一级评分指标，采用的是均值评分方法（每个一级指标 1 分）。

中国的政治参与，突出表现为四类参与，一是选举参与，二是人民团体与群众自治组织参与，三是政策参与，四是接触式参与。对于这四类参与在中国公民政治参与中孰轻孰重，学术界可能有不同的看法。因权重问题尚须深入的研究，囿于目前的研究水平，在我们初步建立的评估体系内暂不考虑每类参与的权重问题，将四类参与列为 4 项一级评分指标，每项指标均赋值 1 分。

中国公民宏观层面的参与意识与参与满意度（不局限于某类参与），是评估政治参与水平的重要因素，应作为评估体系的第五个一级指标，亦赋值 1 分。

用 5 项指标每项指标 1 分的 5 分制对中国公民的政治参与进行评估，以现有

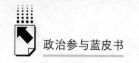

的调查数据等为每个指标赋分，将各指标得分加在一起，即可得出反映中国公民政治参与水平的总分。

在一级指标之下，需要一些二级指标来反映公民政治参与情况，以此构成完整的指标体系。二级指标的分值（亦采用均值评分方法）见表3。

表3　中国政治参与评估指标体系表

一级指标	分值	二级指标与分值
选举参与	1	(1)投票率(0.1)；(2)实际参与投票(0.1)；(3)自愿投票程度(0.1)；(4)选举关注程度(0.1)；(5)候选人提名、确定、介绍的参与(0.1)；(6)对候选人的了解程度(0.1)；(7)影响他人投票取向(0.1)；(8)对选举程序的了解程度(0.1)；(9)选民对选举公正性的评价(0.1)；(10)选民对选举作用的评价(0.1)
人民团体与群众自治组织参与	1	(1)基层工会组织中的工人参与(0.34)；(2)村民自治参与(0.33)；(3)城市社区建设与居民自治参与(0.33)
政策参与	1	(1)评价政府的权利(0.1)；(2)政策参与意愿(0.1)；(3)政策参与实际选择(0.1)；(4)网络政策参与(0.1)；(5)民众对政策的了解(0.1)；(6)对决策的认知(0.1)；(7)对政策执行的认知(0.1)；(8)政策绩效(0.1)；(9)政策满意度(0.1)；(10)政策参与满意度(0.1)
接触式参与	1	(1)接触上级领导(0.07)；(2)单位内部解决(0.07)；(3)接触人大代表(0.07)；(4)接触政协委员(0.07)；(5)参加社会组织(0.07)；(6)依靠社会组织(0.07)；(7)依靠熟人网络(0.07)；(8)依靠法律途径(0.07)；(9)上访(0.07)；(10)向媒体反映(0.07)；(11)游行、示威等(0.07)；(12)罢工、罢课(0.07)；(13)个人暴力方式(0.07)；(14)接触式参与满意度(0.09)
参与意识与参与满意度	1	(1)对政治问题的了解度(0.1)；(2)对言论自由和表达自由的看法(0.1)；(3)关心政府与政治的程度(0.1)；(4)政治参与权利保障程度(0.1)；(5)政治参与能力与采取参与行动(0.1)；(6)对民主、法治现状的评估(0.1)；(7)对改革开放发展道路的评估(0.1)；(8)公民的国家和个人发展信心指数(0.1)；(9)生活满意度和幸福感(0.1)；(10)对政府的信心指数(0.1)
合　　计	5	

之所以采用表3所列二级指标，主要是受当前所归纳的数据限制。有些指标虽然很重要，但是没有数据（尤其是全国性调查的数据）支持，只能暂时不将其列入指标体系中。在各指标下，都存在这样的情况，可作简要说明。

（1）选举参与。除了以当前的10个二级指标来衡量公民的选举参与水平外，至少还可以增加公民对选举法律的了解程度、公民对选举权利的认知、选民的自愿和自我选择填写选票情况、选举改革的诉求 4 个指标。

（2）人民团体与群众自治组织参与。这一指标本应由工会、妇联、村民自治、居民自治 4 个二级指标构成，每个指标赋值 0.25 分。由于妇联的参与缺乏数据支持，只能暂时采用工会、村民自治、居民自治 3 个指标。这 3 个指标下的三级指标（见表 5、表 6 和表 7），还可以随着调研的扩展有所增减。

（3）政策参与。由于国内专门针对中国公共政策和公民政策参与的调查问卷极少，只能将其他调查涉及公共政策的调查数据集中起来，归纳出当前的 10 个二级指标；设计专门针对中国公共政策和公民政策参与的调查问卷后，可能增加公民对政策参与权利的认知及不同政府层级对政策问题回应的敏感度、政策措施的科学性、政策措施的执行力度、政策效果评价的公允程度、听取和吸纳民众意见的程度等指标。

（4）接触式参与。除了以当前的 14 个二级指标来衡量中国公民接触式参与水平外，可否增加志愿者行动和以拒交罚款、抗税等来表示不满等指标，还是需要进一步研究的问题。

（5）参与意识与参与满意度。当前的 10 个二级指标分为两类。一类主要反映公民的政治参与意识，包括民众对政治问题的了解程度、民众对言论自由和表达自由的看法、民众关心政府与政治的程度、民众的政治参与能力和采取参与行动 4 个指标，未来还可能增加公民对政治参与权利的认知和综合评估公民政治参与意愿强弱的指标。另一类通过政治参与权利保障程度、民众对民主法治现状的评估、民众对改革开放发展道路的评估、公民的国家和个人发展信心指数、公民的生活满意度和幸福感、民众对政府的信心指数 6 个指标，反映中国公民对政治参与权利和政治参与效果的满意度（既包括对政治参与直接效果的评估，也包括与政治参与相关的经济社会及政府变化的评估）；这一类的指标是否应该增加，需要通过未来的研究作进一步的验证。

在各项一级指标未增加新的二级指标的情况下，可以就现有的数据，在下面各小节对中国公民的政治参与作一次初步的评估。

（二）选举参与的基本评估

按照本报告采用的选举参与 10 个二级指标评估，中国公民的选举参与综合得分应为 0.529 分（具体赋分情况见表 4）。

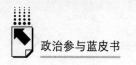

表4　中国公民选举参与初步评估表

二 级 指 标	分值	赋分	赋 分 依 据
(1)投票率	0.1	0.092	村委会、人大选举90%~94%投票率
(2)实际参与投票	0.1	0.052	村委会65.5%,人大28.5%,居委会63.0%
(3)自愿投票程度	0.1	0.015	村委会、居委会17%,人大12%
(4)选举关注程度	0.1	0.050	村委会55.5%,人大27.5%,居委会68.0%
(5)候选人提名等参与	0.1	0.022	村委会提名30.5%、介绍30%,人大提名5.5%
(6)了解候选人	0.1	0.070	村委会74%,居委会65%
(7)影响他人投票取向	0.1	0.014	综合数据14%
(8)了解选举程序	0.1	0.075	只以村委会的74.5%为依据
(9)选举公正性评价	0.1	0.077	只以村委会的77%为依据
(10)选举作用的评价	0.1	0.062	村委会60.5%,人大68%,居委会57%
一级指标得分	1.0	0.529	

2004年以来，中国的县、乡人大代表选举和村民委员会、居民委员会选举仍有很高的投票率，但高投票率并不能表示中国公民的选举参与已经达到了高水平；综合其他因素作出的综合评估，显示中国公民的选举参与大体处于中等水平。需要说明的是，如果在了解候选人、了解选举程序、选举公正性评价3个指标中加入县、乡人大代表选举的数据，选举参与的综合得分还可能下降（蔡定剑2000年的调查显示，在县、乡人大代表选举中，只有21.4%的受访人对候选人很了解，约50%的受访人了解选举程序，62.7%的受访人认为选举很客观公正或基本客观公正；如果将这样的数据代入3个指标，了解候选人的分值为0.053分，了解选举程序的分值为0.062分，选举公正性评价的分值为0.070分，总分则会降为0.492分，下降0.037分；2000年的调查尽管不能用来说明2004年以后的情况，但至少提供了一些重要的参考数据，显示了这3个指标加入人大代表选举因素后分值会被拉低的基本态势）。

（三）人民团体与群众自治组织参与基本评估

中国公民的人民团体与群众自治组织参与，只考虑现有的基层工会组织中的工人参与、村民自治参与、城市社区建设与居民自治参与3个二级指标（暂缺妇联组织中的妇女参与指标），可在每个二级指标下设三级指标，分别算出每个指标的得分。

中国基层工会组织中的工人参与，分值为 0.340 分（0.070 分以下为低水平，0.071～0.140 分为较低水平，0.141～0.210 分为中等水平，0.211～0.280 分为较高水平，0.281～0.340 分为高水平），下设 14 个三级指标，除了职工加入工会 1 个指标为 0.028 分外，其他指标均为 0.024 分；按 14 个三级指标评估，2004 年以来中国基层工会组织中的工人参与的总得分为 0.129 分（具体赋分情况见表 5），在人民团体与群众自治组织参与当中处于较低水平。

表5　中国基层工会组织中的工人参与评估表

三　级　指　标	分值	赋分	赋　分　依　据
（1）职工加入工会	0.028	0.012	全总调查 43.8% 入会率
（2）工会与单位平等协商	0.024	0.005	全总调查 20.0% 认为实行了协商制度
（3）工会帮助职工签合同	0.024	0.009	全总调查 37.6% 得到帮助
（4）工资集体协商	0.024	0.003	全总调查 12.6% 开展集体协商
（5）工会协助解决劳动争议	0.024	0.005	全总调查 16.8% 得到工会帮助
（6）工会的维权作用	0.024	0.014	全总调查 56.4% 表示有作用
（7）参加职代会选举	0.024	0.015	全总调查 63.6% 参加过选举
（8）职代会的作用	0.024	0.010	全总调查 41.5% 表示很好或较好
（9）职工参与管理意愿	0.024	0.017	全总调查 71.3% 愿意参与管理
（10）职工参与管理渠道	0.024	0.008	全总调查 33.8% 表示有参与渠道
（11）厂务公开	0.024	0.008	全总调查 32.3% 表示实行了厂务公开
（12）职工董事、监事制度	0.024	0.005	全总调查 22.3% 表示有职工董事、监事
（13）民主议事制度	0.024	0.006	全总调查 24.2% 表示实行了民主议事
（14）管理者与被管理者关系	0.024	0.013	全总调查 53.2% 表示很融洽或较融洽
合　　计	0.340	0.129	

中国村民自治中的村民参与，分值为 0.330 分（0.070 分以下为低水平，0.071～0.140 分为较低水平，0.141～0.210 分为中等水平，0.211～0.280 分为较高水平，0.281～0.330 分为高水平），下设 16 个三级指标，除了村民自治评价 1 个指标为 0.030 分外，其他指标均为 0.020 分；按 16 个三级指标评估，2004 年以来村民自治中的村民参与的总得分为 0.147 分（具体赋分情况见表 6），在人民团体与群众自治组织参与当中处于中等水平。

表6 中国村民自治中的村民参与评估表

三 级 指 标	分值	赋分	赋 分 依 据
(1)村委会顺利交接	0.020	0.012	57.6%顺利交接
(2)村民小组长作用	0.020	0.015	75%认为有作用
(3)村民代表作用	0.020	0.010	56.8%成立代表会,35.8%每年开会
(4)村民会议作用	0.020	0.008	32.4%每年开会,56%参加过村民大会
(5)一事一议	0.020	0.005	27.5%实行,25%认为有作用
(6)村里重大事项决定	0.020	0.005	27%村民会议或村民代表会决定
(7)村民参与决策作用	0.020	0.004	20.5%认为村民能够影响决策
(8)村财务公开	0.020	0.006	26.9%有小组,38.9%有公开,21.5%知情
(9)村务公开	0.020	0.013	63.5%村务事项公开
(10)建立村务公开监督小组	0.020	0.005	26.6%建立
(11)村务公开作用	0.020	0.010	49.1%认为有监督作用
(12)民主评议和监督	0.020	0.008	28.6%有民主评议,51.8%认为能监督
(13)制定村民自治章程	0.020	0.010	49.8%制定
(14)村规民约执行	0.020	0.010	48.6%认为执行很好或较好
(15)村民对村干部满意度	0.020	0.014	67.5%满意或较满意
(16)对村民自治评价	0.030	0.012	58.9%满意度
合　　计	0.330	0.147	

中国城市社区建设和居民自治中的居民参与,分值为0.330分(0.070分以下为低水平,0.071~0.140分为较低水平,0.141~0.210分为中等水平,0.211~0.280分为较高水平,0.281~0.330分为高水平),亦下设16个三级指标,除了居民自治评价1个指标为0.030分外,其他指标均为0.020分;按16个三级指标评估,2004年以来城市社区建设和居民自治中的居民参与的总得分为0.176分(具体赋分情况见表7),在人民团体与群众自治组织参与当中得分最高。

3个二级指标的得分加总,中国公民的人民团体与群众自治参与综合得分应为0.452分。在三种参与中,按现有数据评估,城市社区建设和居民自治中的居民参与水平最高(0.176分),其次是村民自治中的村民参与(0.147分),基层工会组织中的工人参与的水平最低(0.129分)。

表7　中国城市社区建设和居民自治中的居民参与评估表

三　级　指　标	分值	赋分	赋　分　依　据
(1)对居民自治认识	0.020	0.001	5.8%认为居委会有自治功能
(2)政府与社区对话	0.020	0.007	36.17%认为有对话
(3)居民对公共服务满意度	0.020	0.011	综合满意度55.6%
(4)居民对不良政策反映	0.020	0.008	40%表示应阻止不良政策
(5)居民代表会议	0.020	0.016	88.05%召开过会议
(6)协商议事委员会会议	0.020	0.014	68.93%召开过会议
(7)居民小组活动	0.020	0.010	50%以上活动率的占48.93%
(8)居民参与社区活动	0.020	0.003	50%以上参与率的占16.09%
(9)居民论坛	0.020	0.008	30%~50%有论坛(中位数40%)
(10)社区听证会	0.020	0.011	47%~65%有听证会(中位数56%)
(11)居民参与社区决策	0.020	0.016	79.3%曾参与决策
(12)居务公开	0.020	0.017	81.6%公开,93.2%知情,83.1%沟通密切
(13)居民评议社会工作人员	0.020	0.014	69.28%召开过评议会
(14)居民提意见、建议	0.020	0.012	60.3%提过建议
(15)对物业、业委会满意度	0.020	0.005	物业24.0%,业委会22.6%
(16)对居民自治评价	0.030	0.023	综合满意度75.9%
合　　　计	0.330	0.176	

（四）政策参与的基本评估

中国公民的政策参与，按照本报告采用的 10 个二级指标评估，综合得分应为 0.503 分（具体赋分情况见表8）。

表8　中国公民政策参与评估表

二　级　指　标	分值	赋分	赋　分　依　据
(1)评价政府的权利	0.1	0.057	57%认为有权利
(2)政策参与意愿	0.1	0.043	43.4%有强烈政策参与愿望
(3)政策参与实际选择	0.1	0.004	4.2%选择实际的政策参与
(4)网络政策参与	0.1	0.030	30%上下
(5)民众对政策的了解	0.1	0.060	南开52.2%,农大68.4%(中位数60.3%)
(6)对决策的认知	0.1	0.050	50%民众注意决策中的参与和决策公开
(7)对政策执行的认知	0.1	0.080	民众有较客观认知
(8)政策绩效	0.1	0.057	政策绩效正面评价均值57%
(9)政策满意度	0.1	0.085	85.4%
(10)政策参与满意度	0.1	0.037	36.5%认为政策参与有效
一级指标得分	1.0	0.503	

中国公民的政策参与，尽管有 2 个二级指标得分较高（对政策执行的认知和政策满意度均高于 0.080 分），但是有 1 个指标得分极低（政策参与实际选择只有 0.004 分），整体拉低了政策参与的得分。换言之，如果仅以公民的实际政策参与（包括实际参与政策讨论和通过计算机网络的政策讨论）衡量政策参与水平，政策参与的得分会很低（应为 0.171 分）；恰是增加了其他评估因素，才大大提高了政策参与的分值。

（五）接触式参与的基本评估

中国公民的接触式参与，按照本报告采用的 14 个二级指标评估，综合得分应为 0.078 分（具体赋分情况见表 9），在中国公民四类政治参与中处于最低水平。

表 9　中国公民接触式参与评估表

二　级　指　标	分值	赋分	赋　分　依　据
(1)接触上级领导	0.07	0.004	综合比例 6%
(2)单位内部解决	0.07	0.025	综合比例 35%
(3)接触人大代表	0.07	0.003	综合比例 4%
(4)接触政协委员	0.07	0.001	综合比例 2% 以下
(5)参加社会组织	0.07	0.002	综合比例 4% 以下
(6)依靠社会组织	0.07	0.001	综合比例 2% 以下
(7)依靠熟人网络	0.07	0.001	政治参与综合比例 1% 以下
(8)依靠法律途径	0.07	0.004	综合比例 5%
(9)上访	0.07	0.005	综合比例 7%
(10)向媒体反映	0.07	0.003	综合比例 4%
(11)游行、示威等	0.07	0.001	综合比例 2.15%
(12)罢工、罢课	0.07	0.001	综合比例 0.9%
(13)个人暴力方式	0.07	0.007	综合比例 10% 以下
(14)接触满意度	0.09	0.020	满意率 22.49%
一级指标得分	1.00	0.078	

由于在 13 种接触式参与方式中，只有 1 种方式（单位内部解决）民众采用的比例在 30% 以上，12 种方式民众采用的比例在 10% 以下（其中 9 种在 5% 及以下），加之接触式参与的满意度较低，使中国公民的接触式参与得分较低。尽管从新闻媒体、网络等可以经常看到中国社会冲突的各种报道，容易使人们得出

中国民众的接触式参与已达到较高水准的结论，但是这些冲突以及冲突所包含的民众接触式参与与中国庞大的人口数相比，占的只是较低的比例，所以既不能过高估计接触式参与的水平，也不应过分渲染接触式参与的影响力。

（六）政治参与意识与政治参与评价的基本评估

中国公民的政治参与意识与政治参与评价，按照本报告采用的 10 个二级指标评估，综合得分应为 0.553 分（具体赋分情况见表 10）。

表 10　中国公民政治参与意识与政治参与评价基本评估表

二　级　指　标	分值	赋分	赋　　分　　依　　据
（1）对政治问题的了解	0.1	0.030	综合比例 30%
（2）对言论自由的看法	0.1	0.059	肯定言论自由 54.8%，批评政府无顾虑 63.3%
（3）关心政府与政治	0.1	0.047	关心国家政府 63.7%，政治话题感兴趣 30.3%
（4）参与能力与行动	0.1	0.020	21.6% 认为有参与能力，18.8% 有行动可能
（5）政治参与权利保障	0.1	0.076	满意度均值 76%
（6）民主、法治现状	0.1	0.055	北大 5.7 分，法大正面肯定 53.5%
（7）对发展道路的评估	0.1	0.083	82.5% 肯定改革开放道路
（8）发展信心指数	0.1	0.074	均值 73.8%
（9）生活满意度	0.1	0.063	生活满意度均值 61.7%，幸福感均值 64.1%
（10）政府信心指数	0.1	0.046	信心指数均值 46.1%
一级指标得分	1.0	0.553	

以两类指标分析，显示政治参与意识的指标得分偏低（4 项指标得分为 0.156 分，占总分值 0.4 分的 39%），显示政治参与评价的指标得分偏高（6 项指标得分为 0.397 分，占总分值 0.6 分的 66%）。也就是说，这项一级指标得分较高，主要得益于民众对政治参与环境和经济社会发展等有较高的正面评价。

（七）中国当前政治参与水平的综合评估

根据五项一级指标的得分，中国当前政治参与的综合得分应为 2.115 分（见表 11）。

比较 5 项指标的得分情况（见下图），可以看出得分最高的是"政治参与意识与政治参与评价"，其次是"选举参与"，再次是"政策参与"，"人民团体与自治组织参与"得分位列第四，"接触式参与"得分最低。

表11　中国公民政治参与综合评估表

一 级 指 标	分 值	赋 分
选举参与	1	0.529
人民团体与自治组织参与	1	0.452
政策参与	1	0.503
接触式参与	1	0.078
政治参与意识与政治参与评价	1	0.553
合　　计	5	2.115

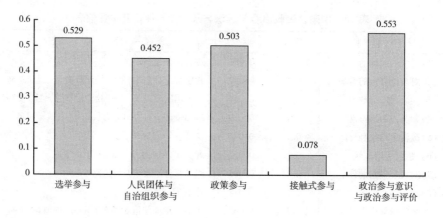

中国公民政治参与各项指标得分比较图

　　本报告对2004年以来中国公民政治参与状况的总体评估，重要的不是得出了2.115分的总分（这一分值只能作为以后相关研究的参考数值），而是要以此来说明当前中国公民政治参与的基本态势。需要注意的是，尽管5个一级指标涉及的政治参与都有提升的空间，但5个指标水平的差距与不均衡是十分明显的，如何认识和解释这一现象，如何认识与评价公民政治参与的水平，如何预测公民政治参与的发展趋向，以及如何正确地引导和规范公民有序政治参与，是关系到中国现代化建设和社会发展的重大问题，也是学术界特别是政治学界应当长期关注和深入研究的重大课题。我们的研究和对以往国内学术界研究成果的系统梳理意在首先对于我国公民的政治参与现状提供一个比较清晰和完整的认识和描述，以期在此基础上进一步探寻发展公民有序政治参与的有效途径，为中国特色社会主义民主政治建设和国家的现代化提供帮助。

综合研究篇

Integrated Research

B.2

中国语境下的政治参与与民主治理

周少来

  奠基于公民权利平等和参与机会平等,现代政治是一种典型的参与性政治,公民的广泛参与及其与政府的互动合作,型构了现代社会的民主治理和生活样态。

  在处于急剧现代化转型中的当代中国,改革开放释放出来的权利意识和利益诉求,强力而急切地推动着各个层次、各个领域公民的广泛政治参与。在此过程中,中国共产党和中国政府的自觉引导和主动合作,有效推动了中国特色的政治参与和民主治理,建构着中国现代化持续推进的制度基础和制度保证。

  本报告从现代化背景下政治参与与民主治理的视角切入,系统分析和梳理了当代中国语境下的一些基本概念和具体问题,包括何谓政治参与,为何需要政治参与,需要什么样的政治参与,如何实现政治参与,如何有效地政治参与并推进民主治理,以期对认识和建构当代中国的政治参与和民主治理制度体系能够有所启发。

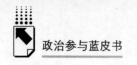
一 何谓“政治参与”

政治参与，是现代政治学中经常使用的概念，用以描述国家政治生活和政权开放进程中公民进入和影响政治生活的活动和过程。传统社会是不允许参与的社会，现代社会则是允许参与的社会。① 政治参与是随着西方现代化进程中民主扩展和演进的过程而不断凸显和扩大的，其界定是有着西方现代化的社会背景和政治内涵的。有些政治学者甚至指出，19 世纪末叶以降的欧洲政治史，本质上就是一部“政治参与渠道”的扩展史。按照他们的见解，西方民主政治的演化，实际上是沿循两种方式推进的：一是“政治参与之权利项目”的逐渐增加，例如选举权、请愿权、诉愿权、结社权等权利逐一添增；二是分享“政治参与权利之人数”的逐渐增多，例如选举权的历史，便是渐渐取消经济条件、教育程度、种族及性别等限制，从而使得享有选举权的人数逐步增多，终至成为全体公民共享权利的一个过程。② 因此，政治参与的概念和理论，虽是形成于 20 世纪六七十年代政治发展理论勃兴之时，也是为了描述第二次世界大战以后广大第三世界国家的政治发展状况的，但其内在的实质和标准却和西方现代化和民主化的历史内涵紧密相关。在当代中国的政治环境和政治发展现实中，政治参与则有一个本土化转化和界定的问题。

（一）西方学者对政治参与的定义

诺曼·H. 尼和西德尼·伏巴认为，“就政治参与这个术语来说，我们指的是平民或多或少以影响政府人员的选择及（或）他们采取的行动为直接目的而进行的合法活动”；即“旨在影响政府决策的行为”。③ 在此定义中，他们排除了非暴力反抗及政治暴力、政变，以及巩固政府的行为和政府所动员的政治行为，将核心特征限定为平民的合法参与行为。

---

① 〔美〕格林斯坦、波尔斯比编《政治学手册精选》下卷，储复耕译，商务印书馆，1996，第189 页。
② 郭秋水：《当代三大民主理论》，新星出版社，2006，第 131～132 页。
③ 〔美〕格林斯坦、波尔斯比编《政治学手册精选》下卷，储复耕译，商务印书馆，1996，第290 页。

巴恩斯和凯思在其政治著作《政治行为：五个西方民主国家的群众参与》中，则把政治参与界定为："政治参与是在政治的各个层次中意图影响政治抉择的公民的一切自愿活动，它也包括抗议和暴力行为。"① 此政治参与定义的核心特征是包括了合法参与和非法的暴力抗议，但强调自愿性参与而排除了非自愿性的动员性参与。

塞缪尔·亨廷顿和琼·纳尔逊在其著作《难以抉择——发展中国家的政治参与》一书中，将政治参与界定为"平民试图影响政府决策的活动"，这一核心定义的关键要点在于以下几项。

第一，政治参与包括活动而不包括态度，由此把客观的政治活动和主观的政治态度区别开来。

第二，政治参与是指平民的政治活动，由此把政治参与者和政治职业者区别开来。

第三，政治参与是指试图影响政府决策的活动，这类活动的目标指向公共当局，由此把针对政府的公共活动和针对企业或社会的公共活动区别开来，也即把政治参与和经济参与、社会参与区别开来。

第四，政治参与包括试图影响政府的所有活动，而不管这些活动是否产生实际效果和是否合法。因此，抗议、暴乱、示威游行甚至那些企图影响公共当局的叛乱行为，都属于政治参与活动。

第五，政治参与，不仅包括行动者本人自发的影响政府决策的自动参与活动，也包括行动者受他人策动而发生的动员参与活动。因为自动参与和动员参与在实际行为中的界限难以区分，二者也随着时间和空间的变化而相互转化。②

（二）中国学者对政治参与的主要定义

塞缪尔·亨廷顿和琼·纳尔逊可以说给出了政治参与的核心界定和关键区别，但是在中国的现代化和民主发展的语境中，政治参与还有一个参照中国政治发展现实的本土化定义问题，可以列举中国学者对政治参与的主要定义。

---

① 参阅帕特里·J. 孔奇《政治参与概念如何形成定义》，《国外政治学》1989 年第 4 期。
② 〔美〕塞缪尔·亨廷顿、琼·纳尔逊：《难以抉择——发展中国家的政治参与》，汪晓寿等译，华夏出版社，1989，第 5~7 页。

李景鹏较早给出了政治参与的明确界定："一般认为政治参与是指人民通过投票、组党、加入政治团体等活动来直接或间接影响决策的行为。或者也可以说，人民通过参加政治生活，以各种不同方式影响不同层次的政治决策的行为。"①（这一定义揭示了政治参与的实质是相对于政治管理自上而下的权力支配的一种反向的政治支配，是一种自下而上或从外部向中心的权力运动，是人民将权利要求转化为权力运作的过程；民主制度是政治参与的前提，为政治参与提供一定的政治环境、政治原则、政治权利和参与方式；没有民主制度的存在与发展，政治参与也就无法顺利实现）

《中国大百科全书·政治学卷》对政治参与的定义是："公民自愿地通过各种合法方式参与政治生活的行为。它反映了公民在政治系统中政治活动的地位、作用和选择范围。"② 这一定义强调了公民参与的主体性、自愿性和选择性。

王浦劬对政治参与的定义是："政治参与是普通公民通过各种合法方式参加政治生活，并影响政治体系的构成、运行方式、运行规则和政策过程的行为。"③这一定义强调的是政治参与的合法方式和对整个政治体系和活动的影响。

（三）本报告对政治参与的定义

立基于当代中国现代化的展开进程，结合中国政党主导型的现代化实际，依据政党主导的中国政治制度和民主发展架构，参照中国党政系统的层级多重性和政治参与的多样性，具有中国特征的政治参与可以定义为：政治参与是指普通公民通过公民个体或公民群体和组织，以合法方式试图影响各个层级党政系统的制度构建、主体构成、体系运转、政策决策以及政府性工程，以实现其权利和利益的各种活动和行为。这一定义包括以下几个要点。

第一，从政治参与的主体看，包括以普通公民身份进行的各种个体性和群体性影响活动，不包括体制内的政治职业者以职业身份进行的政治活动和过程，但政治职业者以普通公民身份参加的政治性活动包括在内。

---

① 李景鹏：《权力政治学》，北京大学出版社，2008，第128～130页。
② 《中国大百科全书·政治学卷》，中国大百科全书出版社，1992，第485页。
③ 王浦劬：《政治学基础》，北京大学出版社，1995，第207页。

第二，从政治参与的对象看，由于中国共产党在中国政治制度和政治发展中的特殊地位，党的各级组织具有政治性的公权力，因此，不仅针对政府的影响活动，针对各个层级党的组织的影响活动也属于政治参与。

第三，从政治参与的方式看，以宪法和法律规定的各种合法方式进行的影响活动都属于政治参与，如听证、集会、游行、示威、上访等合法活动，但不包括以非法暴力方式和恐怖活动试图影响政治运作的行为。

第四，从政治参与的内容看，不仅针对各级党政系统政策的决策和执行，而且针对各级党政系统的设置、构成、运行的影响活动，如人民群众针对地方党政系统的机构改革、干部选任、绩效评估及党政主办的各种公益工程和民生工程的各种参与活动，也属于政治参与。

第五，从政治参与的实质看，是普通公民以合法的权利为依据，以实现其利益为核心的影响活动，是公民将其合法权利转化为影响党政系统运作的权力的政治支配行为，是人民主权和人民主体性的体现和实现方式。

以上定义也许不够简明，但它能够适应中国特色的政治发展现实，可应用于广阔地域和多重层级中各种党政系统内发生的政治参与实践。

二　为何需要政治参与

从发生学角度来看，政治参与是随着近代以来的现代化推进和民主化演进而逐步扩展和深化的。在传统社会，政府和政治通常只与少数精英有关；随着市民社会的壮大和公民权利的扩张，公民及其组织要求参与政治进程的诉求不断高涨，近代国家的制度建构和运作活动也在不断改良和改革的推动下，适应社会的参与要求，调整政治运作的方式和机制，开拓政治参与的渠道，国家与社会共同推动了现代民主体系的进步。因此，从长远来看，社会和经济的现代化导致了政治参与的扩大，"政治参与扩大是政治现代化的标志"。[①] 从宏观意义上说，政治参与的扩大适应了社会现代化的要求，推动了民主政治和民主生活的发展，同时政治参与和民主体系保证了现代化进程的持续推进和水平提升。

---

① 〔美〕塞缪尔·亨廷顿、琼·纳尔逊：《难以抉择——发展中国家的政治参与》，汪晓寿等译，华夏出版社，1989，第 1 页。

从具体的政治参与实践来看，如果"民主即民治，民治是一种人民自治的制度"，① 民主即意味着人民直接或间接地参与政治活动，参与就是民主的基础，政治参与的扩展也就是民主政治的扩展，政治参与的水平也就代表着民主发展的水平。从这种意义上说，政治参与以民主制度的开启为前提，政治参与是现代民主体系的过程和体现。

政治参与的公共效益可以从工具性价值、发展性价值和沟通性价值三个方面来说明。工具性价值指政治参与的目的是促进和捍卫参与者的利益，参与是以权利为根据，以利益为核心，人们是否参与取决于对预期收益及成本的估判，取决于对自己实现目标的力量的评价。发展性价值又可称为教育性价值，是指参与能够增进和提高参与者的道德、社会和政治方面的觉悟和责任，有利于公民人格和公民文化的培育和发展，也即参与和民主互为滋养。沟通性价值是指参与的广泛和有效，有利于公民与政府、公民与公民平等的对话、沟通和协商，有利于公共利益的界定和实现。②

回到现实的中国现代化和政治发展的国情和语境，为何需要政治参与，可以从以下几个方面来理解。

第一，政治参与是经济和社会现代化发展的必然要求。中国的现代化进程是政治与经济、社会互动共进的过程，适应现代化发展趋势的政治路线和政治改革的启动，推动了经济和社会现代化的快速提升。广大人民在积极投入经济建设和社会发展的同时，人民的主体意识、权利意识和利益诉求不断增强，必然要求对政治事务和国家活动的介入和参与。执政党和政府主导的扩大公民有序政治参与，正是适应了经济和社会现代化发展的客观要求和趋势，同时也为经济和社会现代化的进一步发展奠定了政治基础和保证。

第二，政治参与是政治现代化的内在规定。中国的现代化是全面发展的现代化，理应包括政治的现代化，而政治参与是政治现代化的标志和基础性工程。扩大有序合法的政治参与，不仅体现了中国共产党立党为公、执政为民的政治理念，落实了人民民主的本质要求，也不断扩大和充实着执政党和国家的民众基

① 〔美〕科恩：《论民主》，聂崇信、朱秀贤译，商务印书馆，1988，第6页。
② 〔英〕戴维·米勒、韦农·波格丹诺编《布莱克维尔政治学百科全书》，中国政法大学出版社，1992，第564页。

础。政治参与的水平和质量，亦可表明政治现代化和民主成熟的水平和质量。

第三，政治参与是保障人民主体地位和公民权利的有效方式。人民的主体地位和主权在民，不仅体现在经济、社会生活中，也应体现在政治、法律、文化生活中，政治参与是政治领域人民主权和公民权利的落实和实现，也是其经济、社会权利在政治生活中的延伸和扩展，政治参与是公民权利的制度化实现方式。

第四，政治参与是化解人民内部矛盾的重要途径。在市场经济的基础上，中国的工业化和城市化急剧扩展和深化；人民内部在根本利益一致的基础上，也出现了大量的具体利益上的纠纷和矛盾，这就要求有政治性和公共性的制度化化解机制，要求有序的政治参与。人民群众在平等参与和平等表达的基础上，通过与党政部门的平等对话和协商及彼此间的沟通、协商等，实现充分的利益表达和利益整合。这是一种制度化的化解人民内部利益矛盾的途径，有利于公共利益和人民利益的最大化，有利于人民的满意与和谐社会的构建。

第五，政治参与是实现民主治理的要素和动力。规模庞大、结构复杂和利益多样的中国现代化进程，急需政治管理和社会管理方式的调整和转变。从高度统一、集中管制的统治方式，转变到党政主导、社会协调、公民参与的民主治理方式，决定着未来中国现代化的质量和社会的和谐程度。广大人民有序的政治参与，既是党政系统民主治理的重要组成要素，也是推进其民主治理的制度构建和水平提升的强大动力，有利于党政系统的民主运作、正确决策和高效执行。

三　需要什么样的政治参与

建基于个人本位和自由民主理据之上的西方政治参与理论和实践，强调和推崇的政治参与是以自由平等的公民权利为依据的平等参与、理性对话、共同协商的参与，是以保障和实现个人权利和个人利益最大化为宗旨的。正如麦克弗森所倡导的那样："公民只有直接不断参与社会和国家的管理，自由和个人发展才能充分实现。"[①] 西方政治参与理论也因此认为，政治系统的民主化程度越高，为

---

① 〔英〕戴维·赫尔德：《民主的模式》，燕继荣等译，中央编译出版社，1998，第336页。

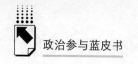

公民提供的参与形式和途径就越多。

对最大的发展中国家中国来说，需要什么样的政治参与，取决于中国现代化的进程和阶段特征，取决于中国政治制度的架构和政治发展的实践。实现全面的现代化，是目前中国压倒一切的首要任务，政治发展必须围绕和服务于这一大局和中心。共产党领导的政治体系和民主制度，为政治参与设定和提供了制度空间和制度机制。中国的政治参与，必须适应中国全面现代化发展的现实需要，必须适应人民政治参与积极性不断提高的要求，坚持国家一切权力属于人民的根本原则，从各个层次、各个领域扩大公民有序政治参与，最广泛地动员和组织人民依法管理国家事务和政治事务。

具体来说，中国的政治参与需要注意以下五个方面的问题。

（1）依法参与。对于处于发展黄金期和矛盾凸显期的中国社会来说，保持长久的和谐稳定是一切发展的前提和基础。政治参与同样必须有利于稳定和发展，这就要求依法参与。一是参与的权利必须有宪法和法律的依据，暴力性的非法抗议和恐怖活动要严加禁止，这就要求推进落实宪法和法律赋予的公民权利和政治权利。二是参与的过程必须有法定的制度和机制，要有法制化的参与途径和渠道。依法参与，既是政治生活和社会生活法治化的组成和要求，也是中国民主成长的有效生成路径和重要构件。

（2）有序参与。民主政治和传统政治区别的一个要点，在于普通民众和公民对政治过程介入和参与的有序性。越是民主成熟和巩固的政治体系，政治参与的有序化程度越高。有序参与，一是要求依法参与，要求参与的法制化程度提高；二是要求制度化参与，要求参与过程的程序化、稳定化；三是组织化参与，政治组织和公民组织，能够有效聚集和整合公民的参与要求和利益诉求，能够把纷繁多样、差异冲突的意见和主张在组织内部加以协调、集中和统一，并通过组织化的渠道和机制输入到政治体系之中。组织化参与能够减少和集中参与方的数量，加强和提升参与方的质量，削减和限制无序参与。同时，组织化参与也能增强公民个体的参与效能感和参与的整体有效性，有利于加强对参与过程和政治体系的监督。

（3）平等参与。公民政治参与的有序性，首先要求参与的平等性，即各个公民、群体、组织和阶层都有平等的政治参与权利和参与机会。决不能根据某个阶层的社会地位或经济地位来确定其政治参与的重要性，更不能因为该社会阶层的社会地位或经济地位而为其提供特殊的政治参与权。市场经济机制的运行，必然导致社会阶层之间的经济不平等，但这种不平等导致的对社会公正和秩序的负效应，应当由政治民主来调节，应当由公民平等的政治参与、民主协商来矫正。① 这也同时要求，主导政治参与的党政系统应该依据法治程序，来平等对待和保证各个阶层公民的平等参与权利和平等参与机会。

（4）自主参与。政治参与是在市场经济的基础上、民主政治的架构下产生的现代政治现象，是基于公民的法定权利依据，为保障公民权利和利益而自主、自愿产生的政治行为。自主参与区别于动员参与。动员参与往往是依赖于自上而下的权力系统来发动和组织，普通公民往往被动消极地加入，目的也是围绕与个人利益遥远的政治目标和政治运动而进行的。自主参与围绕公民的个人权利和利益，但并不意味着无视和拒绝公共利益和国家利益，而是在保证和促进公共利益和国家利益的基础上，落实和实现个人的权利和利益，是集体利益和个体利益的共赢和统一。

（5）合作参与。中国的党政主导的现代化进程，同样决定了中国式政治参与的党政主导特征。在当代中国，政党、国家与社会间的关系是一种在根本利益和长远目标一致基础上的互动合作关系。政治参与一方面取决于执政党和政府对人民参与要求的有效回应，及时开拓参与的制度和渠道，鼓励各个层级的吸纳政治参与的民主制度创新；另一方面，公民个体和公民组织，应当认同和支持党和国家的法律、政策，在保障国家利益的基础上，合理、依法、有序地进行参与，并不断积极地保持与党政系统的沟通和合作。中国式政治参与的发展程度，最终取决于党政系统与参与各方互动合作、协商共进的程度。

四 如何实现政治参与

再好的理念和理想，要发生作用和实效，都必须有切实可行的实现形式和落实机制，政治参与的理念同样涉及实现机制和形式问题。

实行资本主义自由民主体制的国家，其政治参与的形式，是在民主宪政的政治架构下，在自由竞争性选举制度、多党竞争制度、普选议会制度和组党结社自

---

① 郭道晖：《社会权力与公民社会》，凤凰出版传媒集团、译林出版社，2009，第331页。

由、利益集团压力等制度空间中进行的参与。对西方的政治参与形式，塞缪尔·亨廷顿和琼·纳尔逊划分为选举活动、院外活动、组织活动、接触参与、暴力参与五种形式；[①] 阿尔蒙德则从利益集团的视角把政治参与形式分为非正规的、非社团性的、机构性的、社团性的，又可根据利益集团参与政治的渠道而分为两种，其一是合法的接近渠道，如个人联系、精英人物代理、政党、立法机构、内阁和政府行政机构、抗议示威和其他非暴力抗议；其二是强制性的接近渠道，如罢工和阻挠、暴力；[②] 约翰·克莱顿·托马斯则在《公共决策中的公民参与》中，从公民对公共政策的可接受性视角，将公民参与划分为以获得公民信息为目标的公民参与，以强化公民对政策理解为目标的公民参与，以促进公民与公共管理机构合作关系为目标的公民参与。[③]

由于政治原则和制度架构的不同，资本主义国家的政治参与形式并不能完全适应当代中国。中国的政治参与形式，是在中国特色社会主义的民主体制下，基于共产党领导、人民当家作主和依法治国有机统一的政治原则，在共产党领导下的多党合作制度、人民代表大会制度、民族区域自治制度和基层民主自治制度的制度空间中进行的政治参与，其实现形式和机制主要有以下5种。[④]

（1）选举参与。中国公民的选举参与，主要涉及县、乡两级人大代表的直接选举，以及村民委员会、社区居民委员会选举。

（2）接触参与。中国公民的接触参与大致可以有13种参与渠道：接触上级领导，单位内部解决，接触人大代表，接触政协委员，依靠人民团体，依靠民间组织，依靠熟人网络，依靠法律途径，上访，向媒体反映，游行，罢工罢课，个人暴力式抗争。这13种接触参与方式又可分为4个层级：第一个层级是单位内部解决方式，是民众最可能采取的方式；第二个层级是依靠法律途径，是民众较

① 〔美〕塞缪尔·亨廷顿、琼·纳尔逊：《难以抉择——发展中国家的政治参与》，汪晓寿等译，华夏出版社，1989，第13～14页。
② 〔美〕加布里埃尔·阿尔蒙德、小G.宾厄姆·鲍威尔：《比较政治学——体系、过程和政策》，曹沛霖、郑世平、公婷、陈峰译，上海译文出版社，1987，第199页。
③ 〔美〕约翰·克莱顿·托马斯：《公共决策中的公民参与》，孙柏瑛等译，中国人民大学出版社，2010，译者前言，第3页。
④ 以下材料参照史卫民主编《"政策主导型"的渐进式改革——中国政治发展的因素分析》，内部课题报告，第52～55页。

可能采取的方式；第三个层级是接触上级领导、接触人大代表、上访三种，是民众可能采取的方式；第四个层级是接触政协委员、依靠人民团体、依靠民间组织、依靠熟人网络、向媒体反映、游行、罢工罢课、个人暴力式抗争八种方式，基本上是民众较少采取的方式。

（3）政策参与。政策参与是公民和公民组织在政策制定和执行过程中的参与。根据调查，中国公民的政策参与意愿还不是很强，至少有50%的人缺少自主参与的意识，参与状况尤其是网络的政策参与并不是很理想，只有1/3的人有可能参与政策讨论，政策参与的满意度不高。

（4）组织型参与。组织型参与是除了各级人大代表、政协委员参与外的其他组织参与形式，包括中共党员的政治参与、村民自治中的村民参与、城市社区居民自治中的居民参与、基层工会组织中的工人参与、基层妇女组织中的妇女参与。

（5）参与冷漠。参与冷漠即政治参与行为的缺乏，中国民众的参与冷漠主要表现在几个方面：对选举的冷漠、对领导人更换的冷漠、对政府行为的冷漠、对改革的冷漠、对政策的冷漠、对接触性参与方式的冷漠、对参与各种社会组织的冷漠、对基层群众自治和人民团体的冷漠。

对于中国公民政治参与的形式，人们更多的是关注全国层面和中央层面的参与形式，对于民众在地方性政治事务和公共事务中的参与形式，如地方公共财政预算的民主恳谈、地方政府政策和绩效的民主评议、地方干部公推公选中的民众参与等关注较少。对于这些地方异彩纷呈、形式丰富多样的公民政治参与形式的伟大创新，理论界和政策制定者应该给予更多的关注和支持。

五　政治参与中的平衡性问题

政治参与，从长远来说，是民主体制的运行基础和民主水平的标志，但并不意味着政治参与越多越好、政治参与越多民主越稳固，其中有一个关键的平衡性问题，即政治参与推动的政治发展与工业化、城市化推动的经济社会发展的平衡问题，政治参与广度和深度的扩大与政治制度吸纳和同化能力的平衡问题。如果政治参与和政治发展单兵突进，与经济社会发展和政治制度化失去平衡，就不但不能够带来政治发展和民主提升，还极有可能导致政局动荡、社会

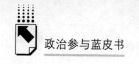
混乱。泰国近年来政治参与的急剧扩大和脆弱的政治制度化水平，导致了"红衫军"、"黄衫军"轮番上阵，你争我夺游行示威的混乱局面，就是一个反证典型。

亨廷顿最早关注了政治参与的失衡问题，他认为，发展中国家"政治上首要的问题就是政治制度化的发展落后于社会和经济变革"。社会动员和政治参与的扩大日新月异，而政治上的组织化和制度化却步履姗姗，结果必然发生政治动荡和骚乱。① 这是因为，对国家构建和制度构建落后的新兴发展中国家来说，现代化扩大政治参与的速度往往比它导致发展现代参与型政治机构的速度更快，这就造成了执政官掌权的混乱和暴力局面，并缺少合法的政治程序来解决政治问题。从这种意义上讲，政治不稳定可能是社会经济现代化的政治产物，② 而革命是政治参与爆炸的极端情形。由此，亨廷顿总结出了著名的政治参与的剧增导致政治动乱的转化公式：

(1) 社会动员 ÷ 经济发展 = 社会挫折
(2) 社会挫折 ÷ 流动机会 = 政治参与
(3) 政治参与 ÷ 政治制度化 = 政治动乱③

亨廷顿认为，政治参与是一种比最初看起来远为复杂和模糊的现象。在一定的社会—经济发展背景下，政治参与的水平、形式和基础取决于下列因素：精英、群体和个人把政治参与当作发展目标时给予它的优先次序；它被当作争取其他目标的手段时在他们眼中具有的价值；政治参与在何种程度上是发展的副产品和发展的结果。④

最后，亨廷顿得出了看似保守和悲观的结论：对于处于现代化之中的发展中国家来说，"首要的问题不是自由，而是建立一个合法的公共秩序"。要根除发展中国家国内政治的动荡和衰朽，发展中国家必须建立起强大政府，舍此无他路

---

① 〔美〕塞缪尔·亨廷顿：《变化社会中的政治秩序》，王冠华等译，三联书店，1988，第5页。
② 〔美〕格林斯坦、波尔斯比编《政治学手册精选》下卷，储复耕译，商务印书馆，1996，第207页。
③ 〔美〕塞缪尔·亨廷顿：《变化社会中的政治秩序》，王冠华等译，三联书店，1988，第51页；〔美〕西里尔·E.布莱克编《比较现代化》，杨豫、陈祖洲译，上海译文出版社，1996，第80页。
④ 〔美〕塞缪尔·亨廷顿、琼·纳尔逊：《难以抉择——发展中国家的政治参与》，汪晓寿等译，华夏出版社，1989，第173页。

可走，强大政府的构建和维持依赖强大政党的缔造和巩固。而所谓的强大政府，就是有能力制衡政治参与和政治制度化的政府。[①]

在更为具体的公共政策制定层面，同样有一个公民参与和决策质量的平衡问题。因为，公民参与必然深刻地影响甚至改变公共管理者制定政策和从事管理的方式。问题的关键仍然在于如何将公民积极参与的热情和行动与有效的公共管理过程有机地平衡起来，即如何将有序的公民参与纳入到公共管理的过程中来，在公共政策的制定与执行中实现积极、有效的公民参与。其中，悖论性的紧张关系在于，如果决策质量的要求越高，公民参与决策的限制性就越大；而如果公民对决策的接受性要求越高，则参与的力度就会越大。具体而言，公民参与公共决策的难题在于公共管理者必须决定在多大程度上与公众分享决策权力，公共管理者必须决定由公众中的谁去参与公共决策过程，公共管理者必须决定选择特定的公民参与形式，公共管理者必须充分了解和把握如何与公众互动。[②]

中国现代化进程中的以政治参与推动的政治发展，也必须服务经济社会发展这个中心，围绕全面现代化这个根本，同样有一个政治参与和政治制度化，政治参与推动的政治发展与工业化、城市化推动的经济社会发展的平衡问题。具体而言，值得关注的有四个层次的问题。

一是政治参与、政治发展、民主建设与经济社会参与、经济社会发展、经济社会建设的平衡协调、互动合作、共同进步的问题，即政治改革与经济改革、社会改革的平衡协调、互补共进的问题。

二是政治参与推动的民主发展与共产党领导、依法治国的协调平衡及其制度衔接问题，与此相关的是对国家事务的政治参与和对执政党事务政治参与的协调平衡和制度衔接问题。

三是地方各级层次上的政治参与形式创新与中央层级政治参与改革、全国层面政治参与制度推广的协调平衡和制度衔接问题。

四是政治参与和政治制度化水平的协调平衡、制度配套问题，即以及时的政

---

① 〔美〕塞缪尔·亨廷顿：《变化社会中的政治秩序》，王冠华等译，三联书店，1988，第 7 页；中译本序，第 5 页。

② 〔美〕约翰·克莱顿·托马斯：《公共决策中的公民参与》，孙柏瑛等译，中国人民大学出版社，2010，译者前言，第 3 页；正文，第 8~9 页。

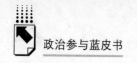

治制度化完善和配套，来充分吸纳、同化、支持日益扩展的政治参与。同时，政治参与也不能急剧膨胀而超越政治制度化的吸纳能力。

在具体的政治参与层面，由于中国特色的执政体系和政治制度架构，中国的政治参与具有自己的特点，如党政主导型参与、党政系统主导政治参与的议题发动和议程设置，以及政治参与渠道和制度的开启和设计；外力推动型参与，政治参与往往是起因于公共性事件或群体性事件，形成自下而上、由外至内的压力推动型参与；媒体传动型参与，各级、各类媒体在参与事件的发起、传播、沟通和推动方面起了关键性的传动作用。[1]

根据更为深入的调查总结，中国政治参与存在的问题大致可以归纳为以下七类：一是既有的选举制度未能给予公民更大的参与空间；二是能够发挥公民监督作用的参与机制不够健全；三是各个公民群体面临不同的参与途径缺乏问题；四是经济地位、地域差别和文化层次等因素影响公民的参与水平；五是政治参与所需要的信息不足；六是公民文化缺失和公民社会发育不良；七是政治参与缺乏必要的法律保障。[2]

总之，政治参与是现代化全面发展的必然要求，既能带来民主扩展的收益，也能导致政治混乱的风险。关键之点是政治参与扩大中的平衡协调问题和政治制度化建设。直面风险和问题，重在制度化和法治化建设，唯此才能保证政治发展与经济社会发展的全面提升，才是和谐社会的制度之本。

六 有效政治参与推进民主治理

现代化变革突飞猛进的当代中国，面临着经济结构多样化、阶级结构分层化、社会身份多重化和利益诉求多元化的急剧变革形势，面对错综复杂、诉求强烈的利益关系和权力关系的调整，各级党和政府肩负着沉重而繁忙的治理任务。如何在法治的轨道上积极地推进民主治理，不仅成为当前发展问题的解决之策，也是长久和谐稳定的战略之谋。有序有效的政治参与，是党政系统民主治理的动

---

① 蔡定剑主编《公众参与：风险社会的制度建设》，法律出版社，2009，第15～17页。

② 参见史卫民主编《"政策主导型"的渐进式改革——中国政治发展的因素分析》，内部课题报告，第52～55页。

力之源和组成要件。

第一，有效政治参与推进执政党民主执政、依法执政。执政的中国共产党，是当代中国全面现代化的领导核心和政治保证，也是中国复杂社会变迁治理的组织核心和决策中心。共产党长久执政的地位和绩效，依赖于作为执政党满足全面现代化发展需要和人民要求的程度和水平，依赖于作为执政党民主执政、依法执政的程度和水平。有序有效的政治参与，可以把人民的意志和要求通过制度化渠道，充分地表达出来、反映上来，构成民主执政、依法执政的民意基础和社会基础，也是持续完善民主执政、依法执政的强大动力之源。作为执政党的民主执政，也是整个党政系统民主治理制度体系建构的制度核心和关键。

第二，有效政治参与推进国家体系的民主法治建设。国家体系中的组织和机构，既与执政党的组织和机构紧密相关，也是执政党体系与社会系统关联互动的组织枢纽和治理中介。国家体系的民主法治水平，直接关系着执政党意志和决策的贯彻实施，直接关系着民主治理的质量和绩效。公民参与立法过程，保障了公正立法和法律优良；公民参与行政过程，推动了高效行政和行政公平；公民参与司法过程，护卫着司法透明与司法正义。公民有效的持续政治参与，也因此成为国家体系持续推进民主提升、法治完善的社会动力。

第三，有效政治参与推动公民社会中的"生活世界民主"。公民有效的政治参与，不仅推动着执政党和国家系统的民主法治进程，提高了公民对执政党和国家的认同和支持，也在制度化的持续参与中，培育着公民之间、公民团体之间的理解和协同，孕育着公民责任和公民文化的生成和成长。公民自身和公民团体的成熟和壮大，以及持续地参与地方性的公共生活，能够使民主生活成为一种制度化的生活，成为公民日常的生活方式和样态，成为公民生活世界的民主。① 这是中国民主法治建设长久的社会基础和文化土壤。

第四，有效政治参与推动执政党、国家与社会制度化的互动合作。公民持续有效的政治参与，不仅推动了执政党、国家、社会各自系统中的民主法治建设，也在权力与权利自上而下、自下而上的互动调整中，推动着执政党和国家、执政

---

① 潘一禾：《生活世界的民主——探寻当代中国的新政治文化》，中国社会科学出版社，2010，第12～13页。

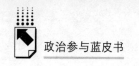
党和社会、国家和社会关系的制度化和法治化水平。在执政党的自觉主导下，充分发挥多元主体各自的优势和潜能，形成执政党、国家与社会互动合作、共促和谐的制度化关系，是中国现代化发展中民主治理的制度结构。

中国语境下的政治参与，是服务中国全面现代化的政治参与，是人民主体能动参与的政治参与，这既是中国现代化发展的必然产物和应然趋势，也是中国执政者、民众和公民的自觉选择和自主要求。在持续有效的公民政治参与的强大推动下，在中国共产党的坚强领导和自觉主导下，执政党民主执政、依法执政，国家体系民主运作和依法运行，公民有序参与、自主自治。执政党、国家与社会制度化合作互动、共同进步，形成中国发展道路中的民主治理，这便是中国现代化推进提升、全面发展，中国社会和谐、人民幸福的制度之路。

数据分析篇

Data Analysis

B.3
1995 年以来中国公民的
人大代表选举参与

孙平平

1995 ~ 2003 年，中国的县、乡人大代表选举分别进行。2004 年宪法、选举法和地方组织法修改之后，县、乡人大代表选举改为同时进行。归纳选举统计数据和相关的问卷调查数据，可以对 1995 年以来县、乡人大代表选举中的公民参与情况作概要说明。

一 投票率与选民的实际投票参与

选举统计数据显示，县、乡人大代表选举的选民投票率较高，但是高投票率并不能反映选民的实际投票参与情况，只有增加问卷调查数据等数据，才能对选民参与投票的情况有更清楚的认识。

（一）1995 ~ 2007 年县、乡人大代表选举投票率的变化

1995 ~ 2007 年共进行了三次县级人大代表选举和四次乡级人大代表选举

（第三次县级人大代表选举和第四次乡级人大代表选举同时进行），从选举的统计数据看（见表1），全国的平均投票率有较明显的下降趋势，县级人大代表选举的全国平均投票率由1997～1998年的94.16%下降到2006～2007年的93.50%（下降0.66个百分点），乡级人大代表选举的全国平均投票率由1995～1996年的93.95%下降到2006～2007年的93.25%（下降0.70个百分点）。

表1　1995～2007年县、乡人大代表选举投票率变化表*

单位：%

时　　间	县级人大代表选举	乡级人大代表选举
1995～1996年		93.95
1997～1998年/1998～1999年	94.16	93.32
2002～2003年/2001～2002年	93.75	92.71
2006～2007年	93.50	93.25

　　* 表中数据来自史卫民、郭巍青、刘智《中国选举进展报告》，中国社会科学出版社，2009，第512～513页。

选举统计数据中的"到站投票率"，只统计选民本人到选举大会或投票站参加投票的人数，排除了委托投票和使用流动票箱投票的选民，因而可以更真实地反映选民参与投票的情况。从已有的统计数据看，2001～2002年乡级人大代表选举的全国平均到站投票率为46.20%，2002～2003年县级人大代表选举7个省份的平均到站投票率为52.29%。[①]

（二）问卷调查反映的选民投票情况

选民在县、乡人大代表选举中的投票情况，在各种问卷调查中有所反映，可以列举一些主要调查数据。

蔡定剑2000年主持的"中国选举状况问卷调查"显示，[②]对于"在最近一次人大代表选举中是否参加投票"，受访人中的50.6%未填写，4.0%选择"参加了，投了所定的候选人的赞成票"，3.3%选择"参加了，投了弃权票"，

---

①　史卫民、郭巍青、刘智：《中国选举进展报告》，中国社会科学出版社，2009，第517页。
②　该调查的数据，均来自蔡定剑主编《中国选举状况的报告》，法律出版社，2002，第451～571页。

7.0%选择"参加了，投了另选他人的票"，3.4%选择"委托他人代为投票"，22.2%选择"没有参加投票"。也就是说，只有17.7%的受访人参加了投票，并有3.4%的受访人采用的是委托投票方式（减去这一比例，到站投票的只有14.3%）。

中国人民大学 2003~2008 年的综合社会调查显示，① 在 2005 年的人大代表选举中，66.01%的人未参加投票（城镇有 69.55%的人未参加投票，农村有12.61%的人未参加投票）。2006 年在经历过县级人大代表选举的受访人中，曾经投票的只占 27.37%，曾经鼓励其他人投票的占 3.65%；但是在当年的农村居民调查中，90.6%的受访人表示参与过县、乡人大代表选举。

全国总工会 2007 年的第六次中国职工状况调查显示，② 受访人中只有42.8%参加了最近一次县（区）或乡（镇）人大代表选举投票，52.0%没参加，5.2%表示不清楚。

北京大学中国国情研究中心 2008 年的"中国公民意识调查"显示，③ 受访人在过去五年中参加县、乡人大代表选举的情况是：75.0%选择"最近五年没有举行过选举或者不记得举行过选举"，14.6%选择"投过票"，10.4%选择"没投过票"。该中心 2008 年的"公民文化与和谐社会调查"显示，④ 受访人在最近一次乡镇、区人大代表选举中，20.25%选择"投过票"，79.75%选择"没投过票"。

北京天则经济研究所和北京零点市场调查与分析公司针对中国大陆 30 个省会城市的"2008 年春季第二期居民生活调查"显示，⑤ 在人大代表选举中，只有杭州、北京、上海等 7 个城市的投票率超过了 40%，长春、海口、南昌等 11 个城市的投票率低于 20%。

---

① 该调查的数据均来自中国人民大学中国调查与数据中心中国综合社会调查项目《中国综合社会调查报告（2003~2008）》，中国社会出版社，2009。

② 该调查的数据均来自中华全国总工会研究室编《第六次中国职工状况调查》，中国工人出版社，2010。

③ 该调查的数据均来自沈明明《中国公民意识调查数据报告（2008）》，社会科学文献出版社，2009。

④ 该调查的数据均来自严洁等《公民文化与和谐社会调查数据报告》，社会科学文献出版社，2010。

⑤ 该调查的数据均来自邢春冰、罗楚亮《社会信任与政治参与——城镇地区人大代表选举过程中的居民投票行为》，《2008 年中国省会城市公共治理指数报告》（www.unirule.org.cn/xiazai/2009/20090629）。

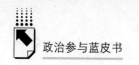

孙龙、雷弢对北京市的人大代表选举进行的跟踪调查显示，北京市的选民在区县人大代表选举日的亲自投票比率，1993 年为 85.6%，1998 年为 74.2%，2003 年为 73.0%。①

从问卷调查的数据看，尽管有的地区（如北京市）选民实际参加县、乡人大代表选举投票的比例较高（超过 70%），但是全国的综合比例较低（按现有的调查数据，选民实际参加县、乡人大代表选举投票的全国综合比例应在 14% ~ 43%）。

（三）选民的自愿投票程度

实际参加县、乡人大代表选举投票的选民，是自愿参加投票，还是被"动员"或"随大流"去参加投票，各种问卷调查给出了不同的数据。

蔡定剑 2000 年主持的"中国选举状况问卷调查"显示，参加人大代表选举投票的受访人，48.5% 选择"是主动积极参加投票的"，19.9% 选择"是领导动员或组织要求的"，1.7% 选择"是因为有补贴或奖励才去的"，4.9% 选择"没办法，必须得去"，3.5% 选择"不好意思不去"，13.3% 选择"大家都去我也去"。

李艳丽的调查显示，选民参加投票的原因由高到低的排序是"希望选出代表人民利益的代表"（41.5%），"随大流"（16.4%），"认识候选人"（15.2%），"行使公民权利"（11.7%），"履行公民义务"（8.2%），"希望选出代表自己利益的代表"（2.9%），"走形式"（2.9%），"被迫参加"（1.2%）。②

高勇、雷弢的调查显示，亲自参加基层人大代表投票的受访人中，为了"选出真正代表民意的人大代表"而参加投票的占 30.2%，表示"例行公事，行使自己权利"的占 35.3%，仅仅是"随大流，什么都没想"的占 31.1%，因为"不去不行，只好去了"的占 3.4%。③

---

① 相关调查数据来自孙龙、雷弢《区县人大代表选举中的选民参与》，"中国选举与治理网"2007 年 5 月 24 日载文。
② 该调查的数据均来自李艳丽《政治亚文化：影响当代中国政治发展的特殊因素分析》，武汉大学出版社，2008。
③ 相关调查数据来自高勇、雷弢《互动行为与选民动机——一项关于选举的定量研究》，"中国选举与治理网"2010 年 4 月 27 日载文。

北京天则经济研究所和北京零点市场调查与分析公司的调查显示，参加人大代表选举投票的主要原因，受访人中的 27.14% 选择"有要求，必须去投"，27.97% 选择"大家都去投"，5.33% 选择"希望我投的人能当选"，39.57% 的人"只是为了行使选举权"。

中国人民大学 2003 ~ 2008 年的"综合社会调查"显示，在人大代表选举中，服从性投票的占 22.33%，自愿性投票的占 11.66%（城镇 21.81% 的受访人是服从性投票，8.64% 是志愿性投票；农村 65.46% 的受访人是服从性投票，21.93% 是志愿性投票）。

尽管几种问卷调查显示的选民自愿投票比例有较大差距（大体在 5% ~ 50%），但反映出选民的自愿投票程度不高，应是较一致的结果。

选民参加选举的志愿程度不高，这在填写选票的态度上也能反映出来。蔡定剑 2000 年主持的"中国选举状况问卷调查"显示，在选择投票时，受访人中的 3.1% 选择"先问问别人选谁，再作决定"；21.1% 选择"根据当时的简要了解，作出选择"；1.5% 选择"看哪个名字顺口好听，作出选择"；1.2% 选择"按照姓氏笔画作出选择"；37.7% 选择"根据事先对候选人的充分了解，认真选择信得过的人"；3.0% 选择"亲戚、朋友、老熟人、上级等有交情的人"；6.5% 选择"无所谓，随便选一个"。

（四）选民不参加投票的主要原因

无论是统计数据还是调查问卷的数据，均反映出有近一半甚至一半以上的选民未实际参加县、乡人大代表的选举投票。选民为什么不参加投票，各种问卷调查揭示了一些影响选民投票参与的因素。

蔡定剑 2000 年主持的"中国选举状况问卷调查"显示，对于选民"不太愿意投票的主要原因"，受访人中的 35.95% 选择"不了解候选人"，19.50% 选择"我只有一票，认真投了也不能选出我想选的人"，18.78% 选择"即使我希望的人当人大代表，也不能真正起作用"，14.29% 选择"候选人中没有我想选的人"，10.15% 选择"选举跟我没什么关系，不感兴趣"。对于选民投弃权票或未投票的原因，受访人中的 10.16% 选择"对选举不感兴趣"，18.32% 选择"正式候选人我一个也不满意"，13.30% 选择"对选举程序不满意"，40.69% 选择"正式候选人我一个也不熟悉，不知道选谁好"，13.30% 选择"选不选对结果影响不大，干脆不选"。

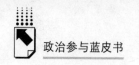

北京天则经济研究所和北京零点市场调查与分析公司的调查显示，对于不参加人大代表选举投票的主要原因，受访人中的 12.59% 选择"想投，但没赶上时间"，3.63% 选择"投也没用，人大代表说话不管用"，3.14% 选择"候选人中没有自己感兴趣的"，19.03% 选择"选举只是走形式，没意义"，20.25% 选择"对候选人完全不了解"，29.71% 选择"选举和自己没关系"，11.64% 选择"组织不力"。

从问卷调查数据看，不了解候选人和认为选举不起作用或选举与自己没关系，是选民不参加县、乡人大代表选举投票的较主要原因。

二　候选人提名、确定、介绍过程中的选民参与

在县、乡人大代表选举中，选民参与候选人提名、确定和介绍的情况，由于统计数据较少，需要归纳各种问卷调查的数据，才能作出初步的解释。

（一）选民在提名候选人过程中的参与

县、乡人大代表选举候选人有两种提名方式。一种是组织提名，即各政党、各人民团体单独或联合提名候选人。另一种是选民提名方式，即选民 10 人以上联合提名候选人。选民参与提名候选人，指的是第二种提名方式。

2001~2003 年的县、乡人大代表选举，全国 31 个省份中，偏重于组织提名候选人方式的有 11 个省份，占省份总数的 35%；偏重于选民提名候选人方式的有 20 个省份，占省份总数的 65%。2006~2007 年的县、乡人大代表选举，偏重组织提名候选人的省份，应有所增加。①

从问卷调查数据看，选民参与提名候选人的比例较低。蔡定剑 2000 年主持的"中国选举状况问卷调查"显示，对于"在以往的人大代表选举中，您有没有参与过联名提名候选人"，选择"主动参与过"的占 27.0%，"没有参与过"的占 61.3%，"别人拉我参与过"的占 4.5%。中国人民大学 2003~2008 年的综合社会调查显示，2006 年在经历过县级人大代表直接选举的受访人中，曾经推荐候选人的只占 5.52%。

①　史卫民、郭巍青、刘智：《中国选举进展报告》，中国社会科学出版社，2009，第 156~158 页。

蔡定剑 2000 年主持的"中国选举状况问卷调查"还显示了主动参与和不参与候选人提名的原因。主动参与提名候选人的原因,受访人中的 42.56% 选择"想选出代表人民利益的人",29.09% 选择"行使公民权利",12.06% 选择"信任候选人的能力",10.61% 选择"单位组织的",4.97% 选择"关心政治"。不参与候选人提名的原因,受访人中的 31.58% 选择"没有机会",14.45% 选择"不知道有这回事",12.84% 选择"怀疑这种形式的效果",12.84% 选择"没有这种权利",12.31% 选择"候选人是上面安排的,我们推荐也没有用",11.24% 选择"没人找,没有人来组织",10.17% 选择"无所谓,不关心",9.10% 选择"相信组织,相信上面的安排",8.03% 选择"选举谁是各人自己的权利,别人无权干涉"。

蔡定剑的调查亦显示,受访人中的 14.2% 对组织提名候选人较满意,51.7% 对选民提名候选人较满意,17.8% 对二者都满意,10.3% 对二者都不满意。对于候选人提名中的不良现象,17.15% 的受访人选择"党、团提名人数过多,使选民联名提名受到限制",12.53% 选择"党、团开始提名时间早于选民联名提名",17.15% 选择"党、团提名候选人公布过晚,选民不能充分了解候选人"。

(二) 选民在确定候选人过程中的参与

2004 年选举法修改后,明确规定"对正式代表候选人不能形成较为一致意见的,进行预选,根据预选时得票多少的顺序,确定正式代表候选人名单。正式代表候选人名单应当在选举日的五日以前公布"。尽管有了预选的规定,但是在县、乡人大代表的选举中,预选确定正式代表候选人的还是极少数,通过协商、酝酿确定正式代表候选人仍是主要方式。[1]

蔡定剑 2000 年主持的"中国选举状况问卷调查"显示,对于人大代表正式候选人是如何确定的,受访人中的 45.6% 选择"预选确定",16.6% 选择"领导确定",12.8% 选择"协商确定",20.1% 选择"不知道"。对确定正式候选人的办法,受访人中的 19.9% 选择"很满意",40.5% 选择"比较满意",24.2% 选择"不太满意",7.8% 选择"很不满意"。对候选人确定中的不良现象,受访人中的 37.41% 选择"在正式候选人确定过程中存在贯彻领导意图现象",14.96% 选择"在正式候选人确定过程中存在组织者黑箱操作现象"。

---

① 史卫民、郭巍青、刘智:《中国选举进展报告》,中国社会科学出版社,2009,第 164 页。

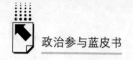

（三）介绍候选人中的选民参与情况

尽管选举法 2004 年修改时增加了正式候选人与选民见面的规定，使正式候选人与选民见面在 2006～2007 年成为较普及的做法，但是选举统计数据显示，选民参加见面活动的比例很低（如在江苏省县、乡人大代表选举中，选民参与见面活动的比例都在 5% 以下）。[①] 问卷调查数据显示了大致相同的情况，如孙龙、雷弢的调查显示，选民在选举前通过工作小组组织的"与候选人见面活动"了解候选人的，1998 年占 7.1%，2003 年占 5.8%；选民"通过单位下发的文字材料"了解候选人的，1998 年占 37.4%，2003 年占 38.9%；"认识他或听说过他"的，1998 年占 12.8%，2003 年占 26.0%；"在选举当天听别人当场介绍"的，1998 年占 30.8%，2003 年占 29.6%。受访人选择"自觉参加"候选人与选民见面活动的，1998 年占 40.2%，2003 年占 54.6%。蔡定剑 2000 年主持的"中国选举状况问卷调查"则显示，对介绍候选人的方法，25.1% 的人选择"满意，现在的候选人介绍方法能让我部分了解我想知道的"，5.2% 选择"不满意，由选举委员会公布候选人的简要情况即可"，13.0% 选择"不满意，应由推荐候选人的单位或选民对候选人的情况作详细介绍"，15.1% 选择"不满意，应当让候选人自己出来介绍情况"，35.0% 选择"不满意，应当让候选人与选民直接见面，作竞选演说，回答选民的问题"。

（四）选民对候选人的了解程度

蔡定剑 2000 年主持的"中国选举状况问卷调查"显示，对于在投票前"是否见过候选人"，受访人中的 37.5% 选择"见过候选人，32.8% 选择"没有见过候选人"，25.0% 选择"听说过没有见过"。对于"在投票前，您是否充分了解候选人的情况"，受访人选择"对候选人很了解"的占 21.4%，"完全不了解"的占 20.1%，"了解一点，主要是简历"的占 55.7%。

北京天则经济研究所和北京零点市场调查与分析公司的调查显示，对人大代表候选人的了解程度，受访人中的 8.47% 选择"从公开竞选中都了解到了"，7.36% 选择"大部分都是熟悉的人"，13.77% 选择"只了解我选的人"，43.2%

---

① 史卫民、郭巍青、刘智：《中国选举进展报告》，中国社会科学出版社，2009，第 176～178 页。

选择"不怎么了解", 27.2% 选择"一个也不认识"。

孙龙、雷弢的调查显示, 受访人在选举日后一个月左右"记得所选候选人姓名"的比例明显下降, 1998 年为 51.3%, 2003 年则下降为 47.8%。

从问卷调查的情况看, 在县、乡人大代表选举中选民对代表候选人不了解的占多数, 应是较普遍的现象。

(五) 选民的选择取向

在县、乡人大代表选举中, 选民希望选择什么样的人当人大代表, 问卷调查提供了一些可资参考的数据。

蔡定剑 2000 年主持的"中国选举状况问卷调查"显示, 对人大代表候选人的选择标准, 受访人中的 53.92% 选择"能为老百姓说话的人", 28.89% 选择"精通法律, 有较强的参政议政能力", 4.70% 选择"老实、心眼好、善于为人处世", 4.60% 选择"劳动模范", 4.46% 选择"群众熟悉的领导干部"。

孙龙、雷弢的调查显示, 北京市选民选择区、县人大代表的首要标准由高到低的排序, 1998 年是"按名单顺序选了排在前面的人"(26.8%), "人品好, 严于律己"(21.8%), "工作业绩突出, 贡献大"(19.5%), "敢替老百姓说话"(17.7%), "能办实事, 为老百姓排忧解难"(6.8%), "没标准, 随便划的"(2.7%), "上面让划谁我就划谁"(2.3%), "年纪轻, 有朝气"(1.4%), "有见识, 政策水平高"(0.9%); 2003 年是"敢替老百姓说话"(23.9%), "按名单顺序选了排在前面的人"(19.2%), "人品好, 严于律己"(18.1%), "工作业绩突出, 贡献大"(14.2%), "能办实事, 为老百姓排忧解难"(10.6%), "有见识, 政策水平高"(6.4%), "年纪轻, 有朝气"(5.6%), "上面让划谁我就划谁"(1.4%), "没标准, 随便划的"(0.6%)。

从调查数据可以看出, "能为老百姓说话的人"或"敢替老百姓说话"的候选人, 已经成为选民在县、乡人大代表选举中的重要选择。

三 民众对县、乡人大代表选举的基本评价

各种问卷调查涉及的民众对县、乡人大代表选举的评价, 主要与选举的作用、选举公正性等方面的问题相关。

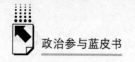

（一）人大代表选举的作用

北京大学中国国情研究中心2008年的"中国公民意识调查"显示，对于人大代表选举"在多大程度上能让政府官员重视老百姓的意见和要求"，受访人中的15.8%选择起非常大的作用，52.8%选择起一定的作用，22.7%选择起不了多大作用，8.7%选择根本不起作用。该中心2008年的"公民文化与和谐社会调查"亦显示，受访人中的14.38%认为人大代表选举起了非常大的作用，52.68%认为起了一定的作用，22.17%认为起不了多大作用，10.77%认为根本不起作用。也就是说，按照北京大学的调查，认为人大代表选举有作用的人应占65%以上。但是在蔡定剑2000年主持的"中国选举状况问卷调查"中，对于"人民代表大会的选举仅仅流于形式"的说法，13.2%表示"完全同意"，38.8%"基本同意"（持同意意见的占52.0%），21.9%"基本不同意"，23.7%"不同意"（持反对意见的占45.6%），显示的则是对人大代表选举的负面评价略高于正面评价。

（二）人大代表选举的公正性

蔡定剑2000年主持的"中国选举状况问卷调查"显示，受访人中的14.1%表示"人大代表选举很客观公正"，48.6%表示"基本客观公正"，15.2%表示"不太客观公正"，3.9%表示"不客观公正"。从这样的调查数据看，民众对人大代表选举公正性的正面评价（62.7%）大大高于负面评价（19.1%）。

（三）民众对人大代表选举的关注程度

中国民众对人大代表选举是否关心，问卷调查给出了不同的结果。蔡定剑2000年主持的"中国选举状况问卷调查"显示，受访人中的55.23%认为老百姓对人大代表选举"越来越关注"，15.95%认为"越来越不关注"，22.36%认为"过去和现在都一样"。2008年北京天则经济研究所和北京零点市场调查与分析公司的调查则显示，与过去相比，大多数人（64.63%）对人大代表选举的关心程度没有变化，"越来越不关心"人大代表选举的人数（24.99%）大大高于"越来越关心"人大代表选举的人数（10.37%）。

（四）民众参与人大代表选举的意愿

蔡定剑 2000 年主持的"中国选举状况问卷调查"显示，在各种选举中愿意参加人民代表大会选举的人最多（29.7%），其次是村民委员会和居民委员会选举（23.7%），再次是单位内部的选举（17.1%），愿意参加党、团组织选举的人最少（11.9%）。对于"愿不愿意参加人大代表的选举"，受访人中的 76.2%选择愿意参加，6.0%选择不愿意，16.6%的人表示无所谓。对于下一次人大代表选举投票，受访人中的 12.2%表示"领导要求我去，我就去"，19.3%表示"无所谓"，4.2%表示"不愿意去"，59.6%表示"愿意去"。从这样的调查数据看，无论选民对人大代表选举的评价如何，还是有一半以上的人愿意参加人大代表选举。

四 人大代表选举显示的参与差异

中国公民参与县、乡人大代表选举，是否存在性别、年龄、收入、职业等方面的差异，可以依据现有的问卷调查数据作初步说明。

（一）性别差异

全国总工会 2007 年的"第六次中国职工状况调查"显示，在县、乡人大代表选举中投票的受访人中，男性比例（44.0%）高于女性（41.1%）。2008 年北京天则经济研究所和北京零点市场调查与分析公司的调查亦显示，在人大代表选举中，男性选民投票率高于女性选民。也就是说，公民的选举参与中确实存在着一定的性别差异。

（二）年龄差异

全国总工会 2007 年的"第六次中国职工状况调查"显示，在县、乡人大代表选举中投票的受访人里，36 岁以上的比例（50%～59%）高于 35 岁以下的（32.3%）。北京大学中国国情研究中心 2008 年的"公民文化与和谐社会调查"显示，"没投过票"的受访人中，青年人高于中老年人。两种调查显示了相同的结果：在人大代表选举中，中老年人的投票参与率高于青年人。

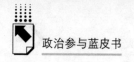

（三）受教育程度差异

蔡定剑2000年主持的"中国选举状况问卷调查"显示，在最近一次人大代表选举中参加投票选举的受访人里，不识字的比例（31.3%）高于高学历者（16.4%）和中低学历者（14.3%）。但是其他调查显示的是学历越高，参与投票的比例越高。如全国总工会2007年的"第六次中国职工状况调查"显示，在县、乡人大代表选举中投票的受访人里，高学历的比例（52%~60%）高于中等学历（34%~43%）和低学历（33%~36%）；北京天则经济研究所和北京零点市场调查与分析公司2008年的调查显示，居民投票率随着教育水平的提高而增加，高中（中专）、大专以及大学及以上教育水平的居民投票率比初中及初中以下教育水平的居民要分别高出3%、13%和22%；北京大学中国国情研究中心2008年的"公民文化与和谐社会调查"亦显示，在县、乡人大代表选举中"没投过票"的受访人中，低学历的比例高于中、高学历。何种学历的人投票率最高，还需要作进一步的调查，但是不同学历的人投票有一定差异，应是公认的事实。

（四）党派差异

蔡定剑2000年主持的"中国选举状况问卷调查"显示，在最近一次人大代表选举中参加投票选举的受访人中，中共党员的比例（14.6%）高于民主党派成员（13.8%）和共青团员（12.9%），但低于群众（17.4%）。其他调查则显示，中共党员参加投票的比例高于群众，如全国总工会2007年的"第六次中国职工状况调查"显示，在县、乡人大代表选举中投票的受访人里，中共党员的比例（62.5%）高于民主党派成员（48.9%）、未参加任何党派人员（40.4%）和共青团员（29.9%），工会会员（56.7%）高于非工会会员（29.4%）；北京天则经济研究所和北京零点市场调查与分析公司2008年的调查亦显示，共产党员投票率比非共产党员高12%。从已有的调查看，中共党员的投票率是否高于其他党派、团体成员和未参加任何党派人员，还难有定论。

（五）收入差异

蔡定剑2000年主持的"中国选举状况问卷调查"显示，在选举参与方面，受访人中的25.0%赞成"生活水平越高的人越积极"，39.3%的人反对。全国总工会 2007 年的"第六次中国职工状况调查"则显示，在县、乡人大代表选举中投票的受访人中，月收入 5001 元以上的高收入者的比例（61.5%）高于月收入 3001～5000 元的较高收入者（57%）、月收入 1001～3000 元的中等收入者（42～58%）和月收入 1000 元以下的低收入者（33～49%）。是否收入越高在人大代表选举中的积极性越高，还需要更多的调查才能作出更准确的判断。

（六）户籍差异和地域差异

蔡定剑 2000 年主持的"中国选举状况问卷调查"显示，在选举参与方面，受访人中的 27.9% 赞成"经济越发达地方的人越积极"，37.3% 反对。全国总工会 2007 年的"第六次中国职工状况调查"显示，在县、乡人大代表选举中投票的受访人中，本地非农业户口（54.7%）高于外地非农业户口（27.8%）和各种农业户口（17%～40%），中部地区（43.7%）高于东部地区（42.6%）和西部地区（41.3%；此次调查涉及的 15 个省市由高到低的排序是甘肃、黑龙江、浙江、湖北、北京、上海、四川、安徽、山西、广东、河南、江苏、陕西、云南、新疆）。北京天则经济研究所和北京零点市场调查与分析公司 2008 年的调查显示，本地户口的居民投票率比非本地居民高 22%。从这些调查数据可以看出，户籍对民众的选举参与有重要的影响，并且经济发达地区未必是选民实际参与投票达到高水平的地区。

（七）职业差异

全国总工会 2007 年的"第六次中国职工状况调查"显示，在县、乡人大代表选举中投票的受访人中，党政机关社会团体人员的比例（69.4%）高于事业单位人员（61.9%）、其他单位人员（43.4%）和企业人员（37.4%），不同职业者参加投票的比例由高到低的排序是公务员（70.3%）、企事业单位高管或负责人（59.3%）、企事业单位中层管理人员（54.4%）、企事业单位一般管理人员（50.0%）、专业技术人员（49.0%）、工人（36.2%）。

蔡定剑 2000 年主持的"中国选举状况问卷调查"将受访人按照职业划分为 13 个群体，但为了便于比较，可以把这些群体归为农民、工人、个体劳动者、知识分子、干部、无职业者六大类（将"党政机关工作人员"和"企业领导"归为干部群体，将"法律工作者"、"教师"、"专业技术人员"、"在校学生"归为知识分子群体，将"离退休人员"和"自由职业者"归入"其他"，暂时不予考虑），现列出各群体在人大代表选举中参与程度的基本排序（见表2）。

表2 中国不同职业群体参与人大代表选举排序表*

项　　目	各群体按比例由高到低排序
对人大代表选举制度的满意度	干部、农民、工人、知识分子、个体劳动者、无职业者
参与人大代表选举的意愿	干部、农民、知识分子、工人、个体劳动者、无职业者
主动积极参加投票	干部、农民、知识分子、个体劳动者、工人、无职业者
按领导动员或组织要求参加投票	工人、知识分子、无职业者、个体劳动者、干部、农民
最近一次人大代表选举未投票	无职业者、个体劳动者、工人、知识分子、农民、干部
愿意当人大代表	农民、干部、知识分子、工人、个体劳动者、无职业者
认为投票是行使公民政治权利	干部、知识分子、工人、个体劳动者、无职业者、农民
认为投票只是尽公民责任，与自己切身利益关系不大	农民、无职业者、个体劳动者、知识分子、工人、干部
认为投票关系自己切身利益	农民、知识分子、干部、工人、个体劳动者、无职业者
认为投票只是应付选谁不重要	无职业者、农民、个体劳动者、工人、知识分子、干部
对组织提名候选人表示满意	干部、农民、知识分子、工人、个体劳动者、无职业者
对选民提名候选人表示满意	知识分子、工人、干部、个体劳动者、农民、无职业者
介绍候选人希望采用竞选方式	知识分子、工人、个体劳动者、农民、干部、无职业者
对确定正式候选人办法表示满意	干部、农民、个体劳动者、知识分子、工人、无职业者

* 表中的排序，依据的是蔡定剑主编的《中国选举状况的报告》所提供的数据。

从表2所列排序可以看出，干部和农民对于人大代表选举制度的认同度较高，能较积极参与人大代表选举（全国总工会的调查虽未涉及农民，但也显示出"干部"在人大代表选举中比其他群体积极）；知识分子和工人两个群体对选举的认同度和参与选举的积极性都低于干部和农民，但是对选举中的竞选都有较高的期盼（全国总工会的调查亦显示专业技术人员即"知识分子"和工人参与选举的积极性低于"干部"）；个体劳动者对选举的认同度和参与选举的积极性相对较低，但对选举的认同度和参与选举积极性最低的应是无职业者（全国总工会的调查未涉及这两个群体，还需要其他调查作进一步的佐证）。

通过统计数据和调查数据的整理和归纳，只能理出中国公民在县、乡人大代表选举中的大致情况，一些具体问题的分析，尤其是不同公民群体在人大代表选举中的实际参与情况，还需要作更多的调查和研究，才能作出更科学的评估。

2001 年以来城市社区居民
委员会选举中的居民参与

张立进

自 2001 年以来，随着居民委员会向城市社区组织转变，中国城市社区居民委员会选举全面展开，并获得了较大发展。2001～2003 年，28 个省份安排了社区居民委员会选举，部分地方试行了居民直接选举社区居民委员会成员或户代表选举社区居民委员会成员的做法。2004～2006 年，30 个省份安排了社区居民委员会选举，并在全国范围内基本完成了居民委员会调整，一些省份扩大了社区居民委员会直接选举的范围，并在社区居民委员会选举中试行"海选"和"无候选人选举"等方法。2007～2009 年，30 个省份安排了社区居民委员会选举，居民直接选举社区居民委员会的范围得以继续扩大。[①] 但是到目前为止，社区居民委员会的产生仍以间接选举为主，直接选举还未能在全国范围内大规模铺开。2004 年民政部统计的居民直接选举社区居民委员会的比例为22%，2004～2006 年增加海选或无候选人选举后，23 个省份（不包括天津市）居民直接选举社区居民委员会的平均比例为 24.35%，略高于民政部 2004 年统计的比例，比2001～2003 年的平均比例（15.21%）提高了 9.14 个百分点。[②] 综合2001 年以来的统计数据和各种问卷调查数据，可以对近 10 年来城市社区居民委员会选举中的居民参与情况作出一些基本性的评估。

一 城市居民对社区居民委员会选举意义的认知

城市社区居民是否了解《居民委员会组织法》，社区居民委员会是否应由居

---

① 史卫民、郭巍青、刘智：《中国选举进展报告》，中国社会科学出版社，2009，第 446～449 页。
② 史卫民、郭巍青、王金华、刘勇、王时浩：《中国社区居民委员会选举研究》，中国社会科学出版社，2009，第 245 页。

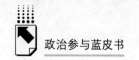

民直接选举产生，城市居民是否理解社区居民委员会选举的意义，各种问卷调查提供了一些可供参考的数据。

彭惠青 2006 年对武汉市社区居民参与情况的调查显示，[①] 受访人对《居民委员会组织法》的了解，认为很清楚的只占 2.3%，比较清楚的占 10.6%，不太清楚和不清楚的占 87.1%。居民（或居民代表）参加居民委员会选举的原因，46.8% 的受访人认为选举与自己利益密切相关，当然要参加；27.1% 的受访人认为是因为有关组织要求，必须参加；6.4% 的受访人是因为碍于面子，不参加会得罪人，所以参加了；5.9% 的受访人是因为别人参加，自己也跟着参加了；13.8% 的受访人是因为其他原因参加了选举。居民（或居民代表）没有参加居民委员会选举的原因，47.1% 的受访人是因为没有接到通知，17.2% 的受访人是因为工作忙，没有时间和精力参加，16.3% 的受访人是因为觉得选举只是走形式，没有实质意义，所以没参加，2.1% 的受访人是因为与自己的利益关系不大，不想参加，0.9% 的受访人是因为别人不参加自己也不想参加，16.3% 的受访人是由于其他原因没有参加选举。

中国政法大学 2006～2008 年的社区居民问卷调查显示，[②] 受访人对社区居民委员会选举很关注的占 42.9%，比较关注的占 42.2%，无所谓的占 8.0%，不太关注的占 5.9%，很不关注的占 1.0%。

巢小丽 2008 年对长江三角洲地区的社区自治调查显示，[③] 对于"社区工作者是否由居民直选"的问题，受访人认为居民委员会的社区工作者应该由居民直接选举产生的约占 49%，认为应该公开招聘的约占 34%，认为应该由政府指派的只占 5% 左右。

调查数据显示，城市居民不仅对《居民委员会组织法》缺乏了解，明确要求社区居民委员会由居民直接选举的亦不足 50%，对社区居民委员会选举的意义不了解以及对社区居民委员会选举的关注程度不高，应是较普遍的现象。在各

① 该调查的数据均来自彭惠青《城市社区居民参与研究——以武汉市社区考察为例》，华中科技大学出版社，2009。

② 该调查的数据均来自石亚军主编《中国行政管理体制专项问卷调查数据统计》，中国政法大学出版社，2008，第 5～36 页。

③ 该调查的数据均来自巢小丽《城市社区自治制约性因素研究——基于长三角地区 SH、HZ 和 NB 三城市的调查》，载民政部基层政权和社区建设司编《全国和谐社区建设理论与实践：社区居民自治与社会组织创新》，中国社会出版社，2009。

省、自治区、直辖市 2001～2008 年选举总结和 2001～2005 年社区建设工作情况报告中指出的社区居民委员会选举存在的主要问题和不足，其中之一亦是居民民主意识不高，选民对选举不关心（有 18 个省份被提及）。①

二　城市居民的选举参与程度

社区居民委员会的选举参与和居民对选举意义的了解密切相关，对选举意义的理解愈深入，就会愈自觉主动地参与选举，而不必强制或动员；反之，居民对选举意义没有清晰的认识，则选举参与的积极性不高，就会造成居民不关心选举程序，亦不关心候选人是谁，甚至不在乎把选票投给谁。② 各种统计数据和问卷调查数据，有助于了解城市居民在社区居民委员会选举中的实际参与情况。

根据民政部 2006 年的统计，当年城市社区居民委员会选举登记选民 37588855 人，投票选民 26318987 人，平均投票率为 70.02%。在城市社区居民委员会选举中居民参与程度较高的应有北京、上海、福建、湖南、广西、海南、重庆、西藏、甘肃、青海、宁夏、新疆 12 个省、自治区、直辖市，参与程度中等的应有天津、河北、山西、内蒙古、辽宁、黑龙江、浙江、安徽、江西、河南、四川、贵州、陕西 13 个省、自治区、直辖市，参与程度较低的应有吉林、江苏、湖北、广东、云南 5 个省。③ 2007 年底，浙江省宁波市所有的城市社区居民委员会都实行了直接选举，全市 235 个城市社区 73 万余名登记选民共选出社区居民委员会成员 2266 名，平均参选率达到 92.6%。④ 2005 年 5 月，广东省深圳市盐田区的社区居民委员会全部实行直接选举，体现了选举的真实性、公平性、创造性、程序性、竞争性；⑤ 在 2008 年 5 月底结束的深圳市盐田区

---

① 史卫民、郭巍青、王金华、刘勇、王时浩：《中国社区居民委员会选举研究》，中国社会科学出版社，2009，第 365 页。

② 潘小娟、史卫民、贠杰、王时浩、单涵清、白少飞：《城市基层权力重组：社区建设探论》，中国社会科学出版社，2006，第 318 页。

③ 史卫民、郭巍青、王金华、刘勇、王时浩：《中国社区居民委员会选举研究》，中国社会科学出版社，2009，第 260、272 页。

④ 《宁波在全国率先实现城市社区全部直选》（http://news. 163. com/08/0127/13/437F25UV0001124J. html）。

⑤ 唐娟：《城市社区民主治理模式与政治发展——"城市社区公共治理国际学术研讨会"会议综述》，《中国行政管理》2005 年第 12 期。

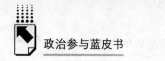

社区居民委员会换届选举中，直选率仍为100%，22个社区居民委员会选民登记率平均为79.6%，投票率为91%，居民到站参选率为79.7%。[1]

问卷调查数据反映的居民参与社区居民委员会选举的比例，普遍低于选举的统计数据，可以列举一些实例。

中国人民大学2003～2008年的综合社会调查显示，[2] 2003年只有18.58%的受访人参加了居民委员会选举，64.23%的人不知道居民委员会是如何产生的。2005年有60.07%的受访人未参加社区居民委员会选举投票。

民政部2005年组织的"全国百城社区建设情况调查"显示，[3] 受访人参加过社区居民委员会选举的占56.44%，未参加过选举的占42.95%。

彭惠青2006年对武汉市社区居民参与情况的调查显示，对于"您是否参加过居民委员会的选举"的问题，74.8%的居民表示没有参加，11.7%表示参加过一次，5.4%表示参加过2次，8.1%表示参加过3次及以上。

中国政法大学2006～2008年的社区居民问卷调查显示，受访人或其家人参加本届居民委员会选举的占69.4%，没参加的占27.1%，从未听说的占3.5%。受访人在居民委员会选举中对候选人了解的占65.0%，不太了解的占26.8%，一点都不了解的占8.3%。

巢小丽2008年对长江三角洲地区的社区自治调查显示，受访人中的42%参加过所在社区的居民委员会直选，约54%的受访人认为"参加社区直选是公民的义务"。在参加过社区居民委员会直选的受访人中，认为"这是公民义务"的约占48%，"选我信任的人"的约占16%，"选举对自己有好处"的约占5%，"居民委员会让我参加"的约占15%，"大家都参加，我也参加"的约占10%。未参加社区居民委员会直选的受访人中，认为"选举与我关系不大"而未参加的占10.17%，认为"我的票起不了作用"的占7.97%，认为"太麻烦"的占4.92%，认为"选也白选"的占2.54%，认为"对候选人不了解"的占18.14%。该调查中的一个案例颇有代表性：被访者E，女性，35岁，NB市企业

① 陈家喜、黄卫平：《深圳基层民主发展的回顾与总结》，《深圳特区实践与理论》2009年第1期。

② 该调查的数据，均来自中国人民大学中国调查与数据中心、中国综合社会调查（CGSS）项目《中国综合社会调查报告（2003～2008）》，中国社会出版社，2009。

③ 该调查的数据，均来自詹成付主编《社区建设工作进展报告》，中国社会出版社，2005。

员工，从未参与过社区居民委员会直选，也不知道社区居民委员会在哪里。E说："没想过要参加社区直选，好像参加选举的都是年纪大的，失业下岗的比较多，开展的活动好像也主要是适合他们的。有时候家里有什么急事，想找找居民委员会，根本帮不上什么忙，还不如打 114 或 81890 什么的。"

林尚立等人曾指出 1999 年上海市浦东新区源竹、茂兴、三航、金桥四个社区的居民委员会选举都有 80% 以上的参选率，足以表明选民对选举的关注和重视程度。① 但上海社会科学院社会学研究所 2009 ~ 2010 年的大型调查发现，上海居民对社区居民委员会选举不如业委会选举参与热情高。由于上海市委、市政府对社区居民委员会换届选举十分重视，进行了大规模的社会动员，包括通过媒体宣传报道、组织街道和居民委员会干部专门培训并在全市所有居住小区内以标语、宣传栏等方式进行文字宣传，召开居民小（楼）组长、居民代表、退休党员等居民骨干会议进行口头动员，"因此，居民对居民委员会换届选举的知晓率达到 66.5%，在知道选举一事的调查对象中，有 75.8% 的居民参加了居民委员会投票。由此推算，实际参加投票的居民比率为 49.8%，这个比率与各居民委员会上报以及媒体公开发布的数据相差甚远"。② 上海市银杏居民区 C 女士对社区居民委员会选举的看法具有一定的代表性："我们这种商品房小区邻里不大交往的，最重要的是物业公司的管理，只要物业管理到位了，小区也就太平了，基本上大家就相安无事。说实话，居民委员会搞一些什么活动我不太了解，参与居民委员会的活动也许不太适合我们这些上班的人。所以参与居民委员会换届选举，我并没有太多的兴趣。不过，要我来参与投票也不是不可以，天气这么热，他们挨家挨户上门动员也不容易，而且都是周末和晚上工作。问题是我们连对门的人都不熟悉，你说这票该怎么投？"③

尽管有人认为社区居民委员会的选举有较大进步，表现为通过宣传教育和选举实践，居民的民主法治理念会被进一步强化，他们对选举的要求越来越高，参与竞选面越来越广，参与过程在延伸，参与程度在提高，主动看公告的居民多了，非户籍居民争取选民资格的多了，要求竞选的多了，与选举有关的信访多

① 林尚立主编《社区选举：选举动员与参与结构》，社会科学文献出版社，2003，第 75 页。
② 田晓虹：《上海居民对社区生活的态度与评价》，《社会观察》2010 年第 6 期。
③ 刘春荣：《选举动员的框架整合银杏居委会换届选举个案研究》，《社会》2010 年第 1 期。

了，参加竞选的人多了，登记时居民热情多了，由此标志着居民越来越关心他们的话语权和选举权。[①] 但调查数据显示，居民参与社区居民委员会的水平还不是很高，还有较大的发展空间。

在间接选举中，居民的参与更为有限。以居民代表选举社区居民委员会为例，从参与的广度上看，居民代表的结构呈现出女性多、老年人多、离退休人员及下岗失业人员多、高中以下学历多的"四多"特征；从参与深度来说，由于采取间接选举方式，绝大多数居民对选举的参与实际在选民登记和推选完居民代表以后就停止了；虽然居民代表参与了选举的全过程，但大多数人对选举仅仅限于到会场填写选票，在他们的观念中，选举等同于投票，没有更加深入参与到候选人的酝酿等关键的决策过程中，也没有去联络、收集本居民小组的建议，还未发挥出居民代表应有的作用；从参与态度看，主要表现为动员式参与，自主式参与的特征不明显。[②]

三　城市居民对当选居民委员会的满意程度

学术界目前对社区居民委员会选举过程的研究较多，对居民是否满意当选的社区居民委员会成员关注得不够，只能用少数调查数据作初步说明。

民政部 2005 年组织的"全国百城社区建设情况调查"显示，居民对"居住社区、居民委员会以及党组织的满意度"的调查结果显示，大部分居民给予了较高评价，选择"非常满意"和"满意"的占总数的 75% 以上；选择"不满意"的比例很低，不到 1%。

上海社会科学院社会学研究所 2009～2010 年的大型调查发现，77.4% 的被访者对居民委员会的评价为"满意"和"较满意"。从性别、年龄、政治面貌、在职与否、所有制类型、职业类别、本地人或移民、居住地段或区域、房屋产权等各种变量的交互统计看，被访者对居民委员会的满意率均达到七至八成，有的超过九成（满意率偏低的群体是失业、协保、内退人员，为 63.5%；满意率偏

---

① 燕少红：《对社区民主选举的几点认识》，"中国选举与治理网"2010 年 9 月 9 日载文。
② 朱晓彦：《社区民主选举：制度安排与实践运作的不平衡——对北京市 A 社区居委会选举的个案研究》，中国人民大学硕士论文，第 38～39 页。

低的地区是闸北区，为 59.2%)。调查还发现，尽管社区居民普遍对居民委员会持有较为满意的态度，但此前居民对居民委员会选举的热情并不高。①

从有限的调查数据看，城市居民无论是对新当选的社区居民委员会，还是对已经进入日常工作状态的社区居民委员会，基本上持满意的态度。

由于受资料的限制，显然还难以对社区居民委员会选举中的居民参与作更全面的描述，期待今后在这一领域有更多的调查和研究，使我们能不断深化对居民委员会选举参与的认识。

---

① 田晓虹：《上海居民对社区生活的态度与评价》，《社会观察》2010 年第 6 期。

B.5

2001 年以来村民委员会
选举中的村民参与

李忠汉

改革开放以来，村民自治已经走过了 30 多年的历程。在村民自治的发展中，村民委员会选举扮演了重要的角色。对村民在村民委员会选举中的参与，已经有不少研究成果，但绝大多数反映的是 20 世纪 80 年代和 90 年代的情况。本报告根据 2001 年以来的一些研究成果，结合村民委员会选举的统计数据和一些具有代表性的调查问卷提供的数据，对 2001 年以来村民参与村民委员会选举的情况作概要说明。

一 投票率与村民的实际投票参与

2001～2010 年，中国的各省、自治区、直辖市大多安排了三次村民委员会选举（有的省份正在进行 2001 年以来的第四次村民委员会选举）。根据民政部统计的选举数据，村民委员会选举的全国平均投票率，2001～2003 年为 91.36%，2004～2006 年为 90.68%，2007～2008 年（根据 7 个省份的统计数据）为 90.72%；村民委员会选举的"到站投票率"（只统计选民本人到选举大会或投票站参加投票的人数），2001～2003 年为 64.20%，2004～2006 年为 72.43%。①"到站投票率"显示 2001 年以来有 2/3 或近 3/4 的村民实际参加了村民委员会选举，各种问卷调查亦显示村民对参与村民委员会选举有较高的积极性，可列举一些具有代表性的数据。

---

① 史卫民、郭巍青、汤晋苏、黄观鸿、郝海波：《中国村民委员会选举——历史发展与比较研究》（下篇），中国社会科学出版社，2009，第 136～137、175～176 页。

冯兴元等 2005 年主持的"中国村级组织调查"显示，① 受访人中的 69.4% 对村民委员会选举感兴趣，30.6% 对村民委员会选举不感兴趣；受访人中的 80.7% 参加了上届村民委员会选举，19.3% 没有参加选举；对于"村民委员会选举是否每次都去"，受访人中的 77.2% 选择是，20.3% 选择否；受访人中的 90% 表示参加村民委员会选举是自愿的，10% 表示不是自愿的；在没有误工补贴的情况下，83.9% 的受访人表示愿意参加选举，16.1% 表示不愿意。

民政部 2005 年进行的"全国村民自治状况抽样调查"显示，② 受访人中的 77.0% 参加了现在的村民委员会选举投票，21.7% 没有参加投票。"外出村民"受访人只有 18.9% 参加了现在这届村民委员会选举，81.1% 没有参加；参加选举的人中，42.6% "当时还没有外出打工、工作，在村里参加的选举"，22.3% "当时在外地打工、工作，但专门返回家乡参加的选举"，1.4% "当时在外地打工、工作，但通过邮寄选票参加了选举"，24.3% "当时在外地打工、工作，但委托村里的其他选民进行了投票"，9.5% "以其他方式参加的选举"；没有参加选举的，5.1% "当时不够选民年龄"，56.9% "当时在外地打工、工作，没有人通知我"，33.3% "当时在外地打工、工作，没办法回村参加选举"，8.8% "当时在外地打工、工作，村里的选举和我没什么关系"。

李德芳 2005 年对海南省第四届村委会选举的调查显示，③ 有 67.4% 的村民称直接参加了第四届村委会选举，其中有 48.6% 的村民"抱着很大的兴趣参加了选举"。不过，近 1/5 的被访者称对选举没有兴趣，也没有参加选举。

潘弘祥 2005 年的"广西三江侗族自治县村民选举调查报告"显示，④ 对于"您愿意参加村民委员会选举吗"，70% 的村民回答"愿意，因为它是我的一项政治权利"；20% 的村民回答"愿意，因为它与自身利益密切相关"；5% 的村民

① 该调查的数据均来自冯兴元、（瑞典）柯睿思、李人庆《中国的村级组织与村庄治理》，中国社会科学出版社，2009。
② 该调查的数据均来自詹成付主编《全国村民自治状况抽样调查报告》，中国社会出版社，2009。
③ 该调查的数据均来自李德芳、王章佩《村民视野中的村民自治——海南省第四届村委会选举后的一项调查分析》，《社会主义研究》2007 年第 6 期。
④ 该调查的数据均来自潘弘祥《村民选举规范与创新——广西三江侗族自治县村民选举调查报告》，《湖北社会科学》2006 年第 10 期。

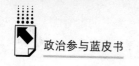
回答"虽不愿意，但碍于情面"；5%的村民回答"无所谓"。

董江爱对山西省孝义市第六届村委会换届选举的调查显示，① 受访人中的85.6%参加了村民委员会的正式选举，93.5%表示不会拒绝选举；在参加选举的受访人中，有近60%的人是自己希望去投票的。

余超文、赵倩倩2010年对粤北农村自治的调查显示，② 受访人对"选举时，如不发误工补助，村民会到固定投票站参加选举吗"，66.9%选择"会"，32.35%明确表示选举时如不发误工补助，是不会到固定投票站参加选举的。

无论是全国性的调查，还是区域性的调查，都反映出2/3以上的村民实际参与了村民委员会选举，与选举统计的"到站投票率"吻合。问卷调查数据还显示，选举中公民的投票行为主要是主动参与而不是动员参与，表明中国村民委员会选举具有最基本的民主性。

二　村民对选举法律的了解程度

雷洪、胡书芝2002年主持的"农村居民参与基层选举的心态与行为倾向调查"显示，③ 在所调查的1281名村民中，仅有616名村民承认村干部选举前进行过《村民委员会组织法》宣传，不到总样本的一半（其中仅有548名村民知道《村民委员会组织法》）。进一步的分析发现，在知道《村民委员会组织法》的村民中，约1/3的人是通过干部宣传知道该法的，近2/3的村民认为自己了解《村民委员会组织法》的主要途径是电视、报刊和书籍。

托马斯·海贝勒等人2002~2005年的调查显示，④ 被访问的吉林省梨树县村民有48.2%知道《村民委员会组织法》（访问56人，知道的27人）。广东省深圳市龙岗区接受访谈的41名村民中，只有2人对《村民委员会组织法》

①　该调查的数据均来自董江爱《村委会选举与中国民主政治发展》，《中国行政管理》2005年第2期。

②　该调查的数据均来自余超文、赵倩倩《村民自治的制约因素与完善对策——基于粤北农村的调查》，《南方农村》2010年第1期。

③　该调查的数据均来自雷洪、胡书芝《农村居民对村委会选举的评价研究——对湖北省长阳县1281名农村居民的实证研究》，《中南民族大学学报（人文社会科学版）》2004年第6期。

④　该调查的数据均来自何增科、托马斯·海贝勒、根特·舒伯特《城乡公民参与和政治合法性》，中央编译出版社，2007。

有比较清楚的了解，占 4.9%；有 29 人大概了解《村民委员会组织法》，占 70.7%；还有 10 人表示不知道《村民委员会组织法》，占 24.4%。江西省某村接受访谈的 33 名村民中，只有 4 人对《村民委员会组织法》的具体规定有比较清楚的了解，占 12.1%；有 3 人知道《村民委员会组织法》但不知道关于选举的具体规定，占 9.1%；还有 26 人不知道有《村民委员会组织法》，占 78.9%。

刘友田 2007 年在山东省进行的村民自治调查显示，[①] 在一般村民中，除 78 人（占 24%，其中 5 人为家庭妇女）不知道《村民委员会组织法》外，其余 246 人（占 76%）从不同渠道知道了这部法律；但是，只有 201 人（占 62%）是在村民委员会选举宣传中了解到该法的，其他 32 人（约占 10%）中 11 人是"听别人说的"，21 人是"通过看电视了解的"。

余超文、赵倩倩 2010 年对粤北农村自治的调查显示，被访对象在回答"您是否了解《中华人民共和国村民委员会组织法》的内容"的问题时，回答"基本了解"的占有效问卷总数的 10.19%，回答"部分了解"的占 31.2%（两项合计占 41.39%）；而当被问道"您是否了解《广东省实施〈中华人民共和国村民委员会组织法〉办法》以及《广东省村民委员会选举办法》的内容"时，被访对象选择"基本了解"和"部分了解"的则占有效问卷的 61.21%。

从以上调查数据看，村民对《村民委员会组织法》以及相关选举法规的了解程度并不是很高（只有 50% 上下的村民知道《村民委员会组织法》应是较普遍的现象）。要测试受访人对村民委员会选举法律、法规的真实了解程度，还需要在相关的调查问卷中专门设计一些针对《村民委员会组织法》的选举规定或各省、自治区、直辖市村民委员会选举办法的具体规定的问题，在了解细节的基础上作出综合评估。

三　村民在候选人提名、确定、介绍过程中的参与

在 2001 年以来的村民委员会选举中，村民直接提名候选人已经成为普遍的做

---

① 该调查的数据均来自刘友田《关于村民自治的调查研究》，《青岛农业大学学报（社科版）》2008 年第 3 期。

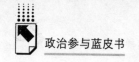
法，但并不排除还有个别的组织提名候选人或指选、派选现象。① 各种问卷调查反映了村民在候选人提名、确定、介绍过程中的参与情况，可列举一些主要数据。

雷洪、胡书芝 2002 年主持的"农村居民参与基层选举的心态与行为倾向调查"显示，对于"本村现任村干部选举前您是否知道哪些人是候选人"，受访人选择"知道"的仅有 630 人，占总样本的 49.3%。

民政部 2005 年进行的"全国村民自治状况抽样调查"显示，受访人对村民选举委员会选举时初步候选人是如何提名产生的，48.2%选择"是由群众直接提名产生的"，11.7%选择"是由选举委员会提名产生的"，5.3%选择"是由村党支部提名产生的"，3.5%选择"是由上级提名产生的"，31.4%选择"不清楚"。受访人在村民委员会选举中自己提名、推荐某候选人的，经常做的 7.9%，有时做的 12.1%，偶尔做的 9.7%，从未做的 70.2%；动员别人提名候选人的，经常做的 1.2%，有时做的 3.3%，偶尔做的 4.3%，从未做的 91.2%。受访人对村民选举委员会选举时正式候选人是如何确定的，58.5%选择"由全体村民投票确定的"，6.1%选择"由各村民小组投票确定的"，6.4%选择"由村民代表会议讨论或投票确定的"，2.7%选择"由村党支部确定的"，2.4%选择"由上级确定的"，23.9%选择"不清楚"。在抽样调查的 372 个村民委员会中，"开村民会议介绍候选人"的占 40.7%，"候选人走家串户自我介绍"的占 4.3%，"张榜公布介绍"的占 51.1%，"没有介绍"的占 3.9%。

董江爱对山西省孝义市第六届村委会换届选举的调查显示，53.2%的受访人参加了候选人提名，49%的受访人是自己提名候选人的。

罗兴佐 2006 年主持的"基层民主建设研究"的调查显示，② 在问及"上次村委会选举您是否参加选举会议或候选人情况介绍"时，受访人选择"经常做"、"有时做"和"偶尔做"的比例分别为 12.6%、14.4%、9.6%。

北京大学中国国情研究中心 2008 年的"公民文化与和谐社会调查"显示，③

---

① 史卫民、郭巍青、汤晋苏、黄观鸿、郝海波：《中国村民委员会选举——历史发展与比较研究》（下篇），中国社会科学出版社，2009，第 100 页。

② 该调查的数据，均来自罗兴佐《村级民主管理制度及其实践的实证分析——基于 10 省 21 村的调查》，《甘肃行政学院学报》2010 年第 2 期。

③ 该调查的数据，均来自严洁等《公民文化与和谐社会调查数据报告》，社会科学文献出版社，2010。

在最近一次村民委员会、居民委员会选举中，受访人对参加候选人介绍会和劝说他人参加候选人介绍会的提及率为 17.53% 和 6.5%，对选举中不合理的地方提意见和劝说亲戚朋友和同事抵制不公平选举的提及率为 11.58% 和 10.23%，对竞选村委会（居委会）的某个职位、主动提名和推荐候选人、劝说他人提名候选人的提及率分别为 9.70%、9.63%、8.12% 和 5.83%，劝说他人在选举中投票、劝说人们投票给某个候选人或者不投票给某个候选人的提及率分别是 7.81%、7.83% 和 5.23%。

调查数据显示，在村民委员会选举中，村民直接提名初步候选人的应只占 50% 左右；实际参与候选人提名、确定、介绍的村民不足 30%，应是较普遍现象。

四 村民的选择取向及投票中受他人影响的程度

村民希望选择什么样的人为村民委员会成员，不同的问卷调查提供了一些可资参考的数据。

冯兴元等人 2005 年主持的"中国村级组织调查"显示，受访人对村民委员会候选人选择的条件，由高到低的排序是"根据其能力"（59.4%）、"根据其道德品质"（22.2%）、"与其比较熟悉，关系较好"（9.2%）、"根据其任期目标演说"（2.2%）；当问及"您是否对村候选人有比较深入的了解"时，74.4% 的受访人表示"是"，25.6% 的受访人表示"否"。

李德芳 2005 年对海南省第四届村委会选举的调查显示，受访人对候选人的首要要求是"做事公正"，第二位和第三位的要求是"不贪污"和"能够率领大家共同致富"；被排斥的候选人，主要因素有"做事不公正"、"有可能乱用集体资金"、"无法促使集体经济发展起来"、"没有当村干部的经验"、"在村里的人际关系不太好"等。

潘弘祥 2005 年的"广西三江侗族自治县村民选举调查报告"显示，对于"选举村干部时，你会选举什么样的人"的问题，受访人中的 80% 选择"能把本村搞好的能人"，5% 选择"亲戚、朋友"，7.5% 的村民选择"本民族的人"，7.5% 选择"无所谓"，无人选择"本家族的人"。

罗兴佐 2006 年主持的"基层民主建设研究"的调查显示，村民选择村干部时考虑的因素排名前三位的分别为"有能力能致富"（29.9%），"人品好、诚实

可靠"（28.9％），"办事公道"（27.5％）。

从这些调查数据可以看出，村民在选择村民委员会成员时重点考虑的是能力、人品、信任度等因素。

村民在村民委员会选举中投票时，是否受其他人的影响，不同的问卷调查也提供了一些可资参考的数据。

民政部 2005 年进行的"全国村民自治状况抽样调查"显示，受访人在村民委员会选举中动员别人投某个候选人的票，经常做的 0.8％，有时做的 3.1％，偶尔做的 4.0％，从未做的 92.1％；动员别人不投某个候选人的票，经常做的 0.4％，有时做的 1.2％，偶尔做的 2.9％，从未做的 95.6％。受访人在村民委员会选举中被别人动员投某个候选人的票，有过的 13.1％，没有的 86.0％，不记得了的 0.8％；有过被别人动员投某人票的，动员人由高到低的排序是"候选人的朋友或亲属"（57.4％）、"本村的人"（54.4％）、"与自己同族、同宗的人"（34.8％）、"候选人本人"（34.3％）、"自己的朋友"（33.0％）、"自己的家人"（27.1％）、"村民小组干部"（17.1％）、"乡（镇）、村干部"（11.0％）；动员人采取的行为，由高到低的排序是"什么行为都没有"（60.0％）、"承诺给某种好处"（20.7％）、"请吃饭喝酒"（17.2％）、"送礼品"（9.7％）、"给钱"（4.0％）。

北京大学中国国情研究中心 2008 年的"公民文化与和谐社会调查"显示，受访人中的 21.03％表示在村民委员会（居民委员会）选举中有人说服其参加投票，78.97％则表示没有人来说服；说服别人投票的人，候选人比例最高（36.86％），以下是和领导关系好的人（12.62％）、朋友（12.17％）、周围人群中有威望的人（9.04％）、同一家族的人（7.25％）、共产党员（3.91％）、同事（2.70％）、工会领导（1.23％），共青团员比例最低（0.39％）。

民政部和北京大学的调查均显示 80％上下的民众在投票时未受他人影响，表明尽管存在候选人、亲戚或者朋友等说服动员投票的现象，但是这样的现象在多数情况下对村民委员会选举不具有主导或操控作用。

五　村民对村民委员会选举的评价

各种调查反映出的村民对村民委员会选举的评价，至少涉及四个方面的问题，可分述于下。

（一）村民对选举的记忆与关注度

冯兴元等 2005 年主持的"中国村级组织调查"显示，受访人中的 54.1% 在村民委员会选举期间经常在朋友、熟人之间议论选举，45.9% 不常议论选举。

民政部 2005 年进行的"全国村民自治状况抽样调查"显示，受访人中的 74.3% 记得现在的村民委员会是哪一年进行换届选举的，25.7% 不记得了。

罗兴佐 2006 年主持的"基层民主建设研究"的调查显示，对于"最近三年里，您村里选举过村委会主任或村委会委员吗"的问题，"北方农村"、"南方农村"和"中部农村"受访人选择"选过"的分别为 79.3%、52.1% 和 83.7%；选择"没选过"的分别为 10.0%、39.5% 和 10.9%，"南方农村"受访人选择"没选过"的比例大大高于"北方农村"和"中部农村"，笔者认为南方农村选举宗族影响较大，干部体系相对稳定，选举无悬念，这可能减弱了村民对选举的记忆。

（二）选举程序的规范性

民政部 2005 年进行的"全国村民自治状况抽样调查"显示，82.5% 的村民表示该村的村民委员会选举采用了差额选举办法，而明确表示没有采用差额选举方式的只占 4%。在公开计票方面，75.8% 的村民表示该村的村民委员会选举实行公开计票，只有 6.2% 的村民表示没有实行公开计票。在设立秘密写票处方面，48.9% 的村民表示设立了秘密写票处，30.2% 的村民表示没有设立秘密写票处，20.9% 的村民表示说不清楚。

北京大学中国国情研究中心 2008 年的"公民文化与和谐社会调查"显示，只有 2.29% 的受访人表示自己所在的村民委员会（居民委员会）选举中只有一位候选人，97.71% 的受访人表示选举采用了差额选举形式。

（三）选举的公正性和公平性

冯兴元等 2005 年主持的"中国村级组织调查"显示，对于"是否满意村民委员会选举的公正性"，受访人中的 19.8% 选择很满意，50.2% 选择满意（满意度 70%），17.1% 选择不满意，7.0% 选择很不满意，5.9% 选择不知道。

民政部 2005 年进行的"全国村民自治状况抽样调查"显示，受访人在村民

委员会选举中对选举表示不满或提出批评的,经常做的1.0%,有时做的3.5%,偶尔做的6.0%,从未做的89.6%。受访人中的20.7%认为这一届村民委员会选举非常公平,62.8%认为比较公平(正面评价83.5%),12.0%认为不太公平,3.2%认为很不公平。

北京大学中国国情研究中心2008年的"中国公民意识调查"显示,对于最近一次村民委员会选举和社区居民委员会选举,受访人中的18.6%认为非常公正和自由,52.0%认为比较公正和自由(正面评价70.6%),21.3%认为不太公正和自由,8.1%认为根本不公正和自由。

(四) 选举的作用

冯兴元等2005年主持的"中国村级组织调查"显示,受访人中的61.8%认为村民委员会选举前后村干部存在很大的行为差异,38.2%认为差异不大;对于"村民委员会选举是走形式,换汤不换药",受访人中的57.4%表示不同意,42.6%表示同意。

民政部2005年进行的"全国村民自治状况抽样调查"显示,受访人中的56.0%认为村民委员会选举能够把大家公认的人选出来,9.6%认为不能,33.7%认为不好说;3.6%认为村民委员会干部由上级任命更好,70.0%认为老百姓自己选更好,18.9%认为上级任命和老百姓选举相结合更好,7.1%认为不好说;40.5%认为选举产生的村民委员会干部能够代表村民利益,37.8%认为基本能,5.4%认为不能,15.9%认为不好说;48.3%认为选举能使村民委员会干部大多数时候注意听取群众意见和要求,39.1%认为有时候可以,11.5%认为很少能起这种作用;9.6%认为家族、宗族对村民委员会选举影响很大,9.4%认为影响较大,29.9%认为有一定影响,43.7%认为没什么影响,7.3%认为不好说。

潘弘祥2005年的"广西三江侗族自治县村民选举调查报告"显示,对于"您认为村干部如何当选才算合理"的问题,85%的村民回答"村民选举",15%的村民回答"无所谓,只要能产生好的干部"。

李德芳2005年对海南省第四届村委会选举的调查显示,46.1%的村民对村民委员会选举"只是形式而已,根本不起作用"持"反对"或"完全反对"态度,但是亦有43.0%的村民对"村民委员会并不掌握村里的实权,所以选举也就没有多大意义"表示"说不清楚";与此相对应的是,对"村民并不十分理解村民委员会选举的意义"的评价，30.2% 的村民表示"完全赞成"或"赞成"，26.3% 的村民表示"说不清楚"。

罗兴佐 2006 年主持的"基层民主建设研究"的调查显示，对于"您认为村民委员会选举对经济发展是有利还是不利"的问题，受访人选择有利的占 52.3%，选择没有影响的占 29.6%，选择不利的占 5.2%。

北京大学中国国情研究中心 2008 年的"中国公民意识调查"显示，对于村民委员会和居民委员会选举在多大程度上让政府官员重视老百姓的意见和要求，受访人中的 8.9% 选择起非常大的作用，47.6% 选择起一定的作用，30.7% 选择起不了多大作用，12.84% 选择根本不起作用。

北京大学中国国情研究中心 2008 年的"公民文化与和谐社会调查"显示，对于"您认为现在村民委员会（居民委员会）选举在多大程度上能让政府官员重视老百姓的意见和要求"，受访人认为发挥了非常大的作用的占 9.79%，认为发挥了一定作用的占 47.28%，认为起不了多大作用的占 29.59%，认为根本不起作用的占 13.34%。

从列举的调查数据可以得出一些基本结论。

第一，尽管有 70% 以上的村民对村民委员会选举有较清楚的记忆，但是村民对村民委员会选举的关注程度并不是很高，仅有略高于 50% 的村民在选举中经常议论选举。

第二，村民委员会选举程序的规范化已达到较高水平，4/5 以上的村民表示在选举中已经实行差额选举，3/5 的村民表示在选举中实行了公开计票，但只有不到 1/2 的村民表示在选举中设立了秘密写票处。

第三，村民对村民委员会选举的公正性、公平性、自由性给予了较高的评价（70% 以上的正面评价）。

第四，村民对村民委员会选举能否起积极作用，持正面评价的人（高于 50%）明显多于持负面评价的人。

这样的结论是否成立，显然还需要今后的调查作进一步证明。本报告其他部分涉及的村民委员会选举中的村民参与情况，同样需要针对中国农村经济社会发展的新形势，作进一步的调查和验证。

B.6
2001 年以来中国农民的民主决策、民主管理和民主监督参与*

李 猛

2001 年以来，随着村民自治和社会主义新农村建设的蓬勃发展，农民政治参与已经成为中国公民政治参与和民主发展的重要环节。一方面，村民自治制度的不断完善，为农民政治参与提供了制度化的参与渠道，为培养农民政治参与意识、提升参与能力提供了实践平台。另一方面，农民作为直接利益相关者，围绕社会主义新农村建设进行的表达政策偏好、维护合法利益、参与公共物品供给等一系列活动，为推动农民政治参与方式的多样化、参与渠道的制度化、参与程度的深化以及参与结果的建设性注入了强大的动力。

农民的政治参与可以划分为民主选举中的政治参与、民主决策中的政治参与、民主管理中的政治参与以及民主监督中的政治参与、政策参与、维权参与和合作参与。民主选举尤其是农民在村民委员会选举中的参与，是农民政治参与的主要形式，在本书中已安排一章作专门讨论，本报告依据现有的统计数据和问卷调查数据等，重点分析农民依托村民自治组织，在民主决策、民主管理、民主监督等方面的参与情况。

一 农民的政治参与意识和参与能力

政治参与对参与主体的参与意识和参与能力有着较高的要求。参与主体不仅

---

* 由于不同社会调查的群体划分口径不同，"农民"一词有着不同含义，有的专指具有农村户口、从事农业生产活动的群体，有的则指所有具有农村户口的群体，包括脱离农业生产的农民工。本报告中涉及的农民群体，采用的是前一种定义，农民工的政治参与情况在本书中有专文进行讨论。

需要对参与方式、参与程序、相关法律等有较清晰的了解，还需要有强烈的参与意愿、相关的背景知识、充足的参与资源（如金钱、时间、人际关系等）和承担参与风险的能力。2001 年以来的各种问卷调查，为了解中国农民的政治参与意识和参与能力提供了一些重要的数据。

（一）农民的生活满意度和职业满意度

农民的生活满意度与这一群体的政治参与意愿有着密切的相关性。北京大学中国国情研究中心 2008 年的"中国公民意识调查"显示，[①] 农林牧副渔水利业人员对于生活的满意度与生产运输设备操作人员、商业服务业人员以及无业人员同处于较低地位，农林牧副渔水利业人员、生产运输设备操作人员以及无业人员的幸福感较低。中国人民大学 2003～2008 年的"综合社会调查"显示，[②] 70%的农民认为自己属于社会的中下层和下层，22.8%的农民认为自己处于社会中层，认为自己处于上层的农民仅有 0.3%；农民对自己家庭在社会中的地位，43.5%选择下层，27.3%选择中下层，25.8%选择中层。中国社会科学院社会学研究所的调查显示，有 31.7%的农业劳动者认为自己的生活没有得到改善，22.1%的人认为生活水平下降，并且有相当比例的人认为自己的生活水平在未来五年不会得到实质性的提升。[③] 从以上三个调查可以发现，农民对自己和家庭所处的社会地位有着较为真实和现实的认知，其生活和职业的满意度相对较低。

（二）农民对民主、法治和公民权利及保障的认知

对国家民主、法治以及公民权利与义务的认知，是农民规则性、建设性政治参与的基础。

从对民主的理解看，根据北京大学中国国情研究中心 2008 年的"中国公民意识调查"的数据，农林牧副渔水利业人员对国家民主程度的评价在各群体中是最高的。

① 该调查的数据均来自沈明明等《中国公民意识调查数据报告 2008》，社会科学文献出版社，2009。
② 该调查的数据均来自中国人民大学中国调查与数据中心中国综合社会调查项目《中国综合社会调查报告（2003～2008）》，中国社会出版社，2009。
③ 陆学艺主编《当代中国社会阶层研究报告》，社会科学文献出版社，2002，第 41 页。

从对法律的了解看，北京大学中国国情研究中心 2008 年的"中国公民意识调查"显示，农业户口受访人的法律意识平均得分是 1.5 分，非农业户口受访人的平均得分是 2.6 分，平均分是 1.8 分，农业户口受访人的法律意识相对较弱；农业户口组的法律知识水平平均分是 - 0.8 分，非农业户口组的平均分是 0.9 分，整体平均值是 - 0.2 分，农业户口组法律知识水平也明显偏低。中国政法大学 2003 ~ 2005 年的"中国公民人文素质现状调查"显示，农民的法律常识得分为 3.5 分，与得分最高的公务员有 1.8 分的差距。[1] 吴潜涛 2005 年主持的"当代中国公民道德状况调查"显示，[2] 农民受法律政策、乡规民约的约束最大，在所有受访人群中比例最高，达到了 76.71%。

从对公民权利和义务的认知看，北京大学中国国情研究中心 2008 年的"中国公民意识调查"显示，农业户口组最少回答出一条公民权利的受访人比例是 24.9%，远低于非农业户口组的 51.2%；对公民义务的了解情况是农业户口组 19.2%，非农业户口组 41.5%；对公民权利保障的满意度，农业户口组平均分是 4.9 分，非农业户口组是 3.8 分，整体平均分是 4.5 分，农业户口组对公民权利保障的满意度相对较高。中国政法大学 2003 ~ 2005 年的"中国公民人文素质现状调查"显示，农民对"以人为本"的理解、对理想的态度、对信念的态度、对共产主义的态度的得分，在所有调查人群中都处于较低甚至是最低地位；以对"以人为本"的理解为例，得分最高的学生是 0.6 分，而农民的得分仅仅是 0.2 分。

从农民的文化素质看，中国人民大学 2003 ~ 2008 年的"综合社会调查"显示，有 50.3% 的村庄文盲率在 10% 以下，10.5% 的村庄文盲率在 50% 以上，村庄文盲率平均水平为 10.2%，农村劳动力的文盲率相对较高；35.8% 的村庄高中以上文化程度者比例在 10% 以下，高中及以上文化程度者占 50% 以上的村庄仅有 12%，高中及以上文化程度者平均比例为 16.7%，村庄劳动力高中及以上文化程度者的比例也不高。

以上调查数据表明，农民对中国民主发展、法治建设以及公民权利保障都持较乐观的态度，在所有群体中满意度处于较高水平，但是其文化常识、法律常识和公民权利意识在所有调查人群中却处于最低或相对较低的位置。

---

① 该调查的数据均来自石亚军等《中国公民人文素质研究》，经济科学出版社，2009。

② 该调查的数据均来自吴潜涛等《当代中国公民道德状况调查》，人民出版社，2010。

（三） 农民的政治效能感和政治发展预期

北京大学中国国情研究中心 2008 年的"中国公民意识调查"显示，农业户口受访人政治效能感得分是 -1.6 分，非农业户口受访人的得分是 -1.3 分，农业户口受访人的政治效能感较低；对未来五年社会平等状况的预期，农业户口的受访人认为会"得到很大程度改善"和"得到较大程度改善"的占 76.4%，非农业户口受访人的比例是 70.5%；对未来五年民主政治状况改善的预期，农业户口受访人认为会"得到很大程度改善"和"得到较大程度改善"的占 82.8%，非农业户口受访人的比例是 74.8%。由此可以看出，农业户口的受访人对未来中国政治发展持较乐观的态度。

吴潜涛 2005 年主持的"当代中国公民道德状况调查"显示，对于"与改革开放初期相比，现在道德状况"的认知，农业劳动者认为道德水平有所上升的比例为 79.33%，在所有人群中比例最高，最低的是科教文卫技术人员，仅为 38.11%；农民认为当今我国社会公德领域存在严重问题的比例为 51.06%，在所有调查人群中处于最低地位。

农民的社会经济地位较低、接受教育程度较低以及政治知识有限等，限制了中国农民的政治参与水平，[①] 致使农民的政治效能感相对较低，但农民对中国的政治发展持较乐观的态度，也是不能不注意的现象。

二 民主决策中的农民参与

农民依托村民自治组织参与民主决策，是否已经形成了良好的机制，可以从不同角度作综合分析。

（一） 农民对决策主体的认知

农民对决策主体的认知，关系到其政治参与的积极性和效能感，一些调查数据反映了农民对决策主体的认知状况。

---

① 参见潘利红等《农民政治参与度低的原因及解决对策——以顺德一农村村民自治的实地调查为例》，《学术交流》2003 年第 8 期。

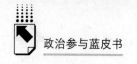

1. 农民对自身参与决策的认识

中国政法大学 2003~2005 年的"中国公民人文素质现状调查"显示，农民受访者在工作或学习中，有 12.91% 的人会按他人意志办事，43.07% 的人会依自己的兴趣办事，44.02% 的人按客观规律办事，按他人意志办事的比例在所有受访群体中最高，按政策、法律办事的比例则最低。

冯兴元等 2005 年主持的"中国村级组织调查"显示，[①] 40.7% 的受访人参加过讨论村里大事的会议，59.3% 未参与过；88.1% 表示参与村庄重大事务表决时未受制于某个组织、家族和个人的压力，11.9% 表示曾受制于这些压力；只有 25.4% 的受访人认为自己能够影响村里的一些决策或事务，64.3% 认为个人没有影响力；39.3% 的受访人经常参加村庄或社区活动，60.7% 不经常参加；对于村级组织民主决策的状态，受访人中的 11.5% 认为村民完全通过民主决策来决定本村事务，28.9% 认为村民能够参与决策并在一定程度上决定村里的事务，12.3% 认为村民虽然能够参与并影响决策，但不能决定村里的事务，12.1% 认为村民虽然能够参与但基本没有什么决策权，19.4% 认为民主决策少，村民基本没有什么参与机会，15.8% 认为没有民主决策。

2. 农民对村民代表会决策作用的认识

民政部 2005 年进行的"全国村民自治状况抽样调查"显示，[②] 56.8% 的受访人表示本村成立了村民代表会议，13.4% 表示没有成立，29.8% 表示不清楚；35.9% 表示村民代表是由各村民小组推选产生的，10.5% 表示村民代表是由联户推选产生的，12.6% 认为村民代表是由村干部指定的，1.0% 认为是以其他方式产生的，10.4% 表示没有村民代表，29.7% 表示不清楚村民代表是怎样产生的。

中国人民大学 2003~2008 年的"综合社会调查"显示，对村民代表产生方式的认知，61.4% 认为是"村民提名，选举产生"，15.9% 认为是"由乡镇干部指定"，14.8% 认为是"由村支书、村主任指定"，4.8% 认为"由村中大户推荐或直接参与"；34.4% 认为村民代表会由村民委员会主任召集和主持，19.7% 认为由党支部书记召集和主持，2.9% 认为由村民代表会主席召集和主持，42.9%

---

① 该调查的数据均来自冯兴元等《中国的村级组织与村庄治理》，中国社会科学出版社，2009。

② 该调查的数据均来自民政部基层政权和社区建设司《全国村民自治状况抽样调查资料汇编》（2007 年 7 月）。

表示不清楚由谁召集和主持村民代表会；对于每年召开村民代表会的次数，3.8%选择一次也没有召开，7.6%选择一次，11.9%选择两次，7.4%选择三次，8.9%选择四次以上，60.4%表示不清楚。

尽管上述两组数据存在一些差异，但可以看出村民对村民代表和代表会议并不十分了解，尤其是对村民代表产生方式、代表会议召开程序、代表会议的召开频次没有清晰的认知。

3. 农民党员的比例偏低

加入中国共产党是中国政治参与的重要途径，尤其是入党可以使农民参与农村公共事务的决策过程。中国人民大学 2003～2008 年的综合社会调查显示，2006 年全国党员占全国总人口数的 8.74%，总人口中有 12.69%的人曾经递交过入党申请书。乡村党员占乡村人口的比例为 6.58%，递交过入党申请书的比例为 10.07%，均低于全国平均水平；农村地区党员总数占全国党员总数的31.01%，有 2/3 的村党员占村人口的比例为 2%～3%。[①] 中国社会科学院社会学研究所的调查亦显示农业劳动者阶层的党团员比例在所有阶层中处于最低层级。[②] 农村党员比例偏低，与农民对决策主体的认知水平不高，应有一定的内在联系。

（二） 农民对决策权的认知

冯兴元等 2005 年主持的"中国村级组织调查"显示，村里重大事务的决策权由高到低的排序是"村党支部书记"（28.8%）、"村民代表会议"（23.8%）、"村民委员会主任"（11.7%）、"村民小组组长"（10.4%）、"村民委员会主任与村党支部书记"（1.7%）、"乡镇领导"（1.7%）。

民政部 2005 年进行的"全国村民自治状况抽样调查"显示，只有 15.4%的受访人表示最近三年中村干部提议的事项被村民会议或村民代表会议否决，41.3%表示未否决过，43.4%表示不清楚；对于本村村民委员会公章由谁掌管，5.7%认为由村党支部书记兼村委会主任保管，4.9%认为由村党支部书记（不兼

① 中国人民大学中国调查与数据中心《中国综合社会调查报告（2003～2008）》，中国社会出版社，2009，第 240～242 页。
② 陆学艺主编《当代中国社会阶层研究报告》，社会科学文献出版社，2002，第 36 页。

村委会主任）保管，14.9%认为由村委会主任（不兼党支部书记）保管，37.2%认为由村会计或村文书保管，35.5%不知道由谁保管。

从调查情况看，村民对乡村事务的决策权归属并不明晰，而且村干部在决策中处于明显的优势地位，村民会议和村民代表会议的作用相对有限。

（三）农民对决策依据和决策程序的认知

村民对村内重大事项决策的依据以及对参加村民会议、实行"一事一议"的程序等是否了解，在一些问卷调查中有所涉及。

中国农业大学2008年的"中国贫困地区农村法律服务调查"显示，[①]对村里大事决策的依据，受访人中的18.9%认为是依据国家政策和法律，28.3%认为是依据村干部或基层干部的想法，7.3%认为是依据村规民约，17.3%认为是依据村民的想法，2.3%认为没有依据或村里没管，22.1%说不清；受访人中的66.1%认为普通农民应该参加村里大事的决策，但是67.8%认为自己不能影响村里决策，27.7%不关心村里各项事务；59.2%的受访人没听说过"一事一议"制度，9.5%认为"一事一议"还是村干部说了算，只有25.0%认为"一事一议"能反映大多数农民的意愿。

冯兴元等2005年主持的"中国村级组织调查"显示，45.8%的受访人参加过村民会议，40.5%未参加过。

中国人民大学2003~2008年的综合社会调查显示，只有27.5%的受访者回答自己的村庄已经实行"一事一议"。

北京大学中国国情研究中心2008年的"公民文化与和谐社会调查"显示，[②]受访人中只有1.72%的人表示一年召开很多次村民大会，8.85%表示一年召开过几次村民大会，19.62%表示一年召开过一两次村民大会，69.81%表示一年都没召开过一次村民大会；村民参加村民大会的次数，5次的占2.01%，4次的占1.70%，3次的占8.25%，2次的占22.68%，1次的占28.59%，未参加过的占33.72%。

已有的调查数据表明，村民对决策依据的认知比较混乱，选择"依据村干

---

① 该调查的数据均来自李小云等《2008年中国贫困地区农村法律服务调研报告》，载李小云、左停、叶敬忠主编《2008中国农村情况报告》，社会科学文献出版社，2009，第346~373页。

② 该调查的数据均来自严洁等《公民文化与和谐社会调查数据报告》，社会科学文献出版社，2009。

部或基层干部的想法"的比例偏高，农民在民主决策中的主体地位尚未体现，村民会议制与"一事一议"制度等在村民自治和村民政治参与中的实施情况还不够理想。

三　民主管理中的农民参与

农民在村民自治形态下如何参与民主管理，可以结合不同的调查数据，从不同角度作综合分析。

（一）农民对村民委员会和上级政府组织的信任程度

农民对村民自治组织和其他政府组织的信任度与其政治参与意愿有极大的相关性。如果农民对自治组织充分信任，会促使其积极参加农村自治事务。反之，会导致其政治参与冷漠，或通过其他形式，如越级上访等，进行政治参与。

北京大学中国国情研究中心 2008 年的"中国公民意识调查"显示，25% 的受访人对村民委员会非常信任，40% 的人对村委会比较信任，不太信任和非常不信任的分别占 26% 和 10%；农业户口组受访人对政府工作满意度的平均分是 1.5 分，低于 2.7 分的整体平均分，而非农业户口组受访人的平均分是 3.2 分。显然，农民对于村民自治组织和政府工作的满意度有待提升。

（二）农民对本村事务的关心程度

一般而言，农民对农村公共事务的关心程度与其政治参与的积极性成正比关系。北京大学中国国情研究中心 2008 年的"中国公民意识调查"显示，对本村事务非常关心的受访人占 15%，比较关心的占 40%，不太关心的占 30%，一点也不关心的占 10%。中国人民大学 2003～2008 年的"综合社会调查"显示，受访者被问到"我了解村里发生的事情，所以我有权参与村中事务"时，同意者占 63.64%，非常同意者占 14.15%，合计 77.79%。郑杭生通过调查发现，对"制定政策、管理社会是当领导者的事，当老百姓的不必过问"的回答，随着人均收入、非农收入水平的提高，同意这个说法的人的比例逐渐降低。[1] 郭正林经

---

① 郑杭生：《中国农村社会转型的实证研究》，中国人民大学出版社，1996，第 112 页。

对广东省 26 个村庄的调查发现，① 被访者最关心的是农村问题，61.5% 的被访者回答关心农村治安状况，其次是村集体财务和集体分红，关心程度分别为 45.4% 和 40.1%，关注较少的是村企业经营及计划生育指标分配，不关心的人数分别高达 75% 和 74%。尽管以上调查的结果有不相契合之处，但总体来看，中国农民政治冷漠的比例较高。

（三）农民对村民自治章程的认知

民政部 2005 年进行的"全国村民自治状况抽样调查"显示，49.8% 的受访人表示本村有村规民约或村民自治章程，28.8% 表示没有，45.7% 不清楚是否有村民自治章程；村民自治章程的制定，受访人中的 23.1% 认为是召开村民会议（户代表会议）讨论通过的，27.0% 认为是召开村民代表会议通过的，15.0% 认为是村干部分别征求过一部分村民的意见，15.3% 认为是村干部商量决定、未征求村民意见，19.6% 不清楚制定过程；13.3% 认为村规民约或村民自治章程执行得很好，35.3% 认为执行得比较好，33.4% 认为执行得一般，11.4% 认为执行得不好或很不好，6.5% 表示不清楚。

从以上调查数据看，村民自治章程作为村民自我管理的基本依据，在农村的制定、宣传和执行情况并不好。对章程的制定程序，受访者的认知显得比较混乱，有一半左右的农民不了解村民自治章程或认为其实施效果不好。

（四）农民对村干部及其管理工作的认知

民政部 2005 年进行的"全国村民自治状况抽样调查"显示，乡镇干部委托村干部协助开展的工作，由高到低的排序是"落实计划生育政策"（87.4%），"发放优抚、救灾、扶贫、移民等款项"（64.5%），"维护社会治安"（63.9%），"收缴税费"（50.2%），"维护公共卫生"（40.7%），"出义务工"（38.5%），"完成集资任务"（34.4%）。中国人民大学 2003～2008 年的"综合社会调查"显示，在农村的 10 项工作中，村干部认为最难做的排序是"计划生育"（42.8%），"催交农业税和附加税"（16.5%），"社区管理（如家庭纠纷、

---

① 该调查的数据均来自郭正林《当代中国农民政治参与的程度、动机及社会效应》，《社会学研究》2003 年第 3 期。

红白喜事)"（12.9%），"组织农业生产、农田基本建设"（10.3%），"组织社区建设（水电医疗卫生道路桥梁等）"（7.7%），"其他日常事务"（4.1%），"从事农业生产"（3.4%），"应酬上级各部门"（1.0%），"从事家庭非农活动"（0.8%），"管理集体企业"（0.5%）。农业税取消以后，村干部的主要职能也发生了相应的改变，计划生育、落实国家拨款、维护社会治安成为其主要工作，村干部的社会管理和建设职能也逐步凸显。

冯兴元等 2005 年主持的"中国村级组织调查"显示，受访人中的 14.3% 认为乡镇党政部门不应该参与直接管理村内事务，29.6% 认为应该，48.6% 认为应该按照政府政策进行管理；36.1% 的受访人认为与过去相比乡镇对村庄管理权力有所增强，21.7% 认为与以前大致相同，10.0% 认为有所减弱。中国农业大学 2008 年的"中国贫困地区农村法律服务调查"显示，受访人中的 57.2% 认为村干部的权力是老百姓给的，27.1% 认为村干部的权力是政府给的，1.4% 认为村干部有权是天经地义的；受访人中的 43.4% 认为村干部代表村民，12.3% 认为村干部代表政府，20.6% 认为村干部既代表政府又代表村民，12.5% 认为村干部代表村干部自己。郭正林对广东省 26 个村庄的调查显示，有 65.9% 的人表示无论谁当选村委会代表，都得支持和服从村委会的自治权力；有 20.9% 的人认为，选举出来的村委会都要服从党支部的领导。从调查的情况看，一半左右的受访者认为村干部权力来自村民，应该代表村民行使权力，乡镇政府对村内事务的管理应该依据国家政策和法律。

对于村干部应该具备什么样的品质，何包钢、郎友兴的"浙江农村调查研究"列出了"经济能人"、"好人"和"自家人"，浙江农民的选择取向主要是经济能人。① 郭正林对广东省 26 个村庄的调查列出了考察村干部品质的 7 个维度，农民由高到低的选择是"办事公道"（79.0%），"人品好，不贪污"（74.5%），"有文化、明道理"（63.1%），"敢为村民说话"（55.2%），"经济能人"（35.1%），"党员"（19.7%），"自家人"（6.5%）。这两个调查基于不同的省份，而且都处于经济较发达的东部地区，但基本上可以反映出农民对社会公正和经济发展的渴望。

民政部 2005 年进行的"全国村民自治状况抽样调查"显示，受访人中的

---

① 何包钢、郎友兴：《寻找民主与权威的平衡》，华中师范大学出版社，2002，第 213～214 页。

44.3%表示村民小组长是由本小组村民或户代表选举产生的,18.9%认为村民小组长是由村干部指定的,1.5%认为是以其他方式产生的,15.1%表示根本没有村民小组长,20.1%表示不清楚村民小组长是怎样产生的;11.1%认为村民小组长作用很大,23.8%认为作用比较大,40.1%认为有些作用,12.8%认为没什么作用,12.3%表示不清楚。可以看出,随着农村经济生产方式的转变以及基层民主的发展,选举产生村民小组长的现象逐步增多,其原有的生产管理功能逐步淡化,民意表达作用逐步凸显。

四 民主监督中的农民参与

农民如何通过民主监督,提高基层治理的水平,是近年越来越引起关注的问题,在相关问卷调查中也有不同程度的反映。

(一) 农民对村民自治和村干部的满意度

民政部2005年进行的"全国村民自治状况抽样调查"显示,11.8%的受访人认为村干部在处理村务时的表现非常公正、公道,55.7%认为比较公正、公道(正面评价67.5%),12.6%认为不太公正、公道,4.0%认为很不公正、公道,15.9%表示不清楚;14.2%的受访人认为村民自治效果很好,31.3%认为效果比较好(正面评价45.5%),43.8%认为效果一般,9.1%认为效果不太好或很不好,1.6%表示不清楚。

冯兴元等2005年主持的"中国村级组织调查"显示,对上届村民委员会工作的满意度为71.8%,对本届村民委员会工作的满意度为72.2%,对村党支部工作的满意度为75.0%;具体而言,村民对村内事务的满意度由高到低的排序是社会风气和治安状况(81.0%)、村庄道路建设(79.0%)、村干部作风和工作能力(76.0%)、村内公共卫生(75.4%)、水利建设(71.1%)、村内医疗服务(70.5%)、村民子女教育(68.0%)、村务公开和财务管理(54.6%)、村内文体活动(54.3%)、村集体经济发展(51.9%)。

中国农业大学2008年的"中国贫困地区农村法律服务调查"显示,村民对村内事务管理的满意度由高到低的排序是计划生育(73.7%)、土地承包(73.2%)、宅基地(67.7%)、村干部选举(55.1%)、村里大事决策(45.7%)、财务管理（37.2%）。

长三角地区"农村公共服务满意度及其差距"调查①以1分作为标杆，显示的农民对公共服务满意度由高到低的排序是矛盾协调（0.56）、公正性（0.55）、责任意识（0.49）、倾听民意（0.46）、民生关爱（0.44）、承诺公信度（0.3）、回应性（0.3）、公众参与度（0.29），显示出民众对公共服务过程中的公众参与度表现最为不满。

总体上看，农民对村民自治、村干部工作以及上级政府工作的满意度较高，但对村务公开和财务管理、村集体经济发展、村里大事决策、村内文体活动等事项的满意度相对较低。

（二）农民对村财务收支审批和财务公开的评价

民政部2005年进行的"全国村民自治状况抽样调查"显示，关于村财务收支的审批，受访人中的12.5%认为由村党支部书记兼村委会主任审批，10.4%认为由村党支部书记（不兼村委会主任）审批，12.5%认为由村委会主任（不兼党支部书记）审批，10.0%认为由村党支部书记和村委会主任共同审批，52.9%不知道由谁审批；受访人中的26.9%表示本村有民主理财小组，25.3%表示没有理财小组，47.8%不清楚是否有理财小组；对本村多长时间公布一次财务收支情况，受访人中的15.5%选择一年一次，9.9%选择半年一次，8.3%选择三个月一次，0.3%选择两个月一次，3.3%选择一个月一次，1.6%选择随时公布，16.7%选择从来没有公布过，44.3%选择不清楚；2.4%的受访人表示对村财务收支情况很清楚，5.0%比较清楚，14.1%知道一些收支情况，78.5%表示不清楚村财务收支情况；对村财务管理，受访人中的5.3%认为很好，15.4%认为比较好，24.7%认为一般，8.2%认为一般，4.0%认为很不好，42.4%表示不清楚。

中国农业大学2008年的"中国贫困地区农村法律服务调查"显示，受访人中的73.1%不知道村财务管理等大事；对村财务管理的依据，受访人中的33.6%认为是依据国家政策和法律，18.8%认为是依据村干部或基层干部的想法，4.2%认为是依据村规民约，3.3%认为是依据村民的想法，2.8%认为没有依据或村里没管，34.3%表示说不清。

---

① 何精华等：《农村公共服务满意度及其差距的实证分析》，《中国行政管理》2006年第5期。

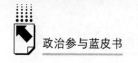

财务监督是村民自治和民主监督的重要环节，调查数据显示，财务监督在农村的执行和开展情况并不好，约70%的受访者对财务状况不清楚，一半左右的受访者对财务审批程序、理财小组权力、财务公开频次等表示不清楚，对财务管理的依据也有1/3的人说不清。

（三）村务公开与民主评议

民政部2005年进行的"全国村民自治状况抽样调查"显示，26.6%的受访人表示本村有村务公开监督小组，27.7%表示没有村务公开监督小组，45.7%不清楚是否有村务公开监督小组；25.8%表示本村村民委员会每年向村民代表会或村民会议报告工作，12.4%表示有的年份报告、有的年份不报告，19.6%表示从未报告过，42.2%不清楚是否报告过；28.6%表示本村实行了民主评议村干部，27.0%表示没有实行，44.4%不清楚是否实行了民主评议村干部；村民了解村务、财务情况的渠道，由高到低的排序是"看村务、财务公开栏"（50.7%），"听村民小组长或村民代表介绍"（26.7%），"听村干部开会介绍"（21.2%），"听大喇叭广播"（20.9%），"看发给村民的明白纸"（11.5%），"听村务监督小组或民主理财小组介绍"（5.6%），"查账"（5.3%）；49.1%认为村务公开能起到监督作用，11.7%认为不能，39.2%表示不好说或不清楚；19.8%表示村干部公开的事项真实可靠，39.7%表示基本真实可靠，28.0%表示部分真实可靠，8.1%表示不真实可靠，4.4%表示不清楚。总体上看，农民对村务公开的了解程度较低，对村务监督小组、村务公开报告等没有清晰的认知，但农民对村务公开能起到监督作用认同度较高，对现有村务公开事项的真实性的认可度较高，而且会通过多种多样的形式去了解村务信息。

（四）农民给村干部提意见和监督村民委员会工作

民政部2005年进行的"全国村民自治状况抽样调查"显示，4.3%的受访人经常向村干部提意见和建议，19.6%偶尔提意见，76.2%没有提过意见和建议；村民向村干部反映意见的渠道由高到低的排序是"找村干部谈话"（37.7%），"憋在心里不说"（33.8%），"找村民相互议论"（30.4%），"村里开会时发言提意见"（27.1%），"选举时不选他们"（20.8%），"向上级反映（上访）"（13.2%），"联合村民罢免他们"（2.4%）。冯兴元等2005年主持的"中国村级组织调查"显示，受访人中的 51.8% 认为能够对村民委员会工作进行有效监督，48.2% 认为不能有效监督；41.9% 给村干部提过意见，58.1% 未提过意见；提意见的具体效果是，69.4% 认为有改善，10.0% 认为只听不做，5.3% 认为不听，15.3% 认为不了了之。总体上看，一半以上的选民从未向村干部和村委会提过意见。

五 农民的政策参与、维权参与和合作参与

农民除了依托村民自治参与村庄的民主决策、民主管理和民主监督外，还有超出村庄层面的政策参与、维权参与和合作参与等（有的时候，村庄和超出村庄的政治参与是联系在一起的），也可以根据相关数据介绍其基本情况。

（一） 农民的公共政策偏好和政策满意度

中国人民大学 2003～2008 年的"综合社会调查"显示，被问及"当前农村存在的主要问题"时，受访人中的 69.5% 选择当前农村最突出的问题是农业就业不足和收入来源少，45% 选择是农业生产资料价格过高，选择贫富差距过大、农村养老保障和农村教育问题的分别占 44.6%、43% 和 42.5%；农民最希望提供的公共物品是政府提供农业补贴、建立完善的医疗卫生保障制度和提供养老保障（见表 1）。

表 1　新农村建设中农民希望政府为农村提供的公共物品

项　　目	频数（人）	比例（%）	项　　目	频数（人）	比例（%）
农业补贴	2812	68.0	医疗保险	2733	66.0
教育或培训机会	1627	39.3	投资农村地区的学校教育	1974	47.7
养老保障	2637	64.6	道路交通灯基础设施建设	2494	60.3
建设互联网等信息交流平台	846	20.4	其他	139	3.4
最低生活保障	2195	53.0			

资料来源：《中国综合社会调查报告（2003～2008）》，中国社会出版社，2009，第 298 页。

中国（海南）改革发展研究院涉及 29 个省（市、区）230 个村的问卷调查显示，[①] 农民对养老、就业、道路、农田水利设施建设等基本公共服务的需求度

---

① 该调查的数据均来自夏锋《千户农民对农村公共服务现状的看法——基于 29 个省份 230 个村的入户调查》，《农业经济问题》2008 年第 5 期。

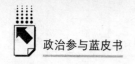

较高,比例都超过 50%。

从这两个调查的数据看,农民最关心的应是农民收入、农业生产、生活保障、基础设施等问题。换言之,农民主要关心与自身利益密切相关的经济问题和公共事务问题。①

中国(海南)改革发展研究院涉及 29 个省(市、区)230 个村的问卷调查显示,农民对各级政府和相关机构出台和具体落实涉及基本公共服务的惠农政策的满意度不是很高,并且从中央到地方,农民对各级政府的满意度逐级下降,尤其是对县乡政府和乡镇站所的政策行为最为不满(见表2),由此可以推测,农民对中央出台的支农惠农政策有较高的认可度,但对政策具体贯彻落实中存在的偏差和走样问题,有较深刻的感受。

表 2　农民对各级政府和组织出台和贯彻支农惠农政策的满意度

单位:%

层　　级	满意	基本满意	不满意	非常不满意
中央政府	28.6	58.0	11.5	1.9
省市政府	15.8	48.4	30.0	5.9
县乡政府	10.6	41.2	37.9	10.2
乡镇站所	13.7	42.5	36.0	7.9
自治组织	16.2	45.9	31.3	6.6
民间组织	17.0	45.9	31.1	6.0
妇联组织	16.6	47.4	28.4	7.5

资料来源:夏锋《千户农民对农村公共服务现状的看法——基于 29 个省份 230 个村的入户调查》,《农业经济问题》2008 年第 5 期。

南开大学 2007 年组织实施的"农民眼中的政府"问卷调查显示,农民对科技、卫生、文化"三下乡"的需求十分强劲,但农民对"三下乡"活动的评价较低(平均分为 2.53 分,满分 5 分),服务水平与农民的预期还存在一定距离。②

(二)维权中的农民政治参与

中国政法大学 2003～2005 年的"中国公民人文素质现状调查"显示,乡村

---

① 杨明:《四县农民政治参与研究》,《社会学研究》2000 年第 2 期。
② 李利平、陈娟:《农民对地方政府服务的评价及影响因素研究》,《天津行政学院学报》2008 年第 3 期。

公民遇到矛盾时首先想到的解决方案由高到低的排序是依据法律和政策解决问题
（46.9%），找组织和领导解决（44.8%），通过恐吓、武力和其他方式解决
（8.4%）。

吴潜涛 2005 年主持的"当代中国公民道德状况调查"显示，对于"如果政
府某项政策不合理，或者侵犯了你的利益，您将采取何种措施"的回答中，"想
方设法表达自己的意见"的农业劳动者占 47.50%，"方便时顺便说一下"的农
业劳动者占 32.50%，两项加起来共占 80%，在所有受访群体中的比例最高，表
达意愿最强。

中国人民大学 2003~2008 年的"综合社会调查"显示，超过一半的农民遇
到不公正待遇时会找当地政府（57.2%），仅有 17.6% 的农民会通过司法途径解
决问题（见表 3）。该调查还显示，有 10.1% 的农民曾经集体上访，89.9% 的农
民从未参加过类似的集体上访活动。

表3　农民遇到冤屈时最想求助的部门

途　　径	频数（个）	比例（%）	途　　径	频数（个）	比例（%）
领导	39	8.0	非政府组织	16	3.9
本地政府	276	57.2	其他	62	12.3
法院	85	17.6	合　　计	483	100
工会、共青团、妇联等	5	1.0			

资料来源：《中国综合社会调查报告（2003~2008）》，中国社会出版社，2009，第 287 页。

湖南省的一项调查显示，当村民被问到"假如您因从某种子公司买了假种
子而受到重大损失时您该怎么办"时，有 50.1% 的人选择了向上级反映，
28.6% 的人表示上诉，只有 21.3% 的人回答自认倒霉。[①]

"中国乡村社会转型与村民的非制度化政治参与"课题组经 2001~2003 年对
11 省 14 个村庄的调查与比较发现，村民的非制度化政治参与频率较高，14 个村
中都不同程度地存在上访、暴力、抗税、聚众闹事等情况。[②]

从以上调查数据可以发现，农民在利益受到损害时具有较强的维权意识。在

---

① 谢丙庚、李晓青：《湖南农村土地利用现状及对策初探》，《经济地理》2001 年第 6 期。
② 周大鸣、梅方权：《中国乡村社会转型与村民的非制度化政治参与》，《中南民族大学学报（人文社会科学版）》2004 年第 5 期。

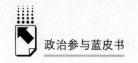

维权途径的选择上，政府途径和司法途径成为农民主要的两个选择，但是两相比较，政府仍然是农民的第一选择，司法权威尚未得到充分的体现。

（三）农民参与互助和合作组织的情况

在基层开展互助合作，是农民政治参与的重要途径之一，也是农民政治参与水平提升的重要标志。中国人民大学 2003～2008 年的"综合社会调查"显示，农村受访者认为与同村居民之间的"互助行为"很多的占 16.1%，较多的占 37.9%，有时有的占 29.2%，偶尔有的占 12.8%，没有的占 4.0%；农民之间的熟悉程度非常高、非常熟悉和比较熟悉的比例为 86.5%，村民之间的互助行为相对较频繁，农民交往对象排在前三位的分别是同村人、外村人和村干部。

农民以参加组织的方式展开互助合作，还没有成为普遍现象。中国人民大学 2003～2008 年的"综合社会调查"显示，2006 年受访者中参加某个协会、社团、俱乐部或其他组织的比例只有 1.39%，而且参加的主要社团是生活和娱乐性质的，占 31.43%，自我管理性质的只占 15.43%；中国社会的公民组织程度较低，具体到农民，几乎没有参加各种民间性社团或自治组织的占 99.4%，只有 0.6% 参加过社团组织。北京大学中国国情研究中心 2008 年的"公民文化与和谐社会调查"显示，对于"是否曾为社会组织募捐或筹集资金"，50.61% 的农民从未参加且将来也不会参加，曾经参加过的只占 21.66%。

截至 2004 年底，综合农业部等机构的统计和估算，全国新型农业专业合作社总数达到 15 万家左右，拥有农村专业合作社的村庄占同期村委会数的 22% 左右，参加组织的会员约 2636 万人，占乡村农户总数的 9.8%。[1] 国务院发展研究中心农村经济研究部和财政部农业司共同对中国东、中、西 9 个省份 140 家农业专业合作社的调查显示，农业合作社的主要功能是提供技术咨询或培训（46.91%）、发布市场信息（35.19%）、宣传政府政策（36.42），合作社的政治参与功能尚未完全发挥。[2] 浙江省示范合作社的调查显示，对于"您认为所在合作社在维护农民利益方面的作用怎样"的问题，高达 82.6% 的人认为合作社"确实能够维护绝大多数社员利益"，因此合作社社员对于当村干部的积极性不

---

[1] 韩俊主编《中国农民专业合作社调查》，上海远东出版社，2007，第 11 页。
[2] 韩俊主编《中国农民专业合作社调查》，上海远东出版社，2007，第 20 页

高，但对于当选合作社理事会、监事会成员有比较高的积极性；但一半以上的农民不能够准确说出法律规定的农业部门为合作社主管部门，农民对合作社的相关法律了解程度较差。①

综上所述，由于乡村社会属于熟人社会，同村或邻村农民之间的熟识程度较高，农民之间的互助行为比较频繁，但是具有组织形态的农民互助合作尚未广泛展开。2002 年以来，由于政府等相关部门的推动，中国农民专业经济合作社开始快速发展，依托农业专业合作社的组织平台，一方面开展经济互助与合作，另一方面有效地提升了农民的政治参与意识和能力。

六　基于数据归纳的初步结论

2001 年以来，伴随着村民自治和社会主义新农村建设的蓬勃发展，农民政治参与的重要性逐步凸显，成为维护农村稳定、促进农村发展、推动新农村建设的重要环节。本报告对一些重要的问卷调查数据进行整理、归纳后，得出了以下初步结论。

第一，农民有着较强的政治参与意识，但是政治参与所要求的文化素质、法律素质以及经济资源、组织资源等相对匮乏，限制了其有序政治参与行为的开展。

第二，从民主决策中的政治参与来看，农民对决策主体、决策权力、决策依据以及决策能力的认知比较混乱，上级组织和村干部等在村民自治的决策过程中占据优势地位，农民的主体地位还未体现。

第三，从民主管理中的政治参与看，农民对村民委员会等信任程度较低，对农村公共事务持冷漠态度，对村民自治章程等管理依据认知度较低，致使民主管理中农民政治参与发挥的作用有限。

第四，从民主监督中的政治参与看，农民有着较强的监督意愿，但是对于财务监督、民主评议、村务公开等重要的监督形式的认知度不高，监督的效能感较低。

第五，从农民的政策参与看，农民主要关心与自身利益密切相关的公共政

---

① 董进才：《专业合作社农民政治参与状况分析》，《农业经济问题》2009 年第 9 期。

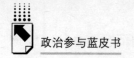

策，但对相关政策的制定和实施的满意度不高，并且呈现出从中央政策到地方政策满意度逐级下降的趋势。

第六，从维权参与看，农民在利益受到损害时具有较强的维权意识，但在维权途径的选择上，政府仍然是农民的第一选择，司法权威尚未得到充分的体现，且非制度型参与呈现出复杂化、多样化的趋势。①

第七，从农民互助以及参与合作组织的情况看，由于农村仍然处于熟人社会，村民之间的互助行为广泛存在，但是制度化的合作组织仍未发挥催化和推动制度化农民政治参与的作用。

总体上看，中国农民政治参与虽然突破了被动的动员参与阶段，农民的参与意识觉醒，但是受制于经济地位、教育程度、传统乡村秩序以及制度化的参与渠道有限等影响，其参与水平还不是很高。

---

① 参见方江山《非制度参与——以转型期中国农民为对象分析》，人民出版社，2000；寇翔：《论中国农民非制度性政治参与的原因》，《云南行政学院学报》2005 年第 5 期；刑克鑫：《当前农民非制度化政治参与问题探析》，《中国青年政治学院学报》2003 年第 2 期。

2001 年以来中国公民的公共政策参与

涂 锋

公共政策参与，就是公民按照公共政策实践的运行机制，对政策过程各个阶段和环节的广泛参与。在社会问题日趋复杂的当代背景下，社会公众对政策参与的要求也日益凸显，公共政策参与成为一种益发重要的政治参与途径，同时也是一种正在发展完善中的民主政治形式。因此，公共政策需要充分地应对公众所切身关注的社会问题，不断回应公共舆论的呼声；与此同时，政策过程也就在更大程度上向社会公众开放；无论是公共政策的议程设置、决策和方案，还是政策执行以及评估和监督等各个环节，广大公众都和行政官员以及政策专家一起，发挥着越来越大的作用。换言之，公共政策参与已经成为政策过程中不可或缺的内容，并形成了两个关键特征：一是公共政策的民主性质使得公民关注政策过程，但政策本身的专业性却增加了公民参与的难度，因此作为政策参与的主体，公民的参与意识和参与意愿等都面临较高的要求。二是政策过程的开放性使公民能够以多种途径来参与各个政策环节，需要从公共政策的各个层次、各个领域扩大公民的有序参与。

本报告依据 2001 年以来一些重要的全国性问卷调查涉及公共政策参与方面的数据，对中国公民的公共政策参与状况作综合分析。这一分析将包括两个主要部分。其一是从参与主体方面，分析中国公民的政策参与意识、参与意愿以及对政策参与权利的认知和关注。其二是从参与过程方面，分析政策参与的社会组织基础、不同的参与机制以及对政策过程各个环节的参与状况。在现状分析之后，将从主观和客观两个视角对目前中国公民的公共政策参与给予初步评价。

一 政策参与主体分析：参与意识、参与意愿和参与权利

从政策参与的主体这一角度来说，参与公共政策过程要求公民对相关政策问

题和议程、政策知识以及政策机制等都有较为充分的关注和了解。实际上，政策参与是公民对国家政治生活的一种相对深度的介入。因此我们需要知道，政策参与主体是否具备了较为明确的参与意识和参与意愿，还需要考察公民是否把政策参与视作一项较为重要的权利，即是否重视自身所拥有的参政议政资格。

（一）中国公民的政策参与意识

政策参与意识，就是公民对公共政策或公共事务的基本认知和关注程度。具有充分的政策参与意识，表明的是公民对公共政策的一种积极态度，显示公民高度认同政策参与的重要性。

从历史上说，中国人一直有关注国家大事的优良传统。现有的调查也表明，当代中国公民继承和保持了这一传统。如北京大学中国国情研究中心 2008 年的"中国公民意识调查"显示，[①] 受访人对国家发展表示"非常关心"和"比较关心"的共占 76%；对本村或本社区事务，受访人表示"非常关心"和"比较关心"的共占 60%。这两个数据都体现了公民对公共事务的关注程度。但是，中国公民对国家发展和公共事务的这种高度关注，却并没有转变到更为具体的政治或政策问题上来。同样是这一调查，显示受访人在"谈论政治话题"的频率方面，选择"经常"的占 6.2%，选择"有时"的占 17.4%，选择"偶尔"和"从不"的占76.3%。其他调查涉及国家基本方针政策特别是具体的某项政策内容时，也显示出了类似的结果。如中国政法大学 2003～2005 年的"中国公民人文素质调查"显示，[②] 对于"是否知道科学发展观的含义"的问题，有 30.5% 的男性受访者和23.6% 的女性受访者的回答是"明确知道"，有 58.3% 的男性受访者和 64.7% 的女性受访者的回答是"知道一些，不太明确"，有 11.2% 的男性受访者和 11.7% 的女性受访者的回答是"不知道"。这一调查结果表明，对于科学发展观这样一项基本国策，中国公民对其内涵的认知和了解程度明显不足。南开大学周恩来政府管理学院2004～2007 年的"农村居民眼中的服务型政府调查"显示，[③] 受访的农村居民在"了

① 该调查的数据均来自沈明明等《中国公民意识调查数据报告 2008》，社会科学文献出版社，2009。
② 该调查的数据均来自石亚军等《中国公民人文素质研究——数据评价与对策建议》，经济科学出版社，2009。
③ 该调查的数据均来自朱光磊主编《中国政府发展研究报告》（第 2 辑），中国人民大学出版社，2010。

解政府任务"和"了解新农村政策"的得分为 2.21 分和 2.61 分，低于 3 分的参照平均值分数。该调查的结论是，农村居民并不了解"与自身利益密切相关的农村政策"。

价格听证会等政策参与机制是目前公民实现政策参与的具体途径，政策参与意识还可以从公民对这类政策参与机制的关注程度上来加以衡量。中国政法大学 2003～2005 年的"中国公民人文素质现状调查"要求受访者从多项社会事件中选出五项自己最为关心的事件，调查结果显示，受关注程度最高的前五项社会事件依次是反腐败、台湾回归、治安问题、农民问题以及弱势群体问题，作为目前中国最重要的政策参与机制之一的价格听证会却未能进入受关注程度的前五名。

综合以上数据和分析可以认为，中国公民的政策参与意识呈现较为复杂的面貌。在一般意义上，中国公民是非常关注国家政策和公共事务的，但是对于更为具体的政策内容或者政策机制，则缺乏足够或充分的了解。

（二）中国公民的政策参与意愿

政策参与意愿，是指公民愿意去实践政策参与的倾向，它反映了公民的参与努力程度及其主观期望。与政策参与意识相比，政策参与意愿更为关注公民在对政策有所了解之后，是否真的打算去进行政策参与。目前的各项问卷调查，提供了一些有助于了解中国公民政策参与意愿的数据。

北京大学中国国情研究中心 2008 年的"中国公民意识调查"显示，针对"公民应该更主动地质询政府的措施"这一说法，有 24% 的受访人表示"非常同意"，35.6% 的受访人表示"比较同意"，两者相加，表明接近六成的公民具有相对积极的政策参与意愿。对于"像我这样的人，无权评价政府行为"这一说法，有 38.4% 的受访人表示"不太同意"，14.6% 的受访人表示"非常不同意"，两者相加，不同意的占 53%；相反，对这一说法表示"非常同意"和"比较同意"的受访人分别占 10.9% 和 30.2%，两者相加，同意的占 41.1%；总体上看，表示不同意的比例要高于同意的比例。从这样的调查数据可以看出，中国公民具有较强的政策参与意愿，愿意实践政策参与。

中国人民大学 2003～2008 年的"综合社会调查"显示，[1] 对于"讨论国家

---

[1] 该调查的数据均来自中国人民大学中国调查与数据中心中国综合社会调查项目：《中国综合社会调查报告（2003～2008）》，中国社会出版社，2009。

大事和地方大事需要比较高的知识能力，所以只能让有较高知识和能力的人参与"这一说法，受访人大多表示不同意。即使是教育水平和职业地位最低的受访人，表示"同意"的只有 37.71% 和 37.09%，而表示"不同意"的则达到 51.57% 和 47.39%；而随着教育水平和职业地位的提高，表示"同意"的比例下降到 23.47% 和 20.27%，表示"不同意"的比例则上升到 72.13% 和 75.34%。也就是说，中国公民认为政策参与并不专属于特定社会阶层。

中国公民较高的政策参与意愿，还反映在对公民权利保障的态度上。在北京大学中国国情研究中心 2008 年的"中国公民意识调查"中，要求受访人回答对各项公民权利保障的满意度。调查结果显示，受访人对"批评政府的权利"和"政务信息知情权"两项的不满意程度最高，分别是 36% 和 31.7%，高于投票权利（21.4%）、参与社团的权利（19.7%）、言论自由（11.4%）和生存权（9.4%）等各项权利的不满意度。就政策参与而言，批评权利反映的是公民对政策结果的评估，信息知情权利反映的是公民对政策信息的了解，公民对评估政策结果和了解政策信息这两个方面显然都有着较高的参与期望值，所以相应的不满意程度才较高。公民对政策参与权利的不满意，恰恰说明了公民具有较强的政策参与意愿。

（三）政策参与权利

公民在政策参与意识和参与意愿上的积极态度，可能转化为对政策参与权利的重视。上文已经说明，中国公民对法律所保障的政策参与权利有着较高的期望值。但是，在宪法法律所规定的各项权利中，公民对于政策参与权利的实际认知仍然偏低，对具体权利的重视程度也显得不够。北京大学中国国情研究中心 2008 年的"中国公民意识调查"，要求受访人从生存权、参政议政权、言论自由、表达自由、宗教自由、选举权、结社权、个人隐私权、劳动权这九项公民权中，挑选出最重要的三项并排序。调查结果显示，受访人认为重要性排在前三名的依次是生存权、劳动权和个人隐私权，其总提及率分别是 26.63%、19.85% 和 13.17%；反映政策参与的参政议政权仅排在第七位，受访人认为这一权利最为重要的仅占 7.31%，对该项权利的总提及率也只有 5.48%。中国政法大学 2003～2005 年的"中国公民人文素质现状调查"要求受访人"选择三个我国的公民权利"，结果在五项宪法规定的公民权利中，对选举权、生命权、劳动权、财产权的选择都超过了半数，特别是选举权超过了 70%，但是选择参政权的则只有约 1/4，其中男性 25.79%，女性 22.62%。以上两项调查的数据表明，较高的公共关注和政策参与意愿还没有转化为较为明确的权利意识。在宪法法律层面，中国公民还没有建立起对政策参与权利的足够认知和重视。与此相反的是，在日常生活层面，相关调查却显示出更为积极的迹象。中国人民大学 2003~2008 年的"综合社会调查"显示，当被问到是否同意"我了解村、社区发生的事情，所以我有权参与村、社区的事务"这一说法时，受访者表示"同意"的占 63.44%，表示"非常同意"的占 14.15%，二者合计达到 77.59%。这一数据表明，至少对于自己所在基层单位的政策参与，中国公民是有较为清晰的权利意识的。

从已有的调查数据看，在政策参与的权利方面，中国公民在日常生活层面具有相对清晰的参与权利意识，但是这种参与意识尚未转化为针对相关宪法法律权利的重视。

二 政策参与过程分析：参与机制和政策各环节的参与

中国公民在实际政策参与中，需要通过怎样的途径和渠道，并且对政策过程的哪些具体环节施加影响，本节将依据各种数据作概要说明。

（一）社会组织：政策参与的基础

当代公共政策的政策过程通常具有较强的技术专业性和部门化特征。围绕特定的公共问题和政策议题，各种政策领域都从属于专门的政府部门管辖，并且形成了相关的政策信息、专业知识以及法规和行政程序。因此，单个的公民想参与一个高度专业化的政策过程，是具有很大难度的。相应的，当代公民的政策参与一般是以团体组织的形式来实现的。公民必须通过联合协作的形式，遵循公共政策的实践运行机制，才能和政策过程的"局内人"进行有效沟通和对话。从这个意义上说，政策参与必须建立在社会组织的基础之上。以社会组织的形式进行政策参与，也是实现公民有序参与的必要前提。政策参与的原因通常是公民有利益表达的需求，如果这种公民利益表达是以非组织化的形式实现，则会导致政策运转不良。有研究认为，社会利益的非组织化将造成整个社会变成一个组织联系非常薄弱但集体行为能力超强的"大散众"（large numbers），这主要是因为非组织化的利益诉求难以有效上达，从而会造成矛盾积累；对于散乱的利益诉求，国

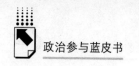
家政策也难以做到有所针对地予以回应。① 因此，对于扩展公民有序参与的渠道，创新、活跃并且深入各个领域的社会组织可以扮演起积极角色。

1. 社会组织的参与状况

从中国的实践来说，公民参与社会组织的主要目标仍然是社会参与，比如家庭和社区性服务等，因此在概念上需要区分社会参与和政策参与。但是正如有学者所指出的，社会组织可能本意是社会参与，但它能够有效地造就政治意识，这种对社会组织的参与仍然是参与政策过程的一部分，因为它支持并影响了政府的行为，同时也有助于改善城市服务的质量。② 就目前的发展状况来说，中国公民参加社会组织的比例不高。根据北京大学中国国情研究中心 2008 年的"中国公民意识调查"的结果，在参加工会、行业协会、职业协会、文体协会或者是同乡会等各项社团组织方面，受访者回答"是"和"曾经是"的比例都在 5% 左右。中国人民大学 2003～2008 年的综合社会调查显示的数据甚至更低，在询问受访者现在是否参加了某个协会、社团、俱乐部或其他组织时，只有 1.39% 的受访者回答"是"。相比之下，中国公民参与公益性组织的热情似乎更高。根据天则经济研究所 2008 年对全国省会城市的调查，③ 受访者对于参与各种"俱乐部活动"，回答"比较积极"和"非常积极"的合计 11.86%，而对于参与"公益组织"，回答"比较积极"和"非常积极"的合计则达到 31.61%。以上数据表明，中国公民对各种社会组织的总体参与程度仍然较低，这对于建立更为广泛有序的政策参与是一个不利因素，但大城市中公民的参与状况要明显好于平均水平，对公益性组织的参与状况也要好于各种协会类组织，说明随着经济和社会发展水平的提高，中国公民对社会公益性事务的关注也在提升，社会组织仍然具有较好的发展前景。

2. 社会组织的特殊形式：利益集团

从理论上说，相比社会组织，利益集团只是公民参与政策过程的一种更高组织化的形式，但是在实践过程中，利益集团具有更为明确的政策目标，特别是有

---

① 中国人民大学中国调查与数据中心《中国综合社会调查报告（2003～2008）》，中国社会出版社，2009，第 248 页。

② 〔德〕托马斯·海贝勒、君特·舒耕德：《从群众到公民——中国的政治参与》，张文红译，中央编译出版社，2009，第 7 页。

③ 该调查数据均来自天则研究所《2008 年省会城市公共治理指数报告》（www.unirule.org.cn/xiazai/20090629.pdf）。

着更为强大的资源和动员能力。相关调查和分析表明，经济收入因素对于不同群体的政策参与程度具有显著影响。举例来说，收入相对较高的群体，在政策参与方面比低收入群体就要积极得多。根据南京大学的调查，对于是否参加社会团体，中产阶层这一群体的参加比例是 23.9%，比 17.2% 的平均数值明显要高。[①]另一个例子是企业家群体的政策参与。根据统战部和全国工商联的一项联合调查，私营企业主在乡、县、市、省四级领导机构中任职的比例分别是 0.8%、0.3%、0.3% 和 0.1%，四者合计 1.5%，远高于中国平均"官民比"（大约0.5%）的水平。该调查还发现，私营企业主通过在政府机构中任职和兼职得以广泛地参与政策过程。企业主所建立的商会和行业组织，还发挥着"加强企业与政府有关方面的沟通"、"疏通与政府管理部门的关系"等重要作用。[②]

经济资源因素使得利益集团这一社会组织形式能够发挥更好的政策参与效果。但是，凭借所掌握的经济资源和由此形成的强大影响力，某些"特殊利益集团"可能造成政策背离公共目标和公共利益，这也是利益集团在中国语境下相对较为负面的原因。实际上，政府自身也认识到这种利益集团对公共政策的不良影响。中国政法大学 2006~2008 年的"行政管理体制调查"[③] 对中央、省、市、县、乡五级政府公务员进行了问卷调查，40.3% 的受访公务员认为"当前社会上反映强烈的上学难、看病难、住房难等问题主要反映了某些利益集团控制了政府决策"，说明受访的政府公务员已经认识到"特殊利益集团"对公共政策的不良影响。因此，对于利益集团这种特殊的社会组织形式，既需要发挥其正面的组织优势，也需要注意其潜在的负面作用。但总的来说，公民组织化进行政策参与的发展方向是值得肯定的。社会组织是公民参与政策过程的必要基础，也始终是保证有序政策参与的基本前提。

（二）两种政策参与机制：内生型机制和外生型机制

在具体的参与途径方面，目前中国有两类主要的政策参与机制。第一类是在

---

① 周晓虹主编《中国中产阶级调查》，社会科学文献出版社，2005，第 310~311 页。

② 《2005 年中国私营企业调查报告》，2005 年 2 月 3 日《中华工商时报》。全国行政编制人员和全国人口的比例，中央编制办提供的数字为 1/203（http://politics.people.com.cn/GB/30178/3455463.html）。

③ 该调查的数据均来自石亚军主编《中国行政管理体制现状问卷调查数据统计》，中国政法大学出版社，2008。

政策过程中按照法律、法规要求或者各级政府根据民主参与原则，在政策体系内部专门设立的政策参与机制，可以称为"内生型政策参与机制"。公民借助这些在政策体系内部建立的参与机制，得以进入公共政策过程。举例来说，听证会制度、法律法规的意见征求制度以及农村基层的民主决策机制等，都属于这一类政策参与机制。第二类是在现有政策体系之外的各种社会性机制，公民可以借助这些机制参与政策过程，应称为"外生型政策参与机制"；这样的社会性机制主要包括大众传媒、互联网以及研究型智库等，它们在当代中国公民政策参与中也发挥着越来越大的作用。

1. 内生型政策参与机制

随着民主决策机制的不断完善，政府各部门都建立了有利于公民参政议政的政策参与机制，主要包括以下几种机制。

第一，公共决策事先征求意见制度。重大决策的意见征求是党和国家的民主决策传统，近年来这一做法更被广泛应用于各级政府和各政府部门。意见征求制度的应用既包括一般性的改革方案，如教育部的《国家中长期教育改革和发展规划纲要》；也包括特定的政策措施，如国家发改委的《关于居民生活用电实行阶梯电价的指导意见》。有些涉及群体切身利益、公众极为关注的政策，甚至可以进行多次征求意见，如国务院法制办的《国有土地上房屋征收与补偿条例》。征求意见制度确保了在决策正式出台之前，公民能有较为充分的知情权利，同时政策方案也能得到社会公众的广泛讨论。

第二，针对政府决策和行政行为的听证制度。《行政处罚法》、《价格法》和《立法法》等多部法律都规定出台相关政府政策，必须先组织听证，以听取当事人或者相关公众的意见。尤其是规范政府定价行为的价格听证会，对社会最为重要，但是如前文所述，目前公民对价格听证会这一政策参与机制的关注和重视程度仍然不高。在中国政法大学2003~2005年"中国公民人文素质现状调查"专门针对西部六省公民的调查中，受访人被要求从反腐败、台湾回归、治安问题、农民问题、弱势群体问题、价格听证会、国际合作与交流、足球赛、选美比赛、明星新闻等社会问题中选择"对下面这些事件你最关心哪5项"，选择政府价格听证的仅有34.5%，排在政治和社会类问题的最后一名，仅高于三项文体类问题。①

---

① 都沙、赵伶俐主编《中国西部公民人文素质调查报告》，中国人民大学出版社，2008，第22页。

第三，农村基层的民主决策和民主监督机制。依据《村民委员会组织法》的规定，对于本村的公共事务和公益事业，村民享有民主选举、民主决策、民主管理、民主监督等权利。然而，民政部 2005 年进行的 "全国村民自治状况抽样调查" 显示，① 村民依法参与本村公共事务决策的效果仍然不佳。在民主决策机构方面，村民代表由村民小组或联户推选产生的只占 46.4%，成立了村民代表会议的也只有 56.9%，说明在农村基层民主决策机构的建立方面，还需要更多的努力。在村民代表会议的召开方面，在 2004 年中召开过两次以上的占 28.2%，召开过一次的占 7.6%，没有召开的占 3.8%，60.4% 的受访人回答不清楚是否召开过会议，说明农村基层民主决策机构的运作仍然不够充分。在民主监督方面，调查发现 "从村务涉及的重大事项的决策方式看，村干部自己决定的比例较高，村民对于决策过程的知晓程度很低"，如当问到 "最近三年如何决定乡镇统筹款的收缴办法和村提留款的收缴及使用" 时，20.1% 的受访村民回答是经由村民会议、户代表会议或者村民代表会议讨论决定，27.9% 的受访村民回答是由村干部自己决定，更有 52% 的回答 "不知道"。相应的，对于该决策的公布，受访村民中回答没有公布的占 22.8%，回答村民会议公布的占 9.4%，回答用村务公开栏进行公布的占 36.1%。以上这些数据和分析都说明，目前农村公民对现有政策参与机制的利用程度还不高，离相关法规的要求也还有一定的差距。

2. 外生型政策参与机制

公民能够经常使用的外生型政策参与机制，主要包括两种，一是传媒和互联网，二是专家和智库。

在社会问题、政策议程和政策知识的传播方面，媒体和互联网扮演了重要角色。互联网在中国的发展速度是空前的。根据中国互联网络信息中心的最新年度报告，截至 2010 年 6 月，中国网民的规模已经达到 4.2 亿，较 2009 年底增加了3600 万人。互联网普及率达到 31.8%。其中，网络新闻的使用率达到 78.5%，用户规模达 3.3 亿人。② 根据天则经济研究所 2008 年对全国省会城市的调查，在公民的利益表达方面，有 9% 的受访者曾经为了表达和参与社区或公共问题而联

---

① 该调查的数据均来自詹成付主编《全国村民自治状况抽样调查报告》，中国社会出版社，2009。

② 《第 26 次中国互联网络发展状况调查统计报告》（http：//research. cnnic. cn/html/1279171593d2348. html）。

系过媒体，这个数字要高于自发集体活动的比例（8.5%），更高于向人大、政协等监督机构进行反映的比例（4.2%）。此外，对于公民向政府提出意见所选择的途径，有18.1%的受访者选择了"媒体网络"，而选择"领导、人大政协、上访"的受访者只有12.1%。此外，媒体对于政策方案的选择和评价作用也得到了地方政府的高度重视。中国政法大学2006~2008年的"行政管理体制调查"显示，对于向中央争取财政资金、项目投资、改革试点权以及优惠政策，受访的地方政府官员在回答何为"争取上述资源最有效的途径"时，55.3%选择了"媒体宣传"，媒体被认为是各种非官方途径中最有效的，高于"举办研讨会"、"利用各种私人关系"、"请客送礼"等选择，仅次于"通过官方途径反映地方诉求"。这显然也反映出中央政府对大众媒体本身的重视，并视之为评价政策方案优劣、听取公众意见和舆论呼声的重要渠道。

在政府决策过程中争取专家和智库的支持，体现了政府对外部知识的日益重视。南开大学对地方行政官员的一份调查表明，决策者在设定公共政策议程时，除了依赖传统的"政府内部的知识"外，还更多地考虑来自专家、媒体和民众的知识。进一步的统计分析还发现，政府官员所具有的学历以及专业技术职称对于其运用"专家的知识"具有显著的正面效应。[1] 中国政法大学2006~2008年的"行政管理体制调查"亦显示，受访的五级政府公务员对于"当地政府决策时主要采用下列哪些方法"，选择"专家论证"的排在第一位，占78.1%，甚至高于58.5%的"成本效益分析"。同一项调查还发现，地方政府向中央争取优惠政策时，也有54.2%的受访者认为最有效的方式是"举办研讨会、专家论证等学术渠道"，仅略低于媒体宣传的途径。政府对专家论证的重视，表明政策过程向外部知识的逐渐开放。各种研究机构和智库能够在议程选择、方案构建和政策评价等方面发挥积极的政策作用，使得决策信息和决策程序不再局限于行政部门内部，实际上也就为更广泛的公民参与提供了一个重要的外部途径。

（三）民众在政策过程各环节中的参与

社会组织和各种参与机制虽然是公民参与政策过程的基本途径，然而这些参

---

[1] 朱旭峰、田君：《知识与中国公共政策的议程设置：一个实证研究》，《中国行政管理》2008年第6期。

与途径需要和议程设置、方案和决策、政策执行、评估和监督等各个具体的政策环节相对接才能够发挥作用。由于不同环节的特点以及发展程度的差异，公民在政策过程各个环节的参与也呈现出一些不同的特点。

1. 议程设置环节的参与

议程设置是政策过程的初始阶段。公民在议程设置环节参与的主要目标是向政府提出自身所关注的问题，并努力使之进入政策干预的考虑范围。对于中国公共政策议程设置和公民参与的关系，有学者提出了六种基本模式，其中议程提出者是智囊团和民间的有四种，包括"内参模式"、"借力模式"、"上书模式"和"外压模式"。① 内参和上书，应是典型的内生型政策参与机制；借力和外压，则应属于外生型政策参与机制。调查数据表明，目前通过这些方式直接向政府提出政策议程的例子仍然不多。北京大学中国国情研究中心 2008 年的"中国公民意识调查"显示，受访人中"向上级政府领导表达自己的观点"的占 14.1%，"通过社会组织表达自己的观点"的占 5.9%，另有 5.4% 和 2.7% 的受访人通过互联网和媒体表达自己的观点。这样的调查数据，表明公民在议程设置环节的参与程度有限，利用各种外生型参与机制的更少。更多的情况应是公民向基层的社区和相关部门反映问题，如中国政法大学 2006～2008 年的"行政管理体制调查"显示，当受访者被问到是否愿意就社区公共事务向居委会或有关部门提出建议时，回答很愿意和比较愿意的达到 54.9% 和 33.9%；受访人被问到是否以某种形式向社区党支部或居委会提出过建议时，回答提过的占 60.3%。

2. 决策环节的参与

如前文所述，在政策方案和决策环节上，意见征求制度和听证会制度是较为成熟的参与机制。但是，各种调查都显示公民在参与政策方案讨论方面发挥的作用极其有限。

中国政法大学 2003～2005 年的"中国公民人文素质现状调查"显示，在被问及采取过的法律相关行为中，受访者曾经"对条文提出过建议"的比例偏低，其中男性为 18.96%，女性为 15.19%。

中国政法大学 2006～2008 年的"行政管理体制调查"显示，城市居民对于"政府或某个单位做出有损您所在社区共同利益的某项决策"，选择"事关自己

① 王绍光：《中国公共政策议程设置的模式》，《中国社会科学》2006 年第 5 期。

利益，一定争取阻止"的占 40%，选择"随大流，看别人的态度"和"没有有效的途径去管"的分别占 13.3% 和 10.9%，还有 32.6% 的受访者选择"政府的决策，争也没用"，其余 3.2% 则选择"没有精力去管"。

民政部 2005 年进行的"全国村民自治状况抽样调查"显示，在决定村办学校、村建道路等村公益事业的经费筹集时，经由村民会议讨论的占 30.6%，村干部决定的占 24.4%，但是有高达 45% 的村民回答不知道决策过程；在村集体经济项目的立项、承包方案及村公益事业的建设承包方案等方面，村民的回答比例也大致如此；因此调查者得出了这样的结论："从村务涉及的重大事项的决策方式看，村干部自己决定的比例较高，村民对于决策过程的知晓程度很低"。

3. 政策执行环节的参与

前文已经提到，在通过社会组织参与政策过程方面，中国公民以围绕社区性事务的社会参与为主，因此相对政策议程和决策环节，公民在政策执行环节的参与程度要更为活跃。北京大学中国国情研究中心 2008 年的"中国公民意识调查"显示，在关于受访者与地方干部的接触方面，有 25.9% 的受访者回答说找过村委会、居委会或社区干部，但是找过乡镇、区、县、市人大代表或者领导的都不到 5%。相关调查还表明政府部门自身在执行政策时，对公民参与的重视程度仍然不够。如中国政法大学 2006～2008 年的"行政管理体制调查"对五级公务员的调查显示，对于"您认为对诸如小摊小贩之类城市管理工作，政府应该怎样做"，选择"加强综合治理"和"实行市场化管理"的分别是 55.8% 和 23.5%，而选择"实行摊贩自治，政府起引导性作用"的只有 18.9%；对于"在下列行政工具中，您所在的部门使用过哪些"的问题，受访的公务员选择"行政会议"、"行政命令"和"行政许可"的比例排在前三位，依次是 78.9%、70.8% 和 59.9%，选择公民参与性更好的"行政委托"和"行政合同"的则分别是 29.1% 和 19%，而选择最有利于公民参与的公私合作形式的只有 5.8%。也就是说，公务员在具体的政策工具选择上，仍然更看重自身管理的便利性，而没有将公民的政策参与纳入考虑范围。

4. 评估和监督环节的参与

目前，中国公民评价和监督政府政策的主要渠道是通过人大和政协，但是公民接触相关民意代表的程度有限，公民可能更重视自己评价政府政策的权利，如北京大学中国国情研究中心 2008 年的"中国公民意识调查"显示，对于"像我这样的人，无权评价政府行为"的观点，受访人持同意态度的占 41.1%，持不同意态度的占 53%。

近年来，围绕政府绩效评估的社情民意调查手段，已有越来越多的尝试，许多地方政府委托独立的学术研究机构和社情民意调查机构进行政府绩效评价，并让社会公众参与评价。2006 年 9 月，国家统计局社情民意调查中心成立，并且开通了社情民意调查网站和热线电话。此外，许多学术研究项目本身也给公民提供了评价政府政策的渠道，如北京大学中国国情研究中心 2008 年的"中国公民意识调查"，就让公民通过调查问卷针对各个政策领域所存在问题的严重程度打分（0 分为不存在问题，10 分为非常严重），经过受访人的选择，按问题严重程度排序依次为贫困问题（6.4 分）、就业问题（6.1 分）、环境保护问题（5.9分）、社会平等问题（5.6 分）、社会保障问题（5.2 分）、医疗服务问题（5.2分）、社会治安问题（5.1 分）、教育问题（4.7 分）、法制建设问题（4.6 分）、国家安全和国防问题（3.7 分）。政府部门设立的研究调查项目，也具有明确的政策评估性质，如民政部 2005 年进行的"全国村民自治状况抽样调查"，就乡镇统筹款收缴办法、集体经济所得和经济项目立项等问题的问卷调查，实际上就起到了让村民对相关农村政策的效果进行评估的作用。尽管有了这些做法，但是总体上公民在政策评估和监督方面的参与仍不够充分，参与的相关渠道尚处在发展完善之中。

三　政策参与的评价：效能感和参与程度

对当前中国公民政策参与的评价，可以分为两个部分，一是政策参与效能感，即公民作为政策参与主体的主观评价；二是对政策参与程度的客观评价。

（一）参与主体的效能感

对于政策参与的效能感，首先要考察公民如何看待自己的观点表达，特别是公民的观点表达能否得到政府的重视。天则经济研究所 2008 年对全国省会城市的调查显示，当被问及对政府有意见、抱怨和不满时会选择的途径，有 53.5%的受访人选择不提出，而只有 12.1% 的受访者选择会向政府反映。中国人民大学 2003～2008 年的"综合社会调查"亦显示，受访者被问到"在遭受环境污染事件时，是否选择了交涉、起诉或向政府部门反映等行动"时，有74.55%的受访者回答说没有采取任何行动，其中有超过四成的人未采取行动的原因是"想过采取行动，但知道没有用"。也有调查发现公民有相对积极的态度。中国政法大学2006～2008年"行政管理体制调查"显示，面对"政府或某个单位做出有损您所在社区共同利益的某项决策"时，有32.6%的受访者回答"政府的决策，争也没用"，但是也有40%的受访者回答"事关自己利益，一定争取阻止"。

公民的政策参与效能感不强，影响了其对政策参与权利的满意度。北京大学中国国情研究中心2008年的"中国公民意识调查"显示，受访者对批评政府权利的不满意度是36%，对政务信息知情权的不满意度是31.7%，分别排在不满意度的前两位。一项针对全国青少年群体的调查亦显示，受访者在回答"您对参与公共事务满意度评价"的问题时，回答满意的占19.91%，一般的占66.10%，不满意的占13.98%。①

以上数据表明，中国公民政策参与的主观效能感一般，对政策参与权利的实现程度还不够满意，由此可能造成公民对于实际政策参与行为缺乏充分的积极性。

（二）政策参与的客观评价

公民对政策过程的实际参与是客观评价的依据。北京大学中国国情研究中心2008年的"中国公民意识调查"显示，在备选的九种不同的参与行为中，受访人实际参与的程度都不算高，如"向上级政府领导表达自己的观点"的为14.1%，"在互联网有关政治主题的讨论或者讨论组中发表自己的观点"的为5.4%；在九种行为中，只有一种即"为一项社会活动组织募捐或者筹集资金"，参与过的受访人超过了20%。另外，作为实际政策参与的前提基础，公民参与社会组织和接触政府官员的比例都偏低。政策参与的程度还体现在公民面对利益冲突事件时会采取何种解决途径，尤其是能否采取政策性解决途径。中国社会科学院社会学研究所的"社会和谐与稳定"调查询问了受访者在面对政府乱收费、执法粗暴、社保纠纷等各类冲突事件时的解决途径，调查结果显示，受访者选择

---

① 中国青少年研究网：《"构建和谐社会中的中国青年"调查》（http：//www. cycs. org/Article. asp? Category = 1&ID = 12107）。

与对方协商解决的占 12.12%，选择上访或向政府反映的占 11.2%，选择打官司的占 4.23%，73.19% 的受访人选择的是"没有采取任何办法"。调查还发现，这些冲突事件的解决效率都相对较低，有 80.19% 的受访人反映相关问题"至今没有解决"。[①] 显然，通过政策性途径解决各类社会冲突事件并实现自己的利益诉求，还没能成为公民的普遍选择。这也反映出公民的实际政策参与程度依然较低。

从本报告列举的各类调查数据看，中国公民以一种主动、广泛而且有序的形式参与公共政策的态势已初步形成，这主要体现在两点。一是公民主体的政策参与意识已经基本形成，大部分公民比较关注国家政策和社会公共事务，并具有积极的政策参与意愿。二是政策参与机制逐渐成形，无论是基于法律法规的要求、经由政府部门自身的建设还是通过社会组织等形式，公民参与公共政策过程的途径正变得越来越多样化；通过不同的参与机制，公民的政策参与行为已能够涵盖政策过程的各个环节。

由于经济社会条件以及政策运行机制的发展局限，当前公民政策参与也存在相当多的不足。在公民主体方面，虽然关心一般意义上的国家大事，但是在涉及更为具体的政策内容和政策机制上，公民的参与意识呈现出很大弱点。许多公民对一些与自己切身利益相关的政策内容缺乏了解，同时对重要的政策参与机制也缺乏关注。公民虽然在日常生活中对自身参与权利有充分重视，但是这种重视却未能提升到宪法和法律权利的高度。在政策参与实践上，一方面，社会组织在扩大公民有序参与方面的积极作用还未能得到充分体现，而特殊利益集团等对公共政策的不良影响已经显现。另一方面，公民对各种政策参与机制的利用程度明显不足，尤其是对于法律法规框架内所建立的各种内生型参与机制，如听证会制度、农村基层民主决策等，都还没有达到设计的预期效果。政策参与机制不完善，为公民针对政策过程各个环节的参与实践带来诸多障碍。无论是从主观还是客观角度来分析，中国公民政策参与的效果都有待改善；对公民公共政策参与的研究，也亟待加强。

---

① 李培林等：《中国社会和谐稳定报告》，社会科学文献出版社，2008，第 334 页。

B.8
中国职工对公共政策的基本态度

——基于全国总工会三次问卷调查的分析*

史卫民　牛沁红

在中国经济社会迅速发展的进程中，职工队伍不断壮大。在利益多元化的现实社会中，中国职工面临越来越多的社会问题，公共政策对职工群体亦有越来越重要的作用。

1997~2007 年，中华全国总工会（简称全国总工会）组织进行了第四次、第五次和第六次中国职工状况调查。1997 年的第四次调查采用分层、三阶段、等距、随机抽样的问卷调查方式，调查涉及 15 个省（自治区、直辖市）、15 个行业的 2700 个单位近 49000 名职工。[1] 2002 年的第五次调查覆盖全国 31 个省（自治区、直辖市）、146 个城市、80 个县城的 30000 多户家庭，问卷样本总量约为 40000 份。[2] 2007 年的第六次调查采用问卷抽样调查的方法，涉及 15 个省（自治区、直辖市）20 个行业的 42000 名职工。[3] 三次问卷调查都涉及了与职工群体密切相关的政策问题，比较相关数据，可以对 1997~2007 年中国职工对公共政策的基本态度作综合说明。

一　中国职工的基本政策态度

根据中华全国总工会 1997~2007 年三次中国职工状况调查的数据，可以先说明整个职工群体的政策基本态度变化情况。

---

* 本报告在中华全国总工会研究室提供的三次问卷调查数据的基础上完成，特向中华全国总工会的同志表示感谢。

① 该次调查的数据均来自全国总工会政策研究室编《1997 年中国职工状况调查·数据卷》，西苑出版社，1999。

② 该次调查的数据均来自中华全国总工会研究室编《第五次中国职工状况调查》，中国工人出版社，2006。

③ 该次调查的数据均来自中华全国总工会研究室编《第六次中国职工状况调查》，中国工人出版社，2010。

（一）中国职工对政策问题的基本认知

为了解职工对政策问题的认知情况，可以将中华全国总工会三次调查涉及的政策问题分为四大类，第一类反映职工对政策问题的关注程度，第二类反映职工对政策问题严重程度的评估，第三类反映职工对不同政策问题的压力程度，第四类通过劳动争议涉及的主要政策问题，反映职工对不同政策的依赖程度。三次调查在四大类问题下涉及的具体问题，见表1。

表1　全国总工会调查涉及中国职工政策问题认识的问题

问题类别	时间	政策问题认识的调查问题
政策问题关注度	2002 年	您最关注下列哪一类社会问题（包括社会保障不健全、就业困难、分配不公、腐败严重、社会治安不好、生态环境恶化、子女就学难、社会风气差、重大安全事故频发 9 个问题）
	2007 年	您认为下列哪些问题对社会和谐的影响最严重（包括就业难、收入分配差距大、社会保障不健全、子女教育费用高、看病就医费用高、房价越来越高、腐败现象严重、社会治安差、安全生产事故频发、食品卫生没有保证、环境污染严重、社会风气不好 12 个问题）
问题严重程度	2007 年	您认为就业难、收入分配差距大、社会保障不健全、子女教育费用高、看病就医费用高、房价越来越高、腐败现象严重、社会治安差、安全生产事故频发、食品卫生没有保证、环境污染严重、社会风气不好的问题对社会和谐的影响严重吗
问题压力	2007 年	您认为下列哪些问题让您感到压力最大（包括就业难、收入低、社会保障待遇差、子女教育费用高、看病就医费用高、房价高、升职机会少、劳动强度大、劳动时间长、工作不稳定、掌握的技能不能满足工作需要、与单位领导关系差 12 个问题）
政策依赖程度	1997 年	与单位发生劳动争议的主要原因（包括解除和终止劳动合同、劳动报酬、开除辞退职工与自动离职辞职、工时和休息休假、劳保安卫条件、保险福利、职业培训、女工保护 8 项因素）
	2002 年	您最近一次与单位发生劳动争议的主要原因（包括解除和终止劳动合同、劳动报酬、开除辞退职工与自动离职辞职、工时和休息休假、劳保安卫条件、保险福利、职业培训、女工保护 8 项因素）
	2007 年	与单位发生劳动争议的主要原因（包括解除和终止劳动合同、自动离职辞职、经济补偿、劳动报酬、社会保险和福利待遇、工作时间或休息休假、劳动安全卫生、职业培训、女工和未成年工保护 9 项因素）

根据三次问卷调查的数据，可以列出受访人对各类问题看法的比例和比例排序（见表2），以便作进一步的分析。

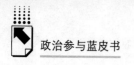
表2　全国总工会职工状况调查政策问题认识归纳表

单位：% - 排序

项　　目	2007年				2002年		1997年
	问题关注	严重程度	问题压力	政策依赖	问题关注	政策依赖	政策依赖
就　　业	41.5-1	88.3-4	25.8-2	11.5-3	21.8-2	16.5-2	23.6-2
升　　职			1.5-7				
工作稳定			1.2-8	10.3-5		2.6-5	10.1-3
职业培训			0.8-10	1.2-8		0.3-8	1.6-7
收入分配	26.0-2	85.5-7	38.1-1	31.3-1	9.6-4	42.6-1	44.0-1
经济补偿				11.5-3			
腐　　败	10.1-3	93.6-1			26.1-1		
子女教育	5.9-4	79.1-12	11.5-3		5.5-7		
医　　疗	4.6-5	87.5-5	5.9-6				
社会保障	4.5-6	84.2-9	6.8-4	12.1-2	19.1-3	10.5-3	3.5-6
女工保护				0.4-9		0.6-7	0.5-8
住　　房	3.8-7	80.7-11	6.7-5				
社会治安	1.5-8	92.0-2			6.8-5		
社会风气	0.8-9	89.1-3			5.6-6		
环境污染	0.6-10	87.3-6			3-8		
食品安全	0.5-11	85.5-8					
安全生产	0.2-12	82.8-10		1.8-7	0.6-9	1.9-6	4.4-5
劳动强度			1.0-9				
劳动时间			0.6-11	9.5-6		6.5-4	7.2-4
领导关系			0.7-12				

依据表2列出的数据，可以概要说明中国职工对政策问题的认知情况。

（1）职工最关注的政策问题。2002年中国职工关注的前四位问题是腐败、就业、社会保障和收入分配，2007年中国职工关注的前四位问题是就业、收入分配、腐败和子女教育，尽管排序有所变化，但显示就业、收入分配、腐败是职工最关注的第一层级的问题（至少在这五年中如此），子女教育和社会保障（以及2007年新增的医疗、住房）应是第二层级的问题，环境污染、社会风气、社会治安和安全生产应是第三层级的问题（2002年和2007年都排序靠后）。需要注意的是，全国总工会在调查中列出的问题，大致可以分为两种。第一种与职工个人的关系最为密切，如就业、收入分配、社会保障（包括医疗、住房等）、子女教育等问题。第二种与整个社会环境关系密切，如腐败、环境污染、社会风气、社会治安、安全生产、食品安全等。两次调查的数据均显示，职工更关注的是第一种问题而不是第二种问题（腐败问题似乎是个特例，但2007年与2002年相比，腐败由第一位的问题降为第三位的问题，应反映的是同样的趋势）。

（2）政策问题的严重程度。2007年的调查数据显示，腐败、社会治安、社会风气、就业、医疗在影响和谐社会的因素中排在前五位。对职工关注的政策问题和政策问题的严重性进行比较，可以看出职工最关注的问题，在职工看来问题的严重程度未必最高。如2007年职工第一关注的就业问题，问题的严重程度排序第四；职工第二关注的收入分配问题，问题的严重程度排序第七；职工第三关注的腐败问题，问题的严重程度排序第一。对这样的调查结果，合理的解释应是受访人对两类问题有较理性的选择，并不是简单地将自己最关注的问题视为影响社会和谐最严重的问题。对政策问题的理性认识，是政策参与的重要前提。尽管我们还不能凭一次调查就得出中国职工能够理性对待政策问题的结论，但至少可以提醒研究者应当注意民众政策问题认知的理性化问题。

（3）政策问题对职工的压力。2007年的调查数据显示，收入分配、子女教育、社会保障、就业、住房是职工感受压力最大的前五位问题。这些问题全属于职工所关注的第一层级和第二层级的政策问题，显示职工关注的政策问题与政策问题对职工的压力有相当大的重合性（如果去掉属于第三层级的腐败问题，职工关注的前三位问题是就业、收入分配和子女教育，职工感到压力最大的前三位问题亦是收入分配、就业和子女教育）。职工感受压力最大的问题，未必最严重，如职工压力第一位的收入分配问题，在问题严重程度中排序第七位；职工压力第二位的就业问题，在问题严重程度中排序第四位；职工压力第三位的子女教育问题，在问题严重程度中排序最后一位。也就是说，接受访问的职工并没有将问题压力和问题严重性混在一起，而是同样作出了较理性的判断。

（4）劳动争议反映的政策依赖程度。劳动争议的原因，所反映的恰是职工对政策的依赖程度，因为所涉及的问题绝大多数需要通过政策途径来解决。从三次调查情况看，政策依赖程度最高的是收入分配问题（三次调查均排序第一），其次应是就业问题（1997 年和 2002 年均排序第二，2007 年排序第三），再次应是社会保障问题（1997 年排序第六，2002 年排序第三，2007 年排序第二），其他问题在不同时间排序不同，显示出共识程度不高，可以暂不考虑。政策依赖程度高的收入分配、就业和社会保障问题，恰是职工关注的第一层级或第二层级的问题，也是职工感受压力最大的前几位的问题，这显然不是巧合，而是反映出三者之间有密切的关系：职工在工作中最常遇到是与自身利益最相关的问题，也是感到压力最大或最容易引起争议的问题，这样的问题自然也就成为职工最为关注的政策问题。全国总工会的调查，恰恰验证了这样的逻辑关系。

从职工对各种保险的态度上，也可以看出职工对各种社会保障政策的依赖程度。1997 年的调查显示，职工最关心的社会保险项目由高到低的排序为养老保险（71.0%）、医疗保险（22.1%）、失业保险（6.2%）、工伤保险（0.6%）、生育保险（0.2%）。2007 年的调查显示，职工最关心的社会保险项目由高到低的排序为养老保险（48.7%）、医疗保险（30.3%）、工伤保险（10.1%）、失业保险（10.0%）、生育保险（1.0%）。两次调查的结果相似，表明在社会保障政策中职工对养老、医疗政策的依赖程度最高。

（二）中国职工对政策落实情况的评价

改革开放以来，针对职工群体出台了大量的政策。各种政策是否得到了较好的落实，是全国总工会三次调查都涉及的问题。三次调查针对政策落实的问题设计有所不同，可以先罗列出来（见表3）。将三次问卷调查的同类政策归并，列出认为该项政策已经落实的受访人比例，并根据比例高低排序，可以看出不同时间政策落实的基本情况（见表4）。

从政策落实的排序看，1997 年职工认为政策落实最好的前三项政策是工资足额发放、职业培训和养老保险，2002 年职工认为政策落实最好的前三项政策是工资足额发放、家庭人均月收入高于低保水平（应视为收入保障政策，下同）和养老保险，2007 年职工认为政策落实最好的前三项政策是药费报销、工资足额发放和安全生产；在三次调查中都排在前三位的只有工资足额发放，其他政策落实的状况在三次调查中的排序均缺乏共性。

表 3　全国总工会调查涉及政策落实情况的调查问题

时　间	政策落实情况的问卷调查问题
1997 年	所在单位今年是否拖欠过工资 就业后接受技能培训的情况 单位是否为本人投保了基本养老保险 是否参加了本单位的住房公积金 患过职业病或受过工伤是否享受应有待遇 周实际工时 对单位执行女职工特殊劳动保护规定的评价 认为本单位的劳动安全卫生制度落实得如何
2002 年	您单位给您发放工资的情况 您家庭人均月收入是否低于当地城镇居民最低生活保障标准 您目前(或最近一次失去工作前)的单位为您办理养老保险情况 上周工作时间 您目前(或最近一次失去工作前)的单位是否为您建立了住房公积金 您目前(或最近一次失去工作前)的单位为您办理医疗保险情况 您目前(或最近一次失去工作前)的单位的劳动安全卫生状况如何 您5年来接受单位组织的职业技能培训的次数 您报销医药费的情况 您目前(或最近一次失去工作前)的单位为您办理失业保险情况 您目前(或最近一次失去工作前)的单位为您办理工伤保险情况 您目前(或最近一次失去工作前)的单位为您办理生育保险情况 您目前(或最近一次失去工作前)的单位为您办理商业保险情况 您目前(或最近一次失去工作前)的单位为您办理企业补充保险情况 您目前(或最近一次失去工作前)的单位为您办理职工互助合作保险情况
2007 年	扣除加班、加点工资,夜班补贴、高温井下、有毒有害等津贴收入后,您上月工资是否高于当地的最低工资标准 目前,您所在单位是否拖欠您的工资 目前您每周工作多少个小时 您的单位是否拖欠您的医疗费用 您认为您的工作岗位的安全生产和劳动保护措施是否有效 您是否参加过职业技能培训 您所在单位为您缴纳养老保险金情况 您所在单位为您缴纳医疗保险金情况 您所在单位为您缴纳工伤保险金情况 您所在单位为您缴纳失业保险金情况 您所在单位为您办理住房公积金情况 您所在单位为您缴纳生育保险金情况

表4　全国总工会职工状况调查反映的政策落实情况表

单位：% – 排序

项　　目	2007 年	2002 年	1997 年
失业保险	36.6 – 10	42.4 – 10	
职业培训	65.9 – 5	44.9 – 8	73.0 – 2
工资足额发放	95.4 – 2	92.2 – 1	81.1 – 1
收入保障	72.1 – 4	86.8 – 2	
医疗保险	52.9 – 7	55.0 – 6	
药费报销	97.5 – 1	43.4 – 9	
养老保险	55.8 – 6	68.6 – 3	71.7 – 3
生育保险	17.8 – 12	8.7 – 12	45.9 – 7
企业补充保险		4.9 – 14	
职工互助合作保险		4.7 – 15	
商业保险		7.0 – 13	
住房公积金	32.5 – 11	58.6 – 5	68.6 – 4
安全生产	74.9 – 3	54.4 – 7	43.3 – 8
工伤保险	40.1 – 8	15.0 – 11	61.8 – 5
控制劳动时间	39.8 – 9	60.2 – 4	61.1 – 6

　　从认为政策已经落实的受访人比例看，超过50%的受访人认为政策已经落实，1997年有工资足额发放、职业培训、养老保险、住房、工伤保险、控制劳动时间6项政策（占所问8项政策的75%）；2002年有工资足额发放、高于当地最低工资标准（应视为收入保障政策，下同）、养老保险、控制劳动时间、住房、医疗保险、安全生产7项政策（占所问14项政策的50%）；2007年有医药费报销、工资足额发放、安全生产、收入高于当地最低工资标准、职业培训、养老保险、医疗保险7项政策（占所问11项政策的64%）。由此可以把政策落实情况分为三种。第一种是受访人持续认定落实较好的政策，应包括工资足额发放、收入保障、养老保险、医疗保险等政策。第二种是受访人持续认定落实得不太好的政策，应包括失业保险、生育保险等政策。第三种是受访人评价有所变化的政策，既包括落实情况变好的安全生产政策，也包括落实情况变差的职工培训、住房、工伤保险、控制劳动时间等政策。还应注意的是，政策落实正面评价（50%的受访人认为政策已经落实）的政策数占调查所涉及的政策数的比例，由1997年的75%，下降到2002年的50%，又回升到2007年的64%，显示的应是

政策落实难度加大的总体趋势。

从职工政策关注的政策问题角度看，1997~2007 年职工最关注的收入分配、就业和社会保障问题，相应的政策并非都落实得较好，仅体现为工资足额发放和收入保障的收入分配政策落实得较好，养老、医疗等社会保障政策也落实得较好，但是为解决就业问题的失业保险政策，落实得不是太好。如果对民众重点关注的政策问题，相应的政策能够得到较好落实，就可以表明政府对民众的需求不仅能够积极回应，还有能力保证民众得到来自政策的保障或支持。从这一点看，在政策落实方面确实还有许多工作要做。

（三）中国职工的政策评价

民众对公共政策的评价，应是政策过程中不可缺少的内容。通过问卷调查的方式，了解受访人对政策的看法，不仅是学术界进行政策分析的常用方法，也已经成为政府部门和人民团体等经常采用的做法。1997~2007 年全国总工会的三次调查，在问卷中都大量涉及政策的评价问题，各次调查包含的具体问题，见表5。将三次调查的同类问题归并后，可以列出受访人对不同政策的正面评价（包括很满意和比较满意、受益和有所受益、意义重大等）和负面评价（包括很不满意和不太满意、明显受损和有所受损、意义不大等，见表6），并以此来观察中国职工对政策的评价在十年中是否有较大变化。

表5 全国总工会调查涉及的政策评价问题

时 间	政策评价问题
1997 年	对近年来个人收入保障变化的评价
	认为当前社会的收入分配差距如何
	对本单位劳动安全卫生制度的评价
	对单位执行女职工特殊劳动保护规定的评价
	对自己所受到的职业技能培训的评价
	目前单位医疗费报销办法能否承受
	目前养老保险办法能否保障退休后基本生活
	从本单位经营情况看自己有可能下岗或失业吗
	是否赞成鼓励兼并规范破产减人增效的政策
	是否赞成采取股份合作制等形式加快国企改革
	认为周围社会公德气氛如何

时　间	政策评价问题
2002 年	与 5 年前相比，您对您自己收入保障变化情况的评价 您对当前社会收入分配的看法 您对您单位女职工特殊劳动保护情况的评价 您认为医疗改革对您的影响如何 您认为住房改革对您的影响如何 您认为劳动用工制度改革对您的影响如何 您认为企业改制对您的影响如何 您认为社会养老保险制度改革对您的影响如何 您认为工资制度改革对您的影响如何 您认为教育体制改革对您的影响如何 您认为政府机构改革对您的影响如何 目前的工作是否稳定 您目前的职业技能与就业的实际需求是否相适应
2007 年	您感觉目前的工作是否稳定 您对现在自己的工资收入水平是否满意 您的职业技能能满足目前工作需要吗 您对现行的社会养老保险制度的评价如何 您对现行的社会医疗保险制度的评价如何 您对现行的社会工伤保险制度的评价如何 您对现行的社会失业保险制度的评价如何 您对现行的社会生育保险制度的评价如何 享受社会保障的程度 您认为近年来农民工的生产生活状况是否有所改善 您认为近年来政府采取的"给零就业家庭提供工作岗位"的举措对促进社会和谐的意义如何 您认为近年来政府采取的"提高最低工资标准"的举措对促进社会和谐的意义如何 您认为近年来政府采取的"提高城镇最低生活保障标准，扩大低保覆盖面"的举措对促进社会和谐的意义如何 您认为近年来政府采取的"关闭带有安全隐患的小煤窑，防止发生煤矿安全事故"的举措对促进社会和谐的意义如何 您认为近年来政府采取的"帮助农民工追讨欠薪"的举措对促进社会和谐的意义如何 您认为近年来政府采取的"解决国有企业改制遗留问题"的举措对促进社会和谐的意义如何 您认为近年来政府采取的"逐步免除义务教育阶段学杂费"的举措对促进社会和谐的意义如何 您认为近年来政府采取的"限制药品价格"的举措对促进社会和谐的意义如何 您认为近年来政府采取的"为低收入群众提供廉租房和经济适用房"的举措对促进社会和谐的意义如何 您认为近年来政府采取的"要求高收入者申报纳税"的举措对促进社会和谐的意义如何 您认为近年来政府采取的"颁布《物权法》维护公民合法财产权利"的举措对促进社会和谐的意义如何 您认为近年来政府采取的"加强环境保护、减少资源浪费"的举措对促进社会和谐的意义如何

表 6　全国总工会职工状况调查反映的政策评价表

单位：% - 排序

类　别	2007 年		2002 年		1997 年	
	正　面	负　面	正　面	负　面	正　面	负　面
失业保险	27.9 - 21	16.4 - 3				
工作稳定	62.5 - 11	14.0 - 5	65.6 - 2	26.8 - 2	32.3 - 8	33.3 - 2
职业培训	86.5 - 1	8.6 - 9	82.7 - 1	17.3 - 7	54.8 - 3	6.8 - 11
劳动用工			32.6 - 9	15.7 - 8		
零就业家庭就业	62.4 - 12	4.0 - 17				
收入保障	16.8 - 22	43.9 - 1	57.0 - 3	25.5 - 4	56.1 - 1	24.8 - 3
收入分配差距			2.7 - 13	59.3 - 1	9.6 - 11	46.0 - 1
工资制度改革			49.0 - 5	13.5 - 9		
最低工资标准	67.0 - 8	3.8 - 18				
追讨欠薪	72.9 - 7	2.7 - 21				
高收入纳税	57.3 - 13	8.4 - 10				
社会保障	48.5 - 16	39.2 - 2				
医疗保险	35.6 - 18	15.0 - 4	28.7 - 10	24.6 - 5	37.7 - 6	23.9 - 4
限制药价	73.7 - 6	4.2 - 16				
低保	62.8 - 10	4.8 - 14				
养老保险	40.9 - 17	9.0 - 8	54.4 - 4	7.7 - 12	26.8 - 10	16.7 - 6
女工保护	28.5 - 20	7.7 - 12	42.5 - 7	9.1 - 11	45.9 - 5	9.6 - 9
住房			44.5 - 6	12.4 - 10		
廉租房	65.6 - 9	4.5 - 15				
安全生产					32.4 - 7	12.5 - 8
关闭小煤矿	75.3 - 4	3.5 - 19				
工伤保险	33.9 - 19	9.7 - 6				
农民工条件改善	80.6 - 2	9.7 - 6				
企业改制	54.7 - 15	6.6 - 13	23.0 - 12	25.8 - 3	55.1 - 2	9.0 - 10
规范企业破产					48.3 - 4	14.8 - 7
教育改革	75.4 - 3	2.4 - 22	32.8 - 8	18.6 - 6		
环境保护	74.3 - 5	2.8 - 20				
社会公德					27.5 - 9	23.8 - 5
财产权保障	57.3 - 13	8.4 - 10				
政府机构改革			27.2 - 11	6.3 - 13		

对表 6 列出的数据和排序，可以作以下解读。

第一，正面评价与负面评价有一定的相关性，一般而言，正面评价越高，负面评价越低；但是受"中间意见"（认为政策效果一般、说不清、有一定意义等）的影响，正面评价高的政策负面评价未必低，负面评价高的政策正面评价未必低，在各年的调查中都出现了这样的情况。

第二，从正面评价的排序看，1997年排在前五位的是收入保障、企业改制、职业培训、规范企业破产和女工保护，2002年排在前五位的是职业培训、工作稳定、收入保障、养老保险和工资制度改革，2007年排在前五位的是职业培训、农民工条件改善、教育改革、关闭小煤矿和环境保护。在三次调查中正面评价均列在前五位的只有职业培训一项政策，表明职工对这项政策给予了持续的好评，其他政策的正面评价均不够稳定。

第三，从负面评价的排序看，1997年排在前五位的是收入分配差距、工作稳定、收入保障、医疗保险和社会公德，2002年排在前五位的是收入分配差距、工作稳定、收入保障、企业改制和医疗保险，2007年排在前五位的是收入保障、社会保障、失业保险、医疗保险和工作稳定。在三次调查中负面评价均列在前五位的有收入保障、工作稳定、医疗保险三项政策，在两次调查中负面评价均列在前五位的有收入分配差距一项政策，表明职工对收入分配、就业和社会保障等政策的负面评价既有一定的共识，也有一定的持续性。

第四，从受访人的评价比例看，正面评价高于50%的政策，1997年有职业培训、收入保障、企业改制3项（占所问11项政策的27%），2002年有工作稳定、职业培训、收入保障、养老保险4项（占所问13项政策的27%），2007年有工作稳定、职业培训、零就业家庭就业、最低工资标准、为农民工追讨欠薪、高收入纳税、限制药价、低保、廉租房、关闭小煤矿、农民工条件改善、企业改制、教育改革、环境保护、财产权保障15项（占所问22项政策的68%）。负面评价高于50%的政策，1997年没有，2002年只有收入分配差距1项（占所问13项政策的8%），2007年也没有。这样的调查数据显示，中国职工对现行政策的正面肯定，2007年明显高于2002年和1997年。之所以出现这样的现象，是由于2007年增加了一些新推出政策（如最低工资标准、限制药价、低保、廉租房、环境保护、追讨欠薪等）的问题，这些政策大多数得到了受访人的正面评价，而一些"老政策"，如失业保险、养老保险、医疗保险等，则已实行了较长时间，暴露出不少问题，可能导致更多的负面评价。

（四）政策依赖、政策落实与政策评价的关系

根据全国总工会三次调查中受访人表明的政策依赖排序和政策落实、政策正面评价排序（见表7），可以通过几类政策的比较，大致说明政策依赖、政策落实与政策评价的关系。

表7　全国总工会职工状况调查反映政策依赖、政策落实、政策正面评价排序表

项　　目	政策依赖排序			政策落实排序			政策正面评价排序		
	1997 年	2002 年	2007 年	1997 年	2002 年	2007 年	1997 年	2002 年	2007 年
就业/失业保险	2	2	3		10	10			21
工作稳定	3	5	5				8	2*	11*
职业培训	7	8	8	2*	8	5*	3*	1*	1*
用工/零就业家庭								9	12*
收入/收入保障	1	1	1		2*	4*	1*	3*	22
工资足额发放				1*	1*	2*			
分配差距/补偿			3				11	13	
工资改革/最低工资									8*
追讨欠薪									7
高收入纳税									13*
社会保障	6	3	2						16
教育改革								8	3*
医疗保险					6*	7*	6	10	18
药费报销/限制药价					9	1*			6*
养老保险				3*	3*	6*	10	4*	17
住房公积金				4*	5*	11		6	
廉租房									9*
女工保护	8	7	9	7	12	12	5	7	20
低保									10*
农民工改善									2*
安全生产/关小煤矿	5	6	7	8	7*	3*	7		4*
工伤保险				5*	11	8			19
控制劳动时间	4	4	6	6*	4*	9			
企业改制							2*	12	15*
规范企业破产							4		
企业补充保险					14				
职工互助合作保险					15				

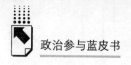

续表

项　目	政策依赖排序			政策落实排序			政策正面评价排序		
	1997 年	2002 年	2007 年	1997 年	2002 年	2007 年	1997 年	2002 年	2007 年
商业保险					13				
环境保护									5 *
财产权保障									13 *
社会公德							9		
政府机构改革								11	

注：带"＊"者表示政策落实、政策评价超过50％。

与就业有关的政策，包括工作稳定、职业培训、失业保险、劳动用工、零就业家庭就业等，是中国职工依赖性较强的政策，但是除了职业培训落实情况较好并得到较高的正面评价以及职工整体比较肯定工作的稳定性外，其他政策落实的情况并不好，因此职工对此类政策的正面评价偏低，只是对少数新出台的政策（如零就业家庭就业）给予了一定的肯定。

收入分配是中国职工依赖性最强的政策，如果仅以收入保证看，以工资足额发放、确定最低工资标准、收入保障（高于低保或最低工资标准）、追讨欠薪为代表的政策落实情况较好，也得到了职工较高的正面评价；但是从增加收入看，以缩小收入差距为代表的政策，职工给予的正面评价极低，表明职工不仅需要基本的收入保证，也有强烈的提高收入水平的愿望。

职工对社会保障政策的依赖程度低于就业政策和收入分配政策，从总体上看职工对社会保障政策的正面评价不高（在2007年评价的22项政策中排序第十六位），但是就具体政策而言，情况有所不同。职工对教育改革政策给予了较高的正面评价。与住房有关的住房公积金、廉租房政策，政策落实情况较好，亦得到职工较正面的评价。在医疗保障方面，尽管建立医疗保险和报销药费的政策得到了较好落实，但职工对这样的政策正面评价呈下降趋势且整体偏低，只是对限制药价政策给予了较高的正面评价。在养老保障方面，养老保险政策得到了较好落实，但职工对养老政策的正面评价偏低。其他社会保障政策，如低保、女工特殊保护或生育保险、企业补充保险、职工互助合作保险、商业保险等，政策落实均处于中等或偏下水平，职工的正面评价亦呈偏低态势。

与劳动保护相关的政策，包括安全生产、工伤保险、控制劳动时间等，职工的依赖性亦较强，政策落实大多处于中等偏上水平，但职工对政策的正面评价并不高。

职工对企业改制政策除 2002 年评价较低外，1997 年和 2003 年都给予了较正面的评价。

其他政策，如环境保护、政府机构改革、财产权保障、社会公德等，职工的依赖性不同，政策评价应有所不同，但在三次调查中未连续将这些政策作为调查问题，所以难以说明政策评价的变化情况。

二 单位性质对职工政策态度的影响[①]

全国总工会的三次职工调查，都注意了受访人的单位性质或单位背景，将受访人分为企业单位人员、事业单位人员和机关团体人员。在调查中，以企业单位人员为主（占受访总人数的比例，1997 年为 75.3%，2002 年为 68.9%，2007 年为 72.2%），事业单位人员为辅（占受访总人数的比例，1997 年为 19.3%，2002 年为 19.6%，2007 年为 12.2%），机关团体人员最少（占受访总人数的比例，1997 年为 6.4%，2002 年为 11.5%，2007 年为 5.9%，2007 年还有其他单位，为 9.7%）。单位背景对职工的政策态度是否有较大影响，可以列出三种单位人员对一些基本问题的看法，进行具体比较。

（一）不同单位人员关注的政策问题

在全国总工会 2002 年和 2007 年的调查中，不同单位人员关注政策问题和政策问题严重性的比例，见表 8。

从对政策问题严重性的评估比例看，多数情况是机关团体人员认为问题严重性的比例高于事业单位人员和企业单位人员（如就业、收入分配、腐败、医疗、社会保障、环境污染 6 个问题），但有的问题事业单位人员认为问题严重性的比例高于机关团体人员和企业单位人员（如住房、社会治安、社会风气、食品安全 4 个问题），有的问题企业单位人员认为问题严重性的比例高于事业单位人员和机关团体人员（如子女教育、安全生产 2 个问题）。

---

① 以下各节涉及的数据比较，主要以 2007 年的调查数据说明总体趋势；如没有 2007 年的数据，则主要参考 2002 年的数据。

表8 不同单位人员关注政策问题比较表（比例）

项　　目	企业单位人员			事业单位人员			机关团体人员		
	2002年	2007年	严重	2002年	2007年	严重	2002年	2007年	严重
就　　业	23.8	38.6	87.0	15.8	42.8	90.8	16.6	44.3	92.2
收入分配	10.4	27.5	83.9	7.9	26.0	88.9	8.2	24.2	89.9
腐　　败	25.1	9.8	93.2	29.1	26.0	88.9	28.7	11.7	94.8
子女教育	5.5	6.4	78.8	5.4	4.8	78.4	5.9	4.5	77.7
医　　疗		5.1	87.5		2.9	87.6		3.1	88.1
社会保障	19.6	4.8	83.1	18.0	3.5	86.1	18.8	4.4	87.7
住　　房		4.1	80.3		3.5	87.1		4.2	80.2
社会治安	6.2	1.5	91.8	8.4	1.7	93.2	8.0	1.6	92.8
社会风气	4.7	0.8	88.5	8.1	0.7	90.8	6.3	0.5	89.7
环境污染	2.3	0.7	87.5	4.9	0.6	87.6	4.7	0.5	87.8
食品安全		0.5	85.4		0.6	86.1		0.6	81.8
安全生产	0.6	0.2	83.2	0.4	0.2	82.8	0.6	0.3	81.8

　　从表9列出的情况可以看出，在2002年的调查中，除了来自不同单位的人员都认同腐败是第一关注的问题外，企业单位人员将就业问题列在第二位，社会保障问题列在第三位（为便于分析，只比较前三位的差别，下同）；事业单位人员和机关团体人员均将社会保障问题列在第二位，就业问题列在第三位。也就是说，

表9 不同单位人员关注政策问题比较表（排序）

项　　目	企业单位人员			事业单位人员			机关团体人员		
	2002年	2007年	严重	2002年	2007年	严重	2002年	2007年	严重
就　　业	2	1	6	3	1	2	3	1	2
收入分配	4	2	8	6	2	4	4	2	4
腐　　败	1	3	1	1	2	4	1	3	1
子女教育	6	4	12	7	4	12	7	4	12
医　　疗		5	5		7	6		7	6
社会保障	3	6	10	2	5	9	2	5	8
住　　房		7	11		5	8		6	11
社会治安	5	8	2	4	8	1	5	8	2
社会风气	7	9	3	5	9	2	6	10	5
环境污染	8	10	4	8	11	6	8	10	7
食品安全		11	7		10	9		9	9
安全生产	9	12	9		12	11		12	9

企业单位人员更关注就业问题，事业单位和机关团体人员更关注社会保障问题。但是这样的差距，在2007年的调查中基本消失，三种单位的人员关注的前三位问题完全相同，有所不同的是对问题严重性的评估，企业人员认为腐败、社会治安、社会风气是最严重的三个问题，事业单位人员认为社会治安、社会风气、就业是最严重的三个问题，机关团体人员认为腐败、社会治安、就业是最严重的三个问题。

（二）不同单位人员的政策依赖性

在全国总工会的三次调查中，由劳动争议反映的不同单位人员对政策的依赖性情况，见表10。

表10　不同单位人员政策依赖性比较表（比例）

项　　目	企业单位人员			事业单位人员			机关团体人员		
	1997 年	2002 年	2007 年	1997 年	2002 年	2007 年	1997 年	2002 年	2007 年
劳动合同	23.9	16.0	11.5	20.1	12.2	9.2	32.7	11.4	9.3
经济补偿			12.1			7.5			5.6
工作稳定	10.5	2.6	10.5	8.1	2.2	10.2	8.4	0	11.1
职业培训	1.1	0.5	1.3	4.1	0	1.1	3.4	0	1.0
收入分配	44.5	43.2	31.9	45.1	44.4	28.1	25.3	48.6	31.5
社会保障	3.3	10.4	11.6	3.1	11.1	17.6	12.7	17.1	16.7
女工保护	0.5	0.8	0.3	0.4	0	1.0	0	0	0
安全生产	4.6	1.4	1.8	3.5	4.4	0.7	2.7	0	0
控制劳动时间	7.0	7.1	9.1	8.9	6.7	10.8	6.3	0	14.8

从反映政策依赖性的比例看，多数情况是企业单位人员政策依赖的比例高于事业单位人员和机关团体人员（如劳动合同、经济补偿、职业培训、收入分配、安全生产5项政策），只有少数情况是机关团体人员高于企业单位人员和事业单位人员（如工作稳定和控制劳动时间2项政策）或事业单位人员高于企业单位人员和机关团体人员（如社会保障、女工保护2项政策）。

从表11列出的情况可以看出，来自不同单位的人员在三次调查中基本认同收入分配是依赖性最强的政策，企业单位人员倾向于将经济补偿与社会保障列为依赖性第二和第三的政策，事业单位人员和机关团体人员倾向于将社会保障和控制劳动时间列为依赖性第二和第三的政策。

表 11　不同单位人员政策依赖性比较表（排序）

项　目	企业单位人员			事业单位人员			机关团体人员		
	1997 年	2002 年	2007 年	1997 年	2002 年	2007 年	1997 年	2002 年	2007 年
劳动合同	2	2	4	2	2	5	1	3	5
经济补偿			2			6			6
工作稳定	3	5	5	4	6	4	4	4	4
职业培训	7	8	8	6	7	7	6	4	7
收入分配	1	1	1	1	1	1	2	1	1
社会保障	6	3	3	7	3	2	3	2	2
女工保护	8	7	9	8	7	8	4	4	8
安全生产	5	6	7	5	5	9	7	4	8
控制劳动时间	4	4	6	3	4	3	5	4	3

（三）不同单位人员对政策落实情况的看法

在全国总工会三次调查中，不同单位人员认定的政策落实情况，见表 12。

表 12　不同单位人员政策落实看法比较表（比例）

项　目	企业单位人员			事业单位人员			机关团体人员		
	1997 年	2002 年	2007 年	1997 年	2002 年	2007 年	1997 年	2002 年	2007 年
失业保险		50.0	35.9		36.1	49.6		13.8	40.8
职业培训	72.7	40.7	65.3	72.6	56.6	75.3	80.3	54.9	73.2
工资足额发放	77.8	90.9	95.2	90.8	94.4	96.4	92.6	94.4	96.6
收入保障		84.5	72.6		92.1	81.9		93.8	82.1
医疗保险		51.3	51.5		65.2	75.6		67.6	59.8
药费报销		39.8	97.3		55.2	98.1		51.8	99.5
养老保险	81.5	78.8	55.7	42.2	52.0	67.3	36.7	42.9	63.9
生育保险	44.4	10.9	18.1	49.4	4.9	19.6	55.6	3.3	22.9
企业补充保险		6.5			2.3			1.0	
职工互助合作保险		6.0			2.7			1.8	
商业保险		7.0			7.2			8.0	
住房公积金	66.9	54.3	26.0	72.3	73.0	67.3	80.7	69.6	69.9
安全生产	41.2	48.3	78.3	48.5	67.8	68.4	54.8	71.5	66.2
工伤保险	24.0	18.9	44.4	16.0	7.8	28.9	19.8	6.6	30.8
控制劳动时间	60.7	57.7	34.6	62.3	71.9	69.6	62.5	74.2	70.4

从三次调查的总体趋势看，企业单位人员认可政策落实的比例高于事业单位人员和机关团体人员的有企业补充保险、职工互助合作保险、安全生产、工伤保险4项政策，事业单位人员认可政策落实比例高于企业单位人员和机关团体人员的有失业保险、职业培训、医疗保险、养老保险4项政策，机关团体人员认可政策落实比例高于企业单位人员和事业单位人员有工资足额发放、收入保障、药费报销、生育保险、商业保险、住房公积金、控制劳动时间7项政策。对企业职工至关重要的失业保险、职业培训、控制劳动时间等政策，其政策落实情况不如事业单位和机关团体，显然是值得注意的问题。

表 13　不同单位人员政策落实看法比较表（排序）

项　　目	企业单位人员			事业单位人员			机关团体人员		
	1997 年	2002 年	2007 年	1997 年	2002 年	2007 年	1997 年	2002 年	2007 年
失业保险		7 *	9		10	10		10	10
职业培训	3 *	9	5 *	2 *	7 *	5 *	3 *	7 *	4 *
工资足额发放	2 *	1 *	2 *	1 *	1 *	2 *	1 *	1 *	2 *
收入保障		2 *	4 *		2 *	3 *		2 *	3 *
医疗保险		6 *	7 *		6 *	4 *		6 *	9 *
药费报销		10	1 *		8 *	1 *		8 *	1 *
养老保险	1 *	3 *	6 *	7	9 *	8 *	7	9	8 *
生育保险	6	12	12	5	13	12	5 *	13	12
企业补充保险		14			15			15	
职工互助合作保险		15			14			14	
商业保险		13			12			11	
住房公积金	4 *	5 *	11	3 *	3 *	8 *	2 *	5 *	6 *
安全生产	7	8	3 *	6	5 *	7 *	6 *	4 *	7 *
工伤保险	8	11	8	8	11	11	8	12	11
控制劳动时间	5 *	4 *	10	4 *	4 *	6 *	4 *	3 *	5 *

注：带" * "者表示认可政策落实的受访人超过50%。

1997年不同单位人员的政策落实排序有较大差异，企业单位人员认为政策落实最好的是养老保险，第二和第三位的是工资足额发放和职业培训；事业单位人员和机关团体人员都认为政策落实最好的是工资足额发放，第二或第三位的是职业培训和住房公积金（企业单位人员亦认为住房公积金政策落实较好，但事业单位人员和机关团体人员认为养老政策落实得不好）。2002年不同单位人员对政策落实看法的差距有所缩小，三种单位人员都认为工资足额发放和收入保障是落实最好的 2 项政策，但是政策落实排在第三位的政策，企业单位人员选择的是养老保险，事业单位人员选择的是住房公积金，机关团体人员选择的是控制劳动时间。2007 年与 2002 年的情况接近，三种单位人员都认为药费报销、工资足额发放是落实最好的 2 项政策，但是政策落实排在第三位的政策，企业单位人员选择的是安全生产，事业单位人员和机关团体人员选择的是收入保障。

从认可政策落实受访人超过 50% 的政策项目数看，1997 年涉及的 8 项政策，企业单位人员有 5 项，事业单位人员有 4 项，机关团体人员有 6 项，显示机关团体人员对政策落实的肯定程度最高。2002 年的情况有所变化，在涉及的 15 项政策中，认可政策落实受访人超过 50% 的政策项目数，企业单位人员有 7 项，事业单位人员有 9 项，机关团体人员有 8 项，显示的是事业单位人员对政策落实的肯定程度最高。2007 年的情况与 2002 年接近，在涉及的 12 项政策中，认可政策落实受访人超过 50% 的政策项目数，企业单位人员为 7 项，事业单位人员和机关团体人员均为 9 项，显示事业单位人员和机关团体人员对政策落实的肯定程度高于企业单位人员。

（四）不同单位人员的政策正面评价

在全国总工会三次调查中，不同单位人员对不同政策的正面评价情况，见表 14。

表 14　不同单位人员政策正面评价比较表（比例）*

项　　目	企业单位人员			事业单位人员			机关团体人员		
	1997 年	2002 年	2007 年	1997 年	2002 年	2007 年	1997 年	2002 年	2007 年
失业保险			29.5			26.3			28.3
工作稳定	28.0	58.0	60.1	45.2	82.8	80.1	55.0	84.0	86.4
职业培训	53.5	80.0	86.5	59.0	90.3	91.8	59.4	89.5	88.8
劳动用工		30.7			39.5			39.4	
收入保障	52.8	45.7	16.4	69.9	83.3	20.1	74.6	84.2	26.9
收入分配差距	9.9	2.4		9.5	3.3		8.5	3.8	
工资制度改革		36.9			74.8			79.2	
社会保障			47.1			67.5			74.1
医疗保险	36.8	26.1	37.2	41.5	34.1	35.0	48.5	38.6	36.5
养老保险	26.3	55.3	42.2	31.4	54.0	40.2	33.5	54.5	43.4
女工保护	44.4	37.8	29.2	49.4	52.2	28.0	55.6	57.2	32.0

续表

项　目	企业单位人员			事业单位人员			机关团体人员		
	1997 年	2002 年	2007 年	1997 年	2002 年	2007 年	1997 年	2002 年	2007 年
住房		40.9			53.6			53.0	
安全生产	31.4			34.5			41.3		
工伤保险			37.3			28.9			31.7
农民工条件改善			81.0			81.1			81.8
企业改制	53.9	24.3		56.6	22.1		71.0	19.8	
规范企业破产	46.8			51.6			65.0		
教育改革		27.2			49.3			38.4	
社会公德	26.9			30.1			30.0		
政府机构改革		21.2			34.1			45.6	

* 由于《第六次中国职工状况调查》中没有"近年来各种举措对促进社会和谐的意义如何"的交叉数据，所以 2007 年只涉及 10 项政策的评价，下同。

表 15　不同单位人员政策正面评价比较表（排序）

项　目	企业单位人员			事业单位人员			机关团体人员		
	1997 年	2002 年	2007 年	1997 年	2002 年	2007 年	1997 年	2002 年	2007 年
失业保险			8			9			9
工作稳定	8	2 *	3 *	6	3 *	3 *	6 *	3 *	2 *
职业培训	2 *	1 *	1 *	2 *	1 *	1 *	4 *	1 *	1 *
劳动用工			8			9			9
收入保障	3 *	4	10	1 *	2 *	10	1 *	2 *	10
收入分配差距	11	13		11	13		11	13	
工资制度改革			7			4 *			4 *
社会保障			4			4 *			4 *
医疗保险	6	10	7	7	10	6	7	10	6
养老保险	10	3 *	5	9	5 *	5	9	6 *	5
女工保护	5	6	9	5	7 *	8	5 *	5 *	7
住房		5			6 *			7 *	
安全生产	7			8			8		
工伤保险			6			7			8
农民工条件改善			2 *			2 *			3 *
企业改制	1 *	11		3 *	12		2 *	12	
规范企业破产	4			4 *			3 *		
教育改革		9			8			11	
社会公德	9			10			10		
政府机构改革		12			10			8	

注：带"*"者表示政策正面评价的受访人超过 50%。

对政策的正面评价，企业单位人员高于事业单位人员和机关团体人员的有失业保险、工伤保险、医疗保险、企业改制4项政策，机关团体人员高于企业单位人员和事业单位人员的有工作稳定、收入保障、工资制度改革、社会保障、养老保险、女工保护、安全生产、规范企业破产、政府机构改革9项政策，事业单位人员高于企业单位人员和机关团体人员的有职业培训、劳动用工、住房、教育改革4项政策；对收入分配差距、农民工条件改善、社会公德3项政策，三种单位人员的正面评价接近。

1997年不同单位人员对政策的正面评价有一定差异，企业单位人员对企业改制的评价最高，正面评价排序二、三位的是职业培训和收入保障；事业单位人员对收入保障的评价最高，正面评价排序二、三位的是职业培训和企业改制；机关团体人员亦对收入保障的评价最高，但正面评价排序二、三位的是企业改制和规范企业破产（三种单位人员都将企业改制和收入保障列在正面评价的前三位内）。2002年不同单位人员对政策正面评价的差距有所缩小，三种单位人员都对职业培训的评价最高，但事业单位人员和机关团体人员正面评价二、三位的是收入保障和工作稳定，企业单位人员正面评价二、三位的是工作稳定和养老保险。2007年不同单位人员对政策正面评价的差距又有所缩小，三种单位人员都对职业培训的评价最高，并且都将工作稳定和农民工条件改善列为正面评价二、三位的政策，只是排序略有不同。

从政策正面评价受访人超过50%的政策项目数看，1997年涉及的11项政策，企业单位人员为3项，事业单位人员为4项，机关团体人员为6项，显示机关团体人员对政策的正面评价最高。2002年的情况有所变化，在涉及的13项政策中，政策正面评价受访人超过50%的政策项目数，企业单位人员为3项，事业单位人员和机关团体人员均为7项，显示事业单位人员和机关团体人员对政策的正面评价程度高于企业单位人员。2007年的情况与2002年接近，在涉及的10项政策中，政策正面评价受访人超过50%的政策项目数，企业单位人员为3项，事业单位人员和机关团体人员均为4项，显示事业单位人员和机关团体人员对政策的正面评价程度依然高于企业单位人员。

综合全国总工会三次调查的结果，单位性质或单位背景对职工关注的政策问题和政策依赖性的影响不是很大，影响最大的是职工对政策落实情况的看法，影响较大的应是职工对政策的评价。在三种单位中，企业单位人员对政策落实的看法和政策评价等，与事业单位人员、机关团体人员有较明显的不同；事业单位人员与机关团体人员无论对政策落实的看法，还是对政策的评价，都表现出共性大于差异性的特征。

三 产业性质对职工政策态度的影响

全国总工会的三次职工调查，还注意了受访人的产业性质，将受访人分为第一产业、第二产业和第三产业。在调查中，以第二产业和第三产业为主（第二产业占受访总人数的比例，1997 年为 53.5%，2002 年为 41.4%，2007 年为 46.6%，第三产业占受访总人数的比例，1997 年为 43.2%，2002 年为 57.5%，2007 年为 51.7%），第一产业人数较少（占受访总人数的比例，1997 年为 3.3%，2002 年为 1.1%，2007 年为 1.7%）。产业背景对职工的政策态度是否有较大影响，也可以根据调查数据作初步说明。

（一）不同产业人员关注的政策问题

在全国总工会 2002 年和 2007 年的调查中，三次产业人员关注政策问题和政策问题严重性的比例，见表 16。

表 16 不同产业人员关注政策问题比较表（比例）

项　目	第一产业			第二产业			第三产业		
	2002 年	2007 年	严重	2002 年	2007 年	严重	2002 年	2007 年	严重
就　业	21.1	43.7	87.6	23.3	39.8	86.8	20.8	42.8	89.6
收入分配	8.5	25.8	83.1	10.9	27.1	83.8	8.7	25.0	87.0
腐　败	33.2	9.2	93.7	25.1	9.5	94.5	28.8	10.7	93.7
子女教育	4.9	7.6	79.3	5.8	6.6	79.3	5.4	5.3	78.8
医　疗		4.6	85.9		5.1	87.4		4.2	87.5
社会保障	13.0	4.0	81.2	19.6	4.9	83.3	18.8	4.1	85.0
住　房		2.0	77.3		3.8	80.0		3.9	81.5
社会治安	5.8	1.1	91.8	5.8	1.3	92.0	7.6	1.7	92.0
社会风气	5.4	0.7	88.6	5.0	0.7	88.7	5.9	0.8	89.5
环境污染	4.5	0.4	86.9	2.2	0.7	87.7	3.5	0.6	87.0
食品安全		0.4	83.8		0.4	85.8		0.6	85.1
安全生产	0.9	0.4	83.3	0.7	0.2	83.4	0.5	0.2	82.4

从对政策问题严重性的评估比例看，多数情况是第三产业人员认为问题严重性的比例高于第一、二产业人员（如就业、收入分配、医疗、社会保障、住房、社会治安、社会风气7个问题），但有的问题第二产业人员认为问题严重性的比例高于第一、三产业人员（如腐败、安全生产、环境污染、食品安全4个问题），对有的问题，第一产业人员认为问题严重性的比例高于第二、三产业人员（如子女教育问题）。

从表17列出的情况可以看出，三次产业人员2002年和2007年关注的政策问题排序接近（2002年前三位相同，2007年前九位相同），略有不同的是对问题严重性的评估，除了来自不同产业的人员都认同腐败和社会治安是最为严重的两个问题外，第一、二产业人员将社会风气列为第三严重的问题，第三产业人员则将就业列为第三严重的问题。

表17　不同产业人员关注政策问题比较表（排序）

项　　目	第一产业			第二产业			第三产业		
	2002年	2007年	严重	2002年	2007年	严重	2002年	2007年	严重
就　　业	2	1	4	2	1	6	2	1	3
收入分配	4	2	9	4	2	8	4	2	6
腐　　败	1	3	1	1	3	1	1	3	1
子女教育	7	4	11		4	12	7	4	12
医　　疗		5	6		5	5		5	5
社会保障	3	6	10	3	6	10	3	6	9
住　　房		7	12		7	11		7	11
社会治安	5	8	2	5	8	2	5	8	2
社会风气	6	9	3	7	9	3	6	9	4
环境污染	8	10	5	8	9	4	8	10	6
食品安全		10	7		11	7		10	8
安全生产	9	10	8	9	12	9	9	12	10

（二）不同产业人员的政策依赖性

在全国总工会三次调查中，由劳动争议反映的三次产业人员对政策的依赖性情况，见表18。

表18　不同产业人员政策依赖性比较表（比例）

项　　目	第一产业			第二产业			第三产业		
	1997年	2002年	2007年	1997年	2002年	2007年	1997年	2002年	2007年
劳动合同	17.5	10.0	1.9	22.4	15.5	10.9	27.2	16.8	12.8
经济补偿			13.5			12.5			10.1
工作稳定	10.6	0	3.8	10.8	1.9	10.3	8.6	3.1	10.4
职业培训	1.9	0	0	1.2	0	1.4	2.3	0.3	0.9
收入分配	49.4	50.0	36.5	46.4	49.2	34.3	38.3	36.4	26.9
社会保障	5.0	0	11.5	3.3	6.8	10.8	3.7	15.0	13.8
女工保护	0.4	0	0	0.6	1.1	0.2	0.3	0.5	0.6
安全生产	5.4	10.0	11.5	4.2	1.8	1.9	4.6	1.3	1.2
控制劳动时间	7.0	0	7.7	7.7	7.4	7.6	6.3	6.1	12.3

从反映政策依赖性的比例看，第一产业人员政策依赖比例高于第二、三产业人员的有经济补偿、收入分配、安全生产3项政策，第三产业人员政策依赖比例高于第一、二产业人员的有劳动合同、工作稳定、社会保障、控制劳动时间4项政策，不同产业职工对职业培训、女工保护2项政策的依赖程度差距较小。

来自不同产业的人员，在三次调查中都认同收入分配是依赖性最强的政策（见表19），并基本认同劳动合同与社会保障是依赖性排序靠前的政策。其他政策依赖的排序，不同产业人员也差距不大。

表19　不同产业人员政策依赖性比较表（排序）

项　　目	第一产业			第二产业			第三产业		
	1997年	2002年	2007年	1997年	2002年	2007年	1997年	2002年	2007年
劳动合同	2	2	7	2	2	3	2	2	3
经济补偿			2			2			6
工作稳定	3	4	6	3	5	5	3	5	5
职业培训	7	4	8	7	8	8	7	8	8
收入分配	1	1	1	1	1	1	1	1	1
社会保障	6	4	3	6	4	4	6	3	2
女工保护	8	8	8	8	7	9	8	7	9
安全生产	5	2	3	5	6	7	5	6	7
控制劳动时间	4	4	4	4	3	4	4	4	4

（三）不同产业人员对政策落实情况的看法

在全国总工会三次调查中，三次产业人员认定的政策落实情况，见表20。

表20 不同产业人员政策落实看法比较表（比例）

项　目	第一产业			第二产业			第三产业		
	1997年	2002年	2007年	1997年	2002年	2007年	1997年	2002年	2007年
失业保险		31.1	27.6		53.7	35.4		34.4	38.1
职业培训	68.1	48.4	57.9	71.6	38.6	83.9	75.0	49.4	68.1
工资足额发放	78.0	87.8	93.6	74.2	88.5	94.0	89.9	94.6	96.7
收入保障		81.7	75.9		83.9	72.6		88.9	71.5
医疗保险		62.8	47.7		51.7	50.7		57.2	55.2
药费报销		45.2	96.2		39.6	96.8		45.9	98.2
养老保险	70.2	62.1	47.7	78.0	81.8	56.1	64.0	59.1	55.8
生育保险	38.7	6.3	9.7	43.3	11.8	17.9	49.6	6.5	17.9
企业补充保险		1.8			6.8			3.6	
职工互助合作保险		0.9			6.4			3.6	
商业保险		30.9			25.6			32.4	
住房公积金	45.6	57.0	31.4	65.0	55.9	24.9	74.6	60.6	39.4
安全生产	40.1	51.9	66.3	39.7	43.6	81.5	48.0	62.2	68.3
工伤保险	66.0	10.9	23.9	63.8	20.8	48.7	59.7	10.9	32.0
控制劳动时间	56.2	71.9	42.0	59.7	58.8	32.9	60.5	64.0	46.7

表21 不同产业人员政策落实看法比较表（排序）

项　目	第一产业			第二产业			第三产业		
	1997年	2002年	2007年	1997年	2002年	2007年	1997年	2002年	2007年
失业保险		10	10		6*	9		10	10
职业培训	3*	8	5*	3*	10	3*	2*	8	5*
工资足额发放	1*	1*	2*	2*	1*	2*	1*	1*	2*
收入保障		2*	3*		2*	5*		2*	3*
医疗保险		4*	6		7*	7*		7*	7*
药费报销		9	1*		9	1*		9	1*
养老保险	2*	5*	6	1*	3*	6*	4*	6*	6*
生育保险	8	13	12	7	13	12	7	13	12
企业补充保险		14			14			14	
职工互助合作保险		15			15			14	
商业保险		11			11			11	
住房公积金	6	6*	9	4*	5*	11	3*	5*	9
安全生产	7	7*	4*	8	8	4*	8	4*	4*
工伤保险	4*	12	11	5*	12	8	6*	12	11
控制劳动时间	5*	3*	8	6*	4*	10	5*	3*	8

注：带"＊"者表示认可政策落实的受访人超过50%。

从三次调查的总体趋势看，第一产业人员认可政策落实比例高于第二、三产业人员的有收入保障1项政策，第二产业人员认可政策落实比例高于第一、三产业人员的有职业培训、养老保险、生育保险、企业补充保险、职工互助合作保险、安全生产、工伤保险7项政策，第三产业人员认可政策落实比例高于第一、二产业人员的有失业保险、工资足额发放、医疗保险、药费报销、商业保险、住房公积金、控制劳动时间7项政策。

1997年三次产业人员的政策落实排序有一定差异，第一产业人员认为政策落实最好的是工资足额发放，第二和第三位的是养老保险和职业培训；第二产业人员认为政策落实最好的是养老保险，第二和第三位的是工资足额发放和职业培训；第三产业人员认为政策落实最好的是工资足额发放，第二和第三位的是职业培训和住房公积金。2002年三次产业人员对政策落实看法的差距大大缩小，都认为工资足额发放和收入保障是落实最好的2项政策，其后的排序略有不同。2007年三次产业人员对政策落实看法的差距又有所扩大，三次产业人员都认为药费报销、工资足额发放是落实最好的2项政策，但是政策落实排在第三位的政策，第一、三产业人员选择的是收入保障，第二产业人员选择的是职业培训。

从认可政策落实受访人超过50%的政策项目数看，1997年涉及的8项政策，第一产业人员为5项，第二、三产业人员均为6项，显示第二、三产业人员对政策落实的肯定程度略高于第一产业人员。2002年的情况有所变化，在涉及的15项政策中，认可政策落实受访人超过50%的政策项目数，三次产业人员均为7项。2007年的情况与1997年接近，在涉及的12项政策中，认可政策落实受访人超过50%的政策项目数，第一产业人员为5项，第二、三人员均为7项，显示第二、三产业人员对政策落实的肯定程度又高于第一产业人员。

（四）不同产业人员的政策正面评价

在全国总工会三次调查中，三次产业人员对不同政策的正面评价情况，见表22。

对政策的正面评价，第一产业人员高于第二、三产业人员的有收入保障、工资制度改革、医疗保险、养老保险、女工保护、住房、农民工条件改善、教育改革、政府机构改革9项政策，第二产业人员高于第一、三产业人员的有失业保险、工伤保险、企业改制3项政策，第三产业人员高于第一、二产业人员的有工

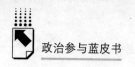

表22　不同产业人员政策正面评价比较表（比例）

项　目	第一产业			第二产业			第三产业		
	1997年	2002年	2007年	1997年	2002年	2007年	1997年	2002年	2007年
失业保险			25.4			30.0			26.1
工作稳定	30.2	64.3	61.0	27.8	59.1	59.0	38.3	69.7	82.5
职业培训	54.9	87.2	85.5	52.2	78.7	86.3	57.8	85.5	86.9
劳动用工		30.7			30.4			34.3	
收入保障	57.1	71.3	23.1	52.1	45.2	17.0	60.9	65.4	16.4
收入分配差距	10.2	2.0		9.9	2.2		9.1	3.0	
工资制度改革		66.4			36.7			57.3	
社会保障			49.7			45.9			50.7
医疗保险	29.3	29.9	39.5	36.7	26.1	37.3	39.5	30.7	34.1
养老保险	31.9	54.1	42.8	25.1	55.8	42.5	28.9	53.5	39.4
女工保护	38.7	38.2	30.4	43.3	36.3	29.9	49.6	47.1	27.2
住房		55.9			41.0			46.8	
安全生产	31.1			29.7			35.9		
工伤保险			29.9			38.7			29.7
农民工条件改善			82.2			81.2			80.1
企业改制	57.9	15.6		52.4	25.8		58.3	20.9	
规范企业破产	47.5			46.5			50.9		
教育改革		42.4			25.1			37.8	
社会公德	26.7			27.4			27.7		
政府机构改革		33.0			20.7			31.1	

作稳定、职业培训、劳动用工、社会保障、安全生产、规范企业破产6项政策；对收入分配差距、社会公德2项政策，三次产业人员正面评价接近。

1997年三次产业人员对政策的正面评价有一点差异（见表23），第一产业人员对企业改制的评价最高，正面评价排序二、三位的是收入保障和职业培训；第二产业人员亦对企业改制的评价最高，正面评价排序二、三位的是职业培训和收入保障。

第三产业人员对收入保障的评价最高，正面评价排序二、三位的是企业改制和职业培训（三次产业人员正面评价前三位的政策相同）。2002年三次产业人员对政策正面评价的差距扩大，三次产业人员都对职业培训的评价最高，但第一产业正面评价二、三位的是收入保障和工资制度改革，第二产业人员正面评价二、三位的是工作稳定和养老保险，第三产业人员正面评价二、三位的是工作稳定和

表 23　不同产业人员政策正面评价比较表（排序）

项　　目	第一产业			第二产业			第三产业		
	1997 年	2002 年	2007 年	1997 年	2002 年	2007 年	1997 年	2002 年	2007 年
失业保险			9			8			9
工作稳定	8	4 *	3 *	8	2 *	3 *	7	2 *	2 *
职业培训	3 *	1 *	1 *	2 *	1 *	1 *	3 *	1 *	1 *
劳动用工		10			8			9	
收入保障	2 *	2 *	10	3 *	4	10	1 *	3 *	10
收入分配差距	11	13		11	13		11	13	
工资制度改革		3 *			6			4 *	
社会保障			4			4			4 *
医疗保险	9	11	6	6	9	7	6	11	6
养老保险	6	6 *	5	10	3 *	5	9	5 *	5
女工保护	5	8	7	5	5	9	5	6	8
住房		5 *			5			7	
安全生产	7			7			8		
工伤保险		8			6			7	
农民工条件改善			2 *			2 *			3 *
企业改制	1 *	12		1 *	10		2 *	12	
规范企业破产	4			4			4 *		
教育改革		7			11			8	
社会公德	10			9			10		
政府机构改革		9			12			10	

注：带"＊"者表示认可政策落实的受访人超过 50%。

收入保障。2007 年三次产业人员对政策正面评价的差距有所缩小，三次产业人员都对职业培训的评价最高，并且都将工作稳定和农民工条件改善列为正面评价二、三位的政策，只是排序略有不同。

从政策正面评价受访人超过 50% 的政策项目数看，1997 年涉及的 11 项政策，第一、二产业人员均为 3 项，第三产业人员为 4 项，显示第三产业人员对政策的正面评价最高。2002 年的情况有所变化，在涉及的 13 项政策中，政策正面评价受访人超过 50% 的政策项目数，第一产业人员为 6 项，第二产业人员为 3 项，第三产业人员为 5 项，显示第一产业人员对政策的正面评价最高。2007 年的情况与 1997 年接近，在涉及的 10 项政策中，政策正面评价受访人超过 50% 的政策项目数，第一、二产业人员均为 3 项，第三产业人员为 4 项，显示第三产业

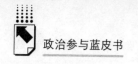

人员对政策的正面评价最高。

综合全国总工会三次调查的结果，产业性质对职工关注的政策问题和政策依赖性的影响不大，影响较大的是职工对政策落实情况的看法，影响最大的应是职工对政策的评价。

四 区域因素对职工政策态度的影响

全国总工会采用东部地区、中部地区、西部地区的区域划分方法进行问卷调查，1997 年东、中、西部地区受访人的比例分别为 53.8%、28.2% 和 17.9%，2002 年东、中、西部地区受访人的比例分别为 45.9%、34.7% 和 19.4%，2007 年东、中、西部地区受访人的比例分别为 48.7%、35.1% 和 16.2%。职工的政策态度是否受区域因素影响，可用全国总工会的调查数据作简要说明。

（一）不同区域人员关注的政策问题

在全国总工会 2002 年和 2007 年的调查中，三个地区人员关注政策问题和政策问题严重性的比例，见表 24。

表 24　不同地区人员关注政策问题比较表（比例）

项　　目	东部地区			中部地区			西部地区		
	2002 年	2007 年	严重	2002 年	2007 年	严重	2002 年	2007 年	严重
就　　业	22.4	37.4	87.6	21.9	44.0	87.9	20.5	48.2	91.3
收入分配	9.6	28.2	84.9	9.0	24.2	85.0	10.7	23.2	88.1
腐　　败	25.0	10.0	93.2	27.2	10.4	93.4	26.7	9.8	95.3
子女教育	4.2	5.6	76.6	6.2	6.5	80.9	7.7	5.7	82.5
医　　疗		5.3	87.1		3.8	87.5		3.9	88.3
社会保障	20.1	4.9	83.5	18.1	4.3	83.6	18.4	3.5	87.4
住　　房		4.4	80.3		3.4	81.0		3.1	81.4
社会治安	7.2	2.0	92.0	6.6	1.1	91.1	6.3	0.9	94.1
社会风气	5.7	0.7	88.2	5.9	0.9	89.5	4.5	0.6	90.9
环境污染	3.0	0.8	87.0	2.9	0.6	87.2	3.1	0.4	88.3
食品安全		0.6	85.2		0.4	84.9		0.4	87.4
安全生产	0.5	0.2	81.3	0.6	0.2	84.2	0.5	0.2	84.6

从对政策问题严重性的评估比例看，西部地区人员在所有问题上的比例都是最高的；中部地区与东部地区相比，在多数问题上（除社会治安和食品安全外）中部地区均高于东部地区。也就是说，对政策问题严重性的评估，显示出明显的西部地区高于中部地区、中部地区高于东部地区的区域性特征。

从表25列出的情况可以看出，三个地区人员2002年和2007年关注的政策问题排序较为接近（2002年和2007年都是前四位相同），略有不同的是对问题严重性的评估，除了来自不同地区的人员都认同腐败和社会治安是最为严重的两个问题外，东部和中部地区人员将社会风气列为第三严重的问题，西部地区人员则将就业列为第三严重的问题。

表25　不同地区人员关注政策问题比较表（排序）

项　　目	东部地区			中部地区			西部地区		
	2002 年	2007 年	严重	2002 年	2007 年	严重	2002 年	2007 年	严重
就　　业	2	1	4	2	1	4	2	1	3
收入分配	4	2	8	4	2	7	4	2	7
腐　　败	1	3	1	1	3	1	1	3	1
子女教育	7	4	12	6	4	12	5	4	11
医　　疗		5	5		6	5		5	5
社会保障	3	6	9	3	5	10	3	6	8
住　　房		7	11		7	11		7	12
社会治安	5	8	2	5	8	2	6	8	2
社会风气	6	10	3	7	9	3	7	9	4
环境污染	8	9	6	8	10	6	8	10	5
食品安全		11	7		11	8		10	8
安全生产	9	12	10	9	12	9	9	12	10

（二）不同地区人员的政策依赖性

在全国总工会三次调查中，由劳动争议反映的三个地区人员对政策的依赖性情况，见表26。

从反映政策依赖性的比例看，东部地区人员政策依赖比例高于中、西部地区人员的有劳动合同、工作稳定2项政策，中部地区人员政策依赖比例高于东、西

表26 不同地区人员政策依赖性比较表（比例）

项　　目	东部地区			中部地区			西部地区		
	1997年	2002年	2007年	1997年	2002年	2007年	1997年	2002年	2007年
劳动合同	21.4	23.5	14.8	27.2	11.2	8.1	23.1	11.1	11.9
经济补偿			11.6			11.6			11.3
工作稳定	12.5	2.9	12.8	6.5	1.3	8.6	10.5	3.5	8.7
职业培训	1.8	0.3	1.2	0.8	0.3	1.2	2.2	0	1.3
收入分配	42.8	39.4	30.8	45.9	46.7	33.1	43.7	41.5	28.0
社会保障	4.2	11.6	9.8	1.8	10.9	13.0	5.1	9.4	15.2
女工保护	0.2	0.6	0.3	1.0	0.3	0.3	0.4	0.2	0.8
安全生产	4.7	1.9	1.2	3.9	1.6	1.9	4.4	2.3	2.7
控制劳动时间	8.3	4.8	8.9	7.1	9.9	9.6	4.5	4.1	10.6

部地区人员的有收入分配1项政策，西部地区人员政策依赖比例高于东、中部地区人员的有社会保障、安全生产、控制劳动时间3项政策；三个地区人员对经济补偿、职业培训、女工保护3项政策的依赖程度差距较小。

来自不同地区的人员，在三次调查中都认同收入分配是依赖性最强的政策（见表27），但是依赖性第二和第三的政策有明显差异，东部地区人员倾向于劳动合同与工作稳定，中部地区人员倾向于社会保障和经济补偿，西部地区人员倾向于社会保障与劳动合同。

表27 不同地区人员政策依赖性比较表（排序）

项　　目	东部地区			中部地区			西部地区		
	1997年	2002年	2007年	1997年	2002年	2007年	1997年	2002年	2007年
劳动合同	2	2	2	2	2	6	2	2	3
经济补偿			4			3			4
工作稳定	3	5	3	5	6	5	3	5	6
技能培训	7	8	7	8	7	8	7	8	8
收入分配	1	1	1	1	1	1	1	1	1
社会保障	6	3	5	6	3	2	4	3	2
女工保护	8	7	9	7	8	9	8	7	9
安全生产	5	6	7	5	5	7	6	6	7
控制劳动时间	4	4	6	4	4	4	5	4	5

（三）不同地区人员对政策落实情况的看法

在全国总工会三次调查中，三个地区人员认定的政策落实情况，见表28。

表28　不同地区人员政策落实看法比较表（比例）

项　　目	东部地区			中部地区			西部地区		
	1997 年	2002 年	2007 年	1997 年	2002 年	2007 年	1997 年	2002 年	2007 年
失业保险		50.9	45.1		30.2	24.8		44.3	35.6
职业培训	73.4	47.2	67.7	73.4	41.1	62.4	70.9	46.1	67.9
工资足额发放	83.3	94.3	97.6	73.5	89.1	92.2	86.5	92.5	95.3
收入保障		86.9	75.7		86.1	65.3		87.7	69.7
医疗保险		60.4	64.3		49.9	36.9		51.4	51.4
药费报销		43.2	99.0		40.7	96.5		48.7	95.5
养老保险	75.7	75.3	66.6	64.2	61.1	41.2	71.3	66.2	53.4
生育保险	48.4	11.4	23.7	43.4	5.3	9.1	42.0	8.1	17.8
企业补充保险		5.7			2.9			6.7	
职工互助合作保险		6.5			3.1			3.6	
商业保险		31.2			26.1			31.6	
住房公积金	68.6	62.4	34.3	63.4	51.7	25.7	76.7	62.0	41.9
安全生产	47.4	57.4	77.0	40.5	54.3	72.1	35.4	47.3	73.9
工伤保险	64.7	19.1	51.1	58.3	10.3	27.2	60.3	13.8	32.9
控制劳动时间	61.9	60.2	44.3	59.3	62.7	31.3	61.4	65.3	44.7

从三次调查的总体趋势看，东部地区人员认可政策落实比例高于中、西部地区人员的有失业保险、工资足额发放、收入保障、医疗保险、药费报销、养老保险、生育保险、职工互助合作保险、安全生产、工伤保险10项政策，西部地区人员认可政策落实比例高于东、中部地区人员的有职业培训、企业补充保险、住房公积金、商业保险、控制劳动时间5项政策。也就是说，东部地区人员对政策落实的认可程度，明显高于西部和中部地区人员。

1997年三个地区人员都认为政策落实最好的是工资足额发放，并认同职业培训、养老保险和住房公积金的政策落实排在第二至第四位（排序有所不同，见表29）。2002年三个地区人员都认为政策落实最好的是工资足额发放和收入保障2项政策，但政策落实排在第三至第五位的，东部地区是养老保险、住房公积金和医疗保险，中部地区是控制劳动时间、养老保险和安全生产，西部地区是养老保险、控制劳动时间和住房公积金。2007 年三个地区人员对政策落实看法的差距大大缩小，政策落实前七位的排序相同。

表 29 不同地区人员政策落实看法比较表（排序）

项　　目	东部地区			中部地区			西部地区		
	1997 年	2002 年	2007 年	1997 年	2002 年	2007 年	1997 年	2002 年	2007 年
失业保险		8 *	9		10	11		10	10
职业培训	3 *	9	5 *	2 *	8	5 *	4 *	9	5 *
工资足额发放	1 *	1 *	2 *	1 *	1 *	2 *	1 *	1 *	2 *
收入保障		2 *	4 *		2 *	4 *		2 *	4 *
医疗保险		5 *	7 *		7	7		6 *	7 *
药费报销		10	1 *		9	1 *		7	1 *
养老保险	2 *	3 *	6 *	3 *	4 *	6	3 *	3 *	6 *
生育保险	7	13	12	7	13	12	7	13	12
企业补充保险		15			15			14	
职工互助合作保险		14			14			15	
商业保险		11			11			11	
住房公积金	4 *	4 *	11	4 *	6 *	10	2 *	5 *	9
安全生产	8	7 *	3 *	8	5 *	3 *	8	8	3 *
工伤保险	5 *	12	8 *	6 *	12	9	6 *	12	11
控制劳动时间	6 *	6 *	10	5 *	3 *	8	5 *	4 *	8

注：带 "＊" 者表示认可政策落实的受访人超过 50%。

从认可政策落实受访人超过 50% 的政策项目数看，1997 年涉及的 8 项政策，东、中、西部地区人员均为 6 项。2002 年情况有所变化，在涉及的 15 项政策中，认可政策落实受访人超过 50% 的政策项目数，东部地区人员为 8 项，中部和西部地区人员均为 6 项，显示东部地区人员对政策落实的肯定程度最高。2007 年的情况与 2002 年接近，在涉及的 12 项政策中，认可政策落实受访人超过 50% 的政策项目数，东部地区人员为 8 项，中部地区人员为 5 项，西部地区人员为 7 项，依然显示东部地区人员对政策落实的肯定程度最高。

（四）不同地区人员的政策正面评价

在全国总工会三次调查中，不同地区人员对不同政策的正面评价情况，见表 30。

表 30　不同地区人员政策正面评价比较表（比例）

项　　目	东部地区			中部地区			西部地区		
	1997 年	2002 年	2007 年	1997 年	2002 年	2007 年	1997 年	2002 年	2007 年
失业保险			28.7			26.8			27.9
工作稳定	33.8	64.8	73.5	31.8	67.6	72.2	28.7	64.1	70.3
职业培训	56.6	83.0	87.7	53.4	82.8	84.4	51.3	81.5	87.4
劳动用工		32.5			31.0			35.6	
收入保障	56.2	54.8	17.4	55.5	58.8	16.2	56.7	59.0	16.1
收入分配差距	10.5	2.7		9.2	2.7		7.37	2.3	
工资制度改革		45.6			51.5			52.7	
社会保障			52.6			41.9			50.5
医疗保险	42.9	28.9	35.4	32.1	29.0	35.1	30.2	27.8	37.4
养老保险	30.0	58.9	40.5	23.3	49.3	40.3	21.8	53.2	43.5
女工保护	48.4	46.2	29.6	43.4	42.0	26.1	42.0	35.0	30.3
住房		42.5			45.2			48.1	
安全生产	35.8			28.8			28.1		
工伤保险			35.6			31.6			33.6
农民工条件改善			79.9			81.1			82.1
企业改制	53.3	23.9		55.6	22.1		59.7	22.9	
规范企业破产	46.1			50.0			52.9		
教育改革		35.4			30.6			31.3	
社会公德	30.7			25.0			21.7		
政府机构改革		29.4			25.2			25.9	

　　从总体趋势看，对政策的正面评价，东部地区人员高于中部、西部地区人员的有失业保险、工作稳定、职业培训、收入保障、社会保障、安全生产、工伤保险、企业改制、教育改革、社会公德、政府机构改革 11 项政策，西部地区人员高于东部、中部地区人员的有劳动用工、工资制度改革、医疗保险、养老保险、女工保护、住房、农民工条件改善、规范企业破产 8 项政策；对于收入分配差距，三个地区人员正面评价接近。

　　1997 年三个地区人员对政策的正面评价有明显差异（见表31），东部地区人员对职业培训的评价最高，正面评价排序二、三位的是收入保障和企业改制；中部地区人员对企业改制的评价最高，正面评价排序二、三位的是收入保障和职业培训；西部地区人员亦对企业改制的评价最高，正面评价排序二、三位的是收入保障和规范企业破产。2002 年三个地区人员对政策正面评价的差距有所缩小，

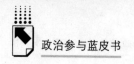
表31　不同地区人员政策正面评价比较表（排序）

项　目	东部地区			中部地区			西部地区		
	1997 年	2002 年	2007 年	1997 年	2002 年	2007 年	1997 年	2002 年	2007 年
失业保险			9			8			9
工作稳定	8	2 *	3 *	7	2 *	3 *	7	2 *	3 *
职业培训	1 *	1 *	1 *	3 *	1 *	1 *	4 *	1 *	1 *
劳动用工		9			8			7	
收入保障	2 *	4 *	10	2 *	3 *	10	2 *	3 *	10
收入分配差距	11	13		11	13		11	13	
工资制度改革		6			4 *			5 *	
社会保障			4 *			4			4 *
医疗保险	6	11	7	6	10	6	6	10	6
养老保险	10	3 *	5	10	5	5	9	4 *	5
女工保护	4	5	8	5	7	9	5	8	8
住房		7			6			6	
安全生产	7			8			8		
工伤保险			6			7			7
农民工条件改善			2 *			2 *			2 *
企业改制	3 *	12		1 *	12		1 *	12	
规范企业破产	5			4 *			3 *		
教育改革		8			9			9	
社会公德	9			9			10		
政府机构改革		10			11			11	

注：带"＊"者表示认可政策落实的受访人超过50％。

三个地区人员都对职业培训和工作稳定的评价最高，但东部地区人员正面评价第三位的是养老保险，中部和西部地区人员正面评价第三位的都是收入保障。2007年三个地区人员对政策正面评价的差距又有所缩小，政策正面评价前五位的排序相同。

从政策正面评价受访人超过50％的政策项目数看，1997年涉及的11项政策，中部、西部地区人员均为4项，东部地区人员为3项，显示东部地区人员对政策的正面评价最低。2002年的情况有所变化，在涉及的13项政策中，政策正面评价受访人超过50％的政策项目数，东部、中部地区人员均为4项，西部地区人员为5项，显示西部地区人员对政策的正面评价最高。2007年涉及的10项政策中，政策正面评价受访人超过50％的政策项目数，东部、西部地区人员均为4项，中部地区人员为3项，显示中部地区人员对政策的正面评价最低。

综合全国总工会三次调查的结果，区域因素对职工的政策态度有较大影响，在关注政策问题、政策依赖性、对政策落实情况的看法以及政策评价方面，不同区域的职工都存在着一定的差异性。

五 性别因素对职工政策态度的影响

全国总工会三次调查的男、女职工比例，1997年为男性54.3%，女性45.7%；2002年为男性53.1%，女性46.9%；2007年为男性57.4%，女性42.6%。

（一）不同性别职工关注的政策问题

在全国总工会2002年和2007年的调查中，不同性别职工关注政策问题和政策问题严重性的情况，见表32。

表32 不同性别职工关注政策问题比较表

单位：% - 排序

项　　目	男　　性			女　　性		
	2002年	2007年	严　重	2002年	2007年	严　重
就　　业	20.5 - 2	40.8 - 1	87.7 - 5	23.4 - 1	42.4 - 1	89.2 - 4
收入分配	10.4 - 4	27.6 - 2	85.0 - 7	8.6 - 4	23.8 - 2	85.9 - 8
腐　　败	29.5 - 1	10.7 - 3	93.6 - 1	22.2 - 2	9.3 - 3	93.6 - 1
子女教育	4.7 - 7	5.4 - 4	78.4 - 12	6.5 - 6	6.6 - 4	80.0 - 12
医　　疗		4.2 - 6	86.8 - 6		5.0 - 5	88.3 - 6
社会保障	18.1 - 3	4.5 - 5	83.8 - 10	20.2 - 3	4.5 - 6	84.6 - 9
住　　房		3.6 - 7	89.6 - 3		4.2 - 7	82.3 - 11
社会治安	5.8 - 5	1.3 - 8	91.4 - 2	7.9 - 5	1.8 - 8	92.8 - 2
社会风气	5.3 - 6	0.7 - 9	87.9 - 4	5.8 - 7	0.9 - 9	90.7 - 3
环境污染	2.8 - 8	0.6 - 10	84.4 - 8	3.2 - 8	0.7 - 10	88.5 - 5
食品安全		0.4 - 11	84.1 - 9		0.6 - 11	87.2 - 7
安全生产	0.7 - 9	0.2 - 12	81.9 - 11	0.4 - 9	0.2 - 12	84.1 - 10

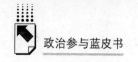

从对政策问题严重性的评估比例看，除个别问题外，女性职工认为问题严重性的比例都高于男性职工（只有住房问题男性职工高于女性职工，腐败问题两者比例相同）。

尽管2002年不同性别职工关注的前四位问题相同，但是排序有所不同，男性职工第一关注的是腐败问题，以下依次为就业、社会保障和收入分配问题；女性职工第一关注的是就业问题，以下依次为腐败、社会保障、收入分配问题。2007年则没有差别，男性职工与女性职工关注政策问题的排序相同，不同的是对问题严重性的评估，男、女职工都认同腐败和社会治安是最为严重的两个问题，但男性职工将住房列为第三严重的问题，女性职工将社会风气列为第三严重的问题。

（二）不同性别职工的政策依赖性

在全国总工会三次调查中，由劳动争议反映的不同性别职工对政策的依赖性情况，见表33。

表33　不同性别职工政策依赖性比较表

单位：% - 排序

项　目	男　性			女　性		
	1997年	2002年	2007年	1997年	2002年	2007年
劳动合同	27.3 - 2	16.3 - 2	11.4 - 3	17.9 - 2	15.5 - 2	11.7 - 3
经济补偿			12.0 - 2			10.7 - 5
工作稳定	10.9 - 3	3.5 - 5	9.4 - 6	8.9 - 4	2.4 - 5	11.7 - 3
职业培训	2.0 - 7	0.5 - 7	1.5 - 8	1.0 - 7	0.3 - 7	0.7 - 9
收入分配	42.5 - 1	42.2 - 1	32.4 - 1	46.4 - 1	43.2 - 1	29.2 - 1
社会保障	3.1 - 6	8.0 - 3	11.3 - 4	4.2 - 5	14.1 - 3	13.4 - 2
女工保护	0.4 - 8	0 - 8	0 - 9	0.7 - 8	1.3 - 6	1.0 - 8
安全生产	4.8 - 4	3.4 - 6	1.9 - 7	3.9 - 6	0 - 8	1.5 - 7
控制劳动时间	3.6 - 5	6.1 - 4	9.8 - 5	12.9 - 3	7.2 - 4	9.1 - 6

从反映政策依赖性的比例看，大体说来，男性职工政策依赖比例高于女性职工的有经济补偿、职业培训、收入分配、安全生产、控制劳动时间5项政策，女性职工政策依赖比例高于男性职工的有劳动合同、工作稳定、社会保障、女工保护4项政策。

男、女职工在三次调查中都认同收入分配是依赖性最强的政策，但是依赖性第二和第三的政策有明显差异，男性职工倾向于经济补偿与劳动合同，女性职工倾向于社会保障与劳动合同。

（三）不同性别职工对政策落实情况的看法

在全国总工会三次调查中，不同性别职工认定的政策落实情况，见表34。

表34　不同性别职工政策落实看法比较表

单位：% - 排序

项　　目	男　　　性			女　　　性		
	1997 年	2002 年	2007 年	1997 年	2002 年	2007 年
失业保险		43.2 - 10	35.4 - 10		41.6 - 9	38.3 - 9
职业培训	74.8 - 2	44.2 - 9	66.4 - 5	70.8 - 3	45.6 - 8	65.2 - 5
工资足额发放	80.6 - 1	91.5 - 1	94.9 - 2	81.9 - 1	93.0 - 1	96.1 - 2
收入保障		86.9 - 2	74.9 - 4		86.6 - 2	67.9 - 4
医疗保险		57.6 - 6	52.2 - 7		52.0 - 7	53.7 - 7
药费报销		45.6 - 8	97.4 - 1		40.9 - 10	97.7 - 1
养老保险	71.3 - 3	69.9 - 3	55.2 - 6	72.3 - 2	67.1 - 3	56.7 - 6
生育保险	52.3 - 7	6.9 - 13	14.1 - 12	38.4 - 8	10.7 - 13	22.9 - 12
企业补充保险		5.5 - 14			4.2 - 14	
职工互助合作保险		5.3 - 15			4.1 - 15	
商业保险		27.9 - 11			31.4 - 11	
住房公积金	68.9 - 4	63.2 - 4	33.4 - 11	68.1 - 4	53.4 - 6	31.4 - 11
安全生产	43.5 - 8	54.2 - 7	78.2 - 3	43.0 - 7	54.6 - 5	70.1 - 3
工伤保险	66.7 - 5	16.8 - 12	43.1 - 8	54.3 - 6	13.0 - 12	36.1 - 10
控制劳动时间	57.3 - 6	59.7 - 5	37.1 - 9	65.6 - 5	64.8 - 4	43.5 - 8

从三次调查的总体趋势看，男性职工认可政策落实比例高于女性职工的有职业培训、收入保障、企业补充保险、职工互助合作保险、住房公积金、安全生产、工伤保险7项政策，女性职工认可政策落实比例高于男性职工的有失业保险、工资足额发放、医疗保险、药费报销、养老保险、生育保险、商业保险、控制劳动时间8项政策。

1997年男、女职工都认为政策落实最好的是工资足额发放，并认同职业培训、养老保险和住房公积金的政策落实排在第二至第四位（排序有所不同）。2002年男、女职工都认为政策落实最好的是工资足额发放、收入保障和养老保险 3 项，但政策落实排在第四位的，男性职工是住房公积金，女性职工是控制劳动时间。2007 年男、女职工对政策落实看法的差距大大缩小，政策落实前七位的排序相同。

从认可政策落实受访人超过 50% 的政策项目数看，1997 年涉及的 8 项政策，男性职工为 7 项，女性职工为 6 项，显示男性职工对政策的肯定程度高于女性职工。2002 年和 2007 年的情况相同，在涉及的政策中，认可政策落实受访人超过 50% 的政策项目数，男、女职工均为 7 项，显示了男、女职工对政策的肯定程度的趋同性。

（四）不同性别职工的政策正面评价

在全国总工会三次调查中，不同性别职工对不同政策的正面评价情况，见表35。

表35　不同性别职工政策正面评价比较表

单位：% – 排序

项　　目	男　　性			女　　性		
	1997 年	2002 年	2007 年	1997 年	2002 年	2007 年
失业保险			29.7 – 8			25.5 – 9
工作稳定	33.7 – 7	68.2 – 2	62.4 – 3	30.7 – 8	52.4 – 4	62.7 – 3
职业培训	55.9 – 2	84.0 – 1	86.6 – 1	53.3 – 2	81.2 – 1	86.4 – 1
劳动用工		34.6 – 8			30.4 – 9	
收入保障	57.5 – 1	58.8 – 3	18.2 – 10	54.3 – 1	55.0 – 2	14.7 – 10
收入分配差距	10.1 – 11	2.7 – 13		8.9 – 11	2.6 – 13	
工资制度改革		51.8 – 5			45.9 – 5	
社会保障			59.4 – 4			47.3 – 4
医疗保险	40.1 – 6	30.9 – 10	37.4 – 6	34.8 – 6	26.4 – 10	33.3 – 6
养老保险	30.4 – 9	55.7 – 4	42.9 – 5	22.7 – 10	52.9 – 3	38.2 – 5
女工保护	52.3 – 5	49.2 – 6	28.3 – 9	38.4 – 5	35.7 – 7	28.8 – 8
住房		46.3 – 7			42.5 – 6	
安全生产	33.4 – 8			31.2 – 7		
工伤保险			36.8 – 7			29.9 – 7
农民工条件改善			81.4 – 2			79.7 – 2
企业改制	55.3 – 3	25.3 – 12		47.8 – 3	20.5 – 12	
规范企业破产	53.4 – 4			42.0 – 4		
教育改革		33.3 – 9			32.3 – 8	
社会公德	27.9 – 10			27.0 – 9		
政府机构改革		29.4 – 11			24.6 – 11	

对政策的正面评价，男性职工都高于女性职工，只有极少数的例外（如2007年对工作稳定和女工保护的评价）。

男、女职工政策正面评价的排序，1997年较接近（前六位相同），2002年有一定差异，男、女职工都对职业培训评价最高，但男性职工正面评价排序二、三位的是工作稳定和收入保障，女性职工正面评价排序二、三位的是收入保障和养老保险。2007年与1997年接近，男、女职工政策正面评价排序的前七位相同。

从政策正面评价受访人超过50%的政策项目数看，1997年男性职工5项，女性职工2项；2002年男性职工5项，女性职工4项；2007年男性职工4项，女性职工3项。三次调查均显示男性职工对政策的正面评价程度高于女性职工。

综合全国总工会三次调查的结果，性别因素对职工的政策态度有较大影响，不同性别的职工在所关注的政策问题、政策依赖性、对政策落实情况的看法以及政策评价等方面都有一定的差异。

全国总工会的调查还涉及了不同职业、不同学历、不同年龄、不同收入等群体的政策基本态度，需要结合今后的其他调查资料，作进一步的分析和研究，才能对中国职工的政策态度有更全面的认识。

B.9
2001 年以来农民工的政治参与

王　楠

农民工是当代中国规模庞大且具有尴尬身份的一个社会群体。"农民工"一词首见于中国社会科学院社会学研究所 1984 年主办的《社会学通讯》。综合当前中国农民工的多种特征，可以将"农民工"定义为"户籍身份还是农民、有承包土地，但主要从事非农产业、以工资为主要收入来源的人员"。[①] 从农民工的流动距离来看，农民工群体既包括跨地区外出进城务工人员，又涵盖了本县县域内在乡镇企业就业的农村劳动力。

从世界各国的现代化过程看，一国的城镇化进程总是与该国的工业化紧密伴随。农民工问题作为中国经济社会转型时期特有的问题，与中国目前尚未完全突破城乡分割的二元结构尤其是户籍制度密切相关。受制于城乡二元结构，农民工的工人职业和农民身份是分离的，居住地和户口所在地是分离的，因而形成了一种"拆分型劳动力再生产模式"。[②] 改革开放以来，随着国内外经济形势和国家政策的变化，农民工群体的数量呈现出阶段性的波动。[③] 进入 21 世纪后，农民工数量稳定增长，至 2008 年底，这一群体的规模已上升至 2.25 亿人。[④] 面对这一规模日渐庞大的社会群体，社会科学的各个学科尤其是社会学的学者作了深

---

① 国务院研究室课题组：《中国农民工调研报告》，中国言实出版社，2006，第 1 页。

② 所谓"拆分型劳动力生产模式"，就是将劳动主体劳动过程中的辩证统一的两个方面——劳动力的使用和劳动力的再生产在空间和社会意义上割裂和拆分开来。对农民工而言，他们的居住地重心和劳动力日常使用在城市，但劳动力的长期再生产（如照顾老人和抚养下一代）过程却发生在农村。对这一概念的分析，见蔡禾、刘林平、万向东等《城市化进程中的农民工——来自珠江三角洲的研究》，社会科学文献出版社，2009，第 117 ~ 125 页。

③ 20 世纪 80 年代、90 年代和 21 世纪以来的农民工流动数量和流动特点，见韩俊主编《中国农民工战略问题研究》，上海远东出版社，2009，第 3 ~ 8 页。

④ 截至 2008 年底，全国农民工总量为 22542 万人，其中本乡镇以外就业的外出农民工 14041 万人，本乡镇以内的本地农民工 8501 万人，见中国农业年鉴编辑委员会编《中国农业年鉴，2009》，中国农业出版社，2009，第 98 页。

入而细致的研究。本报告试图从政治参与这一视角观察农民工群体。从政治系统理论的视角看，政治参与就是公民通过政治输入（要求和支持）来影响政治权力，进而谋求自身利益的维护和实现。目前，农民工面临着诸多问题的困扰，如工资偏低，被拖欠现象严重；劳动时间长，安全条件差；缺乏社会保障，职业病和工伤事故多；培训就业、生活居住、子女上学等方面无法享受城市公共服务，经济、政治、文化权益尚未得到有效保障；农村留守儿童抚养、老人赡养和夫妻感情问题比较突出。① 在这种情形下，正有越来越多的农民工运用政治参与这一方式维护自身的合法权益。因而，全面而客观地把握农民工政治参与的现状，既有利于进一步拓宽其政治参与渠道，进而为维护其经济权益和民主政治权利开启思路，又有利于推动社会主义民主政治建设与和谐社会建设。

政治参与包括多种形式，本报告以现有的各种调查数据为依据，重点分析的是 2001 年以来农民工选举参与、组织参与和接触参与等方面的情况。

一　农民工的选举参与

选举参与是公民进行政治参与的基本形式。在中国现行的制度安排下，普通公民可以参与的选举，一是基层群众自治组织（村民委员会或城市社区居民委员会）的选举，二是县、乡两级人民代表大会代表的选举。作为穿梭于城乡之间的"候鸟"，农民工面临着农村（户籍所在地）与城市（工作所在地）两个空间区域的选举参与问题。

（一）农民工在户籍所在地的选举参与

农村是农民工的户籍所在地。在农村，农民工可以以本村村民身份参与村民委员会选举或以户籍所在地的选民身份参加县、乡人民代表大会代表选举。

根据相关研究和调查，农民工对村民委员会的选举，无论是参与意识还是实际的选举参与都不理想，呈现出一定程度的政治冷漠。如民政部 2005 年进行的

---

① 对农民工日常生活的详细调查和描述，见魏城编《中国农民工调查》，法律出版社，2008；隋晓明编《中国民工调查》，群言出版社，2005。

"全国村民自治状况抽样调查"显示,① 在787个农民工样本中,对于"作为选民,您参加了家乡现在这一届村民委员会举行的选举了吗",受访人中的18.9%选择"参加了",81.1%选择"没参加"。选择参加了村民委员会选举的受访人,"当时还没有外出打工或工作,在村里参加的选举"的占42.6%,"当时在外地打工或工作,但专门返回家乡参加选举"的占22.3%,"当时在外地打工或工作,但通过邮寄选票参加了投票"的占1.4%,"当时在外地打工或工作,但委托村里的其他选民进行了投票"的占24.3%,"以其他方式参加"的占9.5%。由于村民委员会选举时还没有外出的占42.6%,所以实际外出农民工参加选举的只有86人,占农民工总数的10.9%。邓秀华2008年的"农民工政治参与调查"(该调查于2008年11月和12月对湖南省长沙市、广东省广州市1300名农民工进行问卷调查,收回有效问卷1256份)亦显示,② 当被问及是否想当村干部的问题时,"想当,并会积极争取"的农民工占37.3%,选择"无所谓"和"不想当"的占44.2%。该调查还显示,只有21.6%的农民工参加过老家最近一次的村民委员会选举,其中亲自回村投票的占34.7%,请人代投票的占42.2%,村里寄来选票、填好后寄回的占9.8%,采用其他方式的占13.3%。

农民工参与县、乡人民代表大会代表选举的情况同样不理想。全国总工会2007年的第六次职工状况调查显示,③ 参加最近一次县(区)或乡(镇)人大代表选举的农民工受访人占29.9%,未参加选举的占64.3%,表示"不清楚"的占5.9%。尽管这样的调查数据未显示农民工是在什么地方参加的县、乡人大代表选举,但按照现行的规定,在非户籍地参加选举,必须由户籍所在地开具选民证明,农民工除少数人到原籍地开选民证明外,绝大多数人不会去开选民证明,所以这样的数据应主要反映的是农民工在户籍地参加选举的情况。

无论从所接受的教育水平还是从所经历的工业文明和城市生活来看,农民工群体都应属于农村劳动力中的"精英",他们在村民委员会选举和县、乡人大代

---

① 该调查的数据均来自詹成付主编《全国村民自治状况抽样调查报告》,中国社会出版社,2009。

② 该调查的数据均来自邓秀华《长沙、广州两市农民工政治参与问卷调查分析》,《政治学研究》2009年第2期。

③ 该调查的数据均来自中华全国总工会研究室编《第六次中国职工状况调查》,中国工人出版社,2010。

表选举中表现的较高比例的缺席，不仅使农民工个人的民主权利难以保障，而且使中国乡村治理缺乏优秀的人力资源。如何保障农民工在家乡的选举参与权利，以及如何保障乡村治理所需的优秀人力资源，都是值得认真思考的问题。

（二）农民工在非户籍所在地的选举参与

城市是农民工工作和生活的所在地。在城市，农民工所要面临的是参加城市社区居民委员会选举和县级人民代表大会代表选举的问题。

在城市社区居民委员会选举中，出于保护自身合法权益的现实利益和融入当地社区的真诚愿望，农民工较强烈地希望有农民工代表进入居民委员会。邓秀华2008 年的"农民工政治参与调查"显示，80.8%的受访人认为城市社区居民委员会需要有农民工代表；但同时，受制于自身有限的经济收入和沉重的生活负担，农民工仍将挣钱谋生作为首要目标，对实际参与社区公共管理事务的积极性并不高，因此在被问及自己是否想当社区居民委员会干部的问题时，只有26.7%的农民工选择"想当，会积极争取"，选择"想当但不合算"的占27.6%；就实际的选举参与而言，仅有5.0%的农民工参加过打工地所在的社区居民委员会选举；关于没有参加居民委员会选举的原因，有38.5%的农民工认为是因为没有城市户口就没有资格参加选举；33.0%是因为不知道选举的消息；9.0%是因为工作太忙没有时间参加；8.5%的农民工认为自己水平不行；5.1%的农民工表示自己对候选人不了解，没有兴趣参加；4.8%的农民工认为与己无关不想参加。

如前所述，在县、乡人大代表选举中，农民工需要原籍地开具选民证明，尽管还没有农民工参与工作所在地县级人大代表选举的具体数据，但比例不高应是普遍现象。近年来，有少数优秀的农民工当选工作所在地的各级人大代表，尤其是在十一届全国人大代表中，有来自农民工的代表胡小燕（广东）、康厚明（重庆）和朱雪芹（上海），使2 亿多人的农民工群体在国家最高权力机关有了自己的代言人，这样的做法显然值得肯定。流动的现实导致了农民工在目前选举参与上的尴尬处境，也对现行的户籍制度和选民资格标准提出了改革的要求。

二 农民工以自治组织与人民团体为载体的政治参与

作为奔波于农村户籍所在地与城市工作所在地的"候鸟"，农民工既可以以

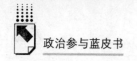

本村村民的资格进行以村民委员会为载体的群众组织参与，主要体现为对民主决策、民主管理、民主监督的参与；也可以以工人资格进行工作所在地的工会组织和其他组织为载体的参与，主要体现为保障自身权益的参与。

（一）以村民委员会为载体的参与

民政部 2005 年进行的"全国村民自治状况抽样调查"，把农民区分为农村居民和进城务工农民两部分。当被问及"您感觉您村实行村民自治的效果如何"时，农村居民认为"很好"的占 16.0%，认为"比较好"的占 33.0%，认为"一般"的占 41.5%，持正面评价（比较好及以上）的比例合计为 49.0%；农民工认为"很好"的占 7.9%，认为"比较好"的占 25.2%，认为"一般"的占 52.1%，持正面评价的比例为 33.1%。农民工对村民自治的正面评价，明显低于农村居民。

民政部 2005 年进行的"全国村民自治状况抽样调查"还显示，一方面，作为村庄共同体一分子的农民工对本村内部实行民主决策、民主管理、民主监督有了一定程度的认识和参与。如当被问及"您村现在的村民小组长是怎样产生的"时，有 37.7% 的农民工表示是"由本小组村民或户代表投票选举或推选产生的"；当被问及"您村成立村民代表会议组织了吗"时，回答"成立了"的农民工比例为 46.9%；当被问及"您认为您村现任村干部在处理村务时的表现如何"时，51.2% 的农民工持积极评价（含 4.8% 的"非常公正、公道"与 46.4% 的"比较公正、公道"）；当被问及"您认为村务公开栏能起到监督作用吗"时，有 42.0% 的农民工回答"能"；当被问及"目前，您村有村规民约或村民自治章程吗"时，42.2% 的农民工回答"有"。另一方面，由于较多时间工作和生活在城市，空间距离使得农民工在获取户籍所在村庄的信息方面较为困难，农民工已经主要从城市获取生活资料，这使他们与乡村的利益关联明显弱化，有较高比例的农民工对涉及民主决策、民主管理与民主监督的某些问题表示"不清楚（知道）"，如当被问及"如果您村有村民代表会议的话，那么，2004 年召开过几次村民代表会议"时，表示"不清楚"的农民工比例为 80.6%，而农村居民的这一比例为 55.3%；当被问及"最近一年里，您村是否召开过全体村民会议（包括每户派代表参加的会议）"时，表示"不清楚"的农民工比例为 62.3%，而农村居民的这一比例仅为 18.0%；当被问及"目前，您村实行民主评议村干部制度了吗"时，表示"不清楚"的农民工比例为 52.2%，而农村居民的这一比例为 42.1%；当被问及"您对您村的财务收支情况清楚吗"时，表示"不清楚"的农民工比例为 87.7%，而农村居民的这一比例为 75.8%；当被问及"最近三年，您村有人向村干部提过什么建议和意见吗"时，表示"不清楚"的农民工比例为 85.5%，而农村居民的这一比例为 73.4%。从这些数据可以看出，一方面，农村常住居民在这些问题上表示"不清楚"的比例较高，说明村民委员会在民主决策、民主管理与民主监督尤其是村级财务收支公开上仍有较大的改进余地；另一方面，与农村居民相比，农民工在上述问题上表述"不清楚"的比例更高，他们与村庄共同体利益关联的弱化日趋明显。

那么，村民委员会与农民工的联系目前主要体现在什么方面呢？对这一问题，可以有两个观察维度，一是农民工及其家庭从村民委员会实际得到的帮助，二是农民工及其家庭希望从村民委员会得到的帮助。为了便于分析，可以对民政部 2005 年"全国村民自治状况抽样调查"的相关数据进行比较（见表 1）。

表 1　农民工与农村居民实际获取村民委员会帮助比较表

所　获　帮　助 \ 村民数据	农村居民		进城务工农民		合　计	
	样本数	%	样本数	%	样本数	%
开展生产经营	501	18.6	81	10.7	582	16.9
获取银行贷款	476	17.7	80	10.5	556	16.1
获得救济款物	417	15.5	80	10.5	497	14.4
治病就医	207	7.7	46	6.1	253	7.3
婚丧嫁娶	263	9.8	66	8.7	329	9.5
调解邻里纠纷	583	21.7	170	22.4	753	21.8
调解家庭或家族纠纷	370	13.8	110	14.5	480	13.9
审批宅基地或兴建房屋	683	25.4	195	25.7	878	25.4
其他	48	1.8	33	4.3	81	2.3
没有得到村民委员会帮助	991	36.9	322	42.4	1313	38.1
不清楚	47	1.7	29	3.8	76	2.2
合　计	4586	107.6	1212	159.6	5798	167.9

资料来源：詹成付主编《全国村民自治状况抽样调查报告》，中国社会出版社，2009，第 42~43 页。

村民整体从村民委员会得到的实际帮助主要涉及审批宅基地或兴建房屋、调解邻里纠纷、开展生产经营、获取银行贷款等。相比之下，进城务工农民与农村居民在获得帮助相关事项上的排序略有不同。对农村居民而言，第一至六位依次为审批宅基地或兴建房屋、调解邻里纠纷、开展生产经营、获取银行贷款、获得救济款物、调解家庭或家族纠纷。对进城务工农民而言，第一至六位依次为审批宅基地或兴建房屋、调解邻里纠纷、调解家庭或家族纠纷、开展生产经营、获取银行贷款、获得救济款物（与农村居民的不同是将调解家庭或家族纠纷放在了开展生产经营之前）。这可以解释为由于农民工获取经济来源的主要途径已经转向城市的工资性收入，因而与农村居民相比，农民工家庭在开展生产经营方面获得村民委员会帮助的重要性明显下降，而在非生产性的调解纠纷方面获得村民委员会帮助的比例依然较高。此外，有较高比例的农村居民（36.9%）和进城务工农民（42.4%）表示"没有得到村民委员会的帮助"，这既说明村民委员会在向村民提供村级公共产品及服务方面有待改进，也可以印证农民工生产生活方式的改变，导致了他们与村庄的日益疏离。

民政部 2005 年"全国村民自治状况抽样调查"还显示，农民工主要希望在解决纠纷时获得村民委员会的帮助，如在解决家庭或家族纠纷时，将村干部列为求助对象的比例为 24.8%，仅次于亲属亲戚（34.8%）和家族长辈（32.7%）；而农民工在解决街坊邻里纠纷时，村干部被列为首要的求助对象，比例为 66.4%。

（二）以工会组织为载体的参与

从目前的情况看，农民工在城市工作所在地的组织形态的参与，主要体现为参加工会组织，同时也出现了一些农民工自我管理、自我服务的组织。

对自身的经济权益和社会政治权益的保障状况，农民工作为当事人有最直接的感触和最迫切的实现愿望。这是因为，"对于一个人的福祉，本人是关切最深的人；除在一些私人关系很强的情事上外，任何他人对于他的福祉所怀有的关切，和他自己所怀有的关切比较起来，都是微薄而肤浅的"。[1] 然而，这并不能使我们忽视农民工群体的组织化程度对维护他们权益的极端重要性。在当代中国，资本是稀缺的，富余劳动力供给在相当长时间内还将较为充足，[2] 由于劳资

---

① 密尔：《论自由》，程崇华译，商务印书馆，1982，第 82 页。
② 关于农村劳动力和农民工长期供给的趋势，可以参考韩俊主编《中国农民工战略问题研究》，上海远东出版社，2009，第 69~80、127~155 页。

双方所具备的能力和所能调动的资源悬殊，单个的劳动者在双方博弈中将处于十分不利的地位，因而加强农民工群体的组织化程度以提高集体的谈判能力十分重要。

在中国的人民团体中，工会是工人自愿结合的最广泛的群众组织，维护包括农民工在内的广大工人的合法权益是各级工会的法定职责。全国总工会主席王兆国在 2003 年召开的中国工会第十四次代表大会上明确提出，"一大批进城务工人员成为工人阶级的新成员"，这一论断既为农民工的阶级属性作了科学界定，也为各级工会开展工作指明了新的对象。近年来，全国总工会和地方各级工会根据《工会法》关于"在中国境内的企业、事业单位、机关中以工资收入为主要生活来源的体力劳动者和脑力劳动者，不分民族、种族、性别、职业、宗教信仰、教育程度，都有依法参加和组织工会的权利。任何组织和个人不得阻挠和限制"的规定，按照"组织起来，切实维权"的工作方针，在推动成立工会、推进集体合同与工资集体协商、提高农民工队伍素质、保障农民工的经济权益和政治权利等方面开展了卓有成效的工作。全国总工会 2007 年的第六次职工状况调查显示，农民工所在单位中有 54.5% 已经建立工会组织，有 30.0% 的农民工是工会会员。此外，47 名农民工代表当选为中国工会第十五次全国代表大会的代表，这不仅保障了作为工人阶级一部分的农民工的民主政治权利，提高了农民工群体的社会地位，而且有利于提高农民工在进行政治参与时的自信心和自我效能感。

针对农民工流动性强的特点，由河南省信阳市探索出的"双向维权"和由浙江省义乌市探索出的社会化维权等工作模式已逐步在全国推行。全国总工会 2007 年的第六次职工状况调查则显示，工会对农民工群体的帮助和支持作用具体体现在：有 40.0% 的农民工表示自己在与单位签订劳动合同时得到过工会的指导和帮助；有 17.5% 的农民工表示自己在解决劳动争议的过程中接受过工会的法律援助；有 25.3% 的农民工表示自己所在单位开展了由各级工会推动发起的"创建劳动关系和谐企业（单位）活动"，且其中有 81.9% 的农民工表示从中受益（含"带来很多好处"和"带来一些好处"）。在这次调查中，各级工会为保障农民工合法权益开展的大量工作获得了农民工群体的较高评价，体现为 82.6% 的农民工赞同"农民工有困难找工会"的观点；发生劳动争议时，有 22.9% 的农民工选择将工会组织作为最希望寻求的解决途径，仅次于就业单位；对于农民工对工会在维护职工合法权益方面的作用，受访人认为有重要作用的占 21.3%，认为能发挥一定作用的占 38.1%（正面评价 59.4%），认为作用不大的

占 16.1%，认为没有作用的占 5.3%，说不清楚的占 19.2%。

全国总工会 2007 年的第六次职工状况调查还显示了农民工希望从工会组织获取的帮助，具体数据见表 2。

表 2　农民工希望从工会组织获取的帮助

单位：%

希望获得帮助的事项	数据	希望获得帮助的事项	数据
维护职工劳动就业权利	35.0	提高职工技能和素质	2.3
提高工资福利待遇	50.9	帮助职工解决实际生产生活困难	1.8
督促单位给职工上各项社会保险	4.4	指导和帮助职工签订劳动合同	0.6
改善劳动条件、消除安全隐患	3.0	代表职工与单位进行平等协商和签订集体合同	0.4
维护职工的民主权利	1.2	保障女职工特殊权益	0.4

资料来源：中华全国总工会研究室编《第六次中国职工状况调查》，中国工人出版社，2010，第850页。

尽管农民工对工会有较高的期待，但是受制于部分非公有制企业工会组织建制率不高、作为企业内部部门工会独立性不强、农民工工作流动性大且对工会作用缺乏认识等因素，工会的职能作用在实践中仍然有待加强。①

三　农民工的接触式参与

影响政治接触的重要因素是客观存在的政治接触渠道的多寡和畅通程度。目前，农民工的政治接触主要围绕自身经济权益的维护，也涉及自身民主政治权利的争取和维护。结合中国的政治制度安排和农民工维权的实际情况，除前述工会组织外，农民工的主要政治接触对象有就业单位、行政部门、人大代表和政协委员四类，分述于下。

（一）农民工与就业单位的接触

作为农民工权益纠纷的当事人，就业单位是农民工进行政治接触和寻求协商

---

① 有学者分析了工会目前在维护农民工权益上的困难的形成原因，并提出应该对新形势下政府、资方、工会的关系重新进行定位，让工会走向更加广泛的政治参与，参见朱光磊、赫广义《农民工意见表达的限制性因素及其对策研究》，《华中师范大学学报（人文社会科学版）》2005 年第 1 期。

解决的首要对象。全国总工会 2007 年的第六次职工状况调查显示,在发生劳动争议时,农民工选择最多的是找单位经营管理者(见表 3)。

表 3　发生劳动争议时农民工最希望采取的解决途径

单位:%

与单位发生劳动争议时最希望采取的解决途径	受访人选择比例	与单位发生劳动争议时最希望采取的解决途径	受访人选择比例
私下协商	18.1	找劳动争议仲裁委员会	9.4
找单位工会组织	22.9	到法院起诉	2.8
找单位经营管理者	28.6	其他	4.8
找劳动争议调解委员会	13.4		

资料来源:中华全国总工会研究室编《第六次中国职工状况调查》,中国工人出版社,2010,第 852 页。

目前,农民工的就业单位虽然性质多样,但绝大部分是企业性质;从这些企业的所有制性质上看,由于近年来国有企业改革和非公有制经济迅速发展以及非公有制经济在吸纳劳动力就业上的优势,农民工所在企业性质大多是非公有制企业,非公有制经济已经成为农民工就业的主要渠道。全国总工会 2007 年的第六次职工状况调查显示,农民工就业单位性质为企业占 93.6%,党政机关、社会团体占 0.4%,事业单位占 2.2%,其他单位占 3.8%;农民工所在企业的所有制性质为国有企业(含国有控股企业)占 25.0%,集体企业占 7.1%,私营(民营)、个体企业占 47.1%,外商(台港澳)投资企业占 11.6%,混合所有制企业占 6.8%,其他占 2.3%。在劳动关系市场化的背景下,与劳动者签订劳动(劳务、聘用)合同和为劳动者缴纳社会保险,既是规范劳动关系和保障农民工经济权益的基础工作,也是就业单位应当履行的法定职责,这两个方面的比例高低与规范与否,是农民工进行政治接触的重要原因。全国总工会 2007 年的第六次职工状况调查显示,受访人中的 55.5% 签订了劳动合同,10.4% 签订了劳务合同,3.6% 签订了聘用合同,3.6% 签订过劳动合同但合同已过期没有续签,27.0% 没有签订任何合同;受访人中的 42.6% 有养老保险,39.3% 有医疗保险,23.1% 有失业保险,44.2% 有工伤保险,13.9% 有生育保险。这两方面的比例,都还不是很高。

除经济权益外,农民工在就业单位民主权利的实现,既有助于维护农民工的经济权益，又在一定程度上反映了这一群体政治接触渠道的畅通程度。全国总工会 2007 年的第六次职工状况调查显示，受访农民工认为"职工参与企（事）业管理有利于促进企（事）业的发展"的占 94.2%；认为"职工参与企（事）业管理有利于维护职工的利益"的占 94.7%；认为"应当让职工都有机会参与企（事）业管理"的占 89.8%；认为"职工参与企（事）业管理是职工应当享有的权利"的占 89.2%；农民工所在单位建立职工（代表）大会制度的占 36.7%；农民工参加过本单位职工（代表）大会代表选举投票的占 47.0%，认为本单位职工（代表）大会作用发挥得很好的占 17.8%，较好的占 28.1%；农民工所在单位实行了厂务（校务、所务）公开制度的占 27.9%，实行了职工董事、职工监事制度的占 22.3%，实行民主议事会制度的占 21.3%。

农民工经济权益的维护和参与民主管理渠道的改善，对加强他们与所在单位的联系应有积极作用。全国总工会 2007 年的第六次职工状况调查显示，对于单位经营管理者与普通员工的关系，受访农民工认为"很融洽"的占 20.8%，认为"比较融洽"的占 35.5%（正面评价 56.3%），认为"一般"的占 37.0%，认为"不太融洽"的占 5.5%，认为"很不融洽"的占 1.2%。

就业单位作为农民工在进行政治接触和出现劳动权益纠纷时首先寻求协商解决的对象，部分单位在维护农民工合法权益与构建和谐的劳动关系方面仍有不少问题，如劳动合同签订率和社会保险参加率还不是很高，劳动合同不规范及劳动合同短期化现象突出，农民工民主管理权利保障不充分甚至"零参与"等，都需要在发展农民工与就业单位的和谐关系中加以解决。

（二）农民工与行政部门的接触

近十年来，尤其是 2006 年国务院发出《关于解决农民工问题的若干意见》以来，按照"公平对待，一视同仁；强化服务，完善管理；统筹规划，合理引导；因地制宜，分类指导；立足当前，着眼长远"的基本原则，各级地方政府尤其是农民工输入地政府在解决农民工问题上坚持农民工属地化管理方针，做了大量工作，农民工享受公共服务的便宜程度明显提高。① 但是，有限

---

① 关于各级政府在开展农民工权益维护方面所取得的新进展，见《中国人力资源和社会保障年鉴·工作卷》，中国劳动保障出版社，2009，第 773~775 页。

的财政支付能力、视农民工为终将返回农村的"过客"的旧观念、偏重经济增长的不科学的政绩观还制约着部分地方政府对农民工问题的态度。中山大学2006 年在珠江三角洲的调查显示,农民工以投诉渠道进行接触式参与的比例并不高,只占28% (见表4);农民工不投诉的最主要原因是认为投诉没有用(见表5)。

表4　农民工的投诉情况

		人数	百分比
投诉情况	有投诉	205	28.2
	没有投诉	521	71.8
	合　　计	726	100.0
政府受理情况	根本不受理	32	15.6
	受理了,却没有下文	83	40.5
	受理了,并且有处理结果	85	41.5
	不清楚	5	2.5
	合　　计	205	100.1
农民工对政府处理情况的评价	很不满意	73	37.4
	不满意	48	24.6
	一般	26	13.3
	基本满意	31	15.9
	很满意	17	8.7
	合　　计	195	100.0

资料来源:蔡禾、刘林平、万向东等《城市化进程中的农民工——来自珠江三角洲的研究》,社会科学文献出版社,2009,第201 页。

表5　农民工不投诉的原因

不投诉的原因	人数	有效百分比	排序
反正投诉也没有用	321	61.6	1
不知道去哪里投诉	120	23.0	2
问题不严重,不值得投诉	119	22.8	3
怕被报复	52	10.0	4
不知道可以投诉	34	6.5	5

资料来源:蔡禾、刘林平、万向东等《城市化进程中的农民工——来自珠江三角洲的研究》,社会科学文献出版社,2009,第202 页。

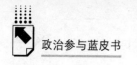

（三）农民工与人大代表的接触

由于"离土又离乡"的农民工很难及时返乡参加户籍所在地的县、乡人大代表选举，农民工参加工作所在地的县级人大代表选举又极为有限，这种政治选举权利的"缺位"直接影响了农民工与人大代表的接触。农民工这一庞大群体在国家权力机关缺乏代表而"集体失语"的情形，更加剧了农民工权益维护的艰难。近年来，各级人大代表以议案形式反映农民工问题，也有少数优秀的农民工当选为地方各级人大代表和全国人大代表，这些都推动了农民工与人大代表的接触。以农民工身份当选为全国人大代表的胡小燕，通过媒体公布自己的手机号码后，不断接到全国各地农民工的求助电话和邮件，以至于她不得不关闭手机以免影响工作。胡小燕所遭遇的这种"参与爆炸"式的尴尬，从一个侧面说明了农民工群体希望通过与人大代表接触的方式，反映自己的问题，同时也反映了目前在人大代表的广泛性方面和人大代表密切联系选民、反映选民诉求方面的不足。

（四）农民工与司法部门的接触

在推进依法治国的进程中，依法维权的观念已经深入人心。然而，司法途径作为农民工维权和政治接触的重要途径，应用的并不广泛。全国总工会 2007 年的第六次职工状况调查显示，当发生劳动争议时，仅有 2.8% 的受访农民工将"到法院起诉"列为最希望采取的解决途径（见表3），其原因与我国目前劳动争议诉讼成本高、耗时长有密切关系。如劳动争议采用"一裁二审"方式，解决时间一般在一年左右；劳动仲裁与法院诉讼审批之间又不衔接，诉讼之苦使农民工难以承受；"谁主张谁预交费用"的费用承担原则亦让农民工望而却步。简化司法程序，为农民工的劳资诉讼开辟"绿色通道"，按照《法律援助条例》加强对农民工的法律援助和司法救助，加强人民法院、司法行政部门与相关行政部门之间的通力合作和协调，对维护农民工合法劳动和政治社会权益是十分重要的。

时间的河流奔涌向前，农民工群体也已经开始代际更替。20 世纪 80 年代开始进入城市务工的农民工已经步入中老年，他们之中，少数在城市或输入地定居下来，一部分还在继续外出务工，但大多数已经返乡。出生于 1980 年以后的新一代农民工已经登上历史的舞台，他们的工作生活境遇、对自身的期望与对社会的认知，他们与父辈的差异等已得到了社会各界的关注。[①] 大量研究显示，与第一代农民工相比，他们融入城市的意愿更强烈，对劳动法律法规的了解和认知程度明显提高，也较有维权的勇气，更愿意为维护自身权益而参加群体性活动。新一代农民工是农民工群体的未来，新一代农民工政治参与状况意义重大，值得跟踪研究和关注。

---

① 相关研究，见王春光《新生代农村流动人口的社会认同与城乡融合的关系》，《社会学研究》2001 年第 3 期；罗霞、王春光：《新生代农村流动人口的外出动因与行动选择》，《浙江社会科学》2003 年第 1 期；刘传江、程建林：《我国农民工的代际差异与市民化》，《经济纵横》2007 年第 4 期。

B.10

2001 年以来中国大学生的政治参与

黎越亚　孙朋朋　张　旭

　　随着中国教育事业的不断发展，大学生群体日益庞大。2001 年普通高等学校在校学生只有 556.1 万人，2009 年普通高等学校在校学生达到 2144.7 万人，[①] 在校生增长近 3 倍。大学生群体具有年轻有为、思维活跃、富有创造力等特征，正在国家政治、经济、文化等领域扮演重要的角色，而政治参与是大学生关心国家政治发展和影响国家政策的首选途径。2001 年以来一些高等学校进行的问卷调查，大多涉及大学生政治参与问题，在搜集到的 200 余篇问卷调查报告中，我们选择了问卷样本规模在 400 份以上且涉及全国各地各类高等学校的 80 余篇报告，对相关数据进行整理和归纳，并以此为基础对 2001 年以来中国大学生的政治参与情况作初步说明。

一　大学生的政治参与意识

　　中国大学生群体的政治参与意识，可以从接受政治教育、对政治参与的认知等方面进行分析。

（一）大学生对政治教育的态度

　　改革开放以来，思想政治教育始终坚持以马克思主义为核心体系的主流政治思想为主导，思想政治理论课是中国高等学校思想政治教育的重要途径和形式。由于思想政治理论课带有一定的强迫性和灌输性特征，并且带有较明显的教条主义色彩，往往使大学生对政治思想和政治理论课程持普遍排斥心理，大大弱化了

---

① 《中国统计年鉴，2010》，中国统计出版社，2010，第 756 页。

学校的主流思想教化功能。尤其是高等学校学生对政治若即若离、模糊、模棱两可、显示出淡化的整体状态，[①] 表明大学生对政治教育的认可度不高。

实际调查结果亦显示了大学生对学校政治教育不感兴趣的趋势，可列举一些实例。

游洁和佘双好 2005 年主持的"大学生对思想政治理论课教学的认识与评价分析"问卷调查显示，如果将思想政治理论课改为公共选修课，1.9% 的学生认为"绝大多数学生会选修"，6.9% 的学生认为"大部分学生会选修"，41.0% 的学生认为"部分学生会选修"，31.0% 的学生认为"很少有学生会选修"，19.2% 的学生认为"学生基本不选修"；不仅如此，仅有 17% 的学生认为自己"会"选修，46.4% 的学生觉得"不确定"，36.6% 的学生明确表示自己"不会"选修。可见，如果将思想政治理论课改为公共选修课，学生的选修情况不容乐观。[②]

山东省青少年研究所 2009 年对山东省 4 所高等学校学生的问卷调查显示，[③]大学生对思想教育中存在的主要问题由高到低排序是"精神产品中的精品不多"（52.4%）、"缺乏有效的方法和措施"（42.1%）、"文化市场管理不力"（36.2%）、"青少年思想教育没有形成合力"（35.6%）、"青少年活动阵地缺乏"（29.6%）、"教育者本身素质不高"（22.3%）、"家庭忽视品德教育"（21.5%）、"单位领导忽视思想教育"（18.5%）。

《瞭望》新闻周刊 2009 年在上海、重庆、南京、合肥的 4 所高等学校进行的"当代大学生政治意识及参与"问卷调查显示，[④] 在回答大学政治课对思想成长的作用时，表示作用有限或为了考试成绩的学生占七成以上。

（二）大学生的法律意识和维权意识

中国政法大学 2003～2005 年进行的"中国公民人文素质现状调查"显示，[⑤]

---

① 黄建钢：《政治民主与群体心态》，中信出版社，2003，第 105～106 页。
② 游洁、佘双好：《大学生对思想政治理论课教学的认识与评价分析》，《当代教育论坛》2005年第 10 期上半月刊。
③ 该调查的数据，均来自刘丙元《改革开放以来山东省大学生思想观念发展状况调查报告》，"中国青少年网" 2009 年 9 月 12 日载文。
④ 该调查的数据，均来自"东南网" 2009 年 5 月 5 日载文《瞭望新闻周刊：当代大学生政治心态录》。
⑤ 该调查的数据，均来自石亚军主编《中国公民人文素质研究——数据评析与对策建议》，经济科学出版社，2009。

中国公民的法律维度指标为 74.15，属于中等偏上水平；学生的指标为 76.00，高于全国平均水平，但低于公务员（82.23）和教师（77.06）。

詹明鹏、钟晓玲、李娜对广州地区大学生法律意识的抽样调查，反映出三个特点：（1）当前大学生总体上对我国法律体系相对了解。"大体了解"和"很了解"法律体系的学生占 86.86%，"了解一些"和"非常了解"《宪法》规定的公民基本权利的占 92.52%，52.35% 的学生对"法律面前人人平等"的理解是正确的。（2）对法治现实信任程度不高。在权和法方面，30.98% 学生认为"权比法大"，41.46% 学生认为"有时权大于法，有时法大于权"；对于一元钱官司要不要打，只有 22% 学生意志坚定，认为一定要打，表明现实中如果有其他途径解决纠纷，大部分学生都不会选择法律手段，重要原因就是认为这样会使他们得不偿失。（3）注重维护个人权利，但涉及国家或他人利益时则相对保守，对"假如您参加勤工俭学或利用课外时间打工，当您的合法权益受到侵犯时，首先考虑的处理办法是什么"的回答，62.18% 的学生选择"利用法律手段"（包括仲裁、诉讼等）；自己被盗、买了假冒伪劣商品后，超过 50% 的学生选择通过法律途径解决；对于"您在路上遇到一个小偷从路人口袋偷东西"，40.49% 的学生选择"明哲保身，视而不见"，只有 6.06% 的学生上前制止；对于"国家、集体的利益受到不法侵害"，57.05% 的学生选择"先躲开，然后报警"。①

也就是说，随着中国法治的发展和法律教育的普及，大学生的法律意识和维权意识应该说有了明显提高，但是依然存在着明哲保身的逃避心理和对司法公正不信任的态度，形成了较高的法律意识与较低的法律实践的反差现象。

（三）大学生的价值观和政治信仰

宋兴川、金盛华在"大学生精神信仰的现状研究"中，采用重复测量方差分析方法对 9 种信仰因素进行分析，显示大学生的精神信仰依均值大小排列为民族主义、生命崇拜、国家主义、家庭主义、政治信仰、家族崇拜、宗教信仰、金钱崇拜和神灵崇拜（见表 1）。②

---

① 詹明鹏、钟晓玲、李娜：《当前大学生法律意识的状况及其原因分析——基于对广州地区大学生法律意识的抽样调查》，《青年探索》2010 年第 2 期。

② 宋兴川、金盛华：《大学生精神信仰的现状研究》，《心理科学》2004 年第 27 期 4 分册。

表 1　大学生精神信仰描述统计结果

维度	人数	均值	标准差
宗教	861	2.9001	1.0951
神灵	861	2.3988	1.2734
政治	861	3.8848	0.6229
民族	861	4.6010	0.6547
国家	861	4.2396	0.9726
生命	861	4.4466	1.0825
金钱	861	2.4520	0.8776
家族	861	3.2276	0.9174
家庭	861	4.1632	1.1109

中国政法大学 2003～2005 年的"公民人文素质调查"显示，受访人中只有约 57% 认为"共产主义是最美好的社会制度"，持此观点的学生比例是 58.4%，但研究生比例略低（53.0%）；受访人中约 30% 认为"共产主义是一个虚幻的口号"，持此观点的学生比例为 28.2%。

羊展文主持的"当代大学生人生观调查"显示，对于"你对人生意义的看法"，6.5% 的大学生认为"有钱有地位这样的人生才有意义"；对于"你认为人生中什么东西最重要"，15.3% 的大学生选择金钱，8.3% 的大学生选择名誉、地位、权力。[1]

上海师范大学等 2008 年对上海市 10 所大学的"80 后"学生的问卷调查显示，[2] 60.9% 的本、专科学生和 90.0% 的研究生认同"中国必须坚持以马克思主义作为主流意识形态"，但是只有 34% 的本、专科学生和 48.0% 的研究生赞同"社会主义终究会战胜资本主义"，只有 26.3% 的本、专科学生和 34.0% 的研究生赞同"马克思预见的共产主义社会一定会到来"。

华中师范大学 2008 年对"90 后"大学生的问卷调查显示，[3] 对共产主义的看法，34.3% 选择"共产主义是人类社会发展的必然趋势"，58.6% 选择"共产主义只是一种美好的愿望，难以达到"，7.1% 选择"共产主义纯粹是空想，永

①　羊展文：《当代大学生人生观现状分析报告》，《梧州学院学报》2006 年第 4 期。
②　该调查的数据均来自马依依《80 后大学生政治信念和道德状况调查研究》。
③　该调查的数据均来自《90 年后大学生政治观的现状、问题及成因——以华中师范大学为例》，"华中师大网站"2009 年 3 月 15 日载文。

远不能实现"。

山东省青少年研究所 2009 年对山东省 4 所高校学生的问卷调查显示，在个人信仰方面，只有 50.9% 选择"信仰共产主义"，15.5% 选择"说不清信仰什么"，12.9% 选择"信仰实用主义"，8.2% 选择"什么都不信"，5.6% 选择"信仰儒家思想"，3.4% 选择"信仰西方自由主义"。

不同的调查均显示，大学生的价值观日益疏离国家刻意构建和提倡的主流价值观，支撑主流价值观的政治信仰也不再受到追捧。

（四）大学生的政治认知和政治敏感性

南开大学周恩来政府管理学院 2005 年对天津市 7 所高等学校学生的调查显示，[1] 大学生的政治知识平均得分为 73 分（100 分制），其中时事知识为 75 分，政治体制知识为 73 分；政治价值倾向平均得分亦为 73 分，其中国家认同 84 分，民主与法制观念 77 分，政策认同 76 分，西方价值观认同 72 分，体制认同 67 分，政治理性 53 分。

2006 年对湖北省武汉市一所重点大学学生的问卷调查显示，[2] 大学生对时事新闻，14.8% 每天了解，24.8% 每周了解，56.3% 偶尔了解，4.2% 不了解；在同学之间讨论政治问题的，9.0% 经常，27.7% 有时，48.6% 偶尔，14.8% 几乎不谈，同时，96.8% 能够正确回答现任国家主席的名字，95.8% 能正确回答"三个代表"的具体含义，但是只有 31.5% 能正确回答中国共产党的最高领导机关是什么。

2005～2007 年对南昌市四类不同的高等学校（综合类、师范类、成人和民办高等学校）的大学生进行的调查显示，[3] 能正确回答"我国的政体"的比例不高，能正确回答"党的全国代表大会每（五）年召开一次"的比例不足 40%，一些大学生在区别社会主义和资本主义的界限时表现出少见的模糊心理，对是否

---

[1] 该调查的数据均来自张光、罗婷《当代大学生性别与政治社会化》，载张桂林、常宝国主编《政治文化传统与政治发展》，社会科学文献出版社，2009，第 330～345 页。

[2] 该调查的数据均来自黄凯斌《当代大学生政治意识的调查与思考——以湖北武汉某高等学校为例》，"中国选举与治理网" 2006 年 9 月 1 日载文。

[3] 该调查的数据来自涂序堂《对当代大学生政治认知的现状调查与对策思考》，《江西教育学院学报》2009 年第 1 期；涂序堂：《大学生政治参与状况调查》，《党史文苑（学术版）》2007 年第 4 期。

要高举中国特色社会主义伟大旗帜存在一定的困惑和迷茫心理。

华中师范大学 2008 年对"90 后"大学生的问卷调查显示，经常关注国内和国际时事的大学生只有 33.3%，偶尔关注的占 62.6%。

《瞭望》新闻周刊 2009 年在上海、重庆、南京、合肥的 4 所高校进行的"当代大学生政治意识及参与问卷调查"显示，各校学生对政治表示关心的比例不同（上海 75%，南京 64%，合肥 54%，重庆 41%），4 所大学中有 3 所大学过半数受访学生不太满意当前的政治参与。

从以上调查数据可以看出，大学生对国家政治生活认知存在明显的欠缺和不足，政治敏感性不高。尤其是将"关心政治"（代表个人倾向）和"议论政治"（代表"共享"倾向）区分开来，以后者衡量的政治敏感性更低。

（五）大学生的政治参与动机

李颖主持的"当代大学生政治意识调查"显示，① 对于"如果行贿能解决自己目前急需解决的问题，自己有行贿的可能，您会吗"，福建受访大学生 30.2% 选择"会或很可能会"，43.3% 选择"不会或可能不会"，25.4% 选择"现在说不上来"；对于"将来参加工作后，为了自己得到重用、升迁、提拔，你是否会设法找关系、走后门、曲意逢迎讨好上级领导，或者请客送礼"，陕西受访大学生 35.8% 选择"会或很可能会"，30.2% 选择"不会或可能不会"，32.6% 选择"现在说不上来"。该调查还显示，根据陕西 6 所高等学校的调查，有 50.7% 的男生和 47.2% 的女生"希望将来走上社会后手中拥有一定的权力"，而他们首要的原因和动机是"体现与证明自己的价值、能力与成功"。也就是说，随着经济社会的变化，利益多元化和"利益原则"在社会中得到普遍认同，大学生也变得更理性务实，受个人利益驱动的功利性政治参与成为一部分大学生的重要政治参与动机。

二 大学生的政治参与行为

中国大学生的政治参与行为，应包括加入中国共产党、大学生团体（学生

---

① 该调查的数据均来自李颖《传统、现代、后现代：当代大学生政治意识的三重视野》，《青年研究》2009 年第 1 期。

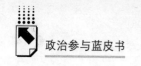

会或学生社团)、参加选举活动、网络表达、参加社会实践和抗议活动(集会、抗议、游行和示威)等,可根据一些调查数据说明不同参与行为的情况。

(一)大学生加入中国共产党的动机

2003 年 6 月底,全国普通高等学校学生党员人数达到 70 余万人,占在校学生人数的 8% ,与 1990 年的 1.16% 相比,增长了近 7 个百分点,并且全国普通高等学校非党员学生中申请入党人数占非党员学生总数的近半数。① 2004 年上海高等学校发展的大学生党员人数,占全市发展党员总数的 42.7% ;上海市高等学校学生党员达到 5.8 万多人,其中本科生中的党员比例为 11.5% ,研究生中的党员比例为 40.5% ;大学生申请入党人数达到 144077 人,占非党学生总数的 38.7% 。②

2006 年对湖北省武汉市一所重点大学学生的问卷调查显示,受访人中的 13.2% 已经是中共党员,21.5% 很想入党,38.6% 有点想入党,26.7% 不想入党,有入党愿望的学生比例较高(60.1%)。

高旺的调查显示,③ 有 30.2% 的大学生要求入党并且提交了入党申请书,入党的动机,32.5% 是为了自己的工作和发展,24.7% 是为了更好地为人民服务,10.3% 是为了共产主义的理想,9.2% 是为了响应组织的号召。

陈金圣等人在江西景德镇高等学校的调查显示,④ 68.1% 的大学生要求入党,54.6% 的大学生写了入党申请书,68.9% 的受访人认为拥有党员身份后更有利于就业,26.3% 的受访人认为入党更有利于自己的仕途发展,对入党持"不太积极"或"消极"态度的大学生占 28.7% 。

林命如对广州大学生的调查显示,⑤ 68.1% 的受访人要求入党,入党动机排在第一位的是"更好地为人民服务",第二位的是"有利于自己的发展",第三

① 《我国普通高等学校学生党员占在校生的 8%》,2003 年 10 月 29 日《法制文萃报》。
② 洪梅芬:《全市党员 147.7 万》,2006 年 6 月 30 日《解放日报》。
③ 该调查的数据均来自高旺《我国大学生公民参与状况的调查报告》,《云南行政学院学报》2008 年第 6 期。
④ 该调查的数据均来自陈金圣等《关于在校大学生政治参与现状的调查分析》,《河北青年管理干部学院学报》2007 年第 2 期。
⑤ 该调查的数据均来自林命如《广州市大学生政治参与现状的调查与分析》,《青年探索》2006 年第 3 期。

位的是"为实现共产主义而奋斗"。

邢建华对福建省 4 所高等学校的调查显示，① 72.9% 的受访人要求入党，入党动机由高到低的排序为"直接有利于就业"（66.7%），"谋求仕途发展"（49.1%），"能更好地发挥自己的社会作用并早日成才"（41.2%），"为社会和他人多作贡献"（20.9%），"理想和信念的追求"（19.5%），"党员容易得到他人的信任、是一种正面的身份"（15.7%）。

2005 ~ 2007 年对南昌市四类不同的高等学校大学生进行的调查显示，73.94% 的被调查者认为入党有利于就业和个人前途。

华中师范大学 2008 年对"90 后"大学生的问卷调查显示，受访人中尽管有意加入中国共产党的占 75.7%，但只有 21.8% 表示"对党的信任，入党是为了实现共产主义"，45.0% 表示"加入共产党是件光荣的事情"，10.4% 表示"共产党是执政党，入党是为了找个好工作"。没有申请入党的受访人，58.4% 认为"个人条件不成熟"，10.4% 认为"入党和个人成才没有关系"，9.1% 表示"对党没有感觉或没有自己的政治信仰"，7.8% 认为"党的宗旨不符合个人信仰"，5.2% 认为"入党会各方面受限制，不自由"，5.2% 想加入民主党派或做无党派人士，3.9% 因为"党员威信下降，党员形象不佳"而放弃入党。

高潮对武汉地区部分高等学校的调查显示，② 大学生入党动机由高到低的排序为"更好地发挥自己的作用，早日成才"（42.8%），"追求共产主义理想和信念"（17.8%），"直接有利于就业"（16.7%），"谋求更好的仕途发展"（16.6%）。

从已有的调查数据看，大学生积极要求加入中国共产党，已经成为较普遍的现象，但是大学生的入党动机具有较强的功利性，也是不可忽视的现实。

（二）大学生参加学生团体的情况

大学校园内的学生社团，可以分为两种，一种是共青团团委直接领导的学生社团如研究生会、学生会等，另一种是大学生们根据自己的爱好自由组成的社团。

---

① 该调查的数据均来自邢建华《福建省高等学校学生政治参与状况的调查》，《福建工程学院学报》2006 年第 5 期。
② 该调查的数据均来自高潮《当代大学生政治参与状况调查——以武汉部分高等学校为例》，《武汉理工大学学报（社会科学版）》2010 年第 2 期。

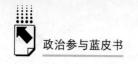

高旺的调查显示，72.3%的大学生表示"很愿意"和"比较愿意"参加校园社团，10.1%表示"不清楚"，17.6%表示"不太愿意"和"很不愿意"；参加社团的原因，69%是出于自己兴趣、锻炼和增加见识的目的，17.17%是出于学校、同学或朋友的动员和影响，7.16%是为了"消磨时间、结交朋友"。

邢建华对福建省4所高等学校的调查显示，在受访的大学生中，加入各种社团组织的占61.8%，54.4%是出于提高自身综合素质，29.9%是出于满足自己的兴趣爱好，26.8%是出于增加社会阅历，8.3%是出于为就业增加筹码，6.3%是出于其他因素。

申佳鑫对重庆市高等学校的调查显示，[①] 参加政治类社团的大学生仅占总人数的7.9%，参加文化科技类社团的占25.4%，参加文艺体育类社团的占32.6%，参加社会实践类社团的占17.9%，参加其他社团的占16.3%。

以上调查数据显示，大学生参加学生社团已成为较普遍的现象，但是现阶段大学生参加的学生社团主要是直接有利于自身成长的文化科技活动和娱乐体育活动，而较少参加关注社会现实的政治类社团和社会实践活动。

（三）大学生在县级人大代表选举中的参与

大学生对参加县级人大代表是否有积极性，问卷调查提供了不同的数据。

邢建华对福建省4所高等学校的调查显示，66.1%的大学生表示非常愿意和愿意参加区（县）人大代表的投票、选举活动，并有72.9%的大学生表示非常愿意和愿意担任人民代表大会代表参政议政，但是，亦有11.7%的大学生厌恶参与政治活动；对于"是否愿意参加区（县）人大代表的投票、选举活动"，受访人表示不愿意的占13.2%，持无所谓态度的占20.7%；对于"如果有人推荐您担任人民代表大会代表参政议政"，受访人表示不愿意的占14.9%，持无所谓态度的占12.2%。

2005~2007年对南昌市四类不同的高等学校大学生进行的调查显示，78.50%的大学生表示有机会时"非常愿意"或"愿意"参加所在区（县）人大代表选举的投票活动。

---

① 该调查的数据均来自申佳鑫等《大学生政治参与存在的问题及引导对策》，《西南农业大学学报（社会科学版）》2006年第2期。

李颖主持的"当代大学生政治意识调查"显示，对于"在规范的人大代表选举中，您会参与吗"，受访人中的 74.2% 表示会，只有 16.1% 的受访人明确表示不会；受访人认为投票是"珍惜自己的选举权"的占 33.4%，认为是"为选出代表自己利益的人"的占 27.4%，认为是"公民的义务"的占 16.5%，认为属于"关心政治，参与政治"的占 22.7%；对于"你是怎样选择候选人的"，受访人选择"凭感觉，随便划一个"的占 25.4%，选择"选自己认识的或熟悉的"占 9.8%，选择"按组织或领导要求选"的占 30.2%，选择"别人怎么选，我也怎么选"的占 8.5%，选择"选能代表自己意见的人"的占 27.1%。

黄永红对大学生选举的调查显示，[①] 受访人参加县级人大代表选举时"主动积极参加投票"的仅占 28.5%，高投票率在很大程度上是积极分子的带动和组织动员的结果，并不能真实地反映大学生政治参与情况；受访人对选举程序、意义、候选人的认知，选择"很了解"的占 14.5%，"知道一些，但不是很全面"的占 32.6%，"基本不清楚"的占 49.3%，"完全不知道"的占 3.6%；受访人认为"选举与我无关"的占 31.2%，认为"选举活动只是一种形式，选谁都一样"的占 47.8%，认为选举"是公民政治权利的一种体现"的仅占 18.9%，对选举"不知道，说不清楚"的占 21.1%；对于"你会关心选举结果吗"，受访人作出肯定回答的占 9.7%，"不是很关心，但会去了解"的占 26.6%，"不关心，也不会去了解"的占 63.7%。

尽管有的调查显示出大学生在县级人大代表选举中有积极参与的意愿，但是在大学生政治参与中"消极、被动参与普遍存在"；[②] 从选举的政治动员来看，大学生的政治参与基本停留在以政治动员为主的层面上，在相当程度上，大学生参加投票的目的主要是响应政府和学校的号召，而不是想要对国家的政治生活施加影响，那种真正出于公民责任感和以影响投票结果为目的的行为是极少的。[③]

在县级人大代表选举中，都会有一些大学生不参加投票。黄永红对大学生选举的调查显示，大学生不参加投票的原因，选择"已经由领导安排好了"的占

① 该调查的数据均来自黄永红《高政治参与与政治冷漠——对一次大学生选举的调查分析》，《中共成都市委党校学报》2006 年第 6 期。
② 李娟等：《当代大学生政治参与现状研究综述》，《网络财富》2008 年第 7 期。
③ 谢俊红：《当代大学生消极政治参与研究——基于人大代表选举的实证分析》，《湖北行政学院报》2007 年第 2 期。

27.9%，选择"人大没什么权力"的占 5.3%，选择"选举与我无关"的占 13.2%。李颖主持的"当代大学生政治意识调查"显示，福建的大学生没参加人大代表选举投票的主要原因是"对候选人不了解"（30.0%）、"当时我没有选举权"（25.9%）、"上面都定好了，我的一票不起什么作用"（24.1%）。邢建华对福建省 4 所高等学校的调查亦显示，大学生不参加人大代表选举的因素由高到低的排序为"对候选人不了解"（47.6%）、"上面都定好了，选也白选"（36.7%）、"当时我还没有选举权"（17.1%）、"选举时我不知道"（17%）、"选举对我来说不重要"（10.1%）、"我的一票起不了什么作用"（5.1%）、"选举太麻烦"（4.6%）、"选了对我也没有什么好处"（2.7%）。

（四）大学生的网络政治参与

网络政治参与是大学生政治参与的一种重要形式，专指"作为政治参与主体的大学生，以网络为媒介，通过政治信息网上发布、网上选举、网上利益表达、网上评论、网上讨论、网上民意调查、网上信访等方式参与政治生活并试图影响政治过程的意识和行为"。[1]

林命如对广州大学生的调查显示，通过互联网、报纸杂志、电视获取政治信息的大学生分别占调查者的 97%、96% 和 93%，其中关心时政要闻的占 71.3%。

宋志国对大学生网络政治参与的调查显示，46.7% 的受访人认为网络是大学生政治参与的主要形式，32.2% 的受访人认为网络是最理想的诉求方式；大学生最喜欢的网络政治参与平台有电子邮箱（2.8%）、聊天室（3.7%）、博客（1.6%）、政治网站（10.3%）、时事论坛（23.2%）、贴吧（22.5%）、大学论坛（34.3%）、其他（1.6%）。[2]

申佳鑫对重庆市高等学校的调查显示，大学生通过网络的政治参与，受访人中"经常参与"的占 6.3%，"有一些"的占 18.4%，"偶尔，但很少"的占 17.4%，"从未有过"的占 57.9%；大学生在日常生活中对电视传媒的关注，关注娱乐体育类和休闲影视类的占 83.2%，关注时政类新闻的仅占 8.9%。

---

① 赵雪芬、王洪顺：《网络发展对大学生政治参与带来的挑战及对策》，《党史博采》2007 年第 5 期。

② 宋志国：《高等学校大学生网络政治参与现状的调查研究》，《科技创新导报》2009 年第 26 期。

陈金圣等人在江西景德镇高等学校的调查显示，受访大学生通过上网浏览各类新闻、了解社会的占 39.5%，发表个人言论的占 8.8%，少部分同学还参与了网络平台上的一些志愿者活动。

孙婷和刘细良在湖南省长沙市高等学校的调查显示，有 85.7% 的受访大学生表示通过网络途径实现了自己的政治参与。①

高旺的调查显示，11% 的受访大学生在网络上经常发表意见或文章，49.2% 偶尔发表意见或文章，15.3% 只有"一两次"，23.8% 从来没有发表意见或文章。

尽管有的调查显示大学生的网络政治参与水平较高，但多数调查的数据显示的是大学生的网络政治参与还处于较低水平，尤其在网络的利益表达方面，参与程度更低。

（五）大学生的社会实践参与

大学生的社会实践，可以分为校内经济文化活动参与和校外经济文化活动参与，前者指的是学校各种社会实践活动，包括非专业性实践活动（学校组织的"三下乡"、文体活动、勤工助学、志愿服务以及参与校园管理）和专业性实践活动（专业老师组织的与专业课程相关的社会调查、实践、实习、科研等活动），后者指的是校外的经济文化活动，包括大学生在社会参与各类组织或非组织的活动、校外兼职、志愿服务等。②

邢建华对福建省 4 所高等学校的调查显示，95% 以上的大学生参加了社会实践活动，但是相当部分的大学生采取的是一种随大流和走形式态度，比较被动，仍停留在以政治动员为主的层次上，表面上看起来轰轰烈烈，实际上参与的程度极为有限。

高旺的调查显示，受访大学生参加过"爱心捐助类志愿活动"的占 56%，参加过"支教、支农类志愿活动"的占 24.4%，参加过"运动会、会展等大型活动类志愿服务"的占 27.5%，参加过"妇女、儿童等维权类志愿活动"的占 4.8%，参加过"社区治安、交通协管类志愿活动"的占 7.1%；大学生参加社

---

① 孙婷、刘细良：《大学生政治参与问题的调查研究——以长沙市岳麓区三所高等学校为例》，《金融经济》2008 年第 2 期。

② 李玉雄：《当代大学生社会参与状况的调查与思考》，《高教论坛》2008 年第 1 期。

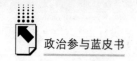

会志愿活动的动因，出于"社会责任意识和对弱势群体关爱"的占53.9%，"响应学校团委、学生会组织号召"的占27.8%，"丰富社会阅历，为将来就业提供能力和资历证明"的占39.3%，"从众做志愿者"或"寻求新的刺激和娱乐"的占12.3%。

曹德军的调查显示，大学生参加社会实践活动的动机，受访人中选择"锻炼自己的能力"的占55%，选择"服务他人和社会"的占25%，选择"积累社会经验"的占17%，动机不清楚的占3%。①

高旺的调查显示一半以上（53.9%）的受访人出于"公心"进行社会实践活动，曹德军的调查显示一半以上（72%）的受访人出于"私心"进行社会实践活动，表明的正是大学生参加社会实践活动的两面性，一方面是锻炼自己，一方面是服务于他人。

（六）大学生的游行、示威参与

集会、抗议、游行和示威，是公民利益表达的重要方式，对大学生亦有重要的影响。

高旺的调查显示，在国家利益、社会公平或群体利益受到危害的情况下，大学生是否愿意参加游行、示威，受访人表示"很愿意"和"比较愿意"的占63.2%，表示"不太清楚的"的占21.1%，表示"不太愿意"和"很不愿意的"占14.9%；对于大学生是否实际参加过游行、示威，受访人中的7.6%表示"参加过"，11.2%表示"旁观过"，80.1%表示"没有参加过"。林命如对广州大学生的调查亦显示，参加过游行、示威的学生比例为8.6%。由此可以看出，大学生参加过游行、示威的比例极低，但是大学生普遍存在着对游行示威的认同，在特定的条件下，大学生们可能会选择街头政治。

三 大学生的政治参与效能感

国内进行的大学生政治参与的调查，亦涉及了大学生政治参与效能感或政治参与的满意度，可列举一些数据。

---

① 曹德军：《当前大学生政治参与存在的问题及其对策思考》，2008年"中国社会学网"载文。

2005～2007 年对南昌市四类不同高等学校大学生进行的调查显示，就"大学生对国家大事的关心和参与是否能影响国家的发展"的问题，受访人选择"是"的占 63.35%，但是 49.79% 的学生对目前大学生的民主参与现状表示"不满意"。

任晓霞对华中科技大学 600 名本科生的调查显示，对"国家发展好不好，主要靠领导人，一般公民起不了什么作用"的观点，受访人中持"不太赞成"和"很不赞成"态度的占 76.8%；对"即使我有好的想法，但若与领导意见不一致，那我就不愿说出来"的观点，受访人中持赞成态度的占 18.7%。①

陈金圣等人在江西景德镇高等学校的调查显示，58.3% 的受访人认为"事实上没有办法影响到学校关于学生管理方面的决策"，76.8% 的受访人认为"事实上没有办法影响到省级、国家级关于高等教育方面的决策"。

林命如对广州大学生的调查显示，58.5% 的受访人认为自己"无能力"影响政府的决策，有近三成受访人"不清楚"自己有没有能力影响政府的决策。

张光、蒋璐对 7 所高等学校 1300 多名大学生的问卷调查，通过对受访者上网频率和政治参与倾向的相关性分析，发现高频率上网的大学生政治参与倾向性较低，认为自己的参与对结果来说没有多大影响，并且对自身的权利和义务并不重视。②

何学华、胡小波对贵州某高等学校 500 名大学生的问卷调查显示，对于"像你这样的大学生能够在多大程度上影响学校活动"的问题，54% 的学生选择"很小"；对于"你认为像你这样的大学生能够在多大程度上影响本地政府的活动"的问题，46% 的学生认为"不起任何作用"，40% 的学生认为"很小"。③

刘敏对杭州市 2000 名大学生的调查显示，对于"您觉得自己能够影响政府决策的能力怎么样"，受访人中认为"根本就没有"和"比较弱"的分别占 26.2% 和 44.1%，选择"一般"的占 24.9%，选择"比较强"和"较强"的只有 3.9% 和 0.9%。④

① 引自刘景涛《当代大学生政治参与问题实证研究》，长安大学 2009 年硕士学位论文。
② 张光、蒋璐：《网络对大学生政治社会化影响实证研究》，《广州大学学报（社会科学版）》2006 年第 6 期。
③ 何学华、胡小波：《新时期大学生政治参与现状调查研究》，《黔南民族医专学报》2007 年第 6 期。
④ 刘敏：《大学生政治社会化实证研究——对杭州大学生的调查》，《思想教育研究》2009 年第 9 期。

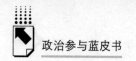

高潮对武汉地区部分高等学校的调查显示，11.6%的学生认为"自己的参与对学校的决策和发展没有影响"，20.3%的学生认为是"没有效果"影响了他们对于政治活动的参与热情。

贺伟华对广西三所工科类高等学校大学生政治社会化状况的调查显示，32.5%的受访学生认为自己的想法对于我国的民主进程"无足轻重"或"毫无影响"。①

以上调查数据显示，大学生对自身影响政府的能力很不肯定，政治参与效能较低。

综合以上三个部分的论述，应该说中国大学生目前的政治参与状态并不是十分理想。参与意识的欠缺，参与方式的局限，参与冷漠的存在，以及对参与结果不满意，都成为大学生正常参与国家政治生活的障碍性因素。如何消除这些障碍，提高大学生政治参与的积极性和参与能力，给大学生政治参与提供良好的机制环境，将会成为大学生政治教育所面临的最大挑战。

---

① 贺伟华：《工科类大学生政治社会化状况研究》，《教育与职业》2009 年第 2 期。

B.11

2001 年以来中国公民对政府公共服务的评价

龚仁伟　李玉耘

温家宝总理 2004 年 2 月 21 日在省部级主要领导干部树立和落实科学发展观专题班结业式上的讲话以及 2005 年 3 月 5 日在十届人大三次会议上作的《政府工作报告》中，都提到了"努力建设服务型政府"的要求。2008 年修订的《国务院工作规则》明确规定要"强化公共服务，完善公共政策，健全公共服务体系，增强基本公共服务能力，促进基本公共服务均等化"。[①] 加强公共服务，已经成为近年来中国政府施政的一项重要内容。公民对政府公共服务的评价，是公民政治参与的一种重要表现形式。各种问卷调查数据所反映的 2001 年以来中国公民对政府公共服务的评价，可以作基本归纳和说明。

一　公民对政府公共服务职能转变
和公共服务供给的评估

对政府公共服务的认知，是公民评价公共服务的基础，可以从不同方面说明中国公民对政府公共服务的认知情况。

（一）对政府职能向公共服务转变的认识

中国政法大学 2007 年的"中国行政管理体制现状问卷调查"显示，[②] 政府职能尚未完全转变到公共服务上来，对当地政府近 5 年来精力最集中的方面，受

---

① 《国务院工作规则》，"中国政府网" 2008 年 3 月 25 日载文。
② 该调查的数据均来自石亚军主编《中国行政管理体制现状问卷调查数据统计》，中国政法大学出版社，2008。

访人中的55%首先选择的是招商引资（区域差异不明显，最低的为东部地区的48.9%，最高的为中部地区的59.2%），以下依次为宏观调控（14%）、公共服务（10.6%）、维护稳定（8.7%）、社会管理（5.8%）、其他（3.1%）、市场监管（2.4%）；受访人认为新农村建设中最薄弱的环节由高到低依次是基础设施（66.4%）、社会保障（55.3%）、公共卫生（40.5%）、义务教育（35.6%）、经济发展（33.9%）、农民就业（21.6%）、村庄规划（17.8%）、土地流转（15.1%）、计划生育（7.8%）、其他（0.5%）；受访人认为当前社会反映强烈的上学难、看病难、住房难等问题，主要反映了政府公共服务职能履行不到位（75.7%），政府公共服务市场取向的改革不合理（60.6%），公共利益部门化、部门利益个人化（59.4%），某些利益集团控制了政府决策（40.3%）。

张立荣主持的"当代中国服务型政府建设及公共服务体系建设状况问卷调查"显示，[①] 公务员认为所在地政府目前施政行为的重点，由高到低的排序是社会管理和公共服务（39.4%）、招商引资（37.3%）、经济调节（14.3%）、市场监管（5.3%）；对所在地政府目前职能定位和机构设置是否符合建设服务型政府的要求，受访人中的11.7%认为很符合，39.8%认为比较符合（正面评价51.5%），37.0%认为一般，11.5%认为不太符合或完全不符合。

（二）对公共服务供给的综合评估

《中国公共服务发展报告（2006）》对全国31个省份2000～2004年的8类基本公共服务的供给状况进行了全面评估，[②] 指出供给总体水平偏低是中国政府公共服务的基本特征之一，2000～2004年的综合绩效水平，31个省份没有一个达到A级（优秀），只有北京（0.6318）和上海（0.6313）达到B级（良好），天津、浙江、广东和江苏为C级（一般），其余省份均为D级（不足）；在所评估的8类公共服务中，除基础教育北京达到A级，一般公共服务北京、上海达到A级外，其他各类公共服务各地都处于B级以下。

张立荣主持的"当代中国服务型政府建设及公共服务体系建设状况问卷调

---

① 该调查的数据均来自张立荣主编《当代中国服务型政府建设及公共服务体系建设状况问卷调查数据统计与展示》，中国社会科学出版社，2010。
② 该报告的评估数据均来自陈昌盛、蔡跃洲编《中国政府公共服务：体制变迁与地区综合评估》，中国社会科学出版社，2007。

查"显示，公务员认为所在地政府机关在提供基本公共服务方面存在的最为突出的问题由高到低的排序是基本公共服务供给不足（52.7%）、基本公共服务提供效率低下（23.5%）、基本公共服务分配不公平（21.7%）和其他（2.1%）。

（三）公共服务的区域差距和城乡差距

安体富、任强的研究发现，[1] 2000～2006 年各地公共服务水平差距呈扩大趋势，2000 年变异系数为 0.18，到 2006 年为 0.25；在具体服务项目上，科学技术、社会保障、环境保护和公共卫生的差异程度较大，基础教育、基础设施和公共安全差异程度相对较小。

《中国公共服务发展报告（2006）》显示，2000～2004 年地区间公共服务变异系数一直呈上升趋势，从 2000 年的 0.1458 上升到 2004 年的 0.1654，五年间平均达到 0.1564；各年差异系数最大最小之比从 2000 年的 1.7091 上升到 2004 年的 1.8138，五年间平均达到 1.7663。

中国（海南）改革发展研究院的公共服务调查显示，[2] 公共服务的区域和城乡差距已经成为新阶段创新基本公共服务制度面临的重大挑战。以公共卫生与基本医疗服务为例，2006 年人均卫生总费用城市为 1145.1 元，农村为 442.4 元，城市为农村的 2.59 倍；在产妇住院分娩率方面，2003 年城市合计为 92.6%，农村合计为 62.0%，城乡相差 30.6 个百分点；在公共就业服务方面，2006 年东、中、西部劳动年龄人口人均就业培训总费用的省际差距非常显著，如海南（236.8 元）是整个东部 11 省市平均值的 8.55 倍，是中部 8 省市的 10.67 倍，是西部地区 12 个省市自治区的 19 倍。

张立荣主持的"当代中国服务型政府建设及公共服务体系建设状况问卷调查"显示，专家学者认为现阶段缩小城乡差距的"着力点"由高到低的排序是缩小城乡基本公共服务差距（52.9%），缩小城乡居民收入差距（25.5%），缩小城乡经济发展水平差距（19.6%），其他（2.0%）；受访人认为农村基本公共服务严重短缺的主要原因是"城乡分割的公共服务体制"的，占答案选择数量

---

[1] 本报告引用的该研究数据均来自安体富、任强《中国公共服务均等化水平指标体系的构建》，《财贸经济》2008 年第 6 期。

[2] 该调查的数据均来自中国（海南）改革发展研究院课题组《基本公共服务体制变迁与制度创新——惠及 13 亿人的基本公共服务》，《财贸经济》2009 年第 2 期。

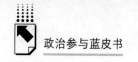

和占回答者的百分比分别为 34.7% 和 68.6%；受访人选择"将 GDP 的增长作为衡量领导干部政绩主要指标的评价机制，导致政府公共服务财力不足"的，占答案选择数量和占回答者的百分比分别为 26.0% 和 51.5%；受访人选择"农民利益表达机制不健全，他们最直接、最迫切、最现实的基本公共服务需求难以得到重视"的，占答案选择数量和占回答者的百分比分别为 21.0% 和 41.7%。

（四）公共服务的改善情况

《中国公共服务发展报告（2006）》显示，各地公共服务 2000～2004 年都有一定改善，但改善速度远远落后于各地区的经济增长速度和财政支出增长速度，总体改善幅度不是十分显著，所有地区都在 20% 以下，其中 17 个省份为 10%～20%，14 个省份在 10% 以下；而同时期人均 GDP 累计增幅最小的省份也为 43%（海南），最大的为 93%（内蒙古），同期人均财政支出最小增幅为 56%（云南），最大的达到 144%（浙江），说明在我国经济和财政支出总体快速增长的同时，基本公共服务总体投入不足，公共支出结构不合理，非公共服务支出比重偏高。分地区看，上海、北京、江苏、广东、浙江、天津六个省市公共服务的改善程度相对较大，这与它们经济发达，可支配财力相对充沛有关；内蒙古、西藏、宁夏、广西四个自治区的改善程度也较为明显，这与中央对这些少数民族地区的政策倾斜和它们"基础差、基数低"有关；而其他地区，由于受经济发展限制，"吃饭财政"的特征还比较突出，在总体财力有限的情况下，对公共服务的投入就更不足，造成整体绩效改善缓慢。

（五）公共服务的投入产出效率

《中国公共服务发展报告（2006）》显示，各地公共服务的投入产出相对效率普遍偏高，2000～2004 年，除个别省份个别年份外，基本都在 0.6 以上，有一半以上在 0.8 以上，表明各地区之间的相对效率没有显著差异。由于中国基本公共服务绩效地区差异明显，可以说整体上政府的公共服务属于"投入型"而非"效率型"，因为在投入和产出基本持平的情况下，公共服务的绩效主要取决于投入，所以地区间表现出来的差距，主要体现的是投入方面的差距。因此，整体上中国基本公共服务"生产率"呈现一种低水平趋同状态。

二 公民对政府公共服务的满意度

中国公民对政府公共服务的评价，既需要说明民众总体的满意度情况，也需要分别从城乡居民的角度说明公共服务的满意度情况。

(一) 公众对政府公共服务的总体评价

零点研究咨询集团的"公共服务调查"显示，① 中国政府公共服务指数，2006 年为 63.2 分，2007 年为 65.2 分，2008 年为 67.9 分，2009 年为 66.4 分，指数得分虽呈提高趋势，但基本徘徊在 60~70 分，表明公共服务虽呈改善趋势，但公众的总体满意度仍然不高。具体而言，2006~2009 年，中国居民对水电气、道路状况和公交车服务等引入市场化竞争机制的准公共服务的评价水平相对较高，但对就业信息服务、就业培训和就业机会等方面的评价则一直较差；对于邮政、基础教育等纯公共服务，由于改革的持续推进，也都得到了相对较高的评价；对于社会治安、食品药品安全和社会保障等纯公共服务则评价较低。

《小康》杂志社中国全面小康研究中心的"政府公共服务小康指数调查"显示，② 中国政府的公共服务小康指数，2005 年为 62.8 分，2006 年为 65.4 分，2007 年为 66.6 分，2008 年为 67.2 分，2009 年为 71.5 分，虽然逐年上升，但是始终难以突破 75 分；公众对公共服务的满意度从高到低的排序为义务教育、文化休闲娱乐、公共安全、医疗卫生、市政建设、公共交通、社会保障、环境保护、就业服务、司法、政府信息公开、政府与民众互动、保障性住房。

吴潜涛 2005 年主持的"当代中国公民道德状况调查"显示，③ 对于"去机关部门办事遇到最多的现象"，受访人中的 5.84% 选择"办事公道，很满意"，34.16% 选择"办事基本公道，基本满意"（满意度 40%），34.36% 选择"门难进，脸难看，事难办"，21.20% 选择"以权谋私，不给好好办事"。对政府

---

① 该调查的数据均来自零点研究咨询集团《中国公共服务面临瓶颈》，"FT 中文网" 2009 年 11 月 13 日载文。

② 该调查的数据均来自张旭《2009~2010 年度中国公共服务小康指数：71.5》，《小康》2010 年第 3 期。

③ 该调查的数据均来自吴潜涛等《当代中国公民道德状况调查》，人民出版社，2010。

服务不满意的，青少年高于中老年，学历越高比例越高，不同群体由高到低的排序是个体从业人员（62.79%）、企业员工（60.43%）、企业管理人员（58.93%）、科教文卫专业技术人员（58.05%）、商业服务人员（58.03%）、私营企业主（57.98%）、农村外出务工人员（53.20%）、机关事业单位领导（41.91%）、办事人员和机关有关人员（36.03%）、军人（39.02%）、农业劳动者（30.61%）。

北京大学中国国情研究中心 2008 年的"中国公民意识调查"显示，① 公共服务领域存在问题的严重程度（0 分代表根本不存在问题，10 分代表问题非常严重）由高到低的排序是贫困问题（6.4）、就业问题（6.1）、环境保护问题（5.9）、社会平等问题（5.6）、社会保障问题（5.2）、医疗服务问题（5.2）、社会治安问题（5.1）、教育问题（4.7）、法制建设问题（4.6）、国家安全和国防（3.7）；受访人对政府各项工作的满意程度如下：（1）义务教育，32.3%非常满意，53.7%比较满意，12.0%不太满意，2.0%非常不满意；（2）公共卫生，11.7%非常满意，50.7%比较满意，31.6%不太满意，6.0%非常不满意；（3）基础设施建设，11.6%非常满意，56.6%比较满意，25.6%不太满意，6.2%非常不满意；（4）社会治安，11.5%非常满意，55.8%比较满意，27.2%不太满意，5.5%非常不满意；（5）社会保障，10.8%非常满意，54.5%比较满意，28.8%不太满意，5.9%非常不满意；（6）环境保护，9.7%非常满意，44.3%比较满意，33.9%不太满意，12.1%非常不满意。

北京大学中国国情研究中心 2008 年的"公民文化与和谐社会调查"显示，② 受访人对中央政府工作的满意度为 8.04 分（满分 10 分，下同），对本市、县政府工作的满意度只有 6.46 分；对中央政府工作的满意度，青少年（7.54 分）低于中老年（8 分以上），高学历（7.65 分）低于中、低学历（7.91～8.39 分）；对市、县政府工作的满意度，青少年（6.29 分）低于中老年（6.42～7.01 分以上），高学历（5.78 分）低于中、低学历（6～7 分），非农业户口（6.33 分）低于农业户口（6.64 分）。

---

① 该调查的数据均来自沈明明《中国公民意识调查数据报告（2008）》，社会科学文献出版社，2009。

② 该调查的数据均来自严洁等《公民文化与和谐社会调查数据报告》，社会科学文献出版社，2010。

（二）城市居民对城市公共服务的评价

2010 年新加坡南洋理工大学联合厦门大学对中国 32 个重点城市进行了城市公共服务质量调查并作了排名，调查结果显示，公众对城市公共服务总体评价排在前十名的是苏州、宁波、厦门、南京、北京、大连、深圳、杭州、天津、青岛，公众对城市公共服务满意度排在前十名的是苏州、宁波、深圳、杭州、厦门、南京、青岛、北京、长春、大连。在被调查的 32 所城市中，大多数城市有关公众对公共服务的总体评价和满意度得分达不到均值，说明我国的城市公共服务总体上仍存在许多问题，有待于进一步提升。①

2008 年《中国城市经济》政府公共服务满意度调研组关于全国 15 个城市公共服务满意度的网络调查显示，公众对政府公共服务基本满意，总平均分为 3.5 分（总分为 5 分），但是对社会保障服务、公交出行和交通基础设施、就业环境等关系民生问题的公共服务各城市普遍得分偏低。②

南开大学周恩来政府管理学院 2004~2007 年的调查显示，③ 城市居民对政府施政的总体评价不高（3.05 分，总分为 5 分，参照平均值为 3 分，下同），在 9 项测量指标中，高于平均值的有促进经济发展（3.22 分）、维护社会治安（3.08 分）、推动义务教育普及发展（3.08 分）、改进环境质量（3.04 分）、稳定物价（3.03 分）5 项，低于平均值的有提高市民素质（2.94 分）、提供社会保障（2.86 分）、扩大就业机会（2.86 分）、增加市民收入（2.66 分）4 项。

2008 年天则经济研究所关于中国省会城市公共治理指数的报告显示，中国的直辖市和省会城市公共服务的得分集中在 0.55~0.70 分（满分 1.0，见图），各项公共服务得分从高到低依次为公共安全（0.68 分）、教育（0.64 分）、公共卫生（0.63 分）、环境（0.60 分）、公共交通（0.60 分）、社会保障（0.54 分）。④

① 蒋铮、吕楠芳：《苏州稳坐第一，广深勉强居"中"》，2010 年 9 月 20 日《羊城晚报》。
② 政府公共服务满意度调研组：《全国十五城市公共服务满意度调查》，《中国城市经济》2008 年第 8 期。
③ 该调查的数据均来自朱光磊主编《中国政府发展研究报告》第 2 辑《服务型政府建设》，中国人民大学出版社，2010。
④ 北京天则经济研究所：《2008 年中国省会城市公共治理指数报告》，"天则经济研究所网站" 2009 年 6 月 29 日载文。

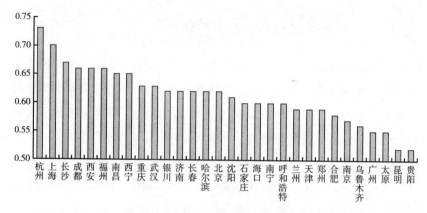

2008 年中国省会城市公共服务得分图

（三）农村居民对农村公共服务的评价

何精华 2005 年主持的"长江三角洲地区农村调查"显示，农村公共服务的满意度总体偏低（平均得分为 0.43 分，满分为 1 分，下同），各项服务满意度得分从高到低的排序为公共安全（0.56 分）、行政管理（0.55 分）、乡村建设与环境保护（0.53 分）、社会保障（0.51 分）、义务教育（0.43 分）、职业技术培训（0.4 分）、科技服务（0.34 分）、服务项目农民决策参与程度（0.29 分）、公共卫生（0.26 分）、文化体育娱乐服务（0.24 分）。[①]

吴春梅、陈文科 2006 年主持的"农村基本公共服务均等化供给现状与满意度调查"显示，农民对五类基本公共服务（村水电、道路、通信网络等基础设施，当地农产品技术、信息、销售等方面的政府公共服务，当地义务教育，当地医疗卫生，村民的社会保障）供给的整体满意度均不高（均值在 1.98~2.77 分，满分为 5 分，下同），其中，对"当地义务教育"和"村水电、道路、通信网络等基础设施"的满意度相对高（均值分别是 2.77 分和 2.57 分），对"当地医疗卫生状况"和"村民社会保障水平"的满意度一般（均值为 2.36 分和 2.23 分），对"当地农产品技术、信息、销售等方面的公共服务"的满意度最低（均值为 1.98 分）。[②]

---

① 何精华等：《农村公共服务满意度及其差距的实证分析——以长江三角洲为案例》，《中国行政管理》2006 年第 5 期。

② 吴春梅、陈文科：《农村基本公共服务均等化供给现状与满意度的实证分析》，载中国（海南）改革发展研究院编《民生之路——惠及 13 亿人的基本公共服务》，中国经济出版社，2008，第 346 页。

南开大学周恩来政府管理学院 2004～2007 年的调查显示，农村居民对政府施政的总体评价不高（2.84 分，总分 5 分，参照平均值为 3 分，下同）。按地区分析，东部地区评价略高，为 2.99 分；西部地区评价居中，为 2.93 分；中部地区评价最低，为 2.55 分。在 15 项测量指标中，高于平均值的只有税费负担（3.60 分）、计划生育（3.39 分）、合作医疗（3.60 分）、媒体报道（3.05 分）4 项，低于平均值的为村民委员会选举（2.85 分）、尊重农村居民权利（2.84 分）、耕地保护（2.80 分）、政府承诺（2.71 分）、工作人员廉洁（2.69 分）、重视农村居民意见（2.67 分）、办事态度（2.64 分）、干部工作作风（2.63 分）、干部办事效率（2.55 分）、"三下乡"（2.53 分）、村财务公开（2.50 分）11 项。

中国农业大学 2008 年的农村调查显示，对农村公共服务满意度由高到低的排序是通信服务（82.00%）、农村补贴（64.67%）、农村教育（64.00%）、农村低保（63.43%）、医疗卫生（53.33%）、邮政服务（51.33%）、农村金融（48.97%）、科技服务（32.00%）。[①]

夏锋主持的"千户农民对农村公共服务现状的看法"调查显示，农民对各级政府惠农公共服务的平均满意度为 67.5%，其中中央政府最高（86.6%），县乡政府最低（51.8%）；农民最关心、最需要解决的基本公共服务有看病贵、看病难（70.8%），子女上学难、费用高（70.0%），提高收入（63.7%），养老（46.7%），就业（42.6%），道路（39.8%），农田水利设施（35.6%），农业科技推广（26.9%），社会治安（23.3%），职业技能培训（22.6%），农村信息服务（22.3%），最低生活保障（21.7%），土地征用补偿标准低（21.4%），乡村脏乱差问题（20.1%），法律帮助（16.7%），自然环境保护（13.0%），社会优抚（12.6%），文化娱乐场所（9.8%），从另一个角度反映出农民对基本公共服务的不满意程度。[②]

（四）公民对政府公共服务的监督和评估

目前，对政府公共服务的监督和评估主要是政府内部评估和外部力量评估两

---

① 李小云、左停、唐丽霞：《1978～2008 年：中国农村的变迁与发展》，载李小云、左停、叶敬忠主编《2008 中国农村情况报告》，社会科学文献出版社，2009，第 39 页。
② 夏风：《千户农民对农村公共服务现状的看法——基于 29 个省份 230 个村的入户调查》，《农村经济问题》2008 年第 5 期

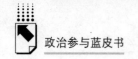

种方式，前者是主要方式。但是调查研究显示，无论是政府公务员还是外部公众都普遍认为外部监督和评估是更为有效的方式，这就要求在进一步完善政府公共服务监督评估体系的过程中应当更加注重公民本位下的公众参与。

张立荣主持的"当代中国服务型政府建设及公共服务体系建设状况问卷调查"显示，对目前监督政府公共服务行为通过哪些渠道较为有效的回答，公务员选择新闻媒体的，占答案选择数量和回答者的百分比分别是19.4%和68.3%，选择社会舆论的，分别占15.1%和53.1%，选择向人大代表、党代表和政协委员反映的，分别占14.6%和51.1%。对上述问题的回答，城市公众、乡村公众以及专家学者也作出了大致相同的选择，如城市公众中分别有65.5%、49.6%、35.7%和33.6%认为新闻媒体、向有关代表反映、举报和社会舆论是监督政府公共服务行为较为有效的方式。总的来看，无论是政府工作人员还是外界公众，都认为新闻媒体、社会舆论、向有关代表反映等外在监督是更为有效的方式。但是在实际考评中，公务员对政府机关考评公共服务绩效的最主要方式的选择是上级领导考评（42.6%）和单位集体考评（20.4%），两者都属于政府内部的考评，总共占63.0%；而来自社会公众、专家和第三方等外部考评的总共占31.6%，远低于政府的内部考评。

综上所述，自中国政府明确提出建设服务型政府以来，政府公共服务职能有所加强，公共服务供给总体上有一定改善，但是存在的问题也不容忽视：一是政府的职能转变还不完全适应加强公共服务的要求，还有较大的提升空间。二是目前公共服务总体供给水平仍然偏低，与GDP增长速度、财政支出规模增长速度和公众的现实需求有较大差距。三是公共服务供给在区域之间、城乡之间以及各类基本公共项目之间存在明显的不平衡，实现基本公共服务均等化的目标还任重道远。四是公众在政府公共服务中的参与还不够，总体满意度还有待提高，特别是公众最直接、最迫切、最现实的公共服务仍未得到根本改善，与公众的高期待相比，尽管这些项目近年来获得了较快发展，但公共服务满意度仍然偏低。

B.12
中国公民的政治参与意识

曲 甜

本报告拟从政治参与意愿、政治关注度、权威依附意识、对政治参与权利的认知和政治效能感五个方面归纳近十年（2001～2010 年）中国公民政治参与意识的基本情况。鉴于政治参与意识涉及的内容比较繁杂，在选取问卷调查资料方面，主要采用了两个标准，一是全国性或跨省区的问卷调查，二是问卷数量在200 份以上的调查。

一 中国公民的政治参与意愿

政治参与意愿是测量公民政治参与意识最直接的指标，可就一些问卷调查的数据对中国公民的政治参与意愿作简要说明。

（一）中国公民政治参与意愿总体偏低

根据不同的政治参与方式，北京大学中国国情研究中心 2008 年的 "公民文化与和谐社会调查"① 以去年参加过、更早以前参加过、以前参加过今后绝不参加、从未参加过但将来有可能会参加、从未参加过今后也绝不参加 5 个选项测量公民的政治参与意愿，在其所列出的 7 项政治参与方式中，选择 "从未参加过今后也绝不参加" 的比例远高于其他选项，具体数据为：参加与政治有关的各种会议（55.35%），向上级领导表达自己的观点（54.78%），在请愿书上签字（71.32%），游行、静坐、示威（84.60%），通过媒体表达自己的观点（64.60%），通过社会组织表达自己的观点（64.14%），为某项特定的理想或事业加入组织或者团体

---

① 该调查的数据均来自严洁等《公民文化与和谐社会调查数据报告》，社会科学文献出版社，2010。

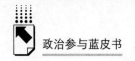
（70.62%）。由这样的数据可知，无论何种参与方式，均有超过50%的公民表示"从未、绝不"进行参与，更有个别方式选择比例超过80%，可见中国公民政治参与意愿总体偏低。

（二）部分领域与部分群体政治参与意愿相对较高

在居民自治领域，中国政法大学2006～2008年的"中国行政管理体制专项问卷调查"，① 反映了受访人对一些重要问题的态度：（1）对居委会主任的选举，受访人选择很关注的占42.9%，比较关注的占42.2%，无所谓的占8.0%，不太关注的占5.9%，很不关注的占1.0%。（2）"对居务公开会很关心吗"，受访人中的66.7%选择会，8.2%选择不会，25.1%选择与我相关的就会关心。（3）"如果组织居民论坛，您会参与吗"，受访人中的68.3%选择会，7.0%选择不会，24.7%选择与我相关的就会关心。（4）"您会参与居民听证会吗"，受访人中的63.8%选择会，12.5%选择不会，23.7%选择与我相关的就会关心。（5）"您愿意就社区公共事务向居民委员会或有关部门提出建议吗"，受访人中的54.9%选择很愿意，33.9%选择比较愿意，8.4%选择无所谓，1.7%选择不太愿意，1.0%选择不愿意。（6）"当政府或某个单位作出有损您所在社区的共同利益的某项决策时，您的态度"，受访人的选择是"事关自己利益，一定要争取阻止"的占40.0%，"随大流，看别人的态度"的占13.3%，"政府的决策，争也没用"的占32.6%，"没有精力去管"的占3.2%，"没有有效的途径去管"的占10.9%。（7）"对社区公共事务，有人抱着各人自扫门前雪，莫管他人瓦上霜的态度，您认为这种态度"，受访人中的64.2%选择"不可取"，16.8%选择"有一定的合理性"，18.9%选择"说出来不好听，但符合实际情况"。该调查表明，在7个有关居民自治的问题中，表现出积极参与意愿的公民远多于持消极态度的公民，可见公民在这一领域的参与热情较高。

邓秀华对长沙、广州农民工群体政治参与意愿的调查，② 主要涉及了以下问题：（1）当村干部的态度，受访人中的37.3%选择"想当，并会积极争取"，

---

① 该调查的数据均来自石亚军主编《中国行政管理体制专项问卷调查数据统计》，中国政法大学出版社，2008。
② 该调查的数据均来自邓秀华《长沙、广州两市农民工政治参与问卷调查分析》，《政治学研究》2009年第2期。

44.2%选择"无所谓和不想当"。（2）当工作地所在社区居民委员会干部的态度，受访人中的26.7%选择"想当，并会积极争取"，27.6%选择"想当但不合算"。（3）如果工作地城市的政府请去献计献策，受访人中的27.3%选择坚决去，20.2%选择无所谓，11.6%选择不去。（4）决策伤害了您的利益，是否采取方法促使政府修改决策，受访人中的44.67%选择会，14.25%选择不会，41.08%说不清。孙伟、杨玖炼对鄂豫川三省农民工的调查亦显示，① 对于"如果有可能，愿不愿意当村干部"，受访人中的38.3%选择不想当，25.4%选择无所谓，18.7%选择愿意当、但不会花过多精力去争取，17.6%选择愿意当、并会积极争取。从这些调查看，农民工的政治参与意愿较高。

孙华玉等人主持的"大学生政治参与状况"调查显示，② 有54%的学生为了提高自身素质、增加社会阅历、为就业打基础而积极地参加到各种政治类的社团组织活动中，有68%的学生已经或正打算向党组织提交入党申请书，有74%的学生在条件具备时愿意成为人大代表或政协委员，根据不同的调查可以看出，近十年来中国公民的政治参与意愿虽然总体偏低，但在某些特殊领域（如居民自治）或某些群体（如农民工和大学生）则呈现了相对较强的政治参与意愿。

二　中国公民的政治关注度

政治关注与政治参与是不同的概念，二者是否一致，可在一定程度上说明公民政治参与中的问题。

北京大学中国国情研究中心2008年的"中国公民意识调查"显示，③ 受访人对中国的发展，非常关心的占28.4%，比较关心的占47.8%，不太关心的占17.4%，一点不关心的占6.3%。该中心2008年的"公民文化与和谐社会调查"显示，受访人对政治非常感兴趣的占9.78%，比较感兴趣的占32.60%，不太感

---

① 该调查的数据均来自孙伟、杨玖炼《农民工的流动与参政权的流失——鄂豫川三省农民工政治参与的调查与思考》，《襄樊学院学报》2007年第4期。

② 该调查的数据均来自孙华玉、宋富华《强化公民意识：促进公民有序政治参与的重要条件》，《学术交流》2009年第10期。

③ 该调查的数据均来自沈明明等《中国公民意识调查数据报告（2008）》，社会科学文献出版社，2009。

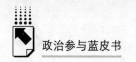

兴趣的占38.06%,根本不感兴趣的占19.56%;但在"人们通常阅读的信息种类"中,"时事政治信息"的提到率最高,为57.45%,其后分别是生活信息、经济信息、艺术信息等。

《瞭望》新闻周刊2009年在上海、重庆、南京、合肥的4所高校进行的"当代大学生政治意识及参与"问卷调查显示,① 当代大学生的"政治关注度"普遍较高,合肥某大学54%的受访学生表示对政治感兴趣,上海某大学75%的受访学生表示关心政治,重庆某大学有41%的学生认为自己非常或比较关心政治,49%的学生表示不太关心政治,认为"政治与我无关"的占10%。

农民工群体同样存在很高的政治关注度,邓秀华对长沙、广州农民工群体政治参与意愿的调查显示,农民工对国家大事表示非常关注的占19.1%,关注的占55.6%,与我无关的占9.6%,厌倦的占12.9%。

敖带芽对私营企业主的调查显示,② 私营企业主亦显示出对政治的高度关注,在调查中受访人对政治大事表示非常关心的占38.5%,关心的占54.0%,与我无关的占6.6%,厌倦的占0.9%。

与对国家大事的高度关注不同的是,公民对地方、政治事务显示出较低的关注度。北京大学中国国情研究中心2008年的"中国公民意识调查"显示,公民对本县、市的事务,非常关心的占8.6%,比较关心的占38.4%,不太关心的占37.0%,一点不关心的占16.0%;对本村、本社区事务,非常关心的占14.9%,比较关心的占45.0%,不太关心的占30.9%,一点不关心的占10.1%。

需要注意的是,与公民高政治关注度矛盾的一个现象是参与政治讨论的程度较低。北京大学中国国情研究中心2008年的"中国公民意识调查"显示,对"是否经常与他人谈论政治话题",受访人中的45.1%选择"从不",31.2%选择"偶尔",17.4%选择"有时",6.2%选择"经常";对"是否经常与他人谈论国家大事",受访人中的43.2%选择"从不",31.8%选择"偶尔",18.8%选择"有时",6.2%选择"经常"。也就是说,关注政治是个体性的行为,仅停留在心理层面的积极性;参与政治讨论是集体性、共享性的行为,需要赋予实际的政

---

① 该调查的数据均来自《瞭望新闻周刊:当代大学生政治心态录》,"东南网"2009年5月5日载文。

② 该调查的数据均来自敖带芽《私营企业主阶层的政治参与》,中山大学出版社,2005。

治行动，从整体上看中国公民对政治参与的实践表现出比较消极的态度，这与前文所述的中国公民政治参与意愿较低是相吻合的。

三 中国公民的权威依附意识

权威依附意识的高低，会对政治参与产生重要影响。各项调查显示，中国公民存在较高的权威依附意识，主要体现在三个方面。

（一）支持强势政府

李艳丽的调查①涉及了以下几个问题：（1）对于"应当相信和服从政府，因为政府最终是为我们好"，受访人选择非常同意的占11.1%，基本同意的占36.1%，不反对的占14.9%，不完全同意的占27.5%，不同意的占10.5%。（2）对于"国家大事都是当官的说了算，与我们老百姓无关"，受访人选择非常赞成的占9%，有点赞成的占19%，无所谓的占9%，不大赞成的占16%，不赞成的占47%。（3）若"村里丢了一头羊，村长决定每家搜，您持何种态度"，受访人选择"反正我没有偷羊，随他怎么搜"的占14.0%，选择"他是村长，当然有权搜他的村民"的占4.9%，选择"既然是村长要搜，不乐意也得让他搜"的占6.0%，选择"村长这样做不对，坚决不让他搜"的占32.7%，选择"不让他搜，如果他硬搜，我就告他"的占22.4%。

北京大学中国国情研究中心2008年的"中国公民意识调查"涉及了以下问题：（1）对于"出现社会危机时，政府有权超出法律规定的范围去处理问题"，受访人中的23.5%非常同意，47.7%比较同意，22.0%不太同意，6.8%非常不同意。（2）对于"在我国，公民应该更主动地质询政府的措施"和"在我国，公民应该对政府权威给予更多的尊重"，受访人非常同意第一种说法的占24.0%，比较同意第一种说法的占35.6%；比较同意第二种说法的占33.0%；非常同意第二种说法的占7.4%。（3）对于"任何反对政府政策的组织都应该被取缔"和"人们应该能够加入任何组织，不管政府批准与否"，受访人非常同意

---

① 该调查的数据均来自李艳丽《政治亚文化：影响当代中国政治发展的特殊因素分析》，武汉大学出版社，2008。

第一种说法的占34.5%，比较同意第一种说法的占45.3%，比较同意第二种说法的占16.9%，非常同意第二种说法的占3.3%。（4）对于"那些与多数人立场不一致的政治观点应该被禁止"和"人们应该不受政府影响地表达他们的政治思想"，受访人非常同意第一种说法的占16.1%，比较同意第一种说法的占29.1%，比较同意第二种说法的占45.2%，非常同意第二种说法的占9.6%。（5）对于"任何人都应该支持自己的政府，即使它做得不对"，受访人非常同意的占20.6%，比较同意的占29.2%，中立的占8.2%，不太同意的占33.1%，非常不同意的占8.9%。该中心2008年的"公民文化与和谐社会的调查"显示，对于"为了解决当前复杂的经济问题，我们需要强势的政府"，受访人非常同意的占27.27%，比较同意的占48.85%，中立的占10.66%，不太同意的占11.52%，非常不同意的占1.69%。

调查数据反映出中国公民不仅较认可强势政府，甚至对强势的领导人亦抱有一定的容忍态度。

（二）含混的民主观

定义"民主"是个见仁见智的问题，但是对于民主包含"参与"这一要素，一般不会引起争议。各种调查显示，中国公民在对"民主"要素的选择中，涉及"参与"选项的提及率较低。

李艳丽的调查显示，"关于民主您更同意哪种说法"，受访人的选择是，"集中指导下的民主"占11.8%，"广泛听取、征求人民的意见"的占27.1%，"人民群众当家作主"的占19.9%，"少数服从多数"的占3.6%，"为民做主"的占8.3%，"人民能够选举政治领导人"的占6.6%，"人民有效地参与社会生活管理"的占14.7%，"限权分权"的占4.1%，"不知道"的占3.8%。

北京大学中国国情研究中心2008年的"中国公民意识调查"显示，对于"民主是什么"的问题，受访人中的42.8%表示不知道，17.8%没有回答，只有39.4%具体作答，其中认为民主就是"有权利"的比例最高（31.2%），其下依次是"自由"（27.5%）、"平等、公正"（21.9%）、"共同参与，大家一起商量作决定"（8.2%）、"选举"（4.5%）、"吃饱穿暖、生活富裕、经济发展"（3.5%）、"少数服从多数，不专制，民主集中制"（3.2%）；在民主的体现方式方面，受访人中的39.0%选择"国家的领导人能够关注民生"，23.4%选择"人们都有丰厚的收入",22.5%选择"国家的领导人由人民直接选出",15.0%选择"人们都自由地追求他们的理想"。该调查还显示,对于"经济发展重要还是民主重要",受访人中的59.4%选择"经济发展重要",21.3%选择"两者同样重要",19.3%选择"民主重要"。

北京大学中国国情研究中心2008年的"公民文化与和谐社会的调查"要求从中国未来十年的四个发展目标中选出一个最重要的目标,受访人的选择从高到低依次为快速的经济增长(40.73%)、保证我国有强大的国防力量(31.85%)、努力使我们的城市和乡村变得美丽(23.92%)、保证人们在工作单位和社区中有更多的发言权(3.49%);该调查还要求对好公民条件的重要性打分(10分满分),受访人打分从高到低依次为总是遵纪守法(8.46)、在国家需要时参军(8.08)、总是帮助比自己境况差的人(7.93)、从不逃税(7.75)、监督政府行为(7.08)、参加社会和政治组织的活动(6.34)、试图理解与自己持不同看法的人们(6.32)、总是在选举中投票(6.32)。

周晓虹对中产阶级的调查显示,① 对于"您认为在以下有关改革的各种举措中,应该从哪些方面首先抓起",受访人的选择由高到低的排序为说不上来(16.2%),增强报道深度、加强舆论监督(13.8%),言论、出版自由(12.8%),保证公民的私有财产不受侵犯(9.4%),公民参政议政(9.1%),捍卫公民的基本人权(8.7%)。

上述几项调查均显示,中国公民对于"参政"甚至对于"民主"并未给予足够的重视。

(三) 政治参与方式的选择

政治参与方式的选择表明了公民对各种政治参与方式的基本态度或基本评价,并在一定程度上可以折射出公民的政治心理。

李艳丽的调查显示,如果遇到村里发生的纠纷,受访人主要选择找村干部调解(68.8%),其次是打官司(20.0%),再次是找族里长辈调解(11.2%);如果某项政策对自己、同事或本阶层利益有所损害,受访人可能采取的行动由高到低的排序是向有关政策部门反映(29.4%),通过党组织向上反映(18.8%),

---

① 该调查的数据均来自周晓虹主编《中国中产阶级调查》,社会科学文献出版社,2005。

发牢骚（8.4%），联合他人上访（6.5%），通过工会向上反映（6.3%），给报社写信（4.8%），罢工（4.8%），等等、最终会有人解决（4.5%），忍了、想办法补偿损失（4.1%），体谅国家（3.7%），怠工（1.9%），上街游行（1.5%）。

中国政法大学2003~2005年"中国公民人文素质现状调查"显示，① 对于"如果与他人有激烈矛盾纠纷，首先会想到的解决方法"，受访人中的约59%选择"遵循法律和政策规定解决"，约37%选择"找单位和领导帮助解决"，约4%选择"通过恐吓、武力或其他施压方式解决"。

敖带芽对私营企业主的调查显示，私营企业主在企业遇到不公正待遇时首选的解决途径由高到低的排序为找工商联、私协（24.2%），找民营企业投诉中心（21.6%），通过法律途径解决（20.7%），找党政领导解决（15.9%），找人大代表反映（10.1%），找政协委员反映（3.5%），组织员工上访（3.1%），忍气吞声（0.98%）；私营企业主对政府公共决策表达看法最可能的做法由高到低的排序是通过人大代表政协委员呼吁（29.8%），通过新闻媒体（19.3%），直接向政府领导反映（17.5%），向工会妇联行业协会等团体提出（16.2%），通过听证会直接表达意愿（5.7%），通过各种热线电话（5.7%），通过上网反映（5.7%）。

从以上调查数据可以看出，政治渠道（包括找政府、上访、找干部、找人大代表等）是中国公民首选的政治参与方式，法律渠道（找法院、打官司、向律师咨询等）或组织渠道（如依靠非政府组织、社会团体等）等其他政治参与方式在各项调查中均未能排在前列。对此，李艳丽调查中的一道题目可以说明问题，对于"您认为现在办事主要靠什么"，受访人中只有20.0%选择主要依靠法律，19.1%选择依靠党的政策，15.3%选择靠领导意图，42.0%选择靠人情或请客送礼。可见，公民对法律途径存在着普遍的不信任，而认为党的政策、领导意图等政治渠道更起作用。这一方面表明了中国公民对当前各种政治参与渠道的评价，另一方面也说明了公民存在依靠"官老爷"的心理，这显然是一种权威依附意识的体现。

对于中共中央提出的"公民有序政治参与"，魏星河的定义是公民在认同

---

① 该调查的数据均来自石亚军主编《中国公民人文素质研究——数据评析与对策建议》，经济科学出版社，2009。

现有政治制度的前提下，为促进国家与社会关系良性互动、为提高政府治理公共事务的能力与绩效而进行的各种有秩序的活动，它包括各种利益表达、利益维护的行动，包括依法的政治参与行为和有秩序的参与行为。① 亦有学者将政治参与的有序性归纳为三个方面，即政治参与必须是合法的，必须遵循一定程序，过程必须是可控的。② 对此，我们可以作两个方面的理解。一是对极端的政治参与方式的否定，这与当前中国公民的政治心理是吻合的，北京大学中国国情研究中心 2008 年的"公民文化与和谐社会的调查"亦印证了这一点，对于"示威容易转变为社会动乱，影响社会稳定"，受访人中的 18.58% 选择非常同意，55.04% 选择比较同意，6.86% 选择中立，15.84% 选择不太同意，3.68% 选择非常不同意；对于"应该禁止示威活动"，受访人中的 18.68% 选择非常同意，40.23% 选择比较同意，13.30% 选择中立，23.80% 选择不太同意，3.98% 选择非常不同意。二是对有序（制度化、规范化和程序化）政治参与方式的提倡，应该说，法律渠道、组织渠道以及一些新兴政治参与渠道（如网络参与）均是有序政治参与的渠道。然而，普遍存在的权威依附心理使得公民更多地倾向于传统的政治参与方式（如政治渠道和熟人网络），这对于扩大和深化我国有序政治参与是不利的。因此，全面理解"有序政治参与"的内涵，鼓励公民自发地、理性地、积极地参政议政，是当前亟待解决的问题。

四 中国公民对政治参与权利的认知

公民对政治参与权利的认知，不仅直接影响政治参与的水平，亦对公民的权利保障有重要作用。

（一）关于政治参与权利重要性的评价

北京大学中国国情研究中心 2008 年的"中国公民意识调查"，以 9 项权利测试公民对权利重要性的认识，受访人对第一重要权利的选择，由高到低的排序是

---

① 魏星河：《我国公民有序政治参与的涵义、特点及价值》，《政治学研究》2007 年第 2 期。
② 郭亚杰、刘刚：《政治参与有序性论析》，《前沿》2010 年第 10 期。

生存权（56.2%）、劳动权（15.3%）、选举权（7.6%）、参政议政权（7.3%）、言论自由（5.6%）、个人隐私权（4.7%）、表达自由（1.9%）、宗教自由（1.5%）、结社权（0.1%）。

中国政法大学2003～2005年的"中国公民人文素质调查"显示，认为选举权重要的，女性（76.25%）高于男性（74.70%），中老年（76.5%）高于青少年（74.1%），高学历（研究生79.3%，大学78.9%）高于中等学历（72.2%）和低学历（60.0%）；认为参政权重要的，男性（25.79%）高于女性（22.62%），中老年（25.6%）高于青少年（22.6%），低学历（31.4%）高于中等学历（24.2%）和高学历（大学24.3%，研究生20.9%）。

这两项调查显示，在各项权利中，参政权并没有被公民视为最重要的权利。当然，这并不是说公民认为参政权可有可无。北京大学中国国情研究中心2008年的"公民文化与和谐社会调查"显示，对于"像我这样的人，无权评价政府行为"，受访人中的16.22%选择非常不同意，44.82%选择不太同意，9.12%选择中立，23.35%选择比较同意，6.49%选择非常同意。该中心2008年的"中国公民意识调查"中同一题目的调查结果是非常同意（10.9%），比较同意（30.2%），中立（5.9%），不太同意（38.4%），非常不同意（14.6%）。中国人民大学2003～2008年的综合社会调查显示①，对于"讨论国家和地方大事需要比较高的知识和能力，所以只能让有较高知识和能力的人参与"的观点，认同的人较少；而对于"我了解村、社区发生的事情，所以我有权参与村、社区的事务"，受访人中的63.64%选择同意，14.15%选择非常同意，22.21%选择不同意或非常不同意。

（二）关于政治参与权利保障的评价

北京大学中国国情研究中心2008年的"中国公民意识调查"显示，中国公民对调查涉及的五项政治参与权利的满意度很高，持肯定性评价（"非常满意"和"比较满意"）的受访人比例均超过60%，有的甚至超过80%（见表1）。

---

① 该调查的数据均来自中国人民大学中国调查与数据中心中国综合社会调查项目《中国综合社会调查报告（2003～2008）》，中国社会出版社，2009。

表 1 中国公民政治参与权利保障评估表

单位：%

项　　目	非常满意	比较满意	不太满意	非常不满意
对当前我国在保障言论自由权利方面,您的满意程度如何?	28.1	60.5	9.5	1.9
对当前我国在保障投票权利方面,您的满意程度如何?	24.1	54.5	16.5	4.9
对当前我国在保障政务信息知情权方面,您的满意程度如何?	15.1	53.3	25.7	6.0
对当前我国在保障批评政府的权利方面,您的满意程度如何?	14.8	49.2	29.2	6.8
对当前我国在保障参与社团的权利方面,您的满意程度如何?	14.0	66.3	17.1	2.6

数据来源:《中国公民意识调查数据报告（2008）》,社会科学文献出版社,2009,第170页。

北京大学中国国情研究中心 2008 年的"中国公民意识调查"还显示,受访人认为批评政府或政治家基本没有顾虑的比例超过90%（见表2）,说明公民认为言论自由的权利可以得到较好的保障。

表 2 中国公民对批评权的看法

单位：%

	顾虑很大	顾虑较大	有一些	没有顾虑
您平时与他人闲聊批评中央政府时,有顾虑吗?	2.7	5.5	29.4	62.5
您平时与他人闲聊批评地方政府时,有顾虑吗?	3.0	5.5	27.9	63.7
您平时与他人闲聊批评党和国家领导人时,有顾虑吗?	3.0	5.5	27.9	63.7

数据来源:《中国公民意识调查数据报告（2008）》,社会科学文献出版社,2009,第128页。

敖带芽对私营企业主的调查显示,90.3%的私营企业主认为现在表达意见、反映问题基本方便或非常方便,只有 9.7%的人认为不方便;他们认为当前影响政治参与的主要障碍依次是时间与精力有限（42.5%）、自身素质与知识水平有限（31.4%）、渠道不畅通（21.2%）、无人受理和重视（4.9%）。

调查数据显示,中国公民已普遍具有较高的权利认识,对于表达自由、行为自由的必要性有较为充分的认知,并基本满意当前参政权的保障措施。然而,当前中国参政权的落实有待改善,也已成为不可忽视的问题。

五　中国公民的政治效能感

密歇根大学调查研究中心的学者坎贝尔认为,政治效能感是一种个人认为自己的政治行动对政治过程能够产生政治影响力的感觉，也是值得个人去实践其公民责任的感觉；是公民感受到政治与社会的改变是可能的，并且可以在这种改变中扮演一定的角色的感觉。① 在各项调查中，涉及政治参与效能感的主要包括两个内容，一是对自我政治参与能力的认知，二是对参与效果的认知。

北京大学中国国情研究中心 2008 年的"公民文化与和谐社会调查"显示，对自我政治效能感持消极评价的中国公民比例高于均持积极评价的公民比例（见表3）。

表3　中国公民政治效能感评估表（1）

单位：%

	非常不同意	不太同意	中立	比较同意	非常同意
政府官员不太在乎像我这样的人有何想法	8.32	29.08	10.65	39.60	12.35
我觉得我对中国面临的重大政治问题很了解	14.95	46.61	14.30	20.98	3.16
我觉得我比一般人知道更多的政治的情况	15.54	48.31	14.18	18.42	3.54
我认为我完全有能力参与政治	20.06	42.99	15.68	16.55	4.72
政治太复杂，不是像我这样的人可以理解的	7.76	27.24	15.75	36.59	12.66

数据来源：《公民文化与和谐社会调查数据报告》，社会科学文献出版社，2010，第208页。

北京大学中国国情研究中心 2008 年的"中国公民意识调查"，亦显示中国公民政治参与效能感总体偏低（见表4）。

表4　中国公民政治效能感评估表（2）

单位：%

	非常同意	比较同意	中立	不太同意	非常不同意
政府官员不太在乎像我这样的人有何想法	14.9	41.5	7.9	28.5	7.1
我觉得我对中国面临的重大政治问题很了解	5.3	24.0	8.8	47.8	14.2
我觉得我比一般人知道更多的政治的情况	3.8	21.3	9.8	49.1	16.0
我认为我完全有能力参与政治	5.2	16.7	8.8	47.0	22.2
政治太复杂，不是像我这样的人可以理解的	16.0	39.5	9.2	28.8	6.5

数据来源：《中国公民意识调查数据报告（2008）》，社会科学文献出版社，2010，第206页。

北京大学中国国情研究中心的调查显示中国公民对自我政治参与能力并不自信。以下几项调查则表明，公民普遍认为政治参与效果不理想。

---

① 引自李蓉蓉《海外政治效能感研究述评》，《国外理论动态》2010 年第 9 期。

对于农民工群体而言，邓秀华对长沙、广州农民工群体政治参与意愿的调查显示，只有 1/3 的农民工认为在投票选举时，自己的投票起作用，2/3 的农民工认为不起作用或说不准；对于"自身意见、看法能否对单位或政府的决策产生影响以及影响程度"，受访人中的 21.4% 认为能够产生影响，近 2/3 认为影响程度很弱，38.1% 认为不能影响。

对于中产阶级群体而言，周晓虹的调查显示，"关于公民的政治参与，您认为当前存在的主要问题有哪些"，33.3% 的受访人认为"参与不起作用"。

对于大学生群体而言，《瞭望》新闻周刊 2009 年"当代大学生政治意识及参与问卷调查"显示，四所大学中有三所大学的过半数受访学生表示，不太满意当前的政治参与（选举、表达等）。但是，孙华玉等人主持的"大学生政治参与状况"调查显示，76% 的学生认为他们的政治参与活动能够在一定程度、一定范围内影响我国的民主政治建设。对此，笔者认为，作为具有良好未来发展预期的大学生，其政治效能感较高可能是合理的。

综上所述，过去的十年中，中国公民的政治参与意识的状况并不十分令人满意。公民整体政治参与意愿低，权威依附意识较高，对参政权的重要性认识不足，政治效能感偏低，这些均是政治参与意识中有待改进的地方。当然，我们也应看到，公民的政治参与意识在很多方面呈现可喜的变化，如对于新兴的政治参与领域抱有较高热情，部分公民群体政治参与意愿有所提升，公民的政治关注度始终很高，参政权的必要性得到大多数公民的认可等。希望借由当前的各种有利因素，逐步改进中国公民的政治参与意识。

案例分析篇
Case Studies

B.13

公民在地方行政立法中的参与

——以黑龙江省哈尔滨市法制办的立法为例

孙彩红

随着改革开放尤其是社会主义市场经济的发展和整个社会环境的变迁，不同社会主体都对政府提出了更高的要求，民众的权利诉求也更加多样化。在新的社会环境和形势下，中国共产党多次强调要依法治国和扩大公民的有序参与，如党的十六大报告要求"健全民主制度，丰富民主形式，扩大公民有序的政治参与，保证人民依法实行民主选举、民主决策、民主管理和民主监督"；党的十七大报告更明确指出，"依法治国是社会主义民主政治的基本要求。要坚持科学立法、民主立法，完善中国特色社会主义法律体系"。除了这些原则性的规定外，党的重要文件中还提出了一些具体要求，如制定与群众利益密切相关的法律法规和公共政策时要公开听取意见，增强决策透明度和公众参与度等。

就公民政治参与的内容看，有对政府决策与执行的参与，有对政府立法的参与，有对政府市政管理中具体事务（如公用事业价格调整等）的参与，还有对政府职能履行过程中的参与，等等。从吸纳公民参与的机构看，有公民对立法机关的参与，对行政机关即狭义政府的参与，还有对各种社会团体的参与。

本报告的公民参与主要涉及地方政府制定行政法规（简称"地方行政立法"）时的公民参与问题，基本不涉及地方人大的立法。公民参与地方行政立法，也是参与政府管理过程的一个重要方面；由于地方的行政立法主要是在本辖区内生效的地方性规章、规定或办法，本辖区内公民的立法参与更有针对性和时效性。本报告根据实地调查得到的各种资料，对黑龙江省哈尔滨市行政立法中的公民参与情况作初步分析。

一 公民参与立法的理论依据与现实需要

公民能够参与立法，不仅有深厚的理论基础，还有社会发展的现实需要。

（1）公民参与立法的法理依据是人民主权原则。人民主权理论是我国民主政治的核心，《中华人民共和国宪法》明确规定"中华人民共和国的一切权力属于人民"，这是对人民主权原则在宪法上的确认。无论是国家的立法权、司法权、行政权还是其他国家权力都是根源于人民的，其行使也应当以人民的利益为宗旨。在国家权力体系中，立法权是一种最根本的并且影响最大的权力，所以人民主权首先体现的是立法权属于人民。《中华人民共和国宪法》还规定："人民依照法律规定，通过各种途径和形式，管理国家事务，管理经济和文化事业，管理社会事务。"这些规定成为公民参与立法的宪法基础和依据，立法的参与权是人民主权原则在立法领域的延伸。

（2）立法中的公民参与是法理中的正义所要求的。公民参与政府立法活动既是公平公正的体现，又是正义的必然要求。"法的目的就是协调、平衡各种利益之间的关系。"① 法律的功能在于调节、调整和分配各种错综复杂的冲突和利益关系。立法的过程是一个利益博弈的过程。而要使各种利益能够得到合理的调整与分配，其根本在于各利益主体能够在法的制定过程中充分表达自己的意志与愿望，并且还要符合人民的根本利益。如果某政府机关或者个人在立法过程中处

---

① 〔法〕卢梭：《社会契约论》，何兆武译，商务印书馆，1997，第172页。

于主导性的地位，那么立法活动将会变成一种单方性行为，就无法真正体现人民的意志。因此，"立法作为分配正义，必须向社会敞开大门，让各方参与分配的策划、协商和厘定，达致最低限度共识"。① 这种正义的实现，要求立法建立在各方能够充分行使其话语权、表达权的基础上。

（3）公民有权参与立法是现代社会实现法治的必然要求。我国要实现"依法治国，建设社会主义法治国家"的目标，就应该让人民真正在立法过程中当家作主。特别在我国现阶段，公民参与立法对于促进党的领导、人民当家作主和依法治国的有机统一具有重要作用。2004 年 3 月国务院颁布的《全面推进依法行政实施纲要》提出，要改进政府立法工作方法，扩大政府立法工作的公众参与程度。党的十七大报告亦明确指出："制定与群众利益密切相关的法律法规和公共政策原则上要公开听取意见。"温家宝总理在 2010 年的政府工作报告中也强调"制定与群众利益密切相关的行政法规、规章，原则上都要公布草案，向社会公开征求意见"。我国要建设法治政府，基本的要求就是必须通过广泛的公众参与来保证立法的公平和公正，这也是贯彻依法治国方略，全面推进依法行政的必要保障。

（4）公民参与立法是提高立法质量的现实需要。公民参与立法，有利于促进良法的制定。公民参与可以提高立法的科学性，增强和扩大立法的群众基础，降低立法的社会风险。立法的科学性不但取决于立法者的能力，而且取决于立法信息的数量和质量。通过公民参与立法，可以使立法者获得更广泛的信息，提高立法的准确度。只有让民意充分表达并且充分吸纳民意的立法，才具有真正的民主性、正当性和合理性，才能克服立法主体存在的立法偏私，才能称得上是良法。一些公民参与地方行政立法的案例表明，参与不参与，结果确实不同。如上海市政府法制办在《上海市旅馆业管理办法》制定过程中，广泛听取了社会各界的意见和建议，不仅于 2008 年 7 月 18 日至 8 月 10 日在"中国上海"门户网站公布了《办法》草案全文，通过电视、广播、报纸等媒体发布消息指引，广泛征求社会公众的意见，还多次组织专家学者对有关问题进行专题讨论，充分听取了专家的意见和建议；2008 年 9 月 11 日，针对社会关注度较高、各方意见分歧较大的住宿时间结算（12 点退房）、旅馆停车相关责任等 2 个问题，上海市政

---

① 许章润：《从政策博弈到立法博弈》，《政治与法律》2008 年第 3 期。

府法制办公开举行了立法听证会，来自旅馆企业、消费者、相关行业协会等各方面的听证代表展开了较为激烈的辩论；经过公开征求意见、召开立法听证会，共收到公众对《办法》草案的意见、建议47条，其中17条意见、建议被采纳，11条被部分采纳，19条未予采纳，采纳和部分采纳的约占全部意见、建议的60%。① 公民参与立法还能提高立法的地方适应性。地方政府部门的立法主要是针对本辖区内的公共事务，因此要使制定的规章、规定和办法等适应当地经济发展水平、社会发展需求、历史传统等状况，就更需要公民的参与。当地公民的要求和愿望是来自生活的最真切的感受，是值得地方政府在行政立法中参考的。地方法规应当"具有显著的地方适用性，即在调整的对象、角度、手段、措施等方面具有地方性，不仅是对上位法的有效补充和具体化，而且是对社会关系的主动规范和积极引导"；"在社会转型时期，地方立法决策必须从中国国情、时代特征、地方特点出发，由此决策的最终结果未必是最佳的，但却是特定社会条件下最合适的"。② 地方法规与地方政治、经济、社会和风土人情等适应的程度，与公民参与的深度、广度和有效性等方面具有密切关系，公民参与越有效，地方政府立法的适应性就越强、越具有地方可行性。可以说，公众参与在不同程度上影响了地方行政立法的质量和水平。

二　哈尔滨市公民参与政府行政立法的实践背景

黑龙江省哈尔滨市政府行政立法过程中公民参与的进展和取得的成效，与全国范围内公民参与立法的发展进程是分不开的。近年我国公民参与立法是一个受到较多鼓励和关注的实践活动，正是在全国的公民参与立法大发展的背景下，哈尔滨市政府行政立法的公民参与才具备了厚实的实践基础。

20世纪80年代以来，我国的立法模式逐步由过去的官方化、封闭式走向民主化、公开化和科学化，立法过程中的公民参与有了较多的发展。从参与立法的立法主体机构来看，有对人大立法的参与，也有对政府机关立法的参与。从参与

① 《〈上海市旅馆业管理办法〉制定过程中听取和吸收公众意见的主要情况》，"上海政府法制信息网"2009年3月26日载文。

② 孙潮、阎锐：《论立法决策》，《人大研究》2006年第12期。

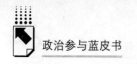

立法的层次上，我国公民参与立法的实践活动大致可以分为参与国家立法和参与地方立法两个层次。近几年来，中央政府和地方政府在公民参与政府立法的法律和制度安排方面进行了积极的探索；公民参与立法的形式也越来越多样，参与立法实践的活动也越来越多。

国务院2001年颁布的《行政法规制定程序条例》和《规章制定程序条例》都在程序上对公民参与立法作出了进一步规范。如《行政法规制定程序条例》第十二条规定：起草行政法规，应当深入调查研究，总结实践经验，广泛听取有关机关、组织和公民的意见。听取意见可以采取召开座谈会、论证会、听证会等多种形式。《规章制定程序条例》第十四条规定：起草规章，应当深入调查研究，总结实践经验，广泛听取有关机关、组织和公民的意见。听取意见可以采取书面征求意见、座谈会、论证会、听证会等多种形式。第十五条规定：起草的规章直接涉及公民、法人或者其他组织切身利益，有关机关、组织或者公民对其有重大意见分歧的，应当向社会公布，征求社会各界的意见；起草单位也可以举行听证会。

地方政府也出台了相应的制度规范，如《北京市人民政府规章制定办法》、《无锡市人民政府规章制定办法》、《哈尔滨市政府规章制定程序规定》和《沈阳市人民政府规章制定办法》等，均可见到广泛听取意见的相关规定。特别值得一提的是，2006年7月广州市政府颁布了《广州市规章制定公众参与办法》并于2007年起正式实施，这是首部规范公众参与行政立法工作的地方规章，对公众参与程序进行了具体细化，对中国行政立法中的公众参与制度建设具有里程碑的意义。公民参与地方政府的立法亦已处于快速发展阶段，尤其是2005年个人所得税立法的听证与公开征求社会意见和建议之后，地方立法中允许公民参与就有了一个较大的进展。有人已经明确指出，"公众参与地方立法的形式可谓多种多样：北京市、河北省、贵州省、太原市等就地方性法规征求公众意见；河南省、山东省、苏州市、兰州市等公开征集地方立法规划项目；海南省、湖南省、宁夏回族自治区、济南市、哈尔滨市等进行地方立法听证；深圳市将辩论机制引入地方立法；广州市率先制定专门规范公众参与地方行政立法的地方政府规章"。① 迄今为止，公布法律、法规和规章草案向社会公开征求意见已成为普遍

---

① 徐璐：《代议与参与——对当前我国公众参与立法的反思》，《江淮论坛》2010年第1期。

实践；地方性法规、规章草案征求意见各地正在尝试多种方式，如上海市较早地开设了规章草案征求民意网络平台，系统收集群众对规章的意见建议。[①]

从法规草案个案公开到常态公开，从立法单一环节的公民参与到全过程参与，我国公民参与立法的探索和实践，在政府与公民关系的良性互动中呈现良好的发展态势。然而，在地方政府行政立法的全过程中允许公民参与、吸纳公民意见的做法还不多见，哈尔滨市政府法制办在立法过程中让公民全程参与的做法，是对现有公民参与地方政府行政立法实践的深入和进一步探索。

三　哈尔滨市政府行政立法全过程的公民参与实践探索[②]

哈尔滨市政府按照《全面推进依法行政实施纲要》和《立法法》的规定，对公民参与政府行政立法进行了积极的探索和实践。哈尔滨市政府的行政立法工作，坚持"政府立法，百姓参与"，并通过制定《哈尔滨市政府规章制定程序规定》，将公众参与政府行政立法以法规的形式固定下来，在政府的整个行政立法过程中都有征求百姓和社会意见的环节与过程，从而努力为本市各项事业的全面、协调、可持续发展营造良好的法制环境。

（一）立法计划征求民众意见

选好立法项目是提高政府行政立法质量的前提，法律的贯彻执行是建立在能为广大人民群众所掌握并自觉遵守的基础之上的。只有将形式上的民主转化为实质上的民主，才能进一步激发广大民众对法律、法规的信赖感，并引导民众从主要关注自身利益逐渐转化为关注社会公共利益和国家利益。

哈尔滨市政府通过"政府立法，百姓做主"的方式，从 2004 年起，每年的第二季度初，经市政府同意后，通过《哈尔滨日报》、"哈尔滨市政府法制信息网"，公开向社会征集下一年度的政府立法项目。根据征集到的立法建议，区分轻重缓急，按照滚动立法与应急立法相结合，坚持制定特色法、发展法、利民法的原则，形成下一年度政府立法计划征求意见稿，再次向社会公布，征求民众意

---

① 刘华：《公众参与政府立法的若干问题》，《东方法学》2009 年第 6 期。
② 这一部分内容参考了在哈尔滨市政府法制办与王处长座谈时获得的资料，在此表示感谢。

见。根据反馈的建议对立法计划作进一步调整后，形成立法计划草案，提交市政府常务会议讨论通过后，与政府立法计划说明一并在《哈尔滨日报》、"哈尔滨市政府法制信息网"上公布。

近五年来哈尔滨市制定的政府立法计划，大部分立法项目是根据社会征集的立法建议制定的。根据群众反映强烈的挖掘城市道路问题，哈尔滨市政府专门制定了《哈尔滨市挖掘城市道路管理办法》。过去哈尔滨市乃至全国均没有一个统一的交通事故责任认定标准，引发大量重新认定和上访告状；哈尔滨市政府根据群众意见，制定《哈尔滨市交通事故责任认定暂行规定》时，规定对交通事故处理实行"打分定责"，真正做到"一把尺子量责任"，避免交通事故责任认定中的标准不一、随意性大的弊端。哈尔滨市政府还针对群众提出的提高社会治安防控能力的立法建议，制定了《哈尔滨市公共安全技术防范管理办法》；针对群众提出的保障食品和饮用水安全的建议，制定了《哈尔滨市蔬菜质量安全管理暂行办法》、《哈尔滨市西泉眼水库饮用水水源保护条例》；针对群众提出的保障公众居住和出行安全的建议，制定了《哈尔滨市城市房屋安全管理办法》；针对群众提出的保护弱势群体合法权益、维护社会公平的建议，制定了《哈尔滨市进城务工农民权益保障暂行办法》、《哈尔滨市城市无障碍设施建设管理办法》、《哈尔滨市城市居民最低生活保障办法》等。

（二）立法过程全程公开

在立法过程中，哈尔滨市政府始终坚持集体决策，开门立法，广泛集中民智，持续推进民主立法。为拓宽公民参与立法的渠道，增强政府行政立法的公开性和透明度，保障人民群众通过多种途径参与立法活动，使立法体现人民的意志，反映人民的愿望，哈尔滨市政府对与人民群众切身利益有关的立法，尽可能通过报纸、互联网公布，广泛征求公众建议和意见，并要求把征求意见工作做充分，使立法切实解决实际问题，摆脱"花架子"，使制定的法规具备良好的执行基础，真正达到立法的高质量、高水平。

立法过程的全程公开，可以采用不同的做法，在实践中有一些具体事例。

哈尔滨市政府法制办在制定《哈尔滨市城市公园管理办法》时，把征询立法意见活动"搬"进了公园，认真听取市民的意见和建议。两天时间里，市政府法制办工作人员分别在斯大林公园、香坊公园设立了立法意见征询站，现场向广大市民征求对城市公园管理立法的意见和建议。活动吸引了许多闻讯赶来的市民的积极参与，大家就如何建设城市公园、公园的维护和安全管理及公园管理部门应有的权责等问题提出合理化意见100多条。通过深入群众征询立法意见活动，集中了民智，拓宽了立法思路，真正让立法符合民情民意，奠定了立法工作的群众基础。

在制定《哈尔滨市进城务工农民权益保障暂行办法》时，哈尔滨市政府法制办工作人员跑遍了全市农民工聚集的工地、工棚，与农民工座谈，与其交朋友，征求他们的意见。

在研究制定《哈尔滨市物业管理规定》、《哈尔滨市城市住房专项维修资金管理办法》等立法项目时，哈尔滨市政府法制办通过召开业主代表座谈会、物业企业代表座谈会和到开发企业进行走访等形式，征求大家的意见，受到了广大市民的好评。

为增强立法工作的公开与透明，建立政府立法者与社会公众的互动机制，哈尔滨市政府法制办还及时向市民反馈征集立法意见和建议的结果或采纳情况。如2009年3月24日至4月3日期间，哈尔滨市政府法制办在网上公布了《哈尔滨市历史文化名城保护条例（征求意见稿）》全文，向社会各界广泛征求意见和建议。据统计，共收到意见或建议13份，包括网上意见或建议11份，书面来信2份，对《条例（征求意见稿）》提出了19条具体意见或者建议（重复意见不计）。其中，4条意见、建议被吸收采纳，3条被部分采纳，6条未予采纳，5条属《条例（征求意见稿）》中已有规定或者实践中已经操作实施，1条采取其他方式处理。之后，该《条例（草案）》经市政府常务会议讨论通过，并报市人大常委会审议。这些情况都通过市政府法制信息网向社会各界反馈。[1]

（三）立法后的公民评估

通过规章实施的信息反馈和公民参与立法后的评估，有利于及时发现规章自身存在的问题。开展立法后评估，是检验和提高立法工作质量的有效途径，可以促使立法机关及时修改一些不当规定，保证规章适应不断发展变化的客观形势。特别是涉及民生、百姓切身利益的立法，在出台后（执行一年或更长时间之

---

[1] 樊金钢：《哈尔滨市政府开门立法有回音》，2009年6月20日《黑龙江日报》。

后），要进行立法后的评估，主要评估内容涉及立法的宗旨是否得到实现。如果没有实现，是什么原因，是立法本身的原因，还是执行中的问题？就这些立法后的问题征求意见，随时对立法和执行进行调整。根据国务院《全面推进依法行政实施纲要》中提出的"立法机关和实施机关必须建立健全立法项目实施情况评估制度"的要求，哈尔滨市探索建立和完善地方立法质量和绩效评估机制，制定了《哈尔滨市政府规章立法后评估规定》，把立法评估权交给公众，每年把与人民群众密切相关的法规规章在《哈尔滨日报》、"哈尔滨市政府法制信息网"上全文公布，倾听群众的意见，根据管理相对人的建议对现行的政府规章进行清理、修改或者废止，如《哈尔滨市城市房屋拆迁管理办法》就根据群众的建议进行了几次修订。

四 哈尔滨市公民参与政府行政立法的主要成效与不足

从哈尔滨市政府行政立法中的公民参与实践探索可以看出，公民参与政府行政立法取得了明显的成效。

第一，公民参与立法的内容日益广泛，政府法制办已经把征集公民立法意见和建议纳入日常工作。从饮水安全、蔬菜质量、权益保护、最低生活保障等民生问题，到城市道路、房屋拆迁等城市建设问题，相关立法都越来越多地征求市民和社会的意见与建议。

第二，公民参与立法的程度越来越深入，立法过程越来越公开和透明。从小范围内仅就某些问题公开征求意见，到规章草案全文向社会公示，再到将立法计划向社会公开征求意见，甚至完全由群众提出立法项目的建议，政府立法工作的透明度不断提高，人民群众在立法活动中的知情权得到了有效保证，而且参与立法的程度越来越深入。

第三，公民参与政府行政立法的形式越来越丰富多样。来信、来电、来访等形式，在政府行政立法工作中越来越多地得到运用。专家咨询会、立法听证会的作用，得到了行政立法机关以及社会各界的肯定和重视，召开立法座谈会已经成为非常普通的一种听取意见的形式。发放调查问卷，也逐渐成为一种重要的征求市民意见的方式。报纸、电视、广播等传统媒体，特别是互联网等现代传媒开始越来越多地在政府行政立法过程中发挥作用，成为立法中政府与公民群众沟通和联系的重要途径与平台。为了能够直接与市民交流意见和看法，拓宽公众参与渠道，哈尔滨市政府将征求意见的地点从办公室搬到了公园、社区、企业、工地等现场，采取一些"田间地头"式的听取意见方式，并在听取意见过程中形成良好的反馈机制，和公众产生互动。

第四，民意在政府行政立法中得到越来越多地体现。在立法过程中政府通过各种形式和渠道尽可能多地听取社会各界群众的意见，并给予高度重视。为了不挫伤市民参与立法的积极性，对于征求来的意见和建议，在认真分析后，都给以回复，使得立法真正成为民意的体现，努力实现立法的民主形式与民主本质的统一。

不过，由于受全国民主政治建设进程、国家立法体制机制、社会法治环境、公民权利意识等多方面因素的影响，哈尔滨市公民参与政府立法的过程中仍然存在一些尚未解决好的问题，主要体现在以下几个方面。

（1）对于公民参与意见的汇总还没有完全公开，做得不是很到位。此外，由于政府机关立法部门的人力、财力、时间等资源的限制，也没有能力完全做到对于通过各种途径收集来的意见和建议进行全面的分类汇总，在一定程度上降低了公民参与立法的实际效果。

（2）对征求意见和建议的情况以及处理结果的公开不充分。公布法规或规章草案之后，公众对草案提出的意见和建议都是哪些方面和领域的，政府对其是否采纳，不采纳的理由又是什么，等等，还缺乏有明显说服力的解释。这样，给公民造成的印象就是，立法过程中征求意见，百姓提了也是白提，政府不理睬或者不回应，征求意见就是走过场、走形式。因此，严重降低了政府行政立法的公信力。

（3）虽然坚持实行了立法全过程允许公民参与，但是在立法过程的审查、表决等阶段的公开程度还不够，在这些环节上公民参与的规范也不够细化。而且，立法后的评估过程，还没有非常具体和制度化地吸纳公民参与的程序。

（4）公民参与政府行政立法的积极性还没有被完全调动起来。不少市民参与立法的观念不是很强，认为有些立法与自己的生活和利益无关，表现出一种漠不关心的态度。市民一般都把关注眼前利益以及对个体和家庭产生直接影响的议题作为焦点和主题，而对那些具有前瞻性、全局性和长远性的政策和规划关注度不高，缺乏参与的激情和兴趣。还有的市民在参与中不是很理性，而是情绪性

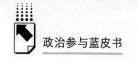
的，这也影响了参与意见的质量。

当然，哈尔滨市公民参与政府行政立法中的这些不足和未解决的问题，在其他城市政府的行政立法中也不同程度地存在。可以说，这些问题是公开和民主立法发展过程中的问题，而且将会随着社会主义民主政治和法治进程的推进，进一步得到解决和完善。

五 提高公民参与地方行政立法水平的建议

公民参与地方政府的行政立法，旨在保证政府的立法反映人民的意志，提高地方行政立法质量。健全和完善地方行政立法公民参与制度，也是我国行政管理体制改革的一项重要任务，对于建设法治政府目标的实现具有重要意义。针对全国不少地方的政府行政立法过程中公民参与存在的问题，结合哈尔滨市的经验，可以提出进一步提高地方行政立法中公民参与水平的几点思考和建议。

（一）公民的知情、理解和支持，需要地方行政立法的透明与公开

特别需要强调的是，要进一步提高政府对立法过程中公民参与的重视程度。哈尔滨市政府在行政立法中鼓励公民参与，最为突出的经验是坚持八个字的思想，让百姓"了解—理解—支持—遵循"，这是环环相扣的。从一开始制订和形成立法的计划，就面向社会公开征求意见和建议，一直到规章的制定出台和执行后的评估，整个过程中大门都是向公众敞开的。只有加强立法各个环节的公开和透明，才能让百姓充分知情，深入地了解，才能产生对政府立法行为的理解，从而更好地支持政府的立法。如关于摩托车在市区禁行的问题，就需要政府对市民进行引导，在条件成熟的时候再出台有关法规，不能一下子就强制禁止使用摩托车；如果采用强制措施，就不会得到百姓很好的理解和支持；这就需要充分公开立法意图，在公布征求意见之前，先广泛宣传，让百姓完全知情。

公民在参与立法过程中，其思想和心理必然会受到法律精神和思想等方面的影响，这在一定程度上产生了法律宣传教育的作用，提升了公民对地方法规的认同和尊重，因此也就利于消除在执法中的障碍，从而保证法规顺利贯彻执行。

在增强立法的透明度和公开性方面，应该通过政府的重要报纸、网站、广播等多种媒体和途径加强公开，把这些媒介作为公众获取立法信息、与政府交流和

互动的重要平台。只有普遍地、真实地、全面地公开立法过程，才能更加有效地保证公民参与政府的立法活动，切实地保障人民在立法过程中实现当家作主的权利。

（二）建立吸纳公民参与地方行政立法的程序和制度保障

《立法法》、《行政法规制定程序条例》和《规章制定程序条例》等法律、法规中有关公民有序参与立法的原则性规定，无疑对地方政府开门立法起到了指导的作用。但是这些规定还比较原则化，需要得到进一步的细化，才能具备可操作性，更好地防止公民参与立法流于形式。哈尔滨市公众参与地方行政立法突出的特点和经验体现在政府的立法程序上，从立法前—立法中—立法后都有公民参与的环节与程序的制度保障。

一是建立公开征求意见的制度。从立法计划的制订、形成，立法草案的修改调整，立法出台执行后的评估等，都有向全社会公开征求意见的程序和途径的保障。而且，在征求百姓意见时，不应过于注重形式上的选取百姓代表参加各种座谈会或集中发表意见和意见，因为选取几个代表还是不能保证听到全面的真实的声音，也就影响到了吸纳市民百姓意见的质量和效果。进一步讲，应该广泛听取更多百姓的声音，即使百姓提出意见的态度比较差，政府立法部门也要认真倾听，通过百姓的反映来反思立法工作中的问题。

二是建立对公民意见的及时反馈制度，防止有关部门操纵听取意见的进程。市民一般都比较关注立法部门对其所提意见的处理情况，希望自己的意见能够得到重视。如果立法部门对公民意见没有进行认真倾听，挫伤他们的积极性，就会使公民失去对立法民主的信赖。因此，对于公民提出的意见和建议，行政立法部门应当整理加工、认真研究，将处理情况给予及时回复，并将有关意见的采纳与不予采纳情况及其理由，向社会公布。行政机关对公民意见怎么反馈，实际上是个反馈形式的问题。对此，法律、行政法规都没有明确的规定。这样就可能造成举行座谈会、论证会、听证会的时候，大家积极参与或者发言，结束后却没有反馈。实践证明，只有行政机关对公民参与的意见不管是采纳还是不采纳，都采取公开的方式反馈给公众，并说明理由，才能实现对行政机关的有效监督，使公众参与落到实处。

三是健全立法后的评估制度。改变过去将普通公民剥离于行政立法后评估的

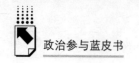

做法，将市民百姓作为行政立法后评估的核心主体，使行政立法后评估由"自上而下"的评估转为"自下而上"的评估。

四是建立健全地方政府行政立法中对各种利益的综合协调机制。政府的根本职能之一是维护公平。政府行政立法的过程，实质上是利益整合、协调、平衡的过程。在作出立法决策的过程中，要全面地整理好公民的各种意见和协调均衡各种利益关系，充分听取各方面的意见，衡量相互矛盾的不同利益得失，使草案能够得到充分的审查和讨论，从而使立法内容为大多数人所接受，保证立法的合理性和可行性，实现立法的预期目的。为了防止部门利益法规化，哈尔滨市政府立法在这方面的经验是经常进行"换位思考"，找到利益的平衡点，部门利益与百姓利益要根本一致起来，时刻牢记政府立法者也是一个公民，设身处地地为普通市民百姓着想，这样制定出来的法规、规章和规定等才能得到百姓认可，政府立法才真正对社会发展有用。

政府只有通过一系列的程序和制度保障公民参与立法的真实性和有效性，才能使百姓感到在参与立法意见时没有受欺骗，才能使政府立法具有公信力。

（三）调动公民参与立法的积极性，建立相关激励机制

从各地的实际情况看，多数地方公民参与政府行政立法的热情不是很高，有些时候，即使参与到立法过程中，大部分公民还是比较情绪化，而非提出理性化的参与意见。这就存在一个如何调动公民参与积极性的问题。当然，公民参与立法意识的全面提高，有赖于国家民主法制建设的总体发展。这里要避免一个误区，即提高公民参与积极性，扩大地方政府行政立法中的公民参与，并不等于全民参与。公民参与政府行政立法的效果与参与的公民人数，并不是完全成正比例关系的。在当前阶段，扩大公民参与政府行政立法的范围，也不必追求所有公民的普遍参与，还要关注参与的质量，保障实现参与的最优化与科学化。在这种认识前提下，激发公民参与立法的积极性，至少要做到以下几点。

（1）通过信息公开向社会公布政府行政立法信息，利用互联网、新闻媒体等媒介广泛宣传，让百姓明白，参与政府行政立法不仅是行使自己管理国家的权利，也是关系到个人、家庭和整个社会的利益，从根本上把公民参与的积极性调动起来。

（2）对公民意见和建议的反馈对于调动公民参与立法的积极性特别重要。

要让公民知道提出的意见和建议到底有什么结果，向公民讲清楚，政府立法中对于其意见和建议并不是全盘吸收、全部采用。在立法中，对群众意见要在仔细全面分析的基础上认真听取，从而得出科学的结论，吸收采纳正确合理的意见，或者说是代表大多数人利益的意见，并及时向社会反馈相关信息。这种有效的反馈使得公民能够看到自己所提意见和建议有了结果和回音，让公民真正感受到他们提出的意见和建议得到了政府有关部门的重视，因此才有更多参与立法的积极性。

（3）要重视公民提出的意见和建议，还要完善"兼听"各方意见的决策取舍机制。要"尊重多数，保护少数"，对任何意见和建议都没有偏向。对公众反映较为集中的意见和建议，应当引起高度重视；对大多数公众的一致意愿，应当予以足够尊重；对少数公众的合理意见和正当利益诉求，必须予以充分考虑和必要的决策倾斜，以确保社会成员各方利益的平衡与协调，真正实现"普惠于民"。

（4）建立相关利益激励机制，给予参与者一定的物质和精神鼓励。公民参与立法是一种有利于公共利益实现的行为，而公众参与肯定要付出一定的物力和精力，立法行为又决定了一般情况下参与者的付出是没有直接回报的。在这种情况下，应通过有关利益激励机制，给予参与人一定的物质精神鼓励：对参与者给予一定的物质补贴，或者从精神层面给参与者以褒扬，如对其参与活动的情况进行公告和表彰，以增强参与者的荣誉感和积极性。

（四）为公民参与行政立法制定专门的法律法规

公民参与政府行政立法，就是把政府决策和法规制定置于阳光之下，接受群众参与和监督，防止立法权的扭曲滥用，遏制立法的部门化倾向，维护法律的公平正义。

近年来，我国行政立法程序的公开化和透明度以及公民参与立法的机会都有了明显进展，但是受立法体制和监督体制等影响，政府行政立法过程中的透明度和开放度还不能适应加快推进社会主义政治民主化进程的要求，在民主立法过程中仍存在一些问题。公众参与政府行政立法，应通过专门的法律、法规来加以规范。

从中央立法的层面看，关于公民参与行政立法的法律、法规越来越完善。但是仔细研究这些法律、法规的有关条文就会发现，有些条文过于原则化，公民参与能否对政府立法产生实质性的影响，也没有明文规定和要求。如《立法法》、《行政法规制定程序条例》都只规定了要采取座谈会、听证会的形式听取意见，但没有规定听了之后怎么办，对听取来的意见怎样处理才是符合法律规定的，等等。《规章制定程序条例》第十五条第四项虽然要求起草单位应当认真研究听证会反映的各种意见，起草的规章在报送审查时，应当说明对听证会意见的处理情况及其理由，但是这种说明理由也只是对内的，公众并不知道；也没有规定行政机关采取什么样的方式来反馈公众的意见。这就意味着行政机关对公众参与意见有很大的自由裁量权，可以听取，也可以不听取，不需要说明理由。所以在实践中就导致了公民意见难以得到充分尊重。这种法律的缺失，影响了公民参与立法的实际效果。

从地方立法的层面看，不少地方政府出台的政府规章制定程序或办法，在参与的主体、内容、环节、形式、结果等方面的规定都不一致，如公开征求意见的开放程度不一样，征求意见的立法阶段也不一样。

因此，公民参与政府行政立法的更为详细全面的规定，应提高到中央立法的层面，以法律或行政法规的形式为地方政府行政立法中的公民参与提供上位法的法律、法规依据，确认公民全面参与立法的程序和实体的规定。

总体而言，从现有实践看，公民参与政府立法的深度和力度都还需要进一步加强。同时，也需要政府、市民和社会共同努力，各自发挥好在立法中的职责，保证政府的立法实现各种利益关系的调整和平衡，并且真正体现民意，维护人民的根本利益，为经济社会发展提供有力的法制保障。

B.14
城乡一体化和农民参与催生
"新型村级治理机制"

——成都市创立新型村级治理机制的调研

陈红太

自 2003 年秋季起,成都市开始全面实施统筹城乡经济社会发展、推进城乡一体化建设的发展战略。这项发展战略的要点目前可以概括为"六个一体化"(城乡规划一体化、城乡产业发展一体化、城乡市场体制一体化、城乡基础设施一体化、城乡公共服务一体化、城乡管理体制一体化),"三个集中"(工业向集中发展区集中、农民向城镇和新型社区集中、土地向适度规模经营集中),"四大基础工程"(农村产权制度改革、农村土地综合整治、村级公共服务和社会管理改革、建立新型基层治理机制)。

一 源起

成都市统筹城乡经济社会发展战略规划的提出与实施,与胡锦涛总书记提出"科学发展观"这一重大战略部署几乎同步。统筹城乡经济社会发展的一体化建设的实质是为了顺应工业化和城市化的发展进程,从根本上解决困扰我国现代化进程的"三农问题"。从 2004 年起,中央连续七年发布一号文件,部署解决"三农问题"的发展战略和政策。2010 年的中央一号文件,最终把解决"三农问题"的关键定位在"统筹城乡发展"上面。这表明,经过多年的探索和实践,关于解决"三农问题"的思路已经明晰,就是通过市场化的手段,把城乡的各种资源放在一体化的整体格局下来考虑,统一规划,优化配置,从而实现城乡优势资源的互补和有机结合;从工业化和城市化的发展前景来看,也就是跳出"农"字来解决"三农问题"。这种思路,与成

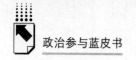

都市在 2003 年以来一贯推进的城乡一体化建设的实践经验和发展趋势是完全一致的。

这种符合科学发展观和中央解决"三农问题"政策精神的城乡一体化建设，"四大基础工程"中的"建立新型基层治理机制"，它的定位是作为统筹城乡经济社会发展一体化建设的不可或缺的组成部分。为什么会有这样的定位？为什么会把基层治理作为城乡一体化建设的"四大基础工程"之一？在课题组的调研中，老百姓给出的理由，一是需要，二是需要，三还是需要。

第一个需要是，深化城乡一体化建设，没有村民的广泛参与，许多政策措施难以顺利实施和推进。2007 年 6 月国家发改委正式批准成都市作为全国统筹城乡综合配套改革试验区。2007 年 10 月中国共产党第十七次全国代表大会召开，"十七大"把"科学发展观"确定为我党将长期坚持的"中国特色社会主义"的重要组成部分，"五个统筹"作为基本国策被确定下来，而成都市所进行的统筹城乡经济社会发展和推进城乡一体化建设，就是实施"五个统筹"最具体的探索和实践。所以，从 2008 年起，成都市全力推进"四大基础工程"建设，先后出台了启动农村产权制度改革的市委、市政府第 1 号文（《关于加强耕地保护进一步改革完善农村土地和房屋产权制度的意见》），推行村级治理机制改革、实行村民议事会制度的市委、市政府的第 36 号文（《关于进一步加强农村基层基础工作的意见》），推进村级公共服务和社会管理改革、建立城乡统一的公共服务制度的市委、市政府的第 37 号文（《关于深化城乡统筹进一步提高村级公共服务和社会管理水平的意见》）。这些政策文件的出台，使成都市城乡一体化建设出现了新局面。农村产权制度改革需对农民的土地确权颁证，确权的过程需重新丈量土地并对每个村民的权益作出确认，这些大量的工作由谁来做？公共服务和社会管理改革，政府向每个村民委员会下拨了不少于 20 万元的公共建设经费，这 20 多万元的经费对于一个村来说不是个小数目，这个钱怎么花，实施哪些公共基础设施建设项目，这些项目哪些先进行、哪些后进行？"5.12"大地震后一些受灾村需重建家园，一些"统规统建"的合建村如何选址、房屋建好后如何分配？一些村户土地流转后适度集中经营后产业发展如何定位和选择？这些问题和工作一下子都摆在了只有 5 人左右的村"两委"（村级党组织和村民委员会）的面前。

在过去的村民自治的构架下，村级党组织和村民委员会一般是交叉任职，人数在 5 人左右。村民会议是村级自治的最高权力和决策机构，村民代表会议履行一定的决策职能。但是在成都市的农村，由于市场化和村民青壮年大都在外打工，村民会议和村民代表会很少能够真正履行决策职能，一般情况下都是村"两委"临时召集或指定一些村民代表，议决村里应该办的一些较重要的事务。由于事实上这些需要议决的事大都已经由村"两委"的干部决定好了，只是在村民代表会上通过一下，代表来参会实际等于来听会，所以村民代表参会的积极性不高，有的村甚至需要村"两委"的干部给村民代表送上两包烟，村民代表才来参会。这样的一种状况，实际上就是村级事务由村"两委"干部说了算，有的地方就是村支部书记一人说了算，村民自治异化为村"两委"自治，甚至村支部书记专断，村民会议和村代会实际上处于虚置状态。成都市的农村产权制度改革、公共服务和社会管理改革，包括灾后重建和土地使用权流转后的产业发展等问题，仅仅靠"两委"干部说了算，不依靠广大村民的配合、参与和推进，一件事也落实不了。建立新型村级治理机制已经成为推进城乡一体化建设不得不提上日程和必须解决的问题。

第二个需要是，城乡一体化建设在农村进行的产权制度改革、公共服务和社会管理改革、土地综合整治居住地集中、使用权流转产业适度规模经营，实际上是针对"三农问题"开展的一场深刻的社会变革实践，涉及村中家家户户的重大利益；对这些涉及长远的切身利益，村民们有强烈的利益关注和决策监督参与的愿望；而过去的制度架构又不能满足这种需要，因而一种新的替代性的村级治理机制必然应运而生。2008 年初，成都市开始大力推动农村产权制度改革，就确定了"还权赋能"、"农民自主"的基本原则，充分体现了政府推行产权制度改革对农民主体权益的尊重。因此，从村民的视角，成都市推行新型村级治理机制，就是为了满足村民真正实现自己的事自己作主的迫切需要。另一方面，基层民主在成都市有深厚的民意基础和民主文化积累。2003年正是成都市新都区，在全国率先试行"公推直选"乡镇党委书记、"民主评议"乡镇村干部和"开放三会"的实践。2003 ~ 2006 年，全市 222 个乡镇中，99 名党委书记通过党员公推直选方式产生，占总数的 44.6%；2006 年至今，全市共调整了乡镇党委书记 119 名，除因抗震救灾特殊需要外，其中 99 名由公推直选产生，占新任乡镇党委书记的 83%。2004 年、2007 年两次换届选举，3000 多个村（包括涉农社区、城市社区）的党组织班子成员均由公推直选产生。① 民主评议干部的刚性奖惩制度和"三会开放"也形成制度化和常态化。这种基层民主参与的广泛实践，培养和形成了村民"我要参与""我要做主"的主人翁意识。

第三个需要，土地流转带来村里常住人口的一些变化，一些承包经营的产业主没有户籍，按过去的制度架构，他们不是本村村民，不能当选村民代表，无权参与村里公共事务的决策和监督；而随着土地流转的普遍化以及一些退休的老干部、老教师等在村里居住，在常住人口中，村里这些有影响力的人却没有参与村级事务的权利；一些村级事务，包括基础设施建设和产业发展的一些问题，又绕不开这些产业经营主的权益和参与。这些产业主（包括非本村户籍的退休老干部、老教师等）的权利诉求通过什么方式得以表达？他们的权益如何得到保障？他们又是一笔宝贵的权威资源和智力资源，有威望有经验，如何发挥这个群体的作用？这也是乡村社会结构变迁在治理机制上不得不考虑的一个问题。

总之，原有的村民自治制度架构已不能满足新的城乡一体化建设的需要，产权制度、公共服务和社会管理、城镇化集中居住等改革激发了村民强烈的自治参与愿望，土地流转和产业化形成的新的村民权益主体和权威资源如何保障和发挥作用，这三方面的需要，客观上催生了新型村级治理机制。而从成都市推进城乡一体化建设的进程分析，我们可以发现有一种内在逻辑在主导着村级新型治理机制的创建。统筹城乡经济社会发展、推进城乡一体化，最终的落脚点还是"三农问题"，农村的城市化和基础设施、公共服务的均等化问题，农业的市场化和产业化问题，农民的市民化和土地权益以及其他权益的保障问题。这些问题的解决归根到底还是要以农民为权利主体、尊重农民的意志和选择。解决土地产权和村民自治这两大要害问题，哪一个都绕不过农民的主体地位。没有农民的广泛参与和自主推进，城乡一体化建设也就是一句空话。因此可以说，创建村民自主的新型村级治理机制是实施城乡一体化建设的必然选择和内生的制度创新。

---

① 相关数据来自成都市委组织部上报材料《成都市推进基层民主政治建设情况》、《成都市新型村级治理机制调研报告》。"开放三会"指在区、县全面推行开放党委常委会（全委会）、人大常委会、政府常务会，同时要求区县各部门、乡镇相关会议也向党代表、人大代表、政协委员和党员、群众代表开放。邀请这些代表列席会议，献言献策。

二 创立

2008 年初，在邛崃市的仁和社区，土地确权遇到了麻烦。土地确权涉及家家户户的利益，按照仁和社区党支部书记雍长青的说法，这个"权咋个确、证咋个颁，村民的土地咋个调整，边界纠纷咋个处理，集体资产咋个处置，生老病死、婚丧嫁娶，土地应该咋个平衡。很多具体的问题，光靠几个村干部无法作这个主，拍这个板"。[①] 在万般无奈下，社区干部商量出一个不是结果的结果——把村里一些熟悉村情、公道正派、有议事能力和有威望的村民请来，帮助商量解决这些难题。于是在 2008 年 3 月，由 50 多人组成的"新村发展议事会"就在仁和社区产生了。与此同时，邛崃的马岩村等也面对相同的困境成立了类似的组织。议事会成立后马上产生了意想不到的效果，无论是仁和社区还是马岩村，几十件难题，通过议事会协商、出主意和做村民的工作，基本上都得到了圆满的解决。为什么会产生这样的奇效？"新村发展议事会"从实质来说，不过是在原有的村民自治组织的构架内嵌入了一个"议事决策"的机构，而在原有的村民自治组织中，村民会议或村民代表会议都可以履行这样的职能？这样的组织机构变迁意味着什么？

实际上，"新村发展议事会"从形式上说，与原有的村民会议或村民代表会没有太大的区别，并且这种制度变迁尚存有违反村民委员会组织法之嫌。那为什么会产生完全不同于先前自治组织的效能和作用呢？这里的奥妙就在于"机制"两字。新型的"新村发展议事会"以及与"两委"的关系在作用于村民自治的运作上，发生了实质性的变化。这个变化就是通过这样一个"新村发展议事会"，实现了真正的党领导村民当家作主。而这种真正的当家作主，对党的基层组织来说，就是恢复了党的群众路线传统和真正的"民主执政"。人民群众中孕育着无穷的创造力和智慧，只要一切为了群众、一切相信群众、一切依靠群众，就没有任何克服不了的困难和战胜不了的挑战。仁和社区和马岩村的基层党组织正是在没有办法和出路时，被逼回归了共产党人传统的工作路线和作风，回归到了人民群众创造历史的民主执政的方式上来。而这样的回归，也拉开了成都市新

---

① 选自成都市组织部提供的材料《新村"轶事"——成都市探索新型村级治理机制侧记》。

型村级治理机制创新的大幕。

从具体的制度机制分析，这样的回归与原有的村民自治组织和运作框架主要有三点不同。

一是议事会的成员都是一户一票真实推选出来的，能够真正代表村民的意愿和利益，而不是像过去的村民代表，有的常年在外、有名无实，有的是村干部临时指定的，没有责任感和负责精神，还有的村或涉农社区因村民代表人数过多（大的村上百人），而实际议事效果不佳，更为重要的是村民会议或村民代表会由村民委员会召集，村民委员会主任的个人意愿往往起决定性作用。

二是村民一户一票选出来的议事会成员与过去的村民代表的构成成分有很大不同。这些议事会成员正如马岩村的村支书杨帮华说的那样："大都是长者，熟悉村里的情况和问题的来龙去脉，解决问题的方式也比村干部灵活。同时这些人都是一家一户推选上来的，有威信，群众听他们的。"[1] 更为重要的是，把这些村里有威望有公信力的村民议事会成员组织起来，实际上就是把乡村的权威资源充分地组织和利用起来。从市场经济的思维来看，就是真正实现了乡村权力和权威资源的有效配置和充分利用。对于搞市场经济的执政党来说，利用市场化机制实现生产和物质资源的有效配置，是改革开放 30 年来我们向西方学来的发展生产力的手段，但实际上还有一个在利用市场化的思维如何有效地配置社会政治组织和权力权威资源的问题。政治组织和权力权威资源的优化配置，也是在市场化时代我们党要学会的一种能力。

三是党的领导和执政的实现机制发生了变化。过去是"两委不分"，实际上是三种身份和职能重合，其一是领导和执政者的身份和职能，其二是村民自治组织的身份和职能，其三是村级经济组织管理者的身份和职能。一个"新村发展议事会"，把这三者的身份和职能划分开来。党组织主要依靠议事会实现自己的领导意志；村民委员会主要是执行议事会的决议并履行公共服务和社会管理职能；村经济组织也逐渐从"两委"的直接管理下，面向市场成为独立的经济法人和市场主体。这就是村级治理"机制"的变化。其实质就是村里的事由村民自己做主，实现了真正的村民自治，党的最基层组织的领导主要是组织、支持和带领村民当家作主。

---

① 据笔者 2010 年 9 月 25 日下午马岩村调研座谈杨帮华发言录音整理。

党的上级机关则与基层组织起的领导作用不同。共产党上级机关的领导作用和政治优势，就是能够及时地把人民群众创造的有益经验加以总结、规范，并在更大范围内推广和实施，使这种经验的制度效用在更大的范围内发挥并使更多的人民受益。这就是中国特色社会主义所特有的制度创新优势。但这种制度创新优势的实现有一个先决条件，就是党和政府的主管机关必须是具有高度负责精神和使命感的优秀团队。没有这样的团队，共产党领导的制度创新优势就不能得到有效发挥。有幸的是成都市委组织部正是这样一支优秀的负责团队。当邛崃市的村级治理机制创新刚刚出现不到三个月，2008 年 6 月，市委组织部就及时组织专题调研组到邛崃仁和社区和马岩村进行调研，对"新村发展议事会"的做法和经验作出了总结和肯定。为了科学推进新型村级治理机制的广泛实践，市委组织部还整合成都市的相关部门和专家资源，成立基层治理机制联席会和专家咨询组，研究和跟踪基层治理机制的进展情况。7 月初，成都市委组织部决定在双流县三星镇双堰村、新津县普兴镇袁山村、都江堰柳街镇大观村以及彭州市等地进行试点，鼓励村民大胆地试验，不要害怕犯错，推广组建"村民议事会"的经验，探索构建新型村级治理机制。这样的试点，在成都各地出现了百花争艳的局面。各地围绕村级治理机制创新，形成了各种不同的村级治理组织创新构架。归纳其共同点，都是围绕"议行分开"、设立"村民议事会"、改变村级决策主体、转变党的执政方式和捋清村自治组织中的决策、执行、监督以及评议主体等权力关系展开。这种改革探索的方向，成都市自己的表述是"三分离、二完善、一加强"，① 即决策权与执行权分离、社会职能与经济职能分离、政府职能与自治职能分离、完善农村公共服务和社会管理体系、完善集体经济组织运行机制，加强和改进农村党组织的领导。

在试点形成基本共识的基础上，2008 年 11 月，成都市委组织部以市委文件的名义，正式下发了《关于进一步加强农村基层基础工作的意见》（成委发［2008］36 号）和《关于深化城乡统筹进一步提高村级公共服务和社会管理水平的意见（试行）》（成委发［2008］37 号）。2008 年 12 月，成都市委组织部又下发了《关于构建新型村级治理机制的指导意见》（成组通［2008］113 号），市

---

① 参见成都市委组织部下发的《关于构建新型村级治理机制的指导意见》（成组通［2008］113号文）。

农委发出了《关于新型村级集体经济组织的管理办法》和《农村集体经济组织成员确认办法》等文件。至此，新型村级治理机制的整体框架和制度体系构建基本完成。2010年3月，市委组织部与市民政局共同下发了"成组通〔2010〕18号"文件，即关于印发《成都市村民议事会组织规则（试行）》、《成都市村民议事会议事导则（试行）》、《成都市村民委员会工作导则（试行）》、《加强和完善村党组织对村民议事会领导的试行办法》等四个配套文件的通知，对"两委加一会"新型村民治理机制作了进一步的规范。

中国各地基层制度创新的普遍规律是，并不是任何一种带有普适性的基层制度创新都能够得到上级的支持、总结、试点和推广。这里一个重要的因素就是当地的党组织相关负责机关是否具有强烈的责任感、使命感和创新意识，是否愿意为探索性的制度创新承担风险和责任。那些有对人民负责精神的工作机关和领导者，能够及时地发现并通过积极地工作对创新经验进行总结和试点，并在自己职权的范围内加以推广和实施。而许多基层的制度创新之所以胎死腹中，或没有形成制度化可持续以至推广，除这项制度创新缺乏必需的发展压力外，大多数都是因为上一级的领导机关或本级的主要领导缺乏对改革创新和人民利益的负责精神和党性原则。哪里的老百姓遇上了一个好的上级领导机关和好的主要领导，他们创造的好的制度和经验就不仅能在本地坚持下去，还能够得到更为广泛的认可和推广。但在许多地方，新一任领导上任后，由于政绩冲动，都想在前任的创新之外搞出点自己的花样来，于是"人存政存，人走政息"的事情就发生了。本来一些好的制度创新完全可以继续推进完善以形成持久常态的制度文化，但由于领导者的自我政绩冲动，一些制度创新由于缺乏主要领导的支持而难于光大甚至中道搁置了。在当代中国，制度创新和可持续以至制度的推广和普适化，说到底仍然取决于上级领导机关和主要领导者的态度，领导者的优劣决定制度创新的效用以及是否可持续。

三　模式

成都市新型村级治理机制，实际上已经形成了一种新型的村级治理模式。这个治理模式的要点，按成都市委组织部副部长麻渝生同志的概括，可以这样表述："以村党组织为领导核心，村民（代表）会议为村级自治事务最高决策机构，村民议事会为常设决策和监督机构，村委会为执行机构，经济组织为独立市场法人，各种其他经济社会组织广泛参与、充满生机活力的村级治理机制。"①这种新型的村级治理模式主要是科学的捋顺了四个权力主体（党组织、村民委员会、村民会议、经济组织）之间的关系和满足村民的五项权利（选举、知情、表达、参与、监督）实现的需要，实现了党的领导与人民当家作主以及与市场机制的有机统一。成都新型村级治理模式也可简称为"两委加一会"模式。其中的"两委"，指村党组织和村民委员会，"一会"指的是"村民议事会"。

在这种新治理模式下，党的领导和"执政"从过去的权力主体一元不分、村党组织对本村的领导事实上扮演着上级党委和政府权力下沉的角色，在一些地方村党组织的领导主要体现为行政性管理，也就是从过去的全能型、包办型、管理型，向党的农村基层组织的科学定位转型。中国共产党十七届四中全会对农村基层党组织的定位是："把发展现代农业、培养新型农民、带领群众致富、维护农村稳定贯穿农村基层党组织活动始终，发挥党组织在建设社会主义新农村中的领导核心作用。"② 但这个定位没有规定具体通过什么方式才能成功实现党的农村基层组织发挥领导核心作用。成都市的新型治理机制，为党的农村基层组织发挥领导核心作用找到了实现方式。这种方式就是民主和法制。民主的方式就是组织和支持村民当家作主，党组织在村民当家作主中主要扮演把握方向和政策的掌舵人和带头人的角色。法制的方式就是不仅会充分利用现有的制度和政策，还能够通过制度创新，使制度和政策效用的发挥实现最大化。这种作用的发挥有的是显性的，有的是隐性的。比如在新型村级治理机制的制度设计上，村党组织的领导核心作用有四个方面的刚性规定，这是显性的：其一是由村党组织书记主持和召集村民议事会；其二是村党组织对村民议事会讨论的议题接受受理和审查，凡是不符合村民自治权限和违反政策法律的议题，不予上会；其三是对群众普遍关心、关注的重大议题，村党组织在提交议事会议决前，应召开党员大会进行讨论通过；其四是鼓励党员竞选议事会成员，在议事会中发挥中坚作用。这样的制度规范，保证了党组织对村民自治的领导和依法自治。

村党组织对村里产业发展的领导和带领村民致富，主要体现在党的基层组织

① 麻渝生：《构建新型村级治理机制的探索和思考》（成都市委组织部提供的上海会议交流材料）。
② 见 2009 年 9 月《中共中央关于加强和改进新形势下党的建设若干重大问题的决定》。

娴熟地运用民主形式和说服议事会成员的思想政治工作的能力上，这是隐性的。如彭州市国坪村过去是个很落后的村，村民们只能靠两条腿出山。"4.12"地震后在福建的援建下，村民们才有了路和桥。这里是龙门山4A级风景区，旅游资源丰厚，土质也适应种名贵香草和核桃。灾后重建，村"两委"虽然对产业发展有了明确思路，但村民们还没有这些观念。怎么才能让老百姓参与进来，抓住灾后重建这个发展机遇？恰在这时市里推行新型村民治理机制，这给村"两委"贯彻产业发展思路搭建了操作平台。村党支部利用这个契机，在村民议事会成立后，一个月内连续召开了七次会议，经过说服引导，一下子把老百姓的热情和积极性都调动起来了，一致认为应发展第三产业——旅游业。村里又借助灾后重建的关系单位，帮助村里搞统规统建以及产业园发展的规划，确定利用风景区的资源招商引资建香草产业园。招商引资进来后针对土地流转问题，议事会成员齐出动，帮助说服村民，问题得到顺利解决。后来又通过村民议事会，议决并依托进村公司成立了劳务公司，实现了村劳动力的输出；成立了野菜采集和加工公司，使当地的野菜资源产生经济效益；通过议事会每户发表格，把配套的20万元公共服务经费合理分配下去；后来又引进了种植黑核桃苗，妥善地解决了栽种的用地瓶颈等难题。① 国坪村党支部通过村民议事会发动群众、群策群力发展村办产业的成功实践，生动诠释了村党组织如何利用民主的方式实现产业发展、引导和带领群众致富的真谛。党组织对村民自治的领导不应是被动的，而应具有先导性。要让民众真实地感受到党的先进引领作用，真正实现党的领导和村民做主以及产业市场化发展的有机统一。

以民主和法制的方式发挥党组织的领导核心作用，最本质的体现就是党的"从群众中来到群众去"的群众路线的制度化实现。邛崃市马岩村在创立新型村级治理机制中形成的"三步量分法"，就是群众路线制度化的具体实践。2008年初，针对20多万公共服务专项补助基金如何实施，邛崃市在运作"新村发展议事会"新型治理机制基础上，在油榨乡马岩村等24个乡镇44个村（社区）探索推行"三步量分法"民主管村制度。"三步量分法"的具体做法是：第一步，"一户一表"——界定项目范围，就是利用民主评议村（社区）党组织书记向各家各户发放意见表的机会，向每家每户增发村级重大事项年度征求意见表。凡同

---

① 据笔者2010年9月26日下午小鱼洞镇调研座谈国坪村支部书记邓川发言录音整理。

一事项或相类似事项提议户数达到全村户数的10%以上，均纳入到"新村发展议事会"收集议题的范围。马岩村共发放《征求意见表》385份，收集群众各类意见建议1168条，除去不符合上议事会要求的，共有40个项目纳入了议题。第二步，"议事会票决"——确定实施项目。"新村发展议事会"受村民会议委托，对列入议题的项目进行大概投资预算，然后经议事会票决，凡同一项目赞成票达参会人员50%以上的确认为可实施项目。马岩村的40个项目，"实施大棚基地产业路建设"等15个项目获得表决通过，成为该村2009年拟实施项目。第三步，"一户一票"量分——决定实施先后。每个家庭按照自己的意愿对拟实施项目在民主评议票上进行先后排序编号，先后不同的排序得不同的分数。再根据得分高低决定项目实施的先后。马岩村"实施大棚基地产业路建设"项目分数最高排在第一位，村党支部书记杨帮华提出的"设置5个高音喇叭，实现广播全覆盖"项目排在了第2位。① 通过这样的"三步量分法"，公共服务项目建设补助基金的使用，以群众参与和认可的方式被最终确定下来。对于这样的程序和结果，村里人都没意见，心悦诚服。以民主和制度化的方式实现和贯彻党的方针政策，群众认为这些事情都是我们自己按规矩定下来的，哪有不服从和不执行的道理。这实质上就是道家的"法自然"。"功成事遂，百姓皆曰'我自然'。"

新型村级治理机制最核心的问题还是要解决好这个领导核心的带头人问题。成都市的实践给出这样的答案："公推直选"党支部书记，"民主评议"晒监督，"城市干部"下村来，"一村一大"后备足。"公推直选"始于2003年底新都区木兰镇。2004年和2007年两次换届选举，全市3000多个村级党组织书记全部实行了"公推直选"，19万多党员和群众参加了公开推荐，4.7万名党员参加了直选。"民主测评"也是2003年始于新都区。从2007年起，全市对乡镇、村（社区）党组织书记评议内容、代表产生、评议方式、结果运用、问题整改等进行了统一规范，特别是对群众满意度不高的基层党组织书记进行了诫勉谈话、工作调整、责令辞职等组织处理，对基层党组织书记形成制度性约束。2008年，全市75万多名党员和群众直接参与了村（社区）党组织书记的民主评议。② 为了

① 参见中共邛崃市委组织部《"三步量分法"民主管村》，《邛崃市村民议事会资料汇编》，第24~27页。
② 相关数据来自中共成都市委组织部提供材料：《成都市推进基层民主政治建设情况》。

加强村干部的力量，市委组织部还有意识地选派机关干部和事业单位干部到农村基层挂职，担任或兼任村干部。一些区、县还根据特殊需要选派特殊身份干部到村里挂职，如彭州市选配警务人员到治安较差的村兼任党支部副书记等，以加强和改善村干部的素质和结构。成都市还比较早地启动选聘大学生到农村任职工作，目前已经有7000多名大学生村官在农村任职，实现了"一村两大"，为优化村干部的素质状况和成分结构积累了后备力量。2010年8月，成都市委、市政府出台了《关于进一步加强乡镇（街道）、村（社区）干部队伍建设的八条措施（试行）》，加大了对基层干部的待遇和激励的力度。这些制度措施的出台和不断完善，将从根本上改变农村村干部的素质结构，为保证解决好新型治理机制的领导核心和带头人问题，创造了条件和打下了制度基础。

成都市新型村级治理模式的最大创新点，是在村民自治的组织框架内设置了"村民议事会"。"村民议事会"在村民会议授权下，行使村级公共事务决策权、监督权和议事权。所谓"两委加一会"的"一会"指的就是这个"村民议事会"。"村民议事会"是在原有的村民自治组织框架内，废止了实际上已经不发挥作用的村民代表会议，设置了类似于村民会议常设机构这样一种组织形式。"村民议事会"由各村民小组有选举权的村民从本小组议事会成员中选举产生。村民小组议事会成员，在本村民小组有选举权的村民中选举产生。每个村议事会成员不少于21人，其中村干部不超过50%，每个村民小组应有2名以上议事会成员。村民小组议事会人数3~5人。所有议事会成员都有固定的户民联系对象，一个议事会成员联系10户左右村民。彭州等地村民议事会还规定了刚性的"村民议事日"制度，确定每月的某日为"村民议事日"，以保证村民议事会形成习惯和制度。有的区、县村民议事会内设村民监督小组（有的地方分设"村民监事会"），成员由5人左右构成，负责对村"两委"财务进行监督。邛崃市马岩村独创了"五瓣梅花章"，由五名理财监督员分别掌管村财务监督章的各五分之一，村上的发票必须盖全五瓣财务监督章方能入账报销。村财务每月由五人小组向选举产生它的村民议事会公布，在村务公开栏张贴。这样做的结果，"还村干部一个清白，给村民一个明白"，① 干部宽心，群众放心。

---

① 参见中共邛崃市委组织部《给群众一个明白，还干部一个清白》，《邛崃市村民议事会资料汇编》，第37~38页。

"村民议事会"与原有的"村民代表会议"最根本的不同不仅在于它的村民授权的真实性,这些议事会成员在村民中的权威性,还在于它的经常性。议事会成员多由村中的长者和常住民担任,村民议事会可以随时召集成员研究村中的事务。村民议事会的成员还不限于本村有户籍的村民,那些常年在村里居住的产业主、离退休干部和教师等,也都可以被选为村民议事会成员。这样的议事会可以集村中各方常住精英人物,把村中的权威资源和治理经验真正地集中利用和发挥出来。

"村民议事会"的创设不仅仅是成都市城乡一体化建设面临的一系列问题"逼出来"的制度创新举措,更为重要的是,随着中国市场化、工业化和城市化的快速推进,村民的现代权利意识和政治参与的积极性也随之快速觉醒和提高,村民的选举权、知情权、表达权、参与权、监督权等各种民主自治权利实现的愿望和关切格外突出。这种发展大势表明,即使今天不设置村民议事会这样的组织形式,别的能够满足村民参与和权利保障诉求的制度形式也会被创造出来。正如浙江温岭的"民主恳谈",河北青县的"村代会常任制"等制度创新形式一样。另一方面,党的民主执政的制度化也必然要求党有意识地培育村民的现代参与意识和能力。要让老百姓养成参与的习惯,自己的事自己做主。成都市委组织部长朱志宏同志对此说过这样一段很有哲理的话:"如果群众什么事都蒙在鼓里,村两委习惯于代民做主,即使你干得好,群众也不一定认可,还认为你有什么名堂。这样下去,干群关系的隔膜会越来越深。必须有一种机制,有意识地让群众参与和知情,化解这种隔膜。群众参与多了、知情了,不仅隔膜可以自然消除,当家作主也就形成一种习惯。"① "村民议事会"的设置确实没必要过分看重它的形式,更为重要的是要看重它的实质。最为根本的是满足广大村民不断增长的权利诉求和对权利保障的需要,让村民参与,使村民当家作主成为一种习惯。

在新型村级治理框架下,村民委员会的职责定位发生了很大的变化。在过去的村民自治组织框架下,村民委员会是村民当家作主的自治机关,虽然村务大事要由村民会议或村民代表会议决定,但在实际操作中,村民委员会的职责十分庞杂,既包括村级大小事务的决策权、执行权,还包括对村级集体经济的管理权、经营权、分配权,同时还是上级党委政府延伸职能的直接承担者。在新的治理机

---

① 据笔者 2010 年 9 月 28 日下午与成都市委组织部部长朱志宏专访座谈录音整理。

制框架下，村民委员会的职责得到规范和限制：一是作为村级自治的执行机构，对村民会议（村民代表会议）和村民议事会负责并报告工作，执行村民会议（村民代表会议）和村民议事会的决定；二是承担村民自治范围内的社会管理和公共服务，包括承接政府委托实施的公共服务和社会管理项目。在新型村级治理框架下，公共产品的提供机制也发生了变化，由原来主要依托村"两委"提供转变为政府主导、多方参与的分类供给，由原来的城乡分离转变为城乡一体。应由村级自治组织承担的公共服务和社会管理项目，实行财政"定额补贴"制度；应由政府提供的项目，政府依托村级自治组织或其他经济社会组织实行以事定费、以质定酬的公共服务经费核算和绩效考核制度；同时鼓励民间资金投入村级公共服务和社会管理项目，各级政府视情况给予支持。

在新型村级治理框架下，集体经济组织的定位、构成和管理机制发生了实质性的变化。过去村民委员会往往直接经营管理村级集体经济，政经、政企不分导致了很多问题，主要是市场主体地位不明确，村办经济普遍经营状况不好，"空壳村"比较普遍，在财务上也容易引发一些经济问题并难于取得村民的信任。集体经济组织从村民委员会分离出来后，成为独立的市场主体，其权益和责任关系更加明确。各地因地制宜设立了资产管理委员会、农业经合组织或股份合作社、股份有限公司等多元化的新型集体经济组织形式。如新津袁山村设立袁山农业发展有限公司，承担村级经济经营发展职能，对村级集体资产进行管理；双流县在村民委员会下设公共资源管理委员会，对村组集体经济进行储备和托管；温江大力培育跨行政区域的农民专业合作组织和以资本为纽带的合伙企业、股份有限公司；武侯区探索创造了由"资金入股、土地流转、两次分配"并由村"两委"负责人兼任董事长或总经理的"永康模式"；金牛区则构建了以"政府规划引导、经合组织参与"为主要特征的"两河模式"等集体经济发展新形式。这些新型的集体经济组织形式，不仅为农村集体经济管理探索了新路，也为农业发展适度规模经营和实现产业化探索了新路。

四 效用

自 2008 年全面推行新型村民治理机制以来，成都市农村基层治理状况发生了从未有过的可喜变化。这些变化大体归纳起来，有三方面的成效。

第一，为城乡一体化建设的顺利推进，落实其他三项基础建设工程，化解在政策实施过程中出现的各种矛盾和问题，提供了强大的组织和政治保障。

农村产权制度改革、农村土地综合整治、村级公共服务和社会管理改革，在新型基层治理机制的保障下，推进的顺利和效果都十分令人满意。目前，成都市土地确权颁证工作已经基本结束，初步形成了市县乡三级流转服务体系。截至2009年底，全市实现产权流转6.63万宗，金额33.62亿元。① 土地适度经营的格局也在稳步推进。全市已有50亩以上的农业龙头企业6999个，农民专业合作组织2355个，实施土地规模经营面积285.8万亩（占农用地总面积的20.5%）。② 每年每村至少定额补贴20万元的公共服务和社会管理专项经费，2009年实际每个村（社区）平均预算经费25.4万元，其中最高30万元、最低20万元；共确定专项资金项目13000多项，其中公共服务设施类项目5882个、公共管理类项目5103个。③ 在公开透明的民主决策和执行中，这些经费都得到有效利用，大大地改善了农村的基础设施建设。土地综合整治和农民向城镇和新型社区集中，成效也极其显著。截至2009年底，全市已实施完成土地整理项目172个，新增耕地24万亩，新建中心村和聚居点284个，2.7万户近10万人集中居住。已实施完成挂钩项目20个，正在实施的挂钩项目120个，新建中心村和聚居点536个，6.8万户21.7万人集中居住。④ 到2010年初已建成城镇和农村新型社区630个（不包括灾后重建），面积2802.1万平方米，74.3万农民实现了居住条件的改善和生产生活方式的转变。⑤

在落实三项基础工程过程中，村民们利用新型村级治理机制，创造了许多高效发展的经验和典型。据成都市委组织部提供的经验材料，双流县三星镇双堰村在产权制度改革中，通过充分发挥村组议事会作用，仅用短短10天，土地确权

---

① 中共成都市委统筹城乡工作委员会：《成都市2009年推进农村产权制度改革工作情况》，《成都统筹城乡发展年度报告［2009］》，四川大学出版社，2010，第16页。

② 成都传媒集团深度报道课题组：《共创共享的成都实践让农民笑容绽放》（张元龙执笔），2010年6月4日《成都日报》。

③ 中共成都市委统筹城乡工作委员会：《成都市2009年推进村级公共服务和社会管理改革情况》，《成都统筹城乡发展年度报告［2009］》，第26页。

④ 成都市国土资源局：《成都市2009年推进农村土地综合整治工作情况》，《成都统筹城乡发展年度报告［2009］》，第34页。

⑤ 《全国政协委员、成都市副市长刘家强谈统筹城乡发展》，"人民网·强国论坛"2010年3月6日载文。

100%，房屋确权 100%，妥善解决了 21 个疑难问题，并且根据村民意愿和产业发展土地流转的需要，在兴隆镇瓦窑村率先开展了土地经营承包权长久不变的改革试点，村民们在户主大会上都按下了红手印，县政府向村民颁发了经营承包权永远不变的权证。彭州市濛阳镇天王村在议事会的议决和协助工作下，仅用不到 3 个月时间，就将一条长 2.7 公里、宽 4.5 米的水泥公路修建完成，老百姓多年的夙愿得以实现。都江堰市向峨乡棋盘村董家新院子是地震极重灾区之一，首批永久安置房于去年 12 月竣工。通过议事会，采取"两次抓阄方式"，即先抓阄确定分房序号，再按分房序号抓阄确定房号，前后仅用 5 天时间，就顺利完成了 244 户住房分配任务。① 邛崃市马岩村、彭州市国坪村等，也都是以新型村级治理机制解决公共服务建设和产业快速发展的经验典型。据市委组织部 2010 年 1 ~ 9 月的统计，全市村民议事会共收集涉及产业发展、基层设施建设、产权制度改革和发展规划等各类议题 65700 件，审查通过的议题 31611 件，议决的议题 28878 件，已执行的议题 22881 件。② 这些个案和数据足以说明，新型村级治理机制可以产生效率并实现人民民主与经济社会快速发展的和谐，人民当家作主和市场机制的高效率完全可以统一于城乡一体化建设的实践中。在中国，人民当家作主和经济社会发展不仅不矛盾，而且可以是相互促进、共同形成发展效益最大化的关系。

第二，新型村级治理机制实际体现了一个满足群众需要和党的执政重心调整这样一对关系的双向互动的过程。

新型村级治理机制一方面把原有的村民自治坐实了，改变了过去村级事务实际上由村"两委"等少数人说了算的状况，实现了村民对村级事务的知情、表达、参与、监督等权利，也实现了村民对村民议事会的真实的授权，从而不仅满足了村民对自身权利保障诉求的现实需要，也极大地调动了村民参与村级公共事务的热情和积极性。不仅形成了"自己的事自己做主"、"自己的权利自己维护"，还逐渐形成"大家共同的事我要关心，我应该积极参与"的公民社会氛围。公民不仅仅是一个私权概念，更是一个公权概念，是政治共同体中的主要组

---

① 中共成都市委组织部：《成都市 2009 年推进农村新型基层治理机制工作情况》，《成都统筹城乡发展年度报告［2009］》，第 24 页。

② 成都市委组织部：《成都市村（居）民议事会运行情况汇总统计》（2010 年 1 ~ 9 月）。

成部分和负责任的一员。村民向社区居民转变的过程不仅仅是城乡二元身份的突破，更是从传统的村民身份向符合现代社会素质要求的公民身份的转变。另一方面，新型村级治理机制，使村党组织从事无巨细的直接管理中解脱出来，实现了由全能型向核心型、管理型向服务型、包办型向引导型的转变，使基层党组织的"执政"从过去的主要以满足完成上级交办的任务，向满足村民的民生需要和民主需要转变，把主要精力用于谋划全村经济社会发展大局、密切与群众联系——组织群众、凝聚群众、听取民意、集中民智上，从而拉近了党群关系、干群关系，加强和巩固了党在农村的执政基础和领导核心地位。

双流县三星镇双堰村支部书记毛国文的体会是："过去一年到头、一天到晚都在忙，不晓得忙些啥，费力不讨好。现在有了议事会，支部审查议题，怎么办由议事会说了算，具体的事由村委会去做，做得好不好群众说了算。党支部超脱了，老百姓也认为村上办事更公道了。"① 龙泉驿区蒲草村党总支部书记邹光蓉更是深有感触："以前办成了事群众也有意见，对操作不明白，心中有疑虑，钱都花哪去了？现在议事程序公开，大家一起作决策，实施全程监督。很多事都靠议事会解决。我们村主要生产巨峰葡萄，全村种植6000多亩。2009年初两委承诺让葡萄每斤增收0.2元，用什么办法增收？过了半年没主意。大家在议事会想办法议出个葡萄节。2009年秋搞了第一届葡萄节，我们的葡萄从每斤2元多最高卖到8元多"；"实行新型村级治理机制，受益最多的是我个人。让我能够从事无巨细中解脱出来，将主要精力放在想大事、谋发展和党的自身建设上，村党组织的凝聚力明显增强了，在群众中更有威信了。"② 彭州市虎彬村六组小组长杨成贵根据切身体会，把实行新型治理机制后村官的变化总结为："官帽由指定和推荐变为群众投票民主选举；官位由上级的分支变为上下的桥梁；官念由对上负责变为对上下负责；官事由个人说了算变为村民议事会集体决策。"③ 新型村级治理机制还有一个重要的效用，就是强化了村级财务监管。一些村通过对村集体资产"清资核产、台账管理、盘活闲产、追查历欠"等措施，管出了效益。

① 《"还权赋能，村民自治"：成都探索完善新型村级治理机制》，"新华网"四川频道12月17日载文；成都传媒集团深度报道课题组：《基层民主建设的成都创造》（曾茜执笔），"四川新闻网"2010年4月26日载文。
② 据笔者2010年9月28日上午与成都市龙泉驿区蒲草村座谈党总支书记邹光蓉发言录音整理。
③ 中共彭州市委组织部：《彭州组工信息》2009年第15期。

双流县三星镇双堰村议事会在清理村组集体资产时发现，村上46亩集体土地"不知去向"。经查找，原来这46亩土地因无人看管而被有的农户"捡"走耕种。经议事会讨论决定，"失踪"6年的46亩集体土地终于"找"了回来，每年为村集体增收5320元。① 据统计，2009年底，成都市对全市村（社区）党组织进行民主测评，党员群众的满意度高达95%以上。② 又据最近一次统计数据，在2749个村和涉农社区中，群众对议事会的满意率高达94.24%。③

第三，成都市新型村级治理机制为进一步捋顺工业化和城市化进程中，村级各种权力主体以及市场主体间的关系，搭建了可持久运作的制度框架，为村民自治的法律完备积累了经验和共识。

我国在整个社会主义初级阶段，在实现现代化的探索实践中，基本体现出立法的相对滞后与制度创新先行这样的规律。成都的城乡一体化建设的快速推进，比较清晰地暴露了我国在工业化和城市化建设中基层自治制度存在的不足和迫切需要改进和完善的地方。比如对农民流动和城市化过程中的自治权的保护，对基层自治的选举、决策、管理和监督的必要的组织、程序和细节规范等，目前的村委会组织法，都难于满足这些方面的需要。成都新型村级治理机制，客观上为在城乡一体化格局下，在科学发展引领下，如何构建村级治理新模式，如何在选举、决策、管理、监督"四大民主"方面，真正实现基层群众的选举权、知情权、表达权、参与权、监督权等方面的需要，如何捋顺基层治理各参与主体的关系和定位，即党的执政、政府行政、村民自主、法人负责、各社团参与，实现各参与主体权力优化配置的新治理格局，对解决村民自治法律缺位的经验补充，规范村"两委"的职权关系和监督，还原村务决策主体的变异，探索村务监督的最优形式以及如何实现村民会议授权的灵活运用等，都提供了成功的实践经验和制度创新。

成都新型村级治理机制的实践成效给我国政治建设提供了三点启示：第一，经济建设和政治建设的同时推进可以实现发展效益的最大化；第二，满足群众需要是优化党的有效执政的主要任务；第三，符合时代发展大势和实践需要的制度创新能够不断完善我国的政治法律制度。

---

① 中共成都市委组织部：《成都市2009年推进农村新型基层治理机制工作情况》，《成都统筹城乡发展年度报告［2009］》，第24页。
② 麻渝生：《构建新型村级治理机制的探索和思考》。
③ 成都市委组织部：《成都市村（居）民议事会运行情况汇总统计》（2010年1~9月）。

五　精髓

成都市新型村级治理机制创新的精髓，可以概括为体现了三大发展趋势的探索：以市场化的思维探索村级权力资源的优化配置；以民主化的思维探索基层党组织的有效"执政"的实现形式；以法制化的思维探索村级治理机制的制度创新。

何谓"以市场化的思维探索村级权力资源的优化配置"？市场化的真正优势在于实现资源配置的最优化。各种经济要素包括消费品、生产资料、劳动力、资本、土地等，通过市场的供求关系加之以政府的宏观调控，达到相对优化甚至最优配置。这种资源的最优化配置思维，不仅仅可以应用到经济领域，也可以应用到社会资源和政治资源领域，社会资源、政治组织和权力资源也有个如何优化配置的问题。如何通过对政治组织和权力资源进行配置以实现最优化，把一切可以利用的资源和优势都充分挖掘、组织和利用起来，是市场经济条件下，我们党的执政必须认真对待的问题，也是驾驭市场化必须形成的能力。"以市场化的思维探索村级权力资源的优化配置"就是要把一切村级组织、权力资源以及长期存在于民间的社会权力资本、权威资源都有效地挖掘和组织起来，围绕党的科学、民主和依法执政，调动一切积极因素，为村级的经济社会发展，为村民的民生权和民主权的实现，为实现党的领导和村民当家作主以及与市场经济的有机统一贡献力量。成都新型村级治理机制的形成机制和构思，其奥秘就在这里。要把各种组织和权力资源放在一体化的制度构架中来考虑，在各种组织和权力的相互作用中，最大化地发挥各自的功能，从而实现组织资源和权力资源的最优配置，而不是这些资源的闲置、浪费和相互耗费。

何谓"以民主化的思维探索基层党组织的有效执政的实现形式"？对于中国这样一个超大型的发展中国家，"发展是硬道理"，"维稳是硬任务"。如何实现既可持续的保持经济的又好又快发展，又能够保持长期的社会政治稳定与和谐，这是我国在现代化进程中必须解决的"科学发展"和"社会和谐"的双重硬任务。从各地的创新实践来看，"有效执政"和"有效政府"的理念为实现这一目标提供了初步的答案。"有效执政"就是党的领导要实现"三个正确"和"四个满足"。①"三

① 详见陈红太《中国政治体制改革的现状和趋势》，《中国特色社会主义研究》2010 年第 3 期。

个正确"就是"政治、组织和思想领导正确";"四个满足"就是"满足发展、民生、民主和治官"四个方面的需要。这四个方面的需要哪一个也不能少。经济的可持续发展是第一位的任务；民生需要的满足——解决公共需求不足的问题、遏制分配不公的问题目前也被突出地提了出来；民主需要的满足——主要是满足人民对公共事务的知情、表达、参与、监督以及对执政官的程序性授权等的需要也日益成为现实的需要；解决权力过于集中导致的权力交易和腐败以及权势分利集团坐大的治官问题，也时时考验着民众的耐心，威胁着党的执政的稳固。这四大需要都非常重要，建设城乡一体化的村级治理机制，实质也是要解决党的执政满足这"四大需要"的问题。满足这"四大需要"的执政，才能够证明你的政治、组织和思想领导的正确。怎样才能实现这样的执政。成都的村级治理实践经验证明，首先必须实现民主的执政，也就是以满足民众的民主权的需要为推进其他需要满足的动力和基础。只有真正实行民主集中制的执政，依靠多数人而不是依靠少数人的执政，才能够达到这样的目的。用民主的方式执政，实现党的执政方式从行政型向民主型的转变，才能够实现这样的执政。

何谓"以法制化的思维探索村级治理机制的制度创新"？中国搞社会主义市场经济，实质是探索如何把社会主义政治制度优势与资本主义市场经济竞争和资源配置优势有机统一起来。这样的大胆实践和探索，社会主义国家没有先例，资本主义国家更没有，也就是说迄今为止的人类历史尚没有现成的经验可借鉴和遵循，只有一条路，就是依靠实践探索和制度创新，也就是邓小平所说的"摸着石头过河"。"摸着石头过河"的过程就是根据国情和实践的需要，调动一切积极因素和人类迄今所拥有的一切智慧和经验，在实践经验的基础上找到社会主义市场经济发展的正确道路，最终中国不仅要实现现代化，还要创造一种不同于以往的、超越以往的更高层次的现代经济政治社会文明。所以，我们在实践探索中，必须打破一切旧有的经验思维，破除一切本本主义和教条，向实践学习、向群众学习，把群众在实践中创造的新鲜和有效经验加以制度化和规范化，并作为进一步行动的向导，在实践中逐渐完善，化作人民群众自觉遵守的行动规范。这个实践→制度→再实践→法制化的过程，就是依法制化的思维探索制度创新的过程。这是一个既遵循法律又不拘泥于法律的过程。创新优先而不是法制优先。这就是社会主义初级阶段制度创新和法制建设两者关系的一般规律，也是成都市城乡一体化建设科学发展给予人们的经验启示。

六 探索

任何制度创新在开始都不可能是十全十美的。成都市新型村级治理机制也是一样。进一步完善这个治理模式，有以下三句话可供参考：治官可加速；立法可持续；树人可立教。

所谓"治官可加速"，是指新型村级治理模式，如果能够进一步解决好"两委"班子带头人的问题，尤其是村党组织书记的先进引领和领导带头作用，城乡一体化建设的四项基础工程会推进的更加迅猛和高质量。成都市委组织部长朱志宏对课题组讲过这样的话："新型村级治理机制推行的最大阻力还是来自两委。"在新的村级治理机制下，村党组织需要实现领导方式和工作内容的转型，村民委员会从原来的行政和经济一体化的自治领导角色变成了村民议事会下的执行者。这样的转变确实对村"两委"干部的素质和党悟提出了更高的要求。在新的治理机制下，村党组织书记负责对提交村民议事会的议题做合法性审查，这自然对村支部书记的法制和政策水平提出了新要求；村"两委"干部负责村产业规划和发展，这些想法要通过村议事会作出决策，这要求村"两委"干部更能够以理服人，说服村议事会成员贯彻村"两委"的发展思路等。况且村民议事会能否实际组织和运作起来，也需要村"两委"干部的转变观念和真心推动。所以，在目前的成都市农村，仍然存在名义上在搞新型村民治理机制，实际还没有使这套机制真正运作起来、发挥作用的情况。因此，村"两委"干部，尤其是村党组织的负责人对推进和可持续的保持新型村级治理机制，仍然起到重要的组织保障作用。

中国任何地方的发展和先进经验都证明，一个好的地方和基层带头人对于一个地方和基层现代化建设事业有很大影响，甚至起决定作用。并不是有好的制度和政策就能够保障一方有好的发展和成就，因为众多的事实证明了，为什么改革开放30年一些地方获得飞速的发展，一些地方仍然很落后，除了资源、区位和特殊政策等因素外，最根本的是人的因素，尤其是干部的因素。所以，成都市新型村级治理机制的进一步完善和发展首要的还是要解决好领导班子带头人的问题。解决好这个问题要端正一个理念，就是要学习新加坡干部建设的一个经验，改变过去"贤才找党，而不是党找贤才"的状况，党组织要有意识地从广大的民众中发现贤才，培养他们的党性，并把他们有计划地发展成党员。就成都市的实际情况以及其他一些地方的经验而言，一个村社如果党的队伍长期老化，即使实行"公推直选"，在有限的党员甚至裙带关系中，也很难把最优秀的人才推选出来。也就是说，仅仅靠"公推直选"也不一定能选出贤才。一定要扩大党员的基数，落实中央十七届四中全会决定精神，在专业组织、合作社以及各种经济社会组织中发展党员，建立党的基层组织，把各领域和各种岗位的先进分子和优秀人才吸纳到党组织中来。上级党组织要有意识地培养有潜质的村"两委"干部，对这些人进行有计划的栽培和扶植并进行必要的培训。成都市可以充分利用目前"一村两大"的优越条件，从大学生中培育可造就的村"两委"干部。但要如朱志宏同志所言，"大学生一定要由有经验的干部去带，他们的素质高，很快就能成长起来。不能祈求这些大学生，一出校门什么都行。经验靠积累"。① 还可以从机关单位下去挂职的干部中选拔一批有能力和肯于奉献的人。复转军人、产业主、致富能人等也是党发现贤才比较集中的群体。总之，只要党组织转变发展党员和选拔干部的思路，真正实行"选贤任能靠党，职务监督靠群众"，就一定能够解决好基层党组织的带头人问题。并继续完善民主评议干部的制度，以民主问责替代上对下的行政性监督，上级对下面的干部要给予信任，把对干部的监督权交给群众。

所谓"立法可持续"，就是说只有制度化和规范化的制度创新，并形成村民内心秩序和习惯的制度创新，才能够实现常态化和可持续。因此，对各种制度创新要按照简约、易操作原则统一加以规范。比如目前关于新型村民治理机制，实际在成都市各区县的实践中有各种各样的实现形式。仅以自治组织的构架来说，邛崃和龙泉驿等地实行"两委加一会"的议事和监督合一的模式；彭州则推行"131N"模式；② 双流和新都等则实行议事会和监事会甚至评议会分立的村组织治理结构。这些自治组织构架在各自区县的运作逐渐形成习惯和规范化运作，不尽快实行统一，时间拖得越久以后统一规范付出的代价和成本越高。规范村级治理机制的村自治组织结构，笔者的建议还是统一到 2008 年成都市委 36 号文的精

---

① 据笔者 2010 年 9 月 28 日下午与成都市委组织部长朱志宏专访座谈录音整理。

② 第一个"1"是指以村党组织为领导核心，"3"是指以"村民会议、村民代表会和村议事会"三个村民自治组织为主体，第二个"1"是指以集体经济组织为市场主体，"N"是指其他多个组织共同参与。

神上来，以"两委加一会"模式为最简约和适用。村民议事会作为村民会议和村民代表会的常设机构，监委会或理财小组由村议事会成员担任，由村民议事会在村民会议和村民代表会的授权下统一行使决策权、监督权和议事权。村民议事会的召集人由党组织书记兼任。在换届选举时，村议事会和村民委员会同时举行选举。村议事会成员的产生不限于本村村民，但必须是常住民。村议事会成员主要从村中有公信力的常住民中产生。为了培养村民议事和参与的习惯，实行彭州市的"村民议事日制度"，规定每季度或每月某日为村民议事日。为了保证村民议事的时间和贡献，可以考虑实行村民议事补贴制度。要有计划地对村民议事会成员和召集人进行职业和职务培训，各区县组织部长要像彭州市王华强同志那样，下到各乡镇给乡镇和村两委的干部讲解新型治理机制。还应该进一步探索和规范党领导村民议事会的内容和形式以及村民议事会的行权范围。要像龙泉驿蒲草村那样，对村民会议和村民代表会对村民议事会的授权作出明确的列举式规定，① 明确有哪些事该由村民议事会议决，哪些事必须由村民会议和村民代表会议决定，并且对村民议事会议决的程序作出相应的规范。

所谓"树人可立教"，是指要把中组部开展的"创先争优"活动不是作为一时段的任务，而是作为一项长效举措和制度来执行。这实质是党员教育方式的一种转型，即从过去说理型的会议传达和党课教育，转变为更加注重以先进典范的事迹和行动引领，注重行动的力量而不单靠抽象的说教，树榜样靠典型的力量以行为引导为主。这个"立教"就是"树人"，要及时把在村民治理机制实践中表现卓越的村"两委"干部和议事会成员推选出来，树为典型大力表彰和宣传。在选拔和推选典型人物时，要坚决贯彻中组部"以德为先"的原则，树人立教的典型一定是做人做得好的人，是讲奉献、群众公认和业绩好的村干部和村议事会成员。要通过这样的树人立教的活动形成一种舆论氛围和导向，弘扬正气，推崇高尚。像龙泉驿蒲草村党总支书记邹光蓉那样受群众的拥戴，彭州市国坪村邓川等村党组织书记，带领村民不仅模范地执行和创造性地推进新型村民治理机制，而且带领村民发展专业化产业、引领村民致富。就是要把这样的典型树起来，并给予特殊的嘉奖，以引领其他村的党组织带头人为推进成都城乡一体化建设贡献更大的智慧和力量。

---

① 成都市龙泉驿区大面街道蒲草村，对村民议事会授权程序作出了具体规范，包括授权的主要程序、办法、事项、授权会议主持词、公告、注意事项等。

B.15

河南省村党支部、村民委员会
"四议两公开"工作法浅议

周庆智

河南省实施的农村党支部、村民委员会"四议两公开"（亦称"四加二"）工作法的指导原则是"建立健全既保证党的领导又保障村民自治权利的村级民主自治机制"，政治目标是完善村级民主自治机制。官方权威指出，河南省的"四议两公开"工作法是探索农村基层治理机制的创新，具有全国性意义。对这样的工作法，有必要结合实地观察的情况，作一些初步分析。

一 "四议两公开"工作法的内容和程序

"四议两公开"工作法源于河南省邓州市近年来的深化"三级联创"活动和加强农村基层组织建设的创新实践。它在内容上明确了"四议"、"两公开"的议事决策程序，范围上涵盖了农村经济社会发展的各项工作，试图从体制机制和方式方法上破解农村党组织在推动改革发展中遇到的新课题，探索加强农村基层组织建设的新路子。2009 年 5 月，河南省委、省政府决定在全省村级组织推广邓州市农村党支部、村民委员会"四议两公开"工作法。

所谓"四议两公开"或"四加二"工作法，就是所有村级重大事项都必须在村党组织领导下，按照"四议"、"两公开"的程序决策实施。"四议"即党支部会提议、"两委"会商议、党员大会审议、村民代表会议或村民会议决议，"两公开"即决议公开、实施结果公开。

具体讲，"四议两公开"工作法包含以下内容和程序。

第一，明确决策内容。凡是村级重大事务和与农民群众切身利益相关的事项，都要按照"四议两公开"工作法进行决策、实施。该工作法主要涉及以下事项：新农村建设长期规划和年度工作计划，村集体土地的承包、租赁，公益事业经费筹集、组织实施与管理，集体经济项目的立项、承包及公益事业的建设承包，集体资产购建与处理、集体借贷、集体企业改制，村组建设规划、土地征用及补偿分配、宅基地审报，计划生育、农村低保、新型农村合作医疗等政策和制度的落实，重大救灾救济款物的发放，以及其他应当民主决策的事项。法律规定必须由村民会议讨论通过的事项，按有关法律规定执行。

第二，规范工作程序。进入决策程序的村级重大事项，按照以下步骤组织实施。

（1）村党支部会提议。对村内重大事项，村党支部在广泛听取意见、认真调查论证的基础上，集体研究提出初步意见和方案，使提议符合中央和省、市、县的要求，符合本村发展实际，符合群众意愿。

（2）村"两委"会商议。根据村党支部的初步意见，组织"两委"班子成员充分讨论，发表意见；对意见分歧比较大的事项，根据不同情况，可采取口头、举手、无记名投票等方式进行表决，按照少数服从多数的原则形成商议意见。

（3）党员大会审议。对村"两委"商定的重大事项，提交党员大会讨论审议。召开党员大会审议前，须把方案送交全体党员，在党员中充分酝酿并征求村民意见；党员大会审议时，到会党员人数须占党员总数的2/3以上，审议事项经应到会党员半数以上同意方可提交村民代表会议或村民会议表决；党员大会审议后，村"两委"要认真吸纳党员的意见建议，对方案修订完善，同时组织党员深入农户做好方案的宣传解释工作。

（4）村民代表会议或村民会议决议。党员大会通过的事项，依照有关法律法规规定，在村党组织领导下，由村民委员会主持，召集村民代表会议或村民会议讨论表决。参加会议人数必须符合法律规定，讨论事项必须经全体村民代表或到会村民半数以上同意方可决议通过。

（5）决议公开。经村民代表会议或村民会议决议通过的事项，一律在村级活动场所和各村民小组村务公示栏公告，公告时间原则上不少于7天。

（6）实施结果公开。决议事项在村党支部领导下由村民委员会组织实施，实施结果及时向全体村民公布。

第三，完善配套制度。为适应实施"四议两公开"工作法的需要，农村基

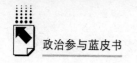

层组织需要建立健全以下制度。

（1）健全党员联系群众制度。认真落实保持共产党员先进性的要求，以服务群众为中心，建立有利于基层党组织和党员更好地联系服务群众的网络体系，组织开展党员设岗定责、服务承诺、结对帮扶困难群众等活动，使每个党员都能够从自身条件出发，采取适当方式，有效地联系若干户群众，在帮助群众解决生产生活实际困难中发挥作用，在了解群众意愿需求、反映群众意见建议中发挥作用。

（2）健全村民代表联系户制度。严格按照《村民委员会组织法》的规定和要求，把好政治关、能力关、结构关，足额选好村民代表。在此基础上，本着"就近居住、便于联系"的原则，每个村民代表分别联系若干农户，联系户覆盖面要达到100%。村民代表与联系户建立密切的沟通联系渠道，及时了解和反映村民的意愿和要求，提出合理化意见和建议，积极参与村级重大事项民主决策，同时宣传、引导联系户自觉执行各项决议。村民代表不认真履行代表职责的，根据相关规定取消其代表资格，重新推选。

（3）健全民主监督制度。设立村务公开监督小组和民主理财小组。村务公开监督小组在村民会议或村民代表会议领导下开展工作，负责监督本村重大事项是否按照"四议两公开"工作法的程序决策实施，并对公开内容的全面性、及时性、真实性监督评议。民主理财小组成员从村务公开监督小组成员中推选产生，负责对"四议两公开"工作法通过的村级重大事项的财务收支情况进行审核把关，并及时向群众公开。建立信息反馈机制，畅通民意渠道，及时收集和受理群众在决策实施过程中反映的意见、建议以及合理诉求，不断完善决策，促进工作的科学运行。

（4）健全责任追究制度。通过"四议两公开"工作法形成的决议不得随意更改，如因特殊情况发生变化确需变更的，要在村党组织领导下，通过村民代表会议或村民会议讨论决定。"四议"讨论决定事项的过程和情况，要形成书面记录并妥善保存。凡不按有关法律法规和决策程序进行决策的，任何组织或个人擅自以集体名义借贷、变更和处置村集体的土地、企业、设备、设施等，均为无效，村民有权拒绝，造成的损失由责任人承担，构成违纪的给予党纪政纪处分，涉嫌违法的移交司法机关依法处理。

二 "四议两公开"对解决农村"两委"矛盾的意义

从基层党组织的权威地位强化上来看,所谓"四议两公开"是村党支部的领导权力和村民委员会的自治权力矛盾激化和冲突的结果。根据中共邓州市委的报告,邓州市"两委"有严重分歧的村就有 85 个,村党支部的领导权力和村民委员会的自治权力不断碰撞,"支书派"、"主任派"好事争着干,难事推着干,麻烦事都不办,相互掣肘,相互拆台,贻误了大好发展机遇,给地方经济社会发展留下了许多沉痛教训。要解决"两张皮"、"两条心"问题,必须采用新思路来处理好村党组织和村民委员会关系,着力构建一个在村党组织主导、引导、领导下,工作相连、力量相聚、目标同向、相得益彰的工作机制,形成凝心聚力谋发展的工作局面。"两委"矛盾造成"党员干部的威信降低,党组织的影响力、凝聚力、战斗力被削弱,核心地位被弱化",因此"必须探索新机制来巩固党在农村的执政基础",并使之"实践上体现了科学化、制度化、规范化的要求,效果上达到了加强党的领导、充分发扬民主、严格依法办事的有机统一,从体制机制和方式方法上破解了农村党组织在推动改革发展中遇到的新课题"。

"四议两公开"对有效解决农村"两委"矛盾,具有一些重要的意义。

第一,党的领导得到保证并强化。"四议两公开"工作法的核心是加强党的领导,重点是群众参与管理。"四议两公开"工作法是加强农村基层组织建设、巩固党的执政基础的有效载体,推广"四议两公开"工作法是密切党群干群关系、促进农村和谐稳定的迫切需要,是广大群众参与、推进农村民主政治建设的重要途径。从农村改革发展看,"四议两公开"工作法能够有效提升村党支部的战斗力,增强村"两委"班子的向心力,扩大党员队伍的影响力,激发广大村民的创造力,形成齐心协力打好攻坚战的强大合力。从基层民主政治建设看,四议两公开"工作法体现了党的领导、人民作主和依法办事的有机统一,是增强基层民主意识、畅通民主渠道、促进民主决策的有效途径,是推动农村民主政治建设的有益实践。从维护农村稳定看,推广"四议两公开"工作法,可以有效解决疑难事务和棘手问题,有效畅通群众的利益诉求表达渠道,有效避免损害群众利益和违法违纪事情的发生,为保持大局稳定打下坚实根基。

第二,村党支部和村民委员会之间的关系得到协调。从形式和实质上看,

"四议两公开"工作法提高了"村支书"的权威地位。这种方法坚持党对农村工作的领导，充分发挥村党组织的领导核心作用、村民代表会议和村民委员会的自治作用，实现了党的领导机制、"两委"协调机制、党内基层民主机制和村民自治机制的有机融合，是党领导的村级民主自治机制的创造性实践。"四议两公开"工作法把党的领导、村民自治、党内基层民主和农民主人翁地位融为一体，是基层建设的制度创新之举，是党领导的村级民主自治机制的有效实践形式。

第三，村级党内民主机制和村民自治机制得到进一步完善。完善村级党内民主机制包括：（1）村党支部选举制度。建立健全村党支部候选人提名制度，广泛推行由党员和群众推荐、党员自荐、党组织推荐相结合的办法。逐步扩大由党员大会直接选举村党支部书记、副书记的范围。（2）党员大会审议村级重大事项制度。村"两委"商议确定村级重大事项提案之后，要提交党员大会讨论审议。（3）完善村级党务公开制度。及时通报党内情况和信息，拓宽党员意见表达渠道，提高党员对党内事务的参与度。（4）党员联系群众制度。组织党员密切与群众的联系，及时了解群众意愿，反映群众意见和建议。完善村民自治机制包括：（1）健全村民会议或村民代表会议审议决定村级重大事项制度。涉及村里发展和村民切身利益的重大事项，经党支部提议、"两委"会商议、党员大会审议后，要提交村民会议或村民代表会议讨论作出决议。（2）实行村级重大事务决议公开和实施结果公开。经村民会议或村民代表会议决议的事项以及组织实施的结果，及时公布，接受村民监督，推动工作落实。与群众切身利益密切相关的重大村务，实行事前、事中、事后全过程公开，保证群众明白、干部清白。（3）完善村民自治的具体制度。适应农村改革发展的新形势和村民自治的新要求，完善村民自治章程、村规民约，把民主选举、民主决策、民主管理、民主监督的要求具体化、制度化。

第四，乡、村领导关系获得正当性并得到强化。在现行政治当中，村支书由上级即乡党委委任或党员选举产生，这确立了乡党委领导的正当性、合法性及权威地位，上级政府的政策和方针取得一贯到底的效果。

三　从"四议两公开"看村民自治的发展

从村民自治发展看，所谓"四议两公开"，其本质是明确和强化基层党组织的权威地位,那么如何做到"建立健全既保证党的领导又保障村民自治权利的村级民主自治机制",实际情况带来的只能是"一元化权力结构",其结果无外乎两种:或者党组织凌驾于村民自治组织之上,或者村民自治组织取而代之。对村民自治的发展来说,这是进步抑或退步?如此的"村民自治",是否已无实质内容,徒具形式而已?在这里,需要对一些问题作进一步的思考和分析。

第一,保证党的领导并不意味着把国家政权体制里的党政关系简单地复制在村庄头上。实施村民自治是要村民"自己管理自己",其核心内容是民主选举、民主决策、民主管理和民主监督。村党支部不能取代村民委员会的法权地位。尽管都不否定党对农村的领导地位,但村党支部的法律地位却是模糊的,这是事实。耐人寻味的是,有关村民自治的那些讨论,总是在选择能人、落实政策、完成任务等具体事务上兜圈子,回避或者大而化之地谈论村民自治本身的民主价值问题,这同人们对待村民自治的工具主义态度有很大的关系,但极大地忽视了现实中的村"两委"关系存在着向一元化权力结构倾斜和治理行政化的倾向。

第二,村党支部和村民委员会的关系存在不确定性。两者的权力来源和合法性基础不同,前者是委任(或党员的小范围选举)的结果,后者是村民选举的结果。从程序民主的角度看,因其权力合法性来源不同、性质与职责不同、工作重点与工作方式不同、制约机制不同,不协调、不协作、矛盾乃至冲突具有内在性。"四议两公开"工作法能否解决这个权力结构所蕴涵的内在矛盾和冲突,需要在实践中进一步观察,在理论上进一步探索。

第三,地方性差异因素。地方性差异主要是指社会经济文化发展的基础和程度的不同,以及植根于当地村民的传统和习惯当中的政治文化取向。地方性差异的存在,决定发展和完善党领导的村级民主自治机制不能搞"一刀切"、一个模式的"大一统"做法。诸如河南的"四议两公开"、河北的"一制三化"、浙江台州的"四化一核心"、山东寿光的"五事"工作法、青海的"三议一表决、两公开一监督"等,都是根据本地情况对村民自治进行探索的有效的实践形式。

第四,保障村民自治权利。当今,村民自治作为一项法律制度越来越深地进入农村实际生活当中。它已不仅仅是国家治理乡村的一种制度,而且正在内化为国家法律赋予农民不可剥夺的权利。村民自治的深化要围绕农民的自治权利建构相应的保障和社会救济机制,以避免村民自治权利被虚化。同时,村民自治的核

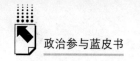
心价值是为广大村民的自由、自主和自治活动提供制度性平台。这一平台的构建和运行需要相应的组织、财政、文化和社会资源，为此需要根据现阶段社会化小生产的特性，以市场化、民主化为导向重建乡村社区。

村民自治是在一个乡村共同体内由村民自我管理，与政府的外部性管理不同。这种自我管理主要借助于或基于共同体内部形成的规则和共同认可的权威。这种共同体更严格地说不是政治共同体，而是一个生活共同体和文化共同体。在乡村社会，日常生活秩序的维持和运行并不一定需要外在国家权力的干预。生于斯长于斯，村民大多能够把自己的想法贯彻下去，但公共生活领域的制度建构则要村民们积极参与进来，而这种参与又无不建基于他们所秉承的地方权威观念和习俗规则之上。竞争性民主建立在争取和制约权力的基础上，一是其成本太高，二是代价太大。它带来的后果往往不是社会和谐而是社会分裂与对立。但在现阶段，市场经济日益向乡村社会渗透并造成人的过度理性化，在公共权力的获取和运作层面上还必须坚持和发展竞争性民主，通过竞争性民主确立"公意"。而与此同时，在日常村务管理方面则有必要加强协商性民主，通过村民的广泛参与、共同议事决策，强化对社区共同体的认同和归属感，改善乡村治理。

因此，村民自治的深化的趋向，一是从组织重建到权利保障，二是从乡村改造到社区重建。归根到底，乡村民主选举之举是朝着法治社会迈进的一种努力。进一步讲，推进乡村政治生活民主进程的努力，不能只靠政府的"令行禁止"。或者说，所谓"村民自治"的结果，并不总是向着"由自己来统治自己"的方向发展的，原因可能是多方面的，如政治操控、家族势力、金钱作用等，因此，把保障村民自治权利纳入法治化的轨道是大势所趋。简言之，把乡村政治发展以及农村基层治理机制向着宪政设计方面推进，是在制度层面上来建构现代政治文化或"政治文明"（法治的而非人治的）的努力。

B.16

天津市武清区村民代表
会议制度创新研究

贠 杰

改革开放后，在由计划经济向社会主义市场经济转轨过程中，中国行政管理体制也由高度集中开始向适度分权方向转变，主要表现为政府向企业、政府向社会，以及中央政府向地方政府的适度分权。在这个过程中，政府分权和社会民主特别是基层民主的衔接，是实现体制顺利转轨的重要影响因素。在 20 世纪 80 年代末全面推行农村村民委员会选举后，中国农村基层民主得到快速发展，成就斐然，但是在实践中也出现一些问题，特别是民主选举全面推进、而其他民主机制相对滞后的"四个民主"的非均衡发展问题。天津市武清区通过着力推进村民代表会议制度，较好地解决了民主决策、民主管理和民主监督等问题，有效调动了村民政治参与的积极性，是农村基层民主均衡发展的典型案例。

一 天津市武清区的基层民主建设背景

天津市武清区地处京津之间，是国务院批准的沿海开放县。武清区辖 29 个乡镇街道，741 个村，82.2 万人，其中农村人口 76.5 万人，占总人口的 93.1%。1991 年，武清被列入全国 100 个农业大县，列第 61 位；1992 年，武清名列全国农村综合实力百强县第 21 位；1993 年，武清被评为中国明星县，排名第 21 位。2000 年 6 月 13 日，武清经国务院批准撤县建区。①

1988 年试行的《村民委员会组织法》实施后，武清区普遍建立了经民主选

---

① 天津市武清纪委、监察局：《武清区贯彻落实〈实施纲要〉情况介绍》（2006 年 9 月 5 日）。

举的村民委员会。但历史的惰性和现实的矛盾对制度的变迁有着巨大的影响，长期以来积累的原有社会矛盾未能得到根本缓解。例如，村民委员会选举的激烈竞争导致的贿选问题；村民委员会成员选举产生后缺乏有效的监督和制衡，导致了以权谋私和腐败现象；村干部成为超越于村民之上的权威力量，工作作风简单粗暴，干群矛盾日益突出；村党支部与村民委员会矛盾突出，支部书记和村民委员会主任关系紧张，等等。更为重要的是，地理、人口等因素也构成了有效实现直接民主的技术性障碍。例如，目前武清区1000～2000人以上的大村占全区农村总数的近50%，甚至还有6000人的大村，18周岁以上的村民数量庞大。一方面，村民既难有统一、集中、固定的闲暇时间，同时也难以找到适合村民大范围集会的适宜场所，要组织全村村民参加会议的难度太大。另一方面，农民要求参与村务公开、监督干部工作的民主意识不断提高，政治参与热情日益增长。这二者之间的现实矛盾，不仅随着时间的推移日益突出，而且已严重影响了建立以党组织为核心的村民自治机制目标的实现。

从这种现实情况出发，特别是针对农村基层村务公开和廉政建设中存在的问题，天津市武清区由提供乡村治理的有效性出发，开始积极探索农村基层推进四个民主的平衡发展的具体途径和方法。1989年，武清区在一些乡镇开始推行"两个议事会"的做法，推动村干部经常听取两个议事会对村务管理的意见。随着形势的发展，又探索实行了"两公开、一监督"制度。1997年和1998年，按照中央、天津市的要求，武清区在全区范围内全面推行村务公开、民主管理，以明白纸、公开栏等村务公开形式为主。但是，这些民主形式也未能从根本上解决前述的那些现实问题。1998年《村民委员会组织法》正式颁布后，武清区总结实践经验，认真研究相关法律规定，从1999年开始，由区纪委牵头负责，在深入调查研究、学习《村民委员会组织法》和考察借鉴外地经验的基础上，决定实行村民代表会议制度。1999年下半年，首先在4个乡镇5个村街进行了试点，取得了初步的成功。2000年2月25日，在总结前期经验和问题的基础上，区委、区政府召开了全区专项工作会议，正式推行村民代表会议制度。目前，全区741个行政村全部建立了村民代表会议制度，现有村民代表11441名，全部由选民直接推选产生。经过近10年的探索和实践，武清区已基本形成较为完善的村民代表会议制度，并在实践中发挥了越来越重要的作用。

二 村民代表会议制度的基本做法

武清区推行村民代表会议制度经历了一个由点到面、逐步推开、不断深化的过程，其基本思路是"积极稳妥、分步实施、典型引路、逐步推开"，在实践中逐渐形成了一套较为成熟、完善的农村基层民主模式与做法。

在武清区，根据《村民自治示范章程》和《村民代表会议选举办法》，明确规定村民代表会议是村民会议和户代表会议的特殊实现形式，是村民会议和户代表会议的常设组织，是村民自治组织体系和运行机制的权力中枢，对村民会议和户代表会议负责。根据相关规定，在总人口 200 人以上的村，经村民会议决定可设立村民代表会议。按照居住区域，一般每 5～15 户产生一名村民代表，与村党支部委员、村民委员会委员和本村乡镇以上人大代表、政协委员共同组成村民代表会议，其中村民代表占绝大多数。村民代表会议规模一般在 20～30 人，最少不低于 15 人，最多不超过 50 人。村民代表会议每三年为一届，设主席一人，一般由村党组织书记担任。村民代表会议每季度召开一次，如有特殊需要，可以临时召集。村民代表享有监督权、表决权、提出议题权、反映意见和建议权。村民代表会议内设村务监督小组和民主理财小组，两个小组受村民代表会议领导，成员由全体代表在与村"两委"成员无直系亲属关系的民选代表中推选产生，负责对村集体财务及村务公开、村干部廉洁自律等情况实施监督。①

近年来，为切实发挥村民代表会议在议事决策、管理、监督等各项村务活动中的重要作用，武清县以推动村民代表会议制度的有效、规范运行为目标，重点推进了以下几方面工作。

（一）规范村民代表产生程序

村民代表的素质与能力，是决定村民代表会议有效发挥作用的关键。为保证民选代表质量，武清区在村级组织换届中，全面推行了"三体联动"的工作新

---

① 天津市武清区纪委：《武清区实施村民代表会议制度、完善村民自治机制情况汇报》（2006 年 5 月 10 日）。

模式，将村民代表会议的换届与村"两委"换届放在同等位置，统筹考虑、统一安排、联动进行。在换届中，认真拟定当选村民代表的任职条件，并在选举村民代表过程中严格按程序办事，使新当选村民代表的政治素质、决策能力和管理水平有了明显提高。目前，全区741个村全部建立了村民代表会议，村民代表11441名，均由村民直接推选产生。全区村民代表平均年龄40.1岁，具有高中以上学历的有2872人，占总数的25.1%；党员4967人，占代表总数的43.4%；女性2775人，占代表总数的24.3%。

村民代表产生程序的规范化，既保证了村民代表的广泛性，也提高了参政议政的有效性，为村民代表会议制度的顺利推开和有效运作奠定了坚实的基础。

（二）明确规范议事规则

为做实、做好村民代表会议制度，武清区对会议程序和决策制度都提出了明确要求，规定村民代表会议必须按有关规定按时召开，村务决策严格按照"提出议案、'两委'研究、村民代表会议讨论决定、'两委'组织实施、报告结果"五个步骤进行。在决策内容方面，规定经村民会议授权，可以由村民代表会议讨论决定村经济社会发展规划、建设，村集体经济所得收益使用，宅基地使用方案等十个方面的重大事项。同时，注重结合农村改革新形势、新变化，不断丰富完善决策内容，将村集体资产的出租、出售、转让、参股或承包，村集体企业改制，优抚、救济（灾）等款物及最低生活保障金发放，"一事一议"筹资酬劳款项的收缴及使用等方面，及时纳入会议议程。

（三）规范"两个小组"活动

按照有关规定，村民代表会议民主理财小组重点对财务预算和收支进行审核，基本做到大村每月一次、小村每季度一次，遇到大额度资金支出和"一事一议"筹资酬劳等重要财务活动，提前介入，随时审核，做到事前、事中、事后全过程参与。例如，"两笔、一章、一把关、一公开"财务管理制度就很有特色，这种制度规定村集体所有财务收支票据除村支部书记、村民委员会主任共同签批外，必须经理财小组加盖理财专用章，经乡镇经管站把关并按程序进行公开后才予以报销，大大促进了村级财务管理的规范性。每年年底，理财小组还要对全年财务监督情况进行总结，梳理汇总群众意见建议和审核中存在的共性问题，并向村民会议、村民代表会议报告工作情况。同时，注重发挥村务监督小组的主体作用，把监督贯穿于公开、决策、管理等各个环节。

（四）加强各方面制度建设，规范制度运行

武清区村民代表会议的制度基础，是《村民代表会议章程》。2005 年 11 月到 2006 年 4 月，武清区在充分调研的基础上，对原有村民自治各项制度进行了补充和完善，特别是在反复征求意见和修改的基础上，起草了《武清区村民代表会议章程》。该章程下发到各村，由"推行村民代表会议制度工作组"逐一入户征求村民意见，经修改后由村民会议讨论通过，形成了每个村自己的《村民代表会议章程》。《村民代表会议章程》内容包括：总则、村级组织、村民委员会下属组织及群团组织、村民与村民代表、民主决策、民主管理、民主监督、附则等八章。《村民代表会议章程》对村内各类组织的职责、相互关系及工作程序，村民代表、村民的权利和义务，议事决策的内容和程序、村务事项的办理和监督等，都作出了明确规定。每个村民都有权对本村《村民代表会议章程》提出修改意见，同意签字后，才以村民代表会议的形式管理本村事务。

在推进村民代表会议制度规范化建设过程中，各村普遍建立长 3 ~ 5 米、高1.5 米的不锈钢或铝合金公开栏和村民代表会议室内专题园地，统一格式，统一内容。全区各村普遍建立健全了"五簿一册"，包括《村民（户代表）会议记录簿》、《村民代表会议记录簿》、《村民委员会记录簿》、《民主理财小组记录簿》、《村务公开记录簿》和《村内组织花名册》，及时客观地记录重大村务活动情况，方便村民查询和监督，避免出现争议时因无据可查带来不必要的纠纷。[①] 同时，针对我国《村民委员会组织法》存在的一些不完备的问题，武清区在总结实际经验的基础上，还出台了六套制度：《村民自治示范章程》、《村级重大事项议事决策流程》、《村民代表会议示范章程》、《村民代表选举办法》、《村民代表会议村务监督小组示范规则》、《村民代表会议民主理财小组示范规则》。这些制度完善、补充和细化了《村民委员会组织法》，村民代表会议制度在此基础上得以建立，《村民代表会议章程》则是对上述法规和制度的具体化和进一步完善。

---

① 天津市武清区村务公开工作协调小组：《全面推进村务公开民主管理，建立健全以党组织为核心的村民自治机制》（2006 年 1 月）。

概括而言，武清区村民代表会议制度的核心内容如下：村民代表会议是村民会议的特殊实现形式。村民代表会议由村民代表、村党支部委员和村委员会委员、在本村的乡镇以上各级人大代表和政协委员组成。村民代表由享有选举权的村民按村民小组或居住区域划分若干选区，经民主选举或推荐产生。村民代表会议由村民会议授权，具有十项职权。村民代表会议设立村务监督小组和民主理财小组，由村民代表从非党支部和村民委员会成员的村民代表中选举产生。村务监督小组负责对村务是否公开、村民代表会议各项决议是否执行等情况实施监督。村民代表会议每年要对本村干部进行一次民主评议，听取和审议村民委员会的工作报告和村干部的述职报告，评议结果与村干部的使用和工资直接挂钩。如果有村干部不胜任、不廉洁，群众有意见，那么这个村会依据有关法律及相应组织程序给予罢免。2003 年武清区村级组织换届以来，已经有 12 名村党支部成员、13 名村民委员会成员因评议不合格被依法依规解除了职务。[①] 村民代表会议制度健全了民主监督机制，制约了村级公共权力的运行和村干部行为。

武清区的村民自治模式，可以概括为"三体联动"民主管理方法。武清区采取代议制民主的形式，通过村民会议授权，由村民代表会议行使村自治权力，形成了三个层次的管理框架：以村党组织为核心，以村民代表会议为权力中枢，村民委员会为工作和执行机构，构筑了完整的村民自治体制框架和运行机制。除了制度设计较为合理、周延外，武清区推行村民代表会议制度的一个突出特点，是各项具体制度为指导和规范实践而设，不将制度停留在纸面，而是落在实处，以规范村民自治、促进村务公开、推动防腐倡廉为制度设计和实施的出发点与最终落脚点，在实践中收到了较好的效果。

三　武清区村民代表会议制度的主要成效

截至目前，在武清区 29 个乡镇和街道办事处、741 个村街中，除 15 个人口少于 200 的村街按规定可不设村民代表会议外，其余 726 个村街已全部实行了村民代表会议制度。经过近 10 年的探索，武清区村民代表会议制度在实践中取得了明显成效，这些成效主要体现在以下几个方面。

---

① 天津市武清纪委、监察局：《武清区贯彻落实〈实施纲要〉情况介绍》（2006 年 9 月 5 日）。

第一，进一步加强了农村基层民主政治建设，促进了"四个民主"的平衡发展。我国村民自治制度实施已二十多年，在村民委员会民主选举方面有了较大进步，但由于民主决策、民主管理和民主监督工作较为滞后，也带来民主政治发展过程中的一系列现实问题。武清区村民代表会议制度的深入落实，全面深化了农村基层民主政治建设，有力保障了广大村民的民主政治参与权利，进一步强化了农村基层民主，促进了民主决策、民主监督和村务公开民主管理工作的有效落实，使农村地区"四个民主"实现了全面、均衡发展。

第二，减少了农村地区的社会矛盾，维护和促进了社会稳定。实行村民代表会议制度，充分发挥广大村民代表的桥梁和纽带作用，发挥村务监督小组和民主理财小组的监督制约作用，使广大群众能够更广泛、更深入地参与村级事务管理，增强了村务工作透明度，避免了因群众猜疑而引发干群矛盾和群众上访的问题，有效减少了各种矛盾，维护和促进了农村地区社会稳定。村民代表会议在乡村干部与农民之间建立了一种稳定的社会对话机制，在维护和保障村民利益的同时也舒缓了干群矛盾。随着老百姓对基层民主的信任度不断提高，近年来武清区信访工作也出现了三方面变化：一是由于村民理财小组的工作，经济上出现问题的村干部明显减少，以前区纪委收到的农村信访问题中，80%是反映村干部经济问题，如今这一数字已下降到20%；二是农村信访绝对数量呈逐年下降趋势，从1998年最高峰时的660件下降到2004年的142件，2005年进一步下降到98件，[①] 2006年1~10月与上年同期相比又下降了13.3%，重复访、越级访和集体上访事件明显减少；三是信访质量在不断上升，群众署实名举报的比例由12%上升到56%，这一方面说明了村民对干部监督的胆子更大了、腰板更硬了，另一方面也说明村民代表会议制度在实际工作中真正对乡村干部发挥了监督制约作用。

第三，提高了村级组织管理和决策的民主化、科学化水平，有效促进了农村地区经济发展。村民代表会议制度有助于科学决策、民主监督和管理，减少决策失误，使村民参与权、决策权、监督权在很大程度上得到落实，极大地调动了广大群众的生产积极性，有力地促进了经济发展。从实践看，通过把涉及群众切身

---

① 高水勇：《农村管理体制的深刻变革——武清区推行村民代表会议制度浅析》（武清区纪委、监察局内部研讨文章，2005年12月）。

利益的大事、难事交给村民代表讨论决定，扭转了村内大事少数村干部说了算的现象，真正做到了还权于民、自我管理，同时还减少了决策失误，提高了村务决策的民主化、科学化程度，促进了农村地区经济发展。例如，北蔡村乡苏洋坊村集体经济实力比较强，打算用20万元建一座办公楼。村民代表会议讨论时，代表们认为近几年由于干旱少雨，浇地是大问题，应把钱花在改善农田基本建设上。根据群众代表的意见，村民委员会改变了修建办公楼的打算，投资3万多元建一座桥，并挖深渠300米，解决了村里浇地难的问题。

第四，为解决农村"两委"矛盾提供了一个制度化的平台，同时也在一定程度上降低了政府治理成本。如何处理好村党支部与村民委员会之间的关系，是全国推进基层民主过程中面临的一个普遍性问题。许多村级组织的软弱涣散，往往是由"两委"矛盾造成的。武清区的村民代表会议制度，明确了村党支部和村民委员会，以及村民委员会主任和党支部书记在村民自治中的职责和角色，通过村民代表会议的制度性框架，规范了"两委"关系，减少了村民委员会主任和党支部书记的矛盾。村民代表会议制度明确村民是村庄的主人，村里的事情由村民代表会议讨论决定，村党支部发挥领导核心作用，形成政治上的领导；村民委员会是村民自治的执行机构和工作机构，要执行村民代表会议的决议。从实践中看，在村民代表会议作用发挥较好的村庄，"两委"关系更容易得到协调，矛盾也较少，反之则不同。与此同时，武清区通过实行村民代表会议制度，使民意有了直接表达的渠道和方式，群众不必再以非理性的表达方式来抗争，政府与村民之间形成了双向交流沟通的良性循环，减少了政府在维稳方面的工作量，从而大大降低了政府的治理成本。

第五，通过健全监督制约机制，促进了农村基层党风廉政建设。实行村民代表会议制度，通过明确规定各类村级组织的权力、职责和义务，以及有效落实包括村务公开、村级财务管理等在内的一系列规章制度，较好地规范了村级公共权力运行和村干部的施政行为，有效地减少和消除了"暗箱作业"，减少了以权谋私等问题的发生，促进了农村地区的党风廉政建设。

四　武清区村民代表会议制度成功运行的原因

武清区村民代表会议制度之所以能够成功运行，有着各方面的原因。概括而言，除了全国范围内具有良好的推进农村基层民主发展的社会大背景外，地方党政领导机关大力推动和村民有效的民主参与，无疑是武清区村民代表会议制度成功运行的两个最为重要的因素。

（一）地方党政领导机关着力推动

目前，全国多数农村实行了村民代表会议制度，但不少地区流于形式。真抓实干，是武清区取得成效的一条非常简单也是非常宝贵的经验。自1999年以来，天津市纪委和武清区党委政府都把建立村民代表会议制度列入重要议事日程。武清区委1998年决定，由区纪委直接负责、民政部门和其他部门辅助开展农村民主建设工作，这方面的工作经验主要包括以下几点。

（1）落实责任。武清区专门成立了由区委主管副书记任组长，常务副区长、人大副主任为副组长，区纪委、民政局、司法局、政府办负责同志为成员的领导小组，并从有关部门抽调人员组成专门推动组。各乡镇和村街都成立了推行村民代表会议制度领导小组，负责村民代表会议制度的全部运作。各村也成立了由村党支部书记牵头的相应组织，形成了一级抓一级、层层抓落实、齐抓共管的工作格局。

（2）教育培训。为使广大干部群众认识实行村民代表会议制度的权限、目的和意义，区、乡镇、村三级充分运用广播、电视、板报、公开栏、召开村民会议、入户座谈等形式广为宣传，做到家喻户晓、人人皆知。1999年以来，武清区委党校定期举办乡村两级干部培训班，年均培训1400多人次。区纪委、组织部、民政局还直接对乡村两级干部和村民代表进行民主政治和民主法制相关知识培训，年均培训33000多人次。各乡镇街道也通过举办辅导班、入村授课等形式，向群众宣传村民自治知识。同时，村民代表、村民小组长认真落实联系户制度，把民主知识辐射和渗透到每个村民。全区形成了区、乡、村三级纵向贯通的全方位、多层次、网络化的教育培训格局。

（3）先建制度后选举。在2006年武清区村民委员会等换届选举之前，区和乡镇街道两级先下派工作组帮助指导各村重新修改制定《村民代表会议章程》、《村民代表选举办法》等六项制度，并召开党员和群众代表座谈会，听取他们的意见和建议。在这一过程中，工作组需要三次入户到村民家中，宣讲制度、征求修改意见和最后签字认可。在此基础上，召开村民大会，形成文字

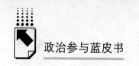
决议张榜公布。在村民对村级党政组织、村民代表会议以及自身的权利和义务都有了较充分了解的基础上，再进行村党组织、村民委员会、村民代表会议的换届选举。

（4）"三体联动"。武清区在村级组织换届中，全面推行"三体联动"，即把村民代表会议的换届与村党组织、村民委员会的换届同时运作，严格依法依规选举产生"两委"成员和村民代表，解决了过去换届分开进行、时间分散，党员和群众不能统筹权衡各个组织人选的问题，使村民代表的素质得到了保证。

（5）尊重民意。在武清区，不同的村拥有不同的民主治理特色。只要村民的做法不违反民主治理的基本原则，区政府都予以认可，不搞"一刀切"。如按区里规定，每 15 户产生 1 个村民代表，但有的村根据自己的实际情况产生了 2 个代表；原来区里规定 200 人以下的村不设立村民代表会议，但有些村不够 200 人也强烈要求设立，区委一律给予尊重。①

（二）村民有效的民主参与

村民代表是反映广大农村居民愿望和利益诉求的直接载体，是代表广大村民参与乡村治理的媒介。村民代表会议制度，克服了中国基层民主实践中的现实障碍，直接满足了基层群众民主参与的愿望，因此具有强大的制度生命力。具体来讲，村民代表会议制度的作用体现如下。

第一，满足了参与愿望。民主选举产生的村民代表，既不享受来自乡镇的津贴，也没有从村里获得物质报酬，只是代表所在选区参与村级重要事宜的决策与监督。他们畅通了民意表达渠道，满足了基层农村民主参与的愿望。

第二，维护了自身权益。参加村民代表会议的代表，可以更接近信息源，改善自身和村干部之间信息的不对称状况，防止自身和村民的合法权益遭受侵害，因此参与的积极性非常高。

第三，获得了被尊重感。在武清当选村民代表的村民，有的富有社会经验，有的说话有影响力，有的合法勤劳致富具有经济实力。当选村民代表，地位身份

---

① 中国社科院国情调研组：《关于天津市武清区村民代表会议制度在治理腐败中意义和作用的调查报告》（2007 年 2 月）。

进一步得到确认，感到有荣誉感、成就感和责任感，自己说的话有人听，也管用，所以敢说爱说，自身素质也在实践中不断提高。

第四，创造了综合效益。武清的村民代表会议制度，将农村的民主决策、民主管理和民主监督落到实处，提高了决策的科学性和合理性，降低了腐败的发生率，有利于农村经济发展和社会稳定，使村民、村民代表和村干部三方都成为受益者。

总之，天津市武清区以村民代表会议为载体，建立起了一整套行之有效的制度体系，并在实践中取得了明显成效，不仅大大促进了农村地区经济发展、社会稳定和党风廉政建设，而且扩大了村民政治参与的范围和广度，深化了村民自治制度，为全国其他地区的基层民主建设积累了宝贵经验。

B.17

乐清"人民听证"的
公民参与维度论析

韩 旭

公民参与近十几年来日渐成为学术界和公共舆论领域中热议的话题之一。本报告所要讨论的公民参与,主要是指公民的政治参与,也就是通常所说的公民通过一定方式参加政治生活,影响或者试图影响政治体系的构成以及运行的行为。由于这一概念强调的是普通公民也即非职业政治活动家参加公共政治生活的行为,时常也被称之为公众参与。有些学者认为,公民参与的论域要大于政治参与,还包括参与公共生活其他领域的行为。当然,政治参与和对其他社会领域的参与是相互关联的。① 对于公民参与的持续关注,也是对社会生活实践的反映。因为随着改革开放进程的深入,我国社会生活各个领域都已经和正在发生着或重大或细微的变化,其中的一项变化就是"我国人民政治参与的积极性不断提高"。② 这一变化也逐渐引起党和政府的高度重视,中共十六大提出要"健全民主制度,丰富民主形式,扩大公民有序的政治参与"。中共十七大报告则再次重申要"从各个层次、各个领域扩大公民有序政治参与,最广泛地动员和组织人民依法管理国家事务和社会事务、管理经济和文化事业"。近些年来,各级党委和政府也在政治生活的越来越多的领域中开始探索扩大公民政治参与的实际措施,如邀请党代表和媒体旁听市委常委会;③ 而政府在立法和决策过程中也越来越多地采取听证会、公开征求意见等方式。最近的一个特别引人注目的例子,就

---

① 参见俞可平《公民参与的几个理论问题》,2006 年 12 月 19 日《学习时报》;储松燕:《国家与社会:公民参与的两个层面》,2007 年 11 月 5 日《学习时报》。

② 《坚定不移走中国特色社会主义伟大道路 为夺取全面建设小康社会新胜利而奋斗》(胡锦涛总书记在中央党校的讲话),2007 年 6 月 26 日《人民日报》。

③ 张和平、周晓丹:《乐清市尝试提任干部全流程向党代表和媒体公开》,2010 年 7 月 12 日《乐清日报》。

是温家宝总理邀请若干位专家学者和基层群众，参加在中南海举行的座谈会，就即将提交全国人大审议的政府工作报告和"十二五"规划征求意见。①

在努力扩大公民有序的政治参与这方面，各级人大正在逐渐发挥着更为积极的作用。例如，越来越多地以多种形式吸收公民参与人大常委会的立法活动，许多地方人大已经尝试邀请市民旁听人大常委会的部分会议。从性质上说，人大"是最有利于人民参加国家管理的组织"。② 人大制度的这一特点，使其与公民的政治参与能够并且应当更为直接地接合起来。

自 2007 年以来，浙江省乐清市人大常委会尝试以"人民听证"的方式推进《监督法》的贯彻实施，并在其中引入了公民参与的机制，为完善人大制度，强化人大监督，同时也为扩大公民有序的政治参与做出了积极的探索。

一 "人民听证"的发展脉络：背景与轨迹

本报告是对乐清市"人民听证"实践中有关公民参与问题的探讨，因此有必要先简要介绍一下"人民听证"的基本情况及其发展的历程。

（一）乐清市的基本情况

这里对乐清市经济和社会发展情况的简要介绍，是为了说明"人民听证"产生和发展的背景。当然，所谓背景，并不能简单地理解为直接的原因，并不能机械地认为这里介绍的情况与"人民听证"之间是一种线性的因果关系，而只是要说明，"人民听证"在现实中是在怎样的一个社会环境中产生和发展的。这些情况是"人民听证"的背景，当然也就是理解"人民听证"中的公民参与问题的背景。

乐清市是浙江省温州市下辖的一个县级市，地处东海之滨，东临乐清湾，与浙江省台州经济发展水平最高的玉环县隔海相望；南临瓯江，与温州市的市区隔江相望，与闻名遐迩的基层民主实践形式"民主恳谈"的发祥地台州市下辖的

---

① 《温家宝主持召开座谈会征求对政府工作报告及"十二五"规划意见》，2011 年 2 月 12 日《人民日报》。
② 《董必武政治法律文选》，人民出版社，1984，第 181 页。

温岭市一山之隔。全市地势自西北向东南倾斜，西北为雁荡山山脉，东南为海积平原，全县陆地面积1223.3平方公里，海域面积270平方公里。① 截至2010年10月底的统计，全市目前在册常住人口超过122万，约占温州市常住人口的七分之一；另有外来流动人口——当地称之为"新乐清人"——六七十万人。②

乐清有"千年古县"的美誉，建县的历史可以上溯到东晋宁康二年（公元374年）。1993年经国务院批准撤县设市。大约因地处温州、台州、宁波、舟山沿海走廊，且自然条件较为优越，乐清历来是主要的经贸集散地。与浙江"温台地区"许多县市一样，乐清也属于市场经济的先行发展地区。改革开放以来，乐清的经济发展很快，特别是民营经济十分活跃，多年来一直跻身全国"百强县"之列。至2007年国家统计局停止测评"百强县"之前，乐清市在"百强县"中大约处于中上游水平（2004年列第35位，2005年列第40位）。③ 至2009年，乐清县域经济基本竞争力跃居全国百强县（市）第15位。④ 2010年乐清全市GDP为495.84亿元，比上年增长12%，是2005年的1.9倍，人均GDP达4.02万元；GDP总量连续14年在温州各县（市、区）保持第一位；⑤ 财政总收入68.72亿元，其中地方财政收入34.36亿元，比上年分别增长16.9%和18.7%；外贸出口17.23亿美元，比上年增长25.9%。乐清市三次产业比重已达到3.4∶61.8∶34.9，全市规模以上企业达到1884家，产值超亿元企业超过150家，已有正泰电器等3家民营企业成功上市，城市化水平已提高到60%。⑥

随着社会主义市场经济的不断发展，随着多种所有制经济共同发展的基本经济制度和多种分配方式并存的分配制度不断完善，随着工业化、城镇化和经济结

---

① 相关信息来自乐清市人民政府网站（http：//www.yueqing.gov.cn/ljyq/yqfm/）。

② 《查查乐清人口"家底"》，2010年7月7日《乐清日报》；《七万余人未换"二代证"》，2010年10月28日《乐清日报》；《乐清约有外来人口70万》，2010年9月11日《乐清日报》。

③ 相关信息来自国家统计局网站（http：//www.stats.gov.cn/tjsj/qtsj/bqxssj/t20051025_402287154.htm）。

④ 《喜贺佳节话发展》，2011年1月29日《乐清日报》。如正文所述，国家统计局于2007年停止了"百强县"的测评，其后出现了由一家名叫"中郡县域经济研究所"的机构的年度县域经济基本竞争力"百强县"的测评，这里的"第15位"应该是中郡县域经济研究所测评的结果。

⑤ 《喜贺佳节话发展》，2011年1月29日《乐清日报》。

⑥ 2011年1月31日《乐清日报》载文《乐清市市长姜增尧在乐清市第十四届人民代表大会第五次会议上的政府工作报告》。

构调整加速，随着社会组织形式、就业结构、社会结构的变革加快，在经济建设取得巨大成就的同时，经济社会发展也出现了一些必须认真把握的新趋势、新特点，也面临着一些亟待解决的突出矛盾和问题。例如，人民群众的物质文化需要不断提高并更趋多样化，社会利益关系更趋复杂；就业结构和方式不断变化，人员流动性大大加强；各种思想文化相互激荡，人们受各种思想观念影响的渠道明显增多、程度明显加深，人们思想活动的独立性、选择性、多变性、差异性明显增强；而与此同时人民群众的民主法治意识不断增强，政治参与的积极性不断提高；等等。这种对全国总体情况的判断同样适用于乐清，甚至可以说，像在乐清这样市场经济因素比较活跃的地方，其中的一些新趋势、新特点可能会表现得更加明显，一些矛盾和问题可能会更加突出。乐清市人大常委会主任赵乐强对这种局面有一个很形象的说法：乐清就像一口高压锅，现在需要一个出气阀，来释放掉一些已经积累起来的压力，而人大就可以充当这样一个出气阀。①

（二）"人民听证"的发展历程

所谓"人民听证"，是乐清市人大常委会在探索如何更好地贯彻执行《监督法》，进一步完善人大制度方面，尝试建立的一套机制。

2007 年乐清市领导班子换届。如何面对新情况，解决逐渐积蓄起来的一些社会矛盾和新出现的问题，是摆在乐清市新一届领导班子面前的重大任务。同年，适逢《监督法》开始施行。针对乐清的具体情况，乐清市新一届人大常委会决定，在贯彻落实《监督法》的过程中，通过加强对政府工作的监督，促进乐清市经济和社会发展。当年 4 月，乐清市人大常委会决定，在常委会期间以专题会议的形式，听取各位副市长年初、年中、年末关于分管的专项工作情况报告。

2008 年，这一实践逐渐成形，其基本做法是：（1）每年举行三次常委会专题会议，主要内容就是听取和审议副市长的工作报告。第一次会议通常就是当年的"两会"闭幕之后的首次人大常委会会议，听取和审议全体副市长就其分管工作报告该年度工作思路和工作重点；第二次会议通常在 9 月底举行，听取和审议各位副市长有关工作的进展情况报告；第三次会议在年底或次年初，也就是次

---

① 参见蒋劲松《"乐清连环监督"调研报告》（2008 年 5 月 27 日）。

年"两会"召开前举行,听取和审议副市长工作完成情况的报告。(2)要求每位副市长于每次专题会议召开前,就其分管工作向人大常委会提交专项工作报告。(3)在每两次专题会议之间,人大常委会将针对副市长的报告组织调研。调研活动由市人大常委会各分管副主任、常委会各工委主任牵头组织,形成调研报告提交常委会。(4)常委会的调研活动计划经常委会主任会议通过后函告市政府,各位副市长可据此确定或调整向常委会报告工作的主要议题。在实际操作过程中,人大常委会与市政府常常就议题进行沟通。(5)每次专题会议均邀请市政府组成人员、市政协领导、市"两院"负责人、与会议议题有关单位的负责人以及部分市人大代表及各乡镇人大主席列席。(6)每次会议前,都会将会议议题和议程通过《乐清日报》向社会公布,并在市府大楼张贴,市民可报名参加旁听,各乡镇也会推荐一些群众来旁听,人大常委会也会专门邀请一些市民来旁听。(7)每次会议在听取副市长的工作报告和人大常委会各工委相应的调研报告之后,就有关问题进行讨论,提出意见和建议,与会的常委会组成人员、列席的人大代表和各乡镇人大主席团成员以及旁听市民,均有权发言。(8)经过讨论,会议最后形成对各位副市长工作报告的审议意见,并于会后提交市政府。(9)每次会议均通过媒体向社会公开。在实践中,每次会议均由温州新闻网进行网络直播,乐清电视台和《乐清日报》也会报道会议主要内容。此外,温州电视台也曾多次进行了全程录像,并进行了报道。2008年8月,乐清市人大常委会专门就此制定了规范性文件,将上述实践做法加以制度化。

在实践过程中,乐清市人大常委会根据实际情况,包括来自各方面的反映,不断对"人民听证"的做法加以修正。其一,在2009年的第二次会议上,"人民听证"首次进行了"向下延伸",也就是在听取和审议副市长工作报告的同时,要求市政府的有关部门也到会就有关问题作出报告。在此次会议上,市规划局和房管局就当地引起广泛关注的危房改建问题作了报告。① 其二,在2010年的第二次会议上,"人民听证"再次"延伸",首次将监督的范围从"一府"扩大到"两院"。其三,2009年之后,不再恪守"年初审议工作思路、年中审议工作进展、年底审议工作结果"这一形式,而是强调每次会议的议题更有针对性,针对某一项或几项具体工作。其四,从2009年开始,乐清市人大常委会更加注

---

① 朱永红:《乐清:"辩论式议政"上路》,2009年11月3日《浙江日报》。

重从每年"两会"期间人大代表的议案中选取"人民听证"的议题。例如，2009 年的第二次会议上审议的关于 104 国道虹桥过境段改线工程和 104 国道通行费问题的报告，其中虹桥过境段改线工程问题就是来自当年市人代会上的第 107 号议案，该议案由 100 余位人大代表联署，104 国道通行费问题来自于第 34 号、第 108 号和第 183 号三项议案，共有代表 30 人次签名。其五，尝试在"人民听证"的框架内让人大代表发挥更加积极的作用。例如，在 2009 年底的会议上，就中雁荡山风景区内违章建筑的拆除问题，不仅听取了政府有关部门的报告，市人大有关工委的调研报告，还专门听取了由 5 位人大代表组成的一个调研小组就此问题所作的调研总结。①

"人民听证"作为一个县级人大常委会在完善人大制度方面的一项探索，刚刚走过了四个年头，应该说，还是一项"新生事物"，其实践做法还会继续不断地发展变化。

二 "人民听证"的公民参与维度：制度层面

"人民听证"作为乐清市人大常委会在如何具体执行《监督法》方面的一项探索，其加强人大监督方面的意义和作用已经受到重视。② 而"人民听证"的另一项重要价值，即作为扩大公民有序政治参与的一条渠道，也需要给予足够的关注。

实际上，被媒体称为"人民听证"这项改革主持者的乐清市人大常委会主任赵乐强，从一开始就意识到，"人民听证"虽然表现为人大常委会对政府的监督，但其实质意义是要搭建一座政府与市民直接沟通的桥梁，③ 是要回应人民群众日益强烈的知情和参与的要求，人大实施监督就是要让公众的参政热情得到释放。④ 因此，"人民听证"从一开始在制度安排方面，就特别注意到要建立和扩

① 叶长一：《市十四届人大常委会二十四次会议上潘孝政评价"人民听证"制度：成功创造"问计于民"渠道》，2010 年 1 月 1 日《乐清日报》。
② 王冬敏：《"人民听证"：人民监督政府的新平台》，2009 年 11 月 18 日《人民日报》；杨琳：《乐清"人民听证"延伸》，《新华每日电讯》2009 年 11 月 15 日。
③ 贺海峰：《赵乐强：人大要"大"》，《决策》2008 年第 7 期。
④ 王冬敏：《浙江乐清"广场政治"》，《决策》2007 年第 12 期。

大公民参与的机制和渠道。

首先，允许市民旁听"人民听证"会议，并且允许在会上发言。如前文所述，每次"人民听证"会议都是一次人大常委会全体会议，也就是说，"人民听证"从制度安排上看是向市民开放了若干次——截至目前是每年三次——人大常委会会议，允许市民旁听。每次"人民听证"会议召开之前，市人大都会通过《乐清日报》发布公告，同时在市政府机关的公告栏中张贴公告，欢迎市民登记参加旁听。并且，旁听市民在听取政府的工作报告和人大的调研报告之后进入审议阶段时，有权发言，对政府或者人大的工作提出批评、意见或者建议。

允许市民旁听人大常委会会议，这种做法在全国许多地方已经展开，并且被认为是在人民代表大会制度框架内扩大公民有序政治参与的一种重要形式。① 一些地方，允许旁听的范围还在不断扩大，不仅允许本地居民旁听，还允许"外地人"旁听，② 甚至外国人旁听。③ 从目前乐清市人大常委会就"人民听证"制定的文件来看，并没有限定只允许本市居民旁听，而且允许人大常委会办公室专门邀请某些人员来旁听。但从到目前为止的实践情况看，实际来参加旁听的都是本地居民。

关于是否允许旁听市民发言，不同地方的规定不同，而且理论上也有很大争议，④ 本文对此不作讨论。"人民听证"从制度安排上并未顾及理论上的种种争议，而是基于上述"出气阀"的想法，允许旁听市民发言。

其次，注重会前调研。如前文所述，每次"人民听证"会议"之前，市人大常委会都要进行若干项专题调研。每项调研都是针对市政府的某项具体工作的，或者是针对"一府两院"某一方面的具体问题。调研活动由市人大常委会各分管副主任、常委会各工委主任牵头，组织本市人大代表，邀请本市的浙江省和温州市人大代表，并根据工作需要吸收专业人士，通过视察、走访、座谈等多种形式进行，最后形成调研报告提交"人民听证"会议。

———————

① 于均波：《扩大公民有序参与人大工作》，《前线》2006年第4期。
② 如根据浙江省人大常委会通过的《关于建立公民旁听省人民代表大会常务委员会会议制度的决定》，允许在浙江省居住满一周年的中国公民旁听省人大常委会会议。
③ 《河南省人大常委会会议首次允许外国公民申请旁听》（http://www.hicourt.gov.cn/news/news_detail.asp？newsid=2003-11-21-9-37-44）。
④ 《旁听公民能否在人大会议上发言》（http://review.jcrb.com/zyw/ptfy/index.htm）。

举行会议是人大行使职权的主要方式。但人大代表和常委要想在会议上有效行使职权，还有赖于会下的大量工作，包括开展视察、调研等，倾听群众的意见和呼声。这是人大建设不可缺少的组成部分。① 也就是说，调研实际上也是人大和人大代表行使职权的一种重要形式。《监督法》规定，监督议题的一个主要来源，就是人大常委会、专委会在调研中发现的突出问题。甚至有人大的实践工作者认为，调研是做好人大监督工作的前提和基础。② 同时，人大开展的这种调研活动，也是公民有序参与的一种方式。因为在调研活动中对涉及群众切身利益的问题，会邀请利益相关人参加会议或征询其意见。因此，有实践工作者建议，应当细化公民参与常委会视察、调研工作的有关规定。③ 从这个意义上说，不应将"人民听证"仅仅理解为每年三次特别的人大常委会专题会议，这些会前进行的调研活动也应视为"人民听证"的重要组成部分。

再次，"人民听证"在制度安排上很注重公开性。实际上，公开性是"人民听证"的一个重要特点。赵乐强主任强调，"人民听证"实践的初衷之一，就是因为"过去的人大工作有点像包厢里唱卡拉 OK，拿着话筒唱，唱完大家鼓鼓掌，下一个继续唱。现在我们把副市长请到广场上去"，我们的想法就是要"搭建一个平台，这个平台是面向公众、更加开放的'广场'"。④ 正是基于赵乐强主任的这个比喻性说法，一些媒体最初曾将乐清"人民听证"实践称之为"广场政治"。因此，乐清市人大常委会从一开始推进"人民听证"实践，就很重视和强调公开性。到目前为止，每次"人民听证"会议都通过温州新闻网进行了网上直播，同时，乐清本地的媒体——《乐清日报》和电视台也都进行了及时的报道。

这种公开性不仅是民主政治的题中应有之义，而且是政治参与得以真正实现的逻辑上的也是现实中的主要前提之一。在政治过程中，以执政党及其领导的政府为一方，以普通公民为另一方，双方在有关政治过程的信息方面是不对称的。普通公民如果对政治过程及其相关信息不够了解，就无法对相关事项作出选择或判断，在选举及对决策、公共管理和监督的参与中也就无从准确表达自己的意愿。⑤

① 蔡定剑：《中国人大制度》，中国社会科学出版社，1996，第 386 页。
② 万强：《关于对地方人大扩大公民有序政治参与若干问题的思考》，《时代主人》2008 年第 7 期。
③ 万强：《关于对地方人大扩大公民有序政治参与若干问题的思考》，《时代主人》2008 年第 7 期。
④ 贺海峰：《赵乐强：人大要"大"》，《决策》2008 年第 7 期。
⑤ 韩旭：《试论我国政治文明建设的基本内容》，《学习与探索》2004 年第 2 期。

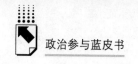

有学者认为，根据我国的根本政治制度，公民政治参与的重点应是参与人民代表大会的制度建设和人民代表大会的活动。要做到这一点，关键是要实现人民代表大会活动的公开化。[①]

在实践中，乐清市人大常委会还在不断地推进"人民听证"的公开性。例如，2010 年市人大常委会在当年首次"人民听证"会议之前，先在《乐清日报》上刊登出了当年"人民听证"的 22 项议题。[②]

最后，还有一点笔者认为值得关注，就是在"人民听证"的制度安排上为人大代表更充分地发挥作用提供了一个舞台。不仅每次"人民听证"会议都要请人大代表列席，而且，如上所述，从 2009 年以来更加注重从每年人代会上代表提出的议案中选取议题，列入当年的"人民听证"监督范围。而且，列席会议的人大代表在每次"人民听证"会议进入审议阶段之后也是享有发言权的。从实践的情况看，人大代表在会上的发言越来越活跃，看起来比旁听市民要积极得多，而且发言的质量也比较高。在 2009 年底会议上，更是有 5 位代表组成了一个小组，独立地就中雁荡山风景区内违章建筑的拆除问题进行了调研，而且形成了书面报告提交"人民听证"会议。

从理论上说，所谓公民参与或者政治参与，是指普通公民参与政治过程的行为。多数学者往往强调这种参与行为的非职业性，也就是说不包括政府官员和职业政治活动家的行为。[③] 那么，在我国，人大代表的参与行为是否可以纳入政治参与的范畴呢？从法律上说，人大代表参加人大会议，参与由人大常委会组织的视察、调研活动，都是作为代表履行职务的行为。我国的人大从功能上说就是议会。[④] 那么，人大代表是否就是议员呢？我国的人大与西方国家的议会有诸多区别，其中的一个重要区别就是我国的人大代表是兼职的。这些兼职代表都有自己的本职工作，其中一部分是各级党政机关干部，另外相当大一部分则是非党政机关干部，包括工人、农民、企业家、学者、教师、演艺界人士等。笔者认为，这些非党政机关干部的人大代表，是一个比较特殊的群体。一方面，他们作为人大代表从事的一些参与政治生活的活动，属于履职行为；另一方面，由于其兼职的

① 任玉秋：《公民有序政治参与和人大活动的公开化》，《福建行政学院学报》2008 年第 6 期。
② 《乐清市人大常委会 2010 年重点监督议题》，2010 年 4 月 3 日《乐清日报》。
③ 王浦劬等：《政治学基础》（第二版），北京大学出版社，2008，第 166 页。
④ 蔡定剑：《中国人大制度·序言》，中国社会科学出版社，1996。

身份，其行为又具有非职业性的意味，往往表现出与具有党政机关干部身份的代表不同的特点。因此，笔者认为，可以考虑采用较为宽泛的或者说柔性的政治参与概念，将非党政机关干部的人大代表这一群体纳入"政治参与"的视野。从历史上，其实"政治参与"本身的定义并非一成不变，而且，采用更为宽泛的定义，也有助于分析当代中国的政治参与问题。①

三 "人民听证"的公民参与维度：实践层面

这部分将着重分析市民旁听的一些基本情况。当然，从目前可以搜集到的资料来看，也只能是分析一些基本的情况。不过，虽然是管中窥豹，但也可见一斑，从中可以看出"人民听证"实践中公民参与问题的一些端倪。

截至 2011 年 1 月，乐清市已经举行了"人民听证"会议 15 次。虽然每次会议举行时，到会的旁听市民都要签到，但乐清市人大常委会目前对这些签到记录的整理尚在进行中。目前可以看到记录的有第三次、第六次、第八次、第十一次、第十四次、第十九次、第二十二次、第二十四次、第二十八次、第三十二次常委会会议，也就是共 10 次"人民听证"会议的签到记录。

从目前的这些记录上看，在这 10 次会议上，共有 384 人次参加了旁听（第三次会议 42 人，第六次会议 44 人，第八次会议 33 人，第十一次会议 61 人，第十四次会议 51 人，第十九次会议 32 人，第二十二次会议 30 人，第二十四次会议 30 人，第二十八次会议 33 人，第三十二次会议 28 人）；其中有多人参加过两次及以上的会议（27 人②参加了 2 次，32 人参加了 3 次，6 人参加了 4 次，2 人参加了 5 次，3 人参加了 6 次，1 人参加了 9 次）。还有一个有趣的现象是，在第三次、第六次和第八次会议上，重复参加旁听的市民比例很高（第八次会议的旁听市民全部参加过第六次会议，而参加过第六次会议的旁听市民除 2 人外全部参加过第三次会议）。

从旁听市民登记表格看，除姓名外，包括的项目还有性别、年龄、政治面貌、文化程度、工作单位、职务、联系电话。从第十四次会议开始，还包括身份

---

① 见陶东明、陈明明《当代中国政治参与》，浙江人民出版社，1998，第 104、107 页。
② 其中同一个姓名出现了两次，但两次登记的手机号码不同，工作单位也不一致，是否为同一人尚待进一步核实，目前是先按照同一人来统计的。

证号码。但从实际记录的情况看，除姓名外，许多旁听市民在填报其他项目时大多缺项很多，有些项目，例如工作单位，填写得也比较粗略，有些只是填写了村镇的名称。因此，以目前的资料，很难作进一步的分析。

此外，目前已经完成整理的列席代表的签到记录，仅有第二十二次、第二十四次、第二十七次、第二十八次和第三十二次常委会会议，也就是5次"人民听证"会议到会列席的人大代表的签到记录。从这些记录上看，共计162人次到会（第二十二次会议36人，第二十四次会议36人，第二十七次会议33人，第二十八次会议29人，第三十二次会议28人）。

从上述情况看，旁听市民的人数从第十九次常委会会议开始有较大幅度的下降，这与乐清市人大常委会对"人民听证"所作的一项"微调"有关。从第十九次常委会会议，也即2009年的第一次"人民听证"会议开始，乐清市人大常委会在实际操作过程中，适当扩大了列席代表的数量。在此之前，列席代表的人数基本控制在10人左右，而从2009年开始扩大至30人左右，这从上述对5次"人民听证"会议到会列席的代表人数统计上也可以看出。而自2009年开始，同时对旁听市民的人数有所控制，大致保持在30人。而在此之前，旁听市民的人数保持在50人左右。

四　初步的评析

首先需要指出的是，乐清"人民听证"的实践，其主旨是立足于坚持并完善人民代表大会制度，在人民代表大会制度的框架内，就如何回应现实的社会需要、如何贯彻执行《监督法》进行探索。之所以得出这样的看法，并不是因为"人民听证"这项实践探索是由当地人大常委会主持和推动的，而主要是由于作为这项探索性实践的主持者，乐清市人大常委会主任赵乐强从一开始就强调，之所以推动这样一项实践，就是要把人大原本就拥有的权力运用起来，而不是要标新立异，[①] 他甚至不愿意使用"改革"、"创新"等字眼。这样做的目的，当然不是要"让市政府陷入被动"，"乐清市人大监督宗旨只有一个：满腔热情支持政府工作，寓支持于监督中。监督只是一种手段，实质是大力支持政府

①　王冬敏：《浙江乐清"广场政治"》，《决策》2007年第12期。

工作"。① 同时，让公众的参政热情得到释放。② 从实践来看，"人民听证"的许多做法也的确谈不上太大的创新性。例如，如上文所述，允许市民旁听人大常委会，这在其他一些地方已有类似的实践。"人民听证"的主要意义在于，通过探索出一套行之有效的机制和程序，使得"书本上的法"能够转化为"行动中的法"，把宪法和法律赋予人大的职权真正落到实处。

关于公民的政治参与，既往的理论和许多研究中都非常强调选举的重要意义。的确，选举是一种主要的公民政治参与形式，因为在代议制民主政治体制下，选举的确是非常重要的一环，而且从实践来看，选举也的确是很大一部分公民唯一的政治参与行为。③ 此外，大量的研究集中于选举，还存在着更为实际的原因，就是有关选举的数据更容易得到。④ 但选举只是一种"暂时性的"参与行为，因为一旦选举过程结束，就意味着参与过程的终止。因此，有学者认为，选举期间的参与未必是公民对政府施加影响的最有效手段。对于公民来说，最重要的政治活动可能是在两次选举之间的时期进行，届时，公民试图影响的是政府就与其利益有关的问题所作的决策。⑤ 而"人民听证"则提供了一种选举过程之外的公民参与途径。

当然，"人民听证"主要还不是在"民主决策"的环节，而是在"民主监督"的环节上提供了公民参与的渠道。或者说，"人民听证"将加强监督与扩大公民有序政治参与很好地结合了起来。在代议制民主中，公民政治参与的一项重要功能，就是对政府实施监督，以使其行为不违背人民的意愿，或防止其以权谋私。⑥ 根据代议制民主理论，人民将权力委托给由人民自己选举产生的代表代为行使，但有一项权力人民是始终保留在自己手中的，这就是当权力的行使者违背委托者的意愿，或者以权谋私的话，人民就可以对其加以纠正或制裁。因此，监督离不开公民的政治参与。政治参与构成了监督体制的一个重要环节。⑦ "人民听证"正是在加强监督的过程中引入了公民参与机制，一方面有助于监督力度

① 贺海峰：《赵乐强：人大要"大"》，《决策》2008 年第 7 期。
② 王冬敏：《浙江乐清"广场政治"》，《决策》2007 年第 12 期。
③ 曾繁正等编译《西方政治学》，红旗出版社，1998，第 294 页。
④ 曾繁正等编译《西方政治学》，红旗出版社，1998，第 274 页。
⑤ 曾繁正等编译《西方政治学》，红旗出版社，1998，第 271 页。
⑥ 陶东明、陈明明：《当代中国政治参与》，浙江人民出版社，1998，第 258 页。
⑦ 陶东明、陈明明：《当代中国政治参与》，浙江人民出版社，1998，第 270 页。

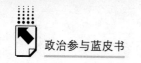
的加强，另一方面也为公民参与提供了又一渠道。

从实践来看，到目前为止，在乐清通过"人民听证"实施政治参与行为的市民还并不算多。不过，在现阶段，更为重要的恐怕首先是提供尽量充分的参与的可能性和渠道，建立在更加多样化的同时也更加制度化的参与途径，而未必是要追求参与的规模。与此相应的是，我们需要更多关注的是政治参与本身的发展过程，通过这样的过程，法律上允许的参与的定义得以扩大，法律上允许的参与行为可以涵盖更多的人口。① 而"人民听证"无疑又提供了一条更加制度化的参与渠道，值得给予足够的关注和重视。

五 余论

最近一段时间，"乐清"这个地方为越来越多的人所提到和熟知，并不是由于"人民听证"，而是由于自 2010 年 12 月 25 日发生并一直延续到 2011 年的"钱云会事件"。此事件相当复杂，在此不作讨论。这里要说的是，此事件的发生，再次为乐清市人大常委会主任赵乐强将乐清当地的经济社会发展状况比喻为"高压锅"提供了一个例证，并且在一定程度上从反面映衬了"人民听证"的重要价值。

"人民听证"的一个重要价值，就是在人民代表大会制度框架内，提供了一条公民有序政治参与的渠道。其最大功效在于有效整合人大工作资源，在政府部门负责人、人大代表、普通市民三者间搭建了一个固定的沟通平台。② 这样一个沟通平台如果能够更充分地发挥作用，就可以使人民代表大会这条民意渠道更加通畅，人民群众的利益和意志得到更好的反映和实现，群众的不满情绪能够通过它而得到尽可能的排解，这样就可以大大减少街头的暴力和不满行为。③

任何一个社会，都难免充满各种矛盾，对公民来说，总有许多意见要发表，有怨气要发泄。历史已经表明，现代社会虽然存在着很多化解矛盾、排遣怨气的渠道，但议会这条渠道相比较而言是最有利于社会稳定的。因为健全的议会制度

---

① 曾繁正等编译《西方政治学》，红旗出版社，1998，第 272 页。
② 林一笑：《省人大常委会领导调研我市"人民听证"》，2010 年 6 月 24 日《乐清日报》。
③ 蔡定剑：《中国人大制度·序言》，中国社会科学出版社，1996。

具有很大的包容性，可以允许社会各方面的力量发表意见，进行辩论乃至斗争。但这种斗争是在秩序范围内受法律约束的。而在议会制度没有建立或者不健全的国家或地区，暴力冲突就很难避免。[①] 因此，在我国，应当高度重视人民代表大会这一联系群众最广泛最有效的制度化渠道，要给予人大制度建设以足够的重视，认真落实宪法和法律赋予人大的职权，使得人大本应具有的反映民意、排解不满情绪等功能更充分地发挥出来，从而使社会保持在稳定、健康的发展道路上。

①　蔡定剑：《中国人大制度》，中国社会科学出版社，1996，第 37 页。

B.18

江苏省苏州市社区居民委员会
直接选举观察报告

杨思派　李忠汉　曲甜　孙平平

基层民主自治是社会和谐之根本，社区居民委员会直接选举是城市基层民主自治的重要内容。自 1998 年山东省青岛市首先尝试社区居民委员会直接选举以来，各地陆续开展了试点工作，取得了不少成功经验。2010 年，苏州市在全市范围举行社区居民委员会直接选举，我们在苏州市民政局的安排下，现场观察了四个社区的选举情况，可根据相关资料对这四个社区的选举情况作初步分析。①

一　嘉业阳光城社区居民委员会的换届选举

苏州市金阊区留园街道嘉业阳光城社区位于苏州市西环路北端大运河畔，区域面积 0.21 平方公里。社区组建于 2006 年 7 月，以嘉业阳光城住宅小区为主体，社区内有各类住宅楼 117 幢，住户 1956 户，入住居民 5587 人，户籍人口 2476 人。

（一）选举准备工作

2010 年 2 月 23 日起留园街道就进入了社区换届选举工作的准备阶段。2010 年 3 月 27 日，留园街道办事处向各部门、各社区居民委员会公布了《留园街道第四届社区居民委员会换届选举工作方案》，要求各社区选举同步进行，并对各社区选举的程序和时间安排作了统一规定。根据此方案，阳光城社区制订了本社

---

① 本报告由四个分报告组成，分为四部分，第一部分孙平平执笔，第二部分曲甜执笔，第三部分杨思派执笔，第四部分李忠汉执笔。笔者十分感谢苏州市民政局的同志在调查中给予的大力支持和帮助。

区的换届选举工作计划，将选举划分为四个阶段。

第一阶段为准备阶段（3 月～4 月 10 日），工作内容有成立社区选举委员会，制定社区居民委员会选举办法，选举产生监督员，公布新一届社区居民代表及小组长名单，召开新一届社区居民代表大会。

第二阶段为宣传发动阶段（4 月 11 日～4 月 20 日），主要内容有宣传发动，选民登记和确认（包括选民条件公示），4 月 20 日前公布选民名单并告示选举方式和选举时间、地点等事项，发放选民证。

第三阶段为正式选举阶段（4 月 21 日～5 月 24 日），主要内容有公示候选人条件，提名候选人，确定初步候选人并发布公告，召开居民代表会议确定正式候选人、选举日时间、地点及会议议程（根据街道《选举工作方案》的规定，确定 5 月 22 日为选举日），发布公告、通知选举日程序安排，公布选举结果和新一届居民委员会名单，选举委员会填写结果报告单。

第四阶段为总结完善阶段（5 月 25 日～5 月 31 日），主要内容有做好总结工作，召开新一届社区居民委员会会议，制定工作目标，做好各类选举资料的归档工作。①　为便于各社区和街道选举工作的联系与互动、保障选举工作顺利进行，留园街道在每个社区都安排了两名联络员。此外，留园街道社区居民委员会换届选举领导小组办公室于 3 月份向各社区下发了《致社区居民一封信》，主要内容是告知居民近期将进行换届选举，说明换届选举的重要意义，动员居民积极关注和参与选举。

（二）选举委员会和选举办法的产生

2010 年 4 月 1 日，嘉业阳光城社区党总支书记兼社区主任王苏梅邀请部分居民小组长，在社区办公室召开了"社区换届选举工作准备会议"（参会人数为 14 人）。会议有两项内容，一是初步拟定选举委员会名单，二是讨论选举工作方案。会议之后，由社区党总支、居民委员会、居民推荐产生了新一届社区居民代表（包括辖区单位代表）52 名。②　4 月 9 日，仍由王苏梅书记主持，在社区市民

---

① 嘉业阳光城社区选举委员会：《金阊区留园街道嘉业阳光城社区换届选举工作情况汇报》（2010 年 5 月 21 日）。

② 《留园街道嘉业阳光城社区换届选举会议记录》（2010 年 4 月 1 日）。

教室召开了"社区换届选举工作居民代表动员大会",大会通过了社区选举委员会成员名单、社区居民代表和小组长名单,并通过了根据《中华人民共和国城市居民委员会组织法》和《金阊区 2010 年社区居民委员会换届选举工作的指导意见》拟定的《嘉业阳光城社区居民委员会换届选举办法》。①

选举委员会设主任、副主任各 1 名,委员 5 名,名单如下。

> 主　任:彭燕
> 副主任:丁梅萍
> 委　员:黄靖、樊雪珍、蒋丽萍、谢百年、潘佛泉②

选举委员会主任彭燕是嘉业阳光城社区工作站站长、党总支副书记。按照《嘉业阳光城社区居民委员会换届选举办法》的规定,社区居民委员会主任、副主任候选人不得主持本社区的换届选举工作,也不得担任选举工作人员。从选举委员会名单和选举委员会于 5 月 14 日公布的选举日工作人员名单看,嘉业阳光城社区确实遵守了主任、副主任候选人回避的原则。

此外,4 月 9 日还由居民小组会议推选产生了 5 名选举监督员,其职责是收集选民意见和对选举工作进行全程监督。选举监督员名单如下。

> 时长键(金阊区政协委员)
> 刘建军(市福利彩票发行中心书记兼主任、市劳动模范)
> 贺焕荣(社区党员)
> 曹文刚(社区党员)
> 任春林(社区党员)③

选举委员会和选举监督员名单均于 4 月 9 日公布,并于 4 月 10 日在社区内张贴公告,公布了新一届社区居民代表和小组长名单。

---

① 《留园街道嘉业阳光城社区党总支会议记录》(2010 年 4 月 9 日)。
② 嘉业阳光城社区居民委员会:《关于社区选举委员会成员名单的公告》(2010 年 4 月 9 日)。
③ 《嘉业阳光城社区换届选举委员会告示》(2010 年 4 月 9 日)。

（三）选民登记

1. 选民资格

《嘉业阳光城社区居民委员会换届选举办法》中对于选民资格未作规定。嘉业阳光城社区于4月12日张贴的友情提示中公布了对选民资格的要求：（1）年满18周岁；（2）户口在本社区；（3）目前户口不在本社区，但在本社区居住满一年以上的居民（见表1）。

表1　嘉业阳光城社区居民委员会选举"友情提示"（1）

友情提示

嘉业阳光城社区居民　你们好！

　　根据《中华人民共和国城市居民委员会组织法》的规定和市、区关于做好社区居民委员会换届选举工作的要求，嘉业阳光城社区居民委员会将于近期进行换届选举，为保证社区居民依法行使民主权利，积极参与选举，现将选民资格条件公布如下：

　　1. 年满18周岁（统计至1992年5月22日前出生）；

　　2. 户口在本社区的居民；

　　3. 目前户口不在本社区，但居住在本社区一年以上的居民。

请大家前来社区登记。

咨询电话：67236759

登记时间：2010年4月12日~2010年4月20日

　　　上午：8:30~11:30

　　　下午：13:30~17:00

逾期不予登记

嘉业阳光城社区居民委员会

2010年4月12日

　　该社区原则上要求选民的户口在本社区，但对于一些外来人口（有来自湖南、安徽等各地的人员），其暂住证满1年的，无论其已在嘉业阳光城社区买房还是租房，皆允许其参加选举，但坚决将流动性过强的外来务工人员排除在外。在社区内工作但不在其内居住的单位人员，亦不具备选民资格。

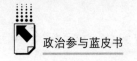
2. 选民登记程序

按照《嘉业阳光城社区居民委员会换届选举办法》，嘉业阳光城社区居民委员会选举实行直接选举方式，选民登记率要达到50%以上。嘉业阳光城社区的选民登记工作程序如下。

（1）4月8日召开选举工作动员大会，在会上主要传达了街道有关换届选举工作的布置及社区工作方案。

（2）通过板报、横幅、标语、电子屏幕、社区网站在社区内广泛宣传换届选举工作的重要性；其中，选举宣传标语6条、横幅宣传2条、板报1块，在主要通道口和每幢单元门张贴《致社区居民一封信》，在每个楼道口张贴有关选举事项的"友情提示"，号召居民主动参加选民登记，积极参与选举，营造人人参与的民主选举氛围。

（3）在选民登记前，选举委员会专门召开会议，讨论研究选民登记工作，制订了工作方案，并对上门登记的志愿者进行了相关知识的培训，使社区骨干掌握选举的法律、法规，了解选举工作的要求、程序、方法步骤等。根据小区上班族较多、白天家中无人的特点，志愿者都于晚上上门登记。这些成员共分成六个组，每组若干人，并且有一位组长具体负责安排，其目的就是号召广大居民主动参加选民登记，积极参与选举，依法行使自己的权利和义务。

（4）选举委员会对进行登记的选民名单进行确认后，于4月20日发布选举第1号公告（选民榜），同时对选举方式、候选人产生方式、选举时间、地点等具体事项发布了告示。①

3. 选民登记率

嘉业阳光城社区居民委员会选举的选民登记工作在4月9日至18日10天的时间里完成，共登记选民2053人，选民登记率达到99%。在2053名选民中，有84名符合选民资格的外来人员。

需要注意的是，嘉业阳光城社区的选民登记完全是动员式的：一是于选民登记前通过各种方式进行了大量的宣传动员工作；二是采用了六组志愿者于晚上上门登记的办法；三是根据5月22日对选举委员会主任彭燕的访谈得知，该社区无主动登记的选民。

---

① 嘉业阳光城社区居民委员会：《嘉业阳光城社区换届选举筹备工作报告》（2010年5月21日）。

（四）候选人的产生

1. 提名候选人的相关规定

关于提名候选人，《嘉业阳光城社区居民委员会换届选举办法》第四条中有以下规定："嘉业阳光城社区居民委员会主任、副主任、委员的正式候选人，在以自荐提名、联合提名等方式产生初步候选人的基础上，召开社区居民代表会议，按设定职数通过预选产生。主任候选人多于应选人数1名，副主任候选人多于应选人数1名，委员候选人多于应选人数2名。"

留园街道对各社区选举居民委员会主任、副主任、委员的人数和选举方式作了规定。根据此规定，嘉业阳光城设主任1名、副主任1名、委员3名。按照《嘉业阳光城社区居民委员会换届选举办法》第四条的规定，其主任、副主任、委员的候选人人数应依次为2名、2名、5名。

2. 发布告示

2010年4月20日，嘉业阳光城社区选举委员会发布告示，告知居民有关提名候选人的事项（见表2）。告示中关于候选人资格的要求，是由社区选举委员会确定的。

表2　嘉业阳光城社区居民委员会选举候选人提名告示

<table>
<tr><td align="center">告　示</td></tr>
<tr><td>

经社区居民代表会议批准，我社区新一届社区居民委员会由主任1人、副主任1人、委员3人共5人组成，并通过差额选举产生，其中主任差额1人，副主任差额1人，委员差额2人。请居民互相转告，并以此职位和职数的规定，考虑提名候选人。

社区居民委员会成员候选人应具备下列资格：能认真贯彻党的路线、方针、政策和国家的法律法规，能起模范带头作用，热心公益事业、有奉献精神，能带领社区居民遵纪守法、有效实现居民自治的本社区选民。

本次社区居民委员会的候选人，采用联名提名、自荐提名等方式产生。请有选举权的居民根据资格要求提出自己满意的人为本社区居民委员会成员候选人。

候选人提名表请到嘉业阳光城社区居民委员会领取，填写完成后投入社区领票处的投票箱内。提名投票的时间为4月20日至4月26日，逾时不再投票。

请有选举权的社区居民带上相关证件，踊跃参加。

嘉业阳光城社区选举委员会
2010年4月20日

</td></tr>
</table>

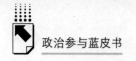

3. 初步候选人的产生

《嘉业阳光城社区居民委员会换届选举办法》规定的正式候选人产生方式，是先通过自荐提名、联合提名等方式产生社区居民委员会主任、副主任、委员初步候选人，而后在此基础上召开社区居民代表会议，按设定职数通过表决产生正式候选人。根据该社区4月22日召开的"换届选举工作（候选人提名准备）居民代表大会"的会议记录以及5月22日对选举委员会主任彭燕的访谈，采用的是"10人联合提名的方式推荐候选人"，未采用自荐提名等方式。根据4月22日的会议记录，会上的联名提名即产生了9名初步候选人，没有出现任何异议。选举委员会对这9个被提名人进行审核后，于4月28日按姓氏笔画公布了初步候选人名单，并说明"如有错漏，请于2010年5月4日前提出"。选举委员会公布的候选人名单如下。

主任初步候选人：王苏梅、严汉蓓

副主任初步候选人：唐锴、鲍康

委员初步候选人：沈桂元、杨爱萍、张梅雯、潘佛泉、薛祖阔①

笔者通过对居民委员会候选人提名表的观察发现，其设计上有明显的自相矛盾之处。表下方注释"每一职务提名不得超过应选人数"，且表上"主任"与"副主任"两项都只有一栏，即只能各提一名；但"委员"一项却设置了5栏，超过了应选人数（3人），有误导提名者的可能。我们手中拿到的4张提名表中，有2张表中委员一职提名了2~3人，还有2张表中提名了5名委员，即"委员"一项所设5栏都填写了，但这两张表并没有因为多提名了2名委员候选人而算作失效。②

4. 征求意见箱

初步候选人一经确定，社区选举委员会立即设置了"征求意见箱"，并公开专用电话号码，以征求选民对初步候选人的意见。但根据5月22日对选举委员会主任彭燕的访谈，社区居民无人向意见箱投放意见或打电话反映关于候选人的意见，倒是有人对社区居民委员会管理和社区服务等方面提出了些许意见和建议。

---

① 《嘉业阳光城社区选举委员会告示》（2010年4月28日）。
② 引自《嘉业阳光城社区居民委员会选举资料汇编》。

5. 正式候选人的确定

根据《嘉业阳光城社区居民委员会换届选举办法》的规定，正式候选人名单应在选举日前 10 天发布公告，即在 5 月 12 日前发布公告。初步候选人名单公布 9 天后的 5 月 7 日，选举委员会召开了居民代表会议，由选举委员会汇报社区选民对初步候选人的反映，以表决方式产生了主任正式候选人 2 名、副主任正式候选人 2 名和委员正式候选人 5 名。当日发布第二号公告，公布了正式候选人名单及个人简历。九位候选人的主要情况见表 3。

表 3　嘉业阳光城社区居民委员会正式候选人情况表 *

姓　名	性别	出生年份	民族	学历	政治面貌	现任职务	竞争职务
王苏梅	女	1966	汉	大专	中共党员	书记、主任	主　任
严汉蓓	女	1976	汉	高中	群　众	干　事	主　任
唐　锴	男	1986	汉	本科	共青团员	村　官	副主任
鲍　康	男	1964	汉	中专	群　众	干　事	副主任
沈桂元	男	1950	汉	高中	中共党员	社区志愿者	委　员
杨爱萍	女	1955	汉	小学	群　众	社区志愿者	委　员
张梅雯	女	1949	汉	初中	群　众	社区志愿者	委　员
潘佛泉	男	1949	汉	初中	群　众	社区志愿者	委　员
薛祖阔	男	1978	汉	大专	共青团员	物业服务部	委　员

* 此表根据《留园街道嘉业阳光城社区居民委员会正式候选人情况登记表》和各候选人简历制成。

在嘉业阳光城社区选举委员会对候选人资格的要求中，没有对年龄的严格限制，所以其中 3 名候选人的年龄为 60～61 岁。

（五）候选人与选民见面会

2010 年 5 月 15 日，选举委员会主任彭燕在社区市民教室主持召开了"社区换届选举正式候选人与选民见面会"，共 55 人参会。会议主要内容是：（1）彭燕作社区居民委员会换届选举工作情况介绍；（2）候选人基本情况介绍；（3）候选人竞选演讲；（4）选民与候选人互动对话。①

根据 5 月 22 日的座谈，我们了解到这次见面会每个候选人有 5 分钟的时间

---

① 《留园街道嘉业阳光城社区党总支会议记录》（2010 年 5 月 15 日）。

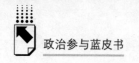

发言（当时会上并未严格限制发言时间），会上提问的人数不多（只有 4 个人提问），也没有人提出较刁难的问题。

（六）发送"选民证"

从 5 月 15 日开始，"选民证"由社区志愿者统一发送到户，同时按照选举委员会的提议，在送"选民证"时附带有正式候选人个人简历及选举日的有关情况。根据 5 月 22 日对选举委员会主任彭燕的访谈得知，并不是每户都送一份候选人简历，而是由发送"选民证"的志愿者随身携带，如有需要则拿给居民看，并向居民作简单介绍。

对屡次上门均不在家的住户，嘉业阳光城社区还有针对性地贴出友情提示（见表 4）。

表 4　嘉业阳光城社区居民委员会选举"友情提示"（2）

友情提示
尊敬的＿＿＿＿＿＿住户： 　　本社区居民委员会任期届满，根据规定，本社区居民委员会将于 5 月 22 日进行换届选举。由于多次上门您均不在家，请您尽快与我社区联系（阳光城花园 60 幢，太平洋超市楼上）。 　　联系电话：67236759，感谢您对社区工作的支持！ 　　　　　　　　　　　　　　　　　　　　　　　　　　　嘉业阳光城社区居民委员会

（七）正式选举

1. 投票选举的具体规定

对于 5 月 22 日的正式选举，《嘉业阳光城社区居民委员会换届选举办法》有以下规定。

（1）社区居民委员会主任、副主任候选人不得主持本社区的换届选举工作，也不得担任选举工作人员。

（2）本次选举采取无记名投票方式进行，主任、副主任、委员均为差额选举，以得票多的当选。

（3）本次选举，选票上的候选人姓名按姓氏笔画为序排列。

（4）本次选举设监票人2名，唱票人2名，计票人2名。

（5）选民对选票上的候选人，若同意就在姓名上（下）方的空格内画"○"，不同意的不画，若另选他人，则在另选他人栏内写上要选的人的姓名，并在其姓名上方空格内画"○"，不作任何记号的，视作弃权票。

（6）每张选票所选人数多于规定人数的作废，等于或少于规定人数的有效。

（7）半数以上的登记选民投票，选举有效。

（8）设在各处的每个投票站工作人员不少于3人，投票结束后，将各投票站的票箱集中至投票会场。

（9）选举日当天，在投票会场上当众唱票、计票，由监票人和主持人作记录和签字，当众公布选举结果，收回的选票等于或少于所发选票数，选举有效，多于所发选票数，选举结果无效，应重新选举。

在居民代表的监督下，唱票、计票，由监督人和主持人作记录和签字，当众公布选举结果，收回的选票等于或少于所发选票数，选举有效，多于所发选票数，选举结果无效，应重新选举。

（10）社区居民委员会主任、副主任、委员候选人及另选其他选民获得实际投票数半数以上的选票，始得当选。获得半数以上选票的人数多于应选名额时，以得票数多的当选；如果得票数相同，不能确定当选人的，应当就票数相同的候选人再次投票，以得票多者当选。

（11）当选人数少于应选人数，但已达到5人的，可组成新一届社区居民委员会，不足名额可在2个月内另行选举。

2. 张贴友情提示

为保证选举顺利进行，选举委员会又于5月14日张贴友情提示，提醒广大居民注意正式选举的时间、地点等（见表5）。

3. 公布选举工作人员名单

5月14日，嘉业阳光城社区选举委员会公布了换届选举工作人员的名单，于3个投票点（前门、中心花园、后门）各安排3名工作人员，设总监票人1名、监票人2名、计票人3名、唱票人3名、发票员1名、验证员1名、票箱监督员1名，共计21人（名单见表6）。

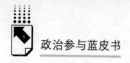

表5 嘉业阳光城社区居民委员会选举"友情提示"（3）

友情提示

嘉业阳光城社区居民委员会换届选举日定于5月22日（星期六）举行，时间：从上午9时开始投票，下午2时30分截止，投票站共设三个投票点：社区活动室为主会场投票点、分会场为东大门投票点、北后门投票点。请您按时参加选举，行使自己的民主权利，谢谢您支持配合社区居民委员会的换届选举工作。

嘉业阳光城社区换届选举委员会

2010年5月14日

表6 嘉业阳光城社区换届选举工作人员名单

嘉业阳光城社区换届选举工作人员名单

前门：朱秀琴　丁梅萍　黄凤湘

中心花园：彭燕　樊雪珍　刘英茜

后门：黄靖　黄云珍　王桂珍

总监票人：曹文刚

监票人：任春林　谢百年

计票人：蒋丽萍　黄靖　朱秀琴

唱票人：李雪林　丁丽芳　顾丽华

发票员：黄靖

验证员：曹文刚

票箱监督员：周鸿英

合计：21人

培训时间：2010/5/18 上午9:30～10:30

嘉业阳光城社区换届选举工作小组

2010年5月14日

5月18日，选举委员会召开了换届选举工作人员培训会议，对正式选举日的有关工作进行了布置和分工。

4. 选举日的观察

5月22日选举当日，我们到嘉业阳光城社区进行了实地观察。上午8时到达小区门口时就看到一处投票点，几张桌椅摆放整齐，配有3名工作人员，前方摆放一个贴有候选人简历的展牌，上面用粗体黑字写着"嘉业阳光城社区居民委员会选举候选人简介"。投票点后方挂有一条红色横幅，上有"公开、公正、公平"等宣传字样。根据对选举委员会主任彭燕的访谈，在社区候选人的宣传上，为了保证选举的公开、公平和公正，该社区原则上不允许候选人自行制作展牌或通过喇叭、宣传车等工具进行自我宣传，因而小区内没有通过展牌、传单、宣传车等自我宣传的现象。

此次选举的投票主会场设在社区活动室。活动室门外设几张桌椅，上有"代写处"字样的桌牌。旁边的一间小型会议室门口贴有标签，设为"秘密写票室"，里面的长方形的会议桌上一头摆有"秘密写票处"的桌牌，一头放着"代写处"的桌牌，这便是社区秘密写票间的设置情况。

为进行选举，社区活动室正前方悬挂了"留园街道嘉业阳光城社区居民委员会选举大会"的红色横幅。会场大约可以容纳50多人，根据门口的签到记录，参加大会的有55人。

选举大会于8:30正式开始，首先由选举委员会主任公布会议议程：（1）介绍选举筹备情况；（2）宣读选举办法；（3）公布大会工作人员名单；（4）简单介绍正式候选人；（5）投票选举。

投票选举前，先由监督员检查封闭投票箱。4只红色投票箱陆续被封闭后，居民开始凭"选民登记证"以及"委托书"领取选票。会场主席台前有3名工作人员负责发放选票，程序为先收取居民的"选民证"，然后发票，一张选民证只发一张选票；如有代人投票的，需持有"委托书"，由工作人员收取盖章后发票，一张委托书只发一张选票，但每人最多只限代3人投票。一开始选民排队领票，秩序尚且井然，后来工作人员有些应接不暇，我们发现有一位老太太扯了大概五六张选票。选民领取选票后有一部分人陆续进入秘密写票室划票，也有些人就在活动室门口的桌椅处填写选票。选民多为分散性的独立填写选票，基本没有挤在一处填写选票的情况。划完票的选民返回活动室投票，投票处选民自觉排队、井然有序，每个人都认认真真地将自己的一票投入投票箱。经过几轮投票后，主会场的人数越来越少了。

主会场进行投票的同时，我们对其他两个投票点也进行了观察。这两个投票点与主会场相比较为冷清，选民只是三三两两地前来投票。虽然没有热闹的人群，但是我们也看到了部分选民对居民委员会直接选举的极大热情。他们拿到选票后十分仔细地询问工作人员填写选票的有关事项以及候选人的有关情况，并且大都在投票前认真地看过旁边贴有候选人简历的展牌。在座谈结束后我们再次来到大门口的投票点进行观察，看到一位周末还在忙碌的居民驱车于中午赶回，途经大门口时在投票点领取了选票。那时大多数居民都已在家准备午饭了，仍然发现有一位老人家手持选票，蹲在展牌跟前，一丝不苟地将选票上候选人的名字和展牌上候选人的简历一一进行核对。他蹲在那许久，看得十分认真，我们也观察他良久，一直到我们离开，他仍一动不动地蹲在那里，始终没有发现我们。

我们在选举大会上看到的由选举监督员当场检验封闭的票箱共有 4 只，但后来投票开始后只看到 3 只——即主会场和另外两个投票点各摆放有 1 只，另外 1 只投票箱应放置在后门的投票站。我们问起此次选举是否使用流动票箱，社区选举委员会明确表示本次选举没有设置流动票箱。

（八）电子计票

嘉业阳光城社区在此次社区居民委员会选举中试用了电子计票方法，观看电子计票的除了一些居民代表外，还有街道和金阊区的部分领导。

1. 电子计票系统简介

嘉业阳光城社区选举委员会对换届选举电子计票系统作了如下介绍。

5 月 22 日，在留园街道嘉业阳光城社区举行的社区换届选举投票大会上，唱票不再是在小黑板上画"正"字，而是采用全新的电子唱票系统。这不仅是一种全新的尝试，也是电子化的唱票形式在苏州市社区换届选举中的首次应用。

以往人工唱票需要进行大量而烦琐的人工操作，其唱票结果常与真实结果有所出入。还要准备好几块大黑板和多组计票人员，会场里报名字的声音此起彼伏，计票人员得不断地找名字画"正"字，然后再将几组结果做个加法，好几个小时下来，才能计算出结果，既费时又费力。本届选举，我区绝大多数社区采用直选方式，选票最多的高达 4800 张，又给唱票增加了工作量和难度。

为此，我区决定尝试创新载体，以嘉业阳光城社区为试点，用电子唱票担当"唱票"主角。届时，工作人员将读取选票，通过唱票系统标记候选人得票，并将得票结果实时地在大屏幕上显现，大大地增强了选举唱票的透明度和公信度。与人工唱票相比，电子唱票系统不但能保证验票的准确性，同时还可以省去烦琐的人工操作。该系统的使用将为今后基层民主信息化建设打下坚实基础。①

2. 电子计票观摩

嘉业阳光城社区居民委员会换届选举电子唱票活动，2010 年 5 月 22 日（星期六）下午 2:20 开始，活动分为以下几个步骤：（1）选举委员会主任介绍来宾；（2）介绍本次创新的电子唱票系统；（3）宣读监票人员名单；（4）宣布唱票开始；（5）宣读计票结果；（6）公布当选者名单。社区组织 50 余名选民参加了电子计票观摩活动。

电子计票的界面，左边一栏显示的是候选人及其票数，右侧一栏则可显示每一张选票。电子界面设置较为简单，并且不能及时显示计票总数。此外，我们看到的电子计票之前并没有先清点选票总数，以证明此次选举有效。可能由于当天领导到场，为了展示电子计票，而将此程序跳过了。选票总数是待选举结果出来后我们才得知的。

（九）选举结果

嘉业阳光城社区本届选举登记选民 2053 人，参加投票选民 1740 人，占社区选民总数的 84.75%；共发出选票 5220 张（每一选民发 3 张选票，主任、副主任、委员选票各 1 张），回收选票 5220 张。有效选票 5206 张（含弃权票 58 张），无效选票 14 张。②

选举结果是王苏梅当选为主任，鲍康当选为副主任，薛祖阔、沈桂元、潘佛泉当选为委员（各候选人得票情况，见表7）。

从候选人的得票情况看，不仅两名主任候选人所得票数差距极大，两名副主任候选人得票也有相当大的差距（唐锴作为新到的大学生村官，与居民委员会其他元老级的工作人员竞争，被淘汰出局）。委员候选人前三名与后两名的得票数也拉开了一定的距离。从这样的选举结果看，该社区的选举竞争性并不是很强。

---

① 引自《嘉业阳光城社区居民委员会选举资料汇编》。
② 《嘉业阳光城社区居民委员会选举结果统计》（2010 年 5 月 22 日）。

表7　嘉业阳光城社区居民委员会选举结果

主任候选人	姓名	王苏梅	严汉蓓			
	得票	1566	157			
副主任候选人	姓名	唐锴	鲍康			
	得票	367	1350			
委员候选人	姓名	沈桂元	杨爱萍	张梅雯	潘佛泉	薛祖阁
	得票	1200	812	657	1124	1252
	姓名	唐锴				
	得票	2				

（十）嘉业阳光城社区居民委员会选举的基本评价

经过实际观察，对嘉业阳光城的社区居民委员会直接选举可以作出以下积极评价。

（1）拥有制度依据，整体程序规范。嘉业阳光城选举委员会成立后即拟定了《换届选举办法》，对投票选举工作作了较细致的规定，使选举有规范性依据。社区选举委员会从筹备阶段开始至正式选举，各项工作环环相扣，保证了选举程序的规范性。整个选举过程没有发现贿选等违法行为。

（2）选举工作人员不辞辛苦，宣传到位。选举宣传工作中各项公告、告示、友情提示等一应俱全，横幅、板报、电子屏幕和网站都派上了用场。最典型的就属选民登记工作了，共启动六组志愿者上门服务，进行选民登记并对候选人情况加以介绍，达到了很高的选民登记率。

（3）在程序上体现了透明、公平、公正的原则。首先，候选人的产生方面，先由10人联名提名，又经过了选举委员会的资格审核、利用意见箱和专用电话收集民意的阶段，然后召开会议由居民代表表决通过。其次，选举当日，选民领取选票时要求出示"选民证"和"委托书"，在投票主会场设有秘密写票室，选民投票过程也秩序井然。

（4）有一定的创新精神。选举中采用了电子方式计票，且不论其是否达到了公平和效率的高度统一，其创新意识值得称赞。

嘉业阳光城社区居民委员会的换届选举，也存在一些不足：一是竞争性不强。这尤其表现在选民与候选人的见面会上，提问的人数很少，没有很好地实现选民与候选人的沟通，因而也就有碍于选民对候选人的深入了解。二是电子计票系统的效率还有待提升，应当对其进行完善和发展。本次选举中的电子计票系统很好地坚持了公开、公平、公正的原则，但是速度较慢，整体效率有待提升。

二 拙政园社区居民委员会选举的候选人与选民见面会

江苏省苏州市平江区平江路街道拙政园社区居民委员会组建于 2001 年 1 月，由原桐芳巷、拙政园、潘儒巷、狮林寺巷、齐门路等 5 个居民委员会合并组成。社区东靠百家巷、平江河，南至白塔东路，西连临顿路、齐门路，北接北园路护城河以内，辖区总面积 0.55 平方公里，常住居民 2562 户，总人数 6572 户。

2004 年 3 月，拙政园由首届社区居民选举的居民代表选举产生了新一届社区居民委员会，组成人员为主任 1 名（兼党委书记），副主任 2 名，助理主任 2 名；此外，该社区还有兼职副主任的辖区片警 2 名，辅警 4 名，专职协管员 3 名。

近年来，拙政园社区注重开展共建活动，先后荣获全国计划生育先进单位、江苏省苏州市"绿色社区"、苏州市"文明单位"、苏州市"党建工作示范点"、"市级示范社区"、"市健康社区先进单位"等光荣称号。

（一）拙政园社区居民委员会选举的日程安排

2010 年，拙政园社区居民委员会应进行换届选举。按照平江路街道的统一安排，选举共分为三个阶段。

第一阶段，宣传发动阶段。通过发出《致社区居民的公开信》、挂横幅、橱窗等宣传方式，宣传换届选举工作。4 月 20 日～5 月 4 日为选民登记日，登记时间为上午 9：00～11：30，下午 1：00～5：00，登记地点为各社区居民委员会。

第二阶段，候选人产生阶段。5 月下旬，按照法律规定的程序，依法产生社区居民委员会候选人，并张榜公布。

第三阶段，投票选举阶段。6 月 5 日组织选民参加投票，选举产生社区居民委员会主任、副主任及社区居民委员会委员。[1]

拙政园社区先由居民大会选举产生了新一届居民代表 40 人，并在居民代表

---

[1] 平江路街道第四届社区居民委员会换届选举指导小组：《致社区居民（单位）的一封信》（2010 年 4 月 19 日）。

会上通过了选举办法，选举产生了选举委员会，并向全体社区居民公告。

拙政园社区4月20日~5月4日的选民登记，共登记选民3997名，选民登记率为76.8%。选民登记采用了上门登记、向居民发放《告居民书》以号召自愿登记和电话通知人户分离的居民前来登记等不同方式。未在规定期限内进行选民登记的居民，视作自动放弃本次选举的选民资格。选民名单由选举委员会确认后，向全体社区居民公示。

拙政园社区应选社区居民委员会成员6人（主任1人，副主任1人，委员4人）。经过居民提名，共产生9名候选人（主任候选人2人，副主任候选人2人，委员候选人5名）。

（二）候选人与选民见面会情况

2010年5月22日上午9:30，拙政园社区召开居民代表大会，新一届社区居民委员会候选人与代表见面。居民代表应到会40人，实到38人，到场率为95%。

候选人见面会由现任居民委员会主任兼党委书记王革琴主持。王革琴先介绍了本届选举筹备工作情况和候选人提名方法，然后候选人作自我介绍。各候选人自我介绍的基本情况如下。①

（1）王革琴，1963年出生，大专学历，中共党员，现任拙政园社区居民委员会主任兼社区党委书记，争取连任社区居民委员会主任。王革琴1981年10月至1989年于某公司担任团总支书记、党政办科；1998年至今在本社区担任党委书记、社区居民委员会主任。王革琴强调社区工作的重点是关爱与互助，愿为居民提供服务，并承担社区党组织的工作。

（2）周斌，毕业于苏州科技学院，2007年入党，2009年到拙政园社区工作（大学生村官），任党委副书记一职，竞争社区居民委员会主任一职。周斌认为社区应注重了解群众需求、群众利益，为群众排忧解难。

（3）许水根，1953年出生，中专学历，现任社区居民委员会副主任，争取连任社区居民委员会副主任。许水根1969~1979年1月在江苏某农场工作，1979年1月至1998年在苏州机场技术科任副科长，1998年开始在社区工作。

（4）姜陆萍，1966年5月出生，现任社区居民委员会计划生育委员，争取

---

① 根据笔者会议现场记录整理。

连任。姜陆萍1983年在电气一厂工作，2001年起在平江区工作，2006年至今在拙政园社区工作。

（5）钱惠英，1963年出生，高中学历，1994～1996年在某刺绣厂工作，2003年至今任社区干事，竞争社区居民委员会委员职务。

（6）朱苏藕，1950年出生，2001年退休后开始从事社区工作，竞争社区居民委员会委员职务。

（7）王筱琴，竞争社区居民委员会委员职务，因该候选人讲本地方言，笔者未能记录。

（8）朱伏珍，竞争社区居民委员会委员职务，因该候选人讲本地方言，笔者未能记录。

（9）王圆圆，大会开始时未到场，由王革琴主任代为介绍情况。王圆圆1998～2001年1月任苏州房地产分公司经理，现从事社区物业管理工作，与社区居民联系较多，竞争社区居民委员会委员职务。

候选人自我介绍后，由居民代表提问。只有1名代表提问，问题是选民是否能够与候选人见面，无论是直接见面或是间接见面。因为候选人如果不与选民见面，无法进行选举。希望居民委员会能够提供候选人情况的简介。

对代表的提问，王革琴主任的回答是：正式候选人产生后，我们会设置展板，发放宣传资料，向选民介绍各位候选人情况。

居民代表提问后，由居民代表投票选出正式候选人。工作人员发放选票，王革琴主任宣布开始进行信任投票，并强调票数过半者可以成为正式候选人。居民代表投票后，工作人员宣布应到居民代表40人，实收选票38张，超过半数，投票有效。

通过居民代表投票，9名候选人全部成为正式候选人（候选人得票情况见表8）。

表8 拙政园社区居民委员会初步候选人得票情况表*

候选人姓名	得票	得票率(%)	候选人姓名	得票	得票率(%)
王革琴	38	100	朱伏珍	36	95
王圆圆	27	71	朱苏藕	36	95
王筱琴	32	84	周　斌	38	100
许水根	38	100	钱惠英	37	97

* 见拙政园社区2010年5月22日公布的《候选人得票情况》。

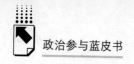
（三）对拙政园社区候选人与选民见面会的分析

通过对拙政园社区居民委员会候选人与选民见面会的实地观察，笔者形成了以下初步看法，谨供参考。

（1）候选人均为居民代表。拙政园社区新产生 40 名居民代表，9 名候选人全部为居民代表。在出席候选人与选民见面会的 38 名代表中，非候选人代表仅为 29 人。在确定正式候选人的投票中，候选人不回避，亦有投票权。

（2）居民代表构成偏于老化。据笔者目测，除 9 名候选人外，其余居民代表多为 60 岁以上老人。由于这些老人大多退休在家，虽然可以保证居民代表会议的出席率，但与社区居民的实际年龄构成应有较大偏差。

（3）选举委员会成员的回避问题。拙政园社区为本次选举成立选举委员会后，王革琴和钱惠英均为选举委员会成员。[①] 两人在被提名为候选人后，均应回避。据笔者访问了解到的情况，该社区在产生选举委员会时，已经预选出两名替补委员，并确定若有选举委员会正式委员当选为正式候选人，两名替补委员自动替补。所以直到候选人见面会时，王革琴和钱惠英都还没有回避，候选人见面会亦由王革琴主持。公布正式候选人名单后，王革琴和钱惠英才退出选举委员会。根据笔者的理解，应该是只要选举委员会成员被提名为候选人，就应该回避选举组织工作，以免产生质疑，并且避免由自己主持候选人见面会并将自己确定为正式候选人的情况发生。

（4）未出现外来选民资格认定问题。在选民资格认定方面，平江路街道规定"年满 18 周岁，未被依法剥夺政治权利，具备完全民事行为能力"的居民均可参加选举。对于外来人员，则规定居住一年以上，能够出示有效证明，向选举委员会提出申请，并到原户口所在地开具不参加户籍地选举证明的，亦可进行选民登记。[②] 由于拙政园社区地处苏州市老城区，暂住人口较少，因此外来人员的选举登记问题并不突出，本地居民与外来人员之间未在选民登记问题上发生纠纷。

---

① 在拙政园社区 2010 年 5 月 22 日公布的《候选人得票情况》下签字的选举委员会成员中，有两人的签名。

② 平江路街道第四届社区居民委员会换届选举指导小组：《致社区居民（单位）的一封信》（2010 年 4 月 19 日）。

（5）候选人提名涉及的问题。据拙政园社区居民委员会工作人员介绍，该社区候选人提名方法包括单位推荐、选民联名推荐、候选人自荐三种。事实上，现有9名候选人全部由居民小组提名产生（即选民联名推荐），未采用另外两种提名方式。在候选人提名表的设计方面，三种提名方式所使用的提名表是同一份，[①] 推荐方式只有"提名人小组"一栏。这样的提名表设计，显然不适合自荐的候选人填写，有可能使选民忽视自我推荐为候选人的权利。

拙政园社区的候选人提名，采用的都是最低差额数提名，即主任、副主任候选人各提名2人，委员候选人只提名5人（比应选名额多1人）。这样的差额提名，可能带来主任、副主任两个职位的激烈竞争，但委员的竞争不足，在一定程度上限制了选民的选择空间。

（6）候选人自我介绍情况分析。从候选人自我介绍的顺序看，拙政园社区是以竞争职位高低顺序介绍候选人，即先介绍主任候选人，其后是副主任候选人，最后是委员候选人。每一职位的候选人，依据现任该职务者在前、非现任该职务者居后的顺序出场。按竞争职务排列候选人介绍顺序无可非议，但是在每一职务下，似应以姓氏笔画排列候选人介绍顺序，才能体现候选人之间的公平竞争地位。

从候选人自我介绍的内容上看，主要包括三个方面。一是年龄，除一名大学生村官较为年轻外，其他候选人平均年龄超过50岁，有些候选人已超过60岁。二是学历，总体上讲，大多数候选人具备一定的文化基础，大专、本科等学历较高者不乏其人。三是个人经历，虽然各候选人从事过不同职业，但大部分候选人都有若干年的社区工作经历。

从候选人自我介绍的时间上看，两位主任候选人用时相对较长，除年龄、学历、个人简历外，都谈到一些对社区工作的认识和将来工作中的努力方向，用时将近3分钟。其他候选人大多在1分钟之内结束介绍。总体上说，各位候选人自我介绍时间较短。

从候选人来源看，现任居民委员会成员占绝对多数。换言之，若这些候选人当选，大部分属于连选连任。同时，在专职化方面，除一位候选人为兼职外（王圆圆为物业公司经理），其他均为专职的居民委员会成员或社区干部。

---

① 见拙政园社区《社区居民委员会干部提名表》。

（7）居民代表提问环节的分析。王革琴主任宣布居民提问开始之后，台下的居民代表处于沉默状态。1分钟后，一位老年男性居民代表提问。如前文所述，回答问题者为王革琴主任，其他候选人并未应答。从提问内容上看，该问题并非指向某位具体的候选人，亦非针对候选人自我介绍中的内容发问，而是对于选举的组织工作提问，甚至可以称之为对选举组织工作的建议，其措辞为"希望居民委员会能够提供……"而回答者似乎亦是站在选举的组织者的立场作答，其措辞为"我们会……"

该问题回答结束后，王革琴主任即宣布大会进入下一个环节——投票。换言之，主持人或候选人并未采取任何调动居民代表提问积极性的举动。

居民代表提问过少，使候选人与选民见面会带有一定的"走过场"特征，可能无法达到候选人与选民见面的预设目标。

（8）居民代表投票环节的分析。在划票阶段，工作人员先将选票发放到各位代表手中，随后说明选择候选人的方式是在选票上画"〇"，但未说明在选票的空格一栏可填入其他候选人的姓名，亦未说明候选人的可选人数和应选人数（从回收选票中看，有些代表未将"〇"画在姓名上方的空格栏，而是直接在候选人姓名上画"〇"）。此外，会场内没有设置秘密划票地点，居民代表坐在原位划票。同时，划票过程中，居民代表互相商议现象较为普遍。

在投票阶段，居民代表走向前台所置投票箱投票，有些代表将选票转交他人代为投票，有些选票未对折。

在清点选票阶段。工作人员打开投票箱，清点选票数后，宣布发出选票38张，收回选票38张，选举有效。随后，工作人员将选票及投票箱转移至其他房间内，宣布散会。也就是说，计票过程未向居民代表公开，投票结果亦未当场公布。会议过程中，工作人员始终未宣布实际到会人数，但在候选人得票情况的统计中，实到代表38人却有所注明。①

（9）投票结果分析。根据会议主持人宣布的确定正式候选人规则，得票过半数的候选人即被确认为正式候选人，9名候选人全部被确定为正式候选人。由于是按最低差额数提名的候选人，淘汰任何一名候选人，都将形成等额选举局面，所以居民代表的投票，只是履行了一个确认程序，不存在候选人之间的竞争问题。

---

① 见拙政园社区2010年5月22日公布的《候选人得票情况》。

从候选人得票情况看，9 名候选人平均得 35 票，得票率超过 93%。值得注意的是，其中 3 名候选人得到的是 38 票的全票，分别为现任社区居民委员会主任兼党委书记（王革琴）、现任社区居民委员会副主任（许水根）和现任社区居民委员会党委副书记（周斌）。这种情况可能基于以下两种原因。其一，居民代表对于现任居民委员会成员较为熟悉；其二，居民代表对上一届居民委员会的工作比较认可。此外，仅 1 名候选人（王圆圆）得票低于 30 票，也是唯一的业主代表。据笔者访问，该社区曾经出现过业主当选为社区居民委员会成员的情况，① 应该不存在居民代表排斥业主或不信任兼职代表的情况。但需要说明的是，该候选人在会议进行到将近一半时方来到会场，因此错过了候选人自我介绍环节（由他人代为介绍），来到会场后亦未能和居民代表沟通。

总体而言，拙政园社区居民委员会本次换届选举的候选人见面会，② 按照法定流程进行，会场秩序良好，确定正式候选人的投票顺利完成。但是，在一些细节问题上，还有一些可以改进的空间。

三　彩香一村三区社区居民委员会的换届选举

苏州市金阊区石路街道彩香一村三区社区是 2003 年 10 月经合并组建而成，占地面积 0.3 平方公里，辖三区、三香庙、三香苑三个小区。社区共有 80 幢居民楼，182 个楼道，居民 2421 户，7463 人（其中 60 岁以上老人 2400 人、未成年人 1390 人，外来人口 980 人，残疾人 60 人，优扶对象 17 人，低保户 13 户，人户分离户 405 户）。社区党委成立于 2004 年 9 月，下设 6 个党支部，共有 312 名党员。辖区内有海关、雅都大酒店、彩香小学等 8 家驻区单位。

彩香一村三区社区在创建和谐社区活动中成绩卓著，先后获得苏州市"再就业管理先进社区"、金阊区"自治型社区"、"退休管理先进社区"、"绿色社区"、"老娘舅调解先进工作室"等荣誉称号。

（一）成立选举委员会

彩香一村三区社区于 2010 年 4 月 8 日下午召开第三届第八次社区居民成

---

① 据笔者访问该社区工作人员得知。
② 由于该社区正式选举定于 6 月 5 日举行，笔者未能观察最后一阶段的投票过程。

员代表大会，通过《金阊区石路街道彩香一村三区社区第四届社区居民委员会换届选举办法》，推荐产生了社区换届选举委员会。选举委员会共有成员 11 名，其中选举委员会主任 1 名，副主任 2 名，委员 8 名（选举委员会组成情况，见表 9）。

表9　彩香一村三区社区选举委员会组成人员名单

姓　名	选举委员会职务	现　任　职　务
徐巍鹰	主　任	党委委员、第五支部书记
戴　萍	副主任	社区工作站站长
程卫理	副主任	议事会会长
王玉瑛	委　员	护楼护巷成员
陈亚萍	委　员	护楼护巷成员、居民小组长
张光莉	委　员	支部委员
孙惠庆	委　员	社区综治干事
朱小惠	委　员	社区党委副书记
朱红英	委　员	社区计生协管员
陆　荦	委　员	社区就管协管员
谢晓菊	委　员	社区退管协管员

会议决定在选举日设立选举主会场 1 个，即彩香小学大礼堂；投票点 5 个，分别是邻里广场、社区小广场、烽火路三香苑门口、三香庙物业 85 幢东、三香庙 75 幢西。

（二）选民登记

《彩香一村三区社区第四届社区居民委员会换届选举办法》对选民资格作了以下规定。

（1）年龄条件：年满 18 周岁。

（2）属地条件符合以下情况之一：①户籍在本社区且一直居住在本社区；②户籍新迁入且在本社区居住；③上届选举在本社区且迁出前居住在本社区，现仍居住在本社区的（需要连续居住一年以上）；④户籍未迁入本社区，但自本次选举前已经在本社区连续居住一年以上的人员；⑤户籍在本社区但现不在本社区居住，本人提出申请；⑥目前在本社区岗位上工作半年以上的专职工作人员。

（3）政治条件：未被依法剥夺政治权利。

（4）身体条件：精神病患者在发病期间停止行使选举权。

彩香一村三区社区选举委员会于4月9日上午举行会议，布置选举工作相关事项。会议决定将本社区80幢居民楼分为9个部分，分别包干给社区的9个工作人员，由他们带着有关工作人员亲自上门进行选民登记，认为这样做有利于增加居民委员会对社区居民的了解，同时对选民的情况可以灵活掌握，方便选举活动的开展。① 会后逐步开展选民登记工作，通过在社区主要地段拉选举横幅、张贴宣传标语、给居民发送《致社区居民的一封信》、居民小组长挨家挨户通知等方式进行选举宣传，动员居民积极参加选民登记。

4月19日选民登记工作完成，20日发布选举委员会第1号公告，公布选民名单。本社区具有选民资格的居民共计5093人，实际登记选民4688人，选民登记率为92.05%。②

（三）提名和确定候选人

《彩香一村三区社区第四届社区居民委员会换届选举办法》规定，新一届居民委员会由7名成员组成，包括主任1名，副主任1名，委员5名。居民委员会主任、副主任、委员采取"二票"选举，主任、副主任的正式候选人比应选名额多1人，委员的正式候选人比应选名额多2人。4月20日选举委员会张贴告示，向选民说明社区居民委员会主任、副主任、委员候选人名额以及候选人条件等情况（见表10）。

经过选民10人以上联名提名、候选人自荐提名，4月27日产生主任、副主任初步候选人3名，委员初步候选人7名，于当日张贴告示，公布第四届居民委员会主任、副主任、委员初步候选人名单，并上报街道（具体提名情况见表11）。

---

① 《彩香一村三区社区居民委员会换届选举材料》。
② 《石路街道彩香一村三区社区居民委员会换届选举筹备工作报告》（2010年5月22日）。

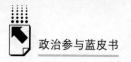

表10 彩香一村三区第四届社区选举委员会关于候选人提名的告示

彩香一村三区第四届社区选举委员会

告 示

经彩香一村三区社区第三届成员代表会议通过，我社区新一届社区居民委员会由主任1人、副主任1人、委员5人共7人组成，并通过差额选举产生。主任、副主任差额1人，委员差额2人。请居民互相转告，并以此职位和职数的规定，提名候选人。

社区居民委员会成员候选人应具备下列资格：能认真贯彻党的路线、方针、政策和国家的法律法规，能起模范带头作用，热心公益事业、有奉献精神；在群众中有较高威信，善于做群众工作，有较强的组织协调能力，能带领社区居民遵纪守法、有效实现居民自治的本社区选民，主任候选人原则上为中共党员。

本次社区居民委员会的候选人，采用联名提名、自荐提名、直接提名方式产生。请有选举权的居民根据资格要求提出自己满意的人选为本社区第四届社区居民委员会成员候选人。

候选人提名表请到彩香一村三区社区领取，填写完成后投入投票箱内。提名候选人的时间为4月20日至4月26日，逾时不再提名。

请有选举权的社区居民带上相关证件，踊跃参加。

彩香一村三区社区选举委员会

2010年4月20日

表11 石路街道彩香一村三区社区居民委员会
主任、副主任、委员候选人提名情况表

姓 名	竞争职务	提名方式	联名提名人数	提名者身份
江莉莉	主任、副主任	10人联名提名	10	社区居民
徐 玮	主任、副主任	自荐提名		社区居民
曹祥芬	主任、副主任	10人联名提名	30	社区居民
江美媛	委 员	10人联名提名	10	社区居民
张国胜	委 员	10人联名提名	10	社区居民
束玲花	委 员	10人联名提名	20	社区居民
周明杨	委 员	10人联名提名	20	社区居民
俞桂福	委 员	10人联名提名	30	社区居民
翁荣林	委 员	10人联名提名	30	社区居民
矫楚楚	委 员	10人联名提名	30	社区居民

经过张榜公示及社区选举委员会确认，彩香一村三区社区选举委员会于4月30日张贴第二号公告，公布第四届社区居民委员会主任、副主任、委员正式候选人名单。初步候选人全部被确定为正式候选人。根据候选人提名表填写的情况，可列出各候选人的基本情况（见表12）。

表12　石路街道彩香一村三区社区委员会组成人员候选人简介

主任、副主任候选人简介						
姓　名	性别	学历	出生年月	政治面貌	简　　　历	竞选口号
江莉莉	女	大专	1987年	共青团员	石路街道彩香一村三区社区卫生协管员	真诚地为居民服务！
徐　玮	女	高中	1962年	群　众	石路街道彩香一村三区社区居民委员会副主任	为居民服务，我自豪！
曹祥芬	女	高中	1960年	中共党员	社区工作站站长、代主任、党委书记，金阊区第十四、十五届人大代表	群众的利益高于一切！
委员候选人简介						
姓　名	性别	学历	出生年月	政治面貌	简　　　历	
江美媛	女	高中	1944年	群　众	环卫所退休职工，第三届社区成员代表，小组长	
张国胜	男	初中	1963年	群　众	下岗工人，第三届社区成员代表，社区残疾人专职委员	
束玲花	女	初中	1946年	中共党员	床单厂退休职工，社区歌唱队队员，党员护绿队队员，第四届社区成员代表	
周明扬	女	高中	1948年	群　众	仪表厂退休职工，第三届社区成员代表，社区文体队队长	
俞桂福	男	大专	1948年	中共党员	砖瓦厂退休职工，第四届社区成员代表	
翁荣林	男	大专	1941年	九三学社成员	苏州大学退休职工，第三届社区成员代表，老娘舅调解组组长	
矫楚楚	女	高中	1943年	中共党员	工商银行退休职工，第三届居民委员会委员，老娘舅调解组成员	

（四）候选人与选民见面

从5月7日起至5月21日，选举委员会采取多种形式组织候选人与选民见面，其中规模最大的一次是5月13日在社区邻里广场举行的候选人与选民见面会，由候选人发表竞选演讲，200多名选民参加了这次见面会。选举委员会对竞选演讲内容和形式作了统一规定：各位候选人按姓氏笔画顺序发表竞选演讲，每人限时5分钟；演讲内容主要包括本人的工作经历、能力特长以及当选后的工作设想等，演讲不得有违反宪法、法律、法规的言论，竞选承诺不能开空头支票。在与选举工作人员座谈时得知，5 月 13 日的竞选演讲现场秩序良好，各位候选人的发言大多得到到场选民的认可。但在每个候选人发言结束后，没有选民向候选人现场提问。①

根据收集到的资料，可列出部分演讲情况。②

主任、副主任候选人江莉莉的演讲内容如下：

尊敬的各位领导，各位居民代表：大家下午好！

今天，站在这个演讲台前，面对竞争、挑战和机遇，我感到很荣幸，首先我感谢选举委员会，给了我这个展示自我、锻炼自我、提高能力的机会。同时也感谢在座各位居民代表对我的信任和支持。

我叫江莉莉，出生于 1987 年 1 月，今年 24 岁，大专文化。2002 年 7 月至 2005 年 7 月就读于苏州市旅游与财经学校。就读期间，曾在苏州凯莱大酒店、苏州旅游饭店实习一年。2008 年 1 月毕业于苏州职业大学。2009 年 10 月至今，在石路街道彩香一村三区社区担任卫生干事一职。

一转眼，来社区工作已经 8 个月了。从刚开始对于工作的生疏到逐渐熟悉。通过为居民、为社区处理每一件事，我的的确确从中学习到了许多，也渐渐体会到社区工作的重要性。社区工作是最基层工作，没有基层社会的和谐稳定，怎会有国家的长治久安，同时社区工作做得好与不好直接关系到广大居民群众的切身利益。能从事这样有意义而又非常实在的工作，能为社区内的居民群众做些事情，我深感荣幸。

此次的换届选举，是城市建设发展的一个必然趋势，它有利于我们社区全面发展，我会尽力做好本职工作，把这次竞选副主任看做我的一个新的起点，作好充足准备，大胆地去迎接新的挑战。如果这次当选，我会更加严格要求自己，积极调整工作思路，虚心地向老同志求教，学习他们的实际工作经验和工作方法，为己所用。虚心听取居民的意见和建议。结合社区的实际，充分利用现有条件，根据居民需要，组织开展各种便民利民的社区服

---

① 访谈记录（2010 年 5 月 22 日）。
② 本报告只收入 3 位主任、副主任候选人和 1 位委员候选人的演讲内容。

务；多办实事、解决问题、方便丰富居民生活和多方面需求。关心群众的切身利益，做群众的代言人。不断学习，认真完成街道布置的任务，配合好社区领导把上级的方针政策和工作部署下去，向居民宣传、解释、教育，同时把居民的心声和合理的要求带上来，多研究，多请示，多汇报。当然，如果这一次，我没有当选，我也会调整心态，继续尽心尽力地做好自己的本职工作，竭诚地为居民服务，毫无保留地为社区的建设和发展献计献策，努力把我们社区建设成安全文明、环境优美、服务周全、邻里和睦、文化生活丰富多彩的、最适合人们居住的先进社区。

　　谢谢大家！

主任、副主任候选人徐玮的演讲内容如下：

尊敬的各位领导，各位代表：大家好！

　　今天我很荣幸地成为第四届社区居民委员会副主任的候选人。此时此刻，我的心情无比激动，能够在这里作这样的竞职演讲，我首先要感谢在座各位多年来对我的支持、信任和帮助。几年来的工作实践，让我深深地体会到社区工作的重要性，它直接关系到广大居民群众的切身利益。能从事这样有意义而又非常实在的工作，我深感荣幸，我的自身价值也在全心全意为居民服务的过程中得到了充分的体现，这使我对社区工作产生了无限的爱和激情。在这个岗位上，我可以奉献自己的才能和热情，更好地去为居民群众办实事，谋实惠。经过党组织的培养、教育和 5 年社区工作的实践锻炼，我的政治思想觉悟、工作能力、组织和协调能力有了很大的提高，我的工作得到了上级领导和居民群众的一致肯定，先后获得了金阊区社区教育先进个人、"优秀妇女干部"等荣誉；2007～2009 年在我分管社区条线工作期间，先后获得了市"十佳群众文化"社区、市"十佳团队"等荣誉，社区妇联荣获金阊区"优秀妇女组织"、"巾帼文明岗"称号，社区文艺队伍被区命名为"金阊区手拉手民星艺术团"；在获得荣誉的同时，我又多次在居民代表大会的民主测评中受到居民代表们的好评，从而使我坚定了自己能够胜任这个岗位的信心。

　　如果能够竞选成功，我作出如下承诺：（1）以一个入党积极分子的标准严格要求自己，全心全意为居民服务，工作中要以身作则，吃苦在前，享乐在后，坚持原则，遵纪守法。（2）当好主任助手，配合做好组织居民参与社区自治，提升社区的凝聚力和居民归属感的工作。开展社区精神文明建设、科普教育、消费放心城市等活动。积极参加募捐工作和走访困难家庭送温暖活动；组织居民参加街道"邻里节"活动。（3）必须要有身体力行、兢兢业业地工作态度。身为一名社区干部，要有奉献精神，只有兢兢业业地工作，才会赢取社区居民的信任和支持。工作中坚持做到眼勤、耳勤、脚勤、手勤。眼勤就是经常深入实际，调查研究，掌握第一手材料，抓住主要矛盾和问题。耳勤就是要多下社区虚心听取群众的意见和建议，了解群众的需求，做群众的代言人。脚勤就是把上级的方针政策和工作部署带下去，向群众宣传、解释、教育，成为群众的自觉行为。同时要把群众的心声和合理的要求带上去。手勤就是要亲自动手，多做实际工作，为群众办实事，做好事，关心群众的切身利益。

各位领导、各位代表，在今天这个特殊的日子里，我心潮澎湃，社区工作小天地可有大作为，今天我依然在这里愿意为彩香一村三区继续奋斗，愿意成为社区居民利益的管家和代言人！总之，千句万句一句话，要全心全意为你们服务；千件万件一件事，要把本社区建成安居乐业的家园。我愿意和社区的广大居民群众一起谱写社区建设的新篇章。当然，不管这次我当选或落选，我都会虚心学习，用我的细心、爱心和耐心，与社区的其他同志们一道全心全意为居民服务，充分发挥好居民委员会在联系党和政府与人民群众之间的纽带和桥梁作用，全力推进社区建设。

我的演讲完了，谢谢大家！

主任、副主任候选人曹祥芬的演讲内容如下：

各位领导，各位居民：

下午好！

首先感谢彩香一村三区的选举委员会给我这次上台演讲的机会，谢谢你们！

我叫曹祥芬，1960年出生，住在彩香一村三区81幢204室，我目前负责社区居民委员会的全面工作。我今天有幸作为主任正式候选人，我心里很激动，也感受到三区的老百姓对我的期望。我是1999年应聘进入以前彩香街道第七居民委员会担任副主任，那时我只有 38 岁，街道潘书记问我，为什么要做居民委员会工作？你年纪还轻，对社区工作是否了解？今天我站在这可以响亮的回答："我热爱这份工作，我也喜欢我们社区的居民，我愿意为我社区的居民服务。"我是这样讲的，也是这样做的。这几年我做过各种职务，可是我对社区服务的心没有变，我都是用一颗真心、一颗热心为社区居民服务，我认为社区居民的事无小事，居民的利益高于一切。

如今，我有幸被社区选举委员会推荐为正式主任候选人，我感到很荣幸，也很开心，但是我同时也体会到自己肩上的重担。我如果当选，如何将社区建设、社区党建工作做得更好，是我工作的重心，为民做实事是我工作的宗旨。我会和全体社区干部一道，团结社区 7463 名居民把彩香一村三区社区建设得更好。如果我不能当选，我还是会尽自己力量做好本职工作，为居民办好事、办实事。因为我还是一名金阊区人大代表，人民代表为人民，人大代表人民选，我绝不会气馁。

最后我表个态，我会认真遵守社区居民委员会换届选举的纪律，保证公开、公平、公正地开展竞选，虚心接受广大党员和社区居民群众的监督。

谢谢大家！

委员候选人江美媛的演讲内容如下：

社区的各位领导、兄弟姐妹们：大家下午好。

首先自我介绍一下，我叫江美媛，住在 10 幢 23 号 403 室。

我今年 67 岁，1962 年毕业于苏州市一中高中部，1964 年参加工作，当时是在景德路上敦煌油漆社，后更名叫苏州油喷漆厂，其间当过工人、红工医，1979 年开始从事会计工作，1985 年经组织调动到金阊环卫所工作，一直到 1994 年退休，其间长期担任财务科助理会计师。

我们楼道的老组长离任后，就推荐我继任小组长工作，其间任第 3 届、第 4 届的居民成员代表，我积极配合社区领导工作搞好邻里关系。社区老年乒乓队成立以来，我是积极分子，既锻炼了身体，又丰富了业余生活，我们乒乓队的队员们打起球来生龙活虎，有说有笑，互帮互爱，是一个快乐的大家庭。

　　这次经群众的推荐，我荣幸地当上了社区居民委员会委员正式候选人，既兴奋又紧张，在这里我向大家表一下我的态度，不管选上还是选不上，我都会一如既往尽我的力量，为我们社区建成一个文明的社区、和谐的社区添一块砖、加一片瓦，发挥我的余热，请大家相信我，谢谢！

　　除了 5 月 13 日在社区邻里广场的竞选演讲外，选举委员会还于 5 月 20 日下午 5 点后组织候选人在社区内进行巡回演讲，让更多的居民认识候选人，了解他们的竞选内容。巡回演讲的具体做法是，社区鼓乐队敲锣打鼓吸引选民对选举活动的关注；工作人员拿着统一制作、统一格式的展板，让选民了解候选人的基本情况，提醒选民准时参加 5 月 22 日的选举；候选人在社区主要地段向选民发表演讲，听取选民意见。

（五）投票选举情况

　　彩香一村三区社区第四届社区居民委员会换届选举选举日为 2010 年 5 月 22 日，投票时间从上午 8：30 到下午 13：30。彩香小学大礼堂是本次选举的主会场，并在社区邻里广场、社区小广场、烽火路三香苑门口、三香庙物业 85 幢东、三香庙 75 幢西设立 5 个投票点，每个投票点都有 3 名工作人员。选举中心会场和每个投票点都设有验证发票处、独立写票处和代写处。

　　上午 8：30，选举大会在彩香小学大礼堂正式开始，大约有 300 多选民参加了在中心会场的选举大会，其中绝大多数是老年选民。

　　选举大会由选举委员会主任徐巍鹰主持。根据大会议程，选举委员会副主任戴萍向大会报告社区居民委员会换届选举工作筹备情况；宣读《金阊区石路街道彩香一村三区社区居民委员会换届选举办法》；介绍正式候选人；通报选举大会工作人员名单（共 24 人，包括总监票、总计票各 1 人，监票人 1 名，唱票人 1 名，计票人 1 名。监票、唱票、计票人员是由社区选举委员会确定的，但候选人的配偶、直系亲属等不得担任选举工作人员）。① 她还详细地介绍了填写选票的注意事项及投票方法，并强调投票的截止时间为下午 1 时 30 分（投票点投票截止时间是下午 1 时），选民在规定时间不参加投票的，逾时不再受理。她还提醒

---

　　①　《金阊区石路街道彩香一村三区社区居民委员会换届选举办法》（2010 年 4 月 8 日）。

大家下午 1 时 30 分前来中心会场，观看并监督计票过程。

上午 10 时左右，选举工作人员开始检查、密封票箱。负责中心会场外 5 个投票点的工作人员领取票箱和选票前往投票点。10 时 15 分中心会场开始发放选票。每位选民凭"选民证"领取选票 1 套，分别为主任、副主任选票 1 张，委员候选人选票 1 张，每 1 套 2 张选票用订书机订在一起。尽管工作人员一再提醒选民排队依次前来领取选票，但多数选民没能照做，现场秩序显得有些混乱。每位选民都是凭"选民证"到领票处领取选票的，领完选票后，工作人员在"选民证"上盖上"选票已发"的印章。选民们在拿到选票后，大多在原地或者就在旁边的桌子上填写选票，填完后将选票投进投票箱。他们大都独立填写选票，没有相互交流。在投票过程中，大家都能做到排队依次投票，秩序很好。会场设有秘密写票处和代写处，但只有个别选民到秘密写票处填写选票，现场也没有见到选民到代写处叫人代写的情况。现场有一些选民手持委托书和委托人的"选民证"领取并填写选票，但多数选民未带委托书，就代他人领走选票填写并投票；针对这种情况未见有工作人员提醒或阻止。就我们观察所见，被委托人基本没有接受 3 人以上委托的现象。

选举日当天，我们还就近到邻里广场和社区小广场两个投票点进行了观察，情况基本与中心会场相同。

下午 1 时 30 分，中心会场和各个投票点投票结束。中心会场外的 5 个投票点的投票箱集中到中心会场。除了有关工作人员外，有 30 多位选民到中心会场观看和监督计票过程。工作人员先将票箱打开，整理选票。但是他们未清点收回的选票总数和检验选票的有效性，就开始计票。他们首先统计委员候选人的得票数，具体计票方法如下：先将原先订在一起的主任、副主任选票和委员选票分开，以每 10 张主任、副主任选票或者 10 张委员选票为 1 叠订在一起，然后在最上面的选票的候选人名字下方填上该候选人在 10 张选票中的得票数，之后由工作人员交给在计算机房的计票员，在 excel 表格上统一输入电脑。在此过程中，无论初步统计还是计算机输入，都没有监督人在旁监督，尤其在计算机房仅有 1 名计票员在录入，没有一个工作人员参与监督。主任、副主任候选人得票统计情况与此相同。

彩香一村三区社区第四届社区居民委员会换届选举最终计票结果如下：本社区本次社区居民委员会换届选举登记选民 4688 人，发出选票 3773 张（套），回收选票 3762 套；选民参选率为 80.25%。其中，主任、副主任有效选票 3616 张，无效选票 146 张（含作废票和弃权票）；委员有效选票 3434 张，无效选票 328 张。各位候选人的具体得票情况见表 13。

表 13　彩香一村三区社区第四届社区居民委员会选举候选人得票情况表

主任、副主任候选人	姓　名	曹祥芬	徐玮	江莉莉	孙惠庆			
	得　票	3404	2675	765	8			
	得票率(%)	94.14	73.98	21.16	0.22			
委员候选人	姓　名	俞桂福	江美媛	张国胜	翁荣林	矫楚楚	周明扬	束玲花
	得　票	2938	1463	1422	2704	2646	2723	2413
	得票率(%)	85.56	42.60	41.41	79.79	77.05	79.30	70.27

随后，选举委员会发布第 3 号公告，公布新当选的第四届社区居民委员会成员名单，曹祥芬当选为主任，徐玮当选为副主任，束玲花、周明扬、俞桂福、翁荣林、矫楚楚当选为委员。

（六）彩香一村三区社区居民委员会选举的基本评估

从选举观察到的情况看，彩香一村三区社区第四届社区居民委员会换届选举是一次比较成功的选举，这主要表现在以下几个方面。

第一，有完备的制度保障。彩香一村三区社区在苏州市、金阊区以及石路街道的指导下制定的选举工作方案和《换届选举办法》，对整个选举过程涉及的问题作了周密部署和详细规定，有较强的操作性，在制度规范层面为选举工作提供了操作指南，保障了选举的顺利进行。

第二，有充分的经费支持。金阊区民政局和石路街道分别为彩香一村三区社区此次选举拨款 4000 元，共计 8000 元。[①] 这为本次选举宣传横幅、标语、候选人简介展板等宣传材料的制作，以及其他各项选举活动的开展，提供了有力的经费支持和物质保障。

第三，坚持公平、公正、公开原则。每一项选举活动的进行或完成情况，选举委员会都能及时以通知、告示、公告等形式张贴在社区显要位置，让选民及时

---

① 访谈记录（2010 年 5 月 22 日）。

了解选举进程和候选人情况。选举委员会对各位候选人的介绍和对候选人的竞选活动能够一视同仁，如宣传展板的制作一律采用统一的样式和规格，对候选人的竞选演讲也有统一规定。

第四，选举工作人员的辛勤工作和选民的积极参与。在选举宣传、选民登记、选举投票过程中，有关工作人员不辞辛劳，通过制作宣传材料、挨家挨户上门发放《致社区居民的一封信》，多次上门进行选民登记等，对选民进行广泛发动，在社区内营造了浓厚的选举气氛。他们的辛勤劳动极大地调动了选民参与选举活动的热情，保障了此次选举有较高的选民登记率和投票率。

当然，本次选举还存在一些不足和需要改进之处，主要表现在以下几个方面。

第一，选举工作程序有待完善。本次选举工作程序方面的不足主要表现在两个方面。一是彩香一村三区社区本次居民委员会换届选举工作未能按照苏州市民政局和金阊区民政局的指导意见，于4月9日前推选产生新一届社区居民代表。彩香一村三区社区第四届居民代表于4月23日才正式选出，5月28日才召开社区第四届居民成员代表大会第一次会议。① 二是在投票日的选举大会上，监票、唱票、计票人员是由选举委员会直接向大会通报并确认的，未经参加选举大会的选民举手表决通过。

第二，选举的竞争性有待加强。从选举结果看，上一届居民委员会主任、副主任都成功连任。② 这一方面说明社区居民对他们及其工作的肯定，另外一方面也在一定程度上暴露出此次选举在竞选机制方面的不足。如本次选举采取"二票"选举，将主任、副主任合并在一起进行投票，仅有3名主任、副主任正式候选人，按得票高低确定主任、副主任人选。而且我们从3名主任、副主任正式候选人的竞选演说中看到，只有原主任曹祥芬称自己是主任候选人，其他两人都称自己是副主任候选人（造成的实际效果是主任等额选举，副主任差额选举）。这种设计和安排大大降低了主任职务的竞争程度。

第三，委托投票现象较为普遍且不尽规范。我们在选举现场注意到委托投票在本次选举中比较常见，其中部分选民未能严格按照选举办法的规定行使委托投票权，现场工作人员对此的监督很不到位，对违规委托行为基本未予制止。

---

① 《彩香一村三区社区换届选举材料》。

② 本次选举中，委员的连任比例较低，5名当选委员中，仅有1人连任，连任率仅为20%。

第四，计票环节问题较多。首先，工作人员未清点收回的选票总数以确认本次选举的有效性，就开始计票。其次，工作人员分工较为混乱，监督不力。本次选举采取电子计票方式进行计票，工作人员显然未能适应这一新的计票方式。加之本社区选民基数庞大、选票众多，使得几乎所有工作人员都忙于参加整理和统计选票，计票分工显得比较紊乱。只有 1 名负责电子计票的计票人在计算机房里面输入得票数字，没有监票人在旁监督，也没有专门工作人员负责看管统计过的选票。以上环节的工作失误，很容易出现严重违规计票现象。

第五，年轻居民参与不足。就我们在选举中心会场和几个投票点所见，前来参加投票的绝大多数都是年纪较大的选民，其中尤以女性选民居多。从新一届居民委员会成员候选人和当选者的年龄、性别结构来看，也呈现参选者年龄偏大、女性居多的特点。如在 10 名居民委员会成员候选人中，男性候选人仅占 30%；7 名正式当选的主任、副主任、委员的平均年龄为 60.29 岁，特别是其中的 5 名当选委员的平均年龄为 64.8 岁。这种现象固然与本社区的整体年龄结构有关（60 岁以上居民占本社区居民的 32%），但也可以在某种程度上反映出本社区的年轻居民、男性居民参与不足的问题。对此，我们认为，在以后的选举活动中应该继续加强宣传力度，创新宣传方式，吸引更多的年轻居民参与投票和竞选。这样可以使居民委员会成员更加年轻化，人员搭配更加合理，更好地为社区居民服务。

四　南华社区的首届居民委员会选举

苏州市沧浪区南华社区地处吴门桥街道辖区东南，地域范围东起汽车南站，西至"好又多"大卖场，南依湄长河，北靠南环东路，占地面积 0.2 平方公里。南华社区 2009 年 3 月份开始筹建，是一个以南华公寓、南环一村等新村为主体的社区，共有居民住宅楼 52 幢，居民 1600 户，3980 人（社区户籍人口 1150 户，3029 人；流动人员 951 人）。社区设置党委，有党员 115 人，分设 2 个总支，5 个支部。全社区有低保户 6 户。

南华社区居民委员会办公地点位于南华新村 31 幢南。社区活动用房 1000 平方米，分为三大区域：服务区域、文化活动区域和法治宣传教育区域。社区特色是法治社区，社区"五位一体"综治办公室全面负责社区治安、稳定工作。在社区党委领导下，社区居民委员会、社区工作站、"邻里情"幸福联盟按照各自的职能为社区居民提供全方位的服务。社区民间中介组织有老年协会、科普协会、残疾人协会、家庭文化促进会、志愿者队伍等。

（一）南华社区自荐竞选居民委员会成员的规范性文件

苏州市沧浪区区委、区政府高度重视社区居民委员会换届选举工作，依据《中华人民共和国居民委员会组织法》，结合本地实际情况，制定了《沧浪区2010年社区党组织、社区居民委员会换届选举工作指导意见》，鼓励探索实行自愿报名竞选居民委员会成员的选举方式，并以南华社区作为自荐竞选试点社区，要求在选举中坚持党的领导、群众公认、合法规范以及民主、公开、竞争、择优等原则，选举委员会应严格审查候选人资格，候选人数应多于应选人数，正式候选人由社区居民代表会议根据差额原则，投票决定。①

吴门桥街道根据区换届工作指导意见，制定了"两委"换届选举工作实施方案。该方案规定选举工作在5月31日前全部结束，具体分准备、发动、选举和总结四个阶段进行。社区居民委员会设主任1名，副主任1名，委员5~7人，其中专职委员2~3名。候选人应多于应选人。社区居民委员会成员候选人原则上居住的社区应与其参选的社区一致，确实无法一致的，在确认候选人资格时，应当符合两个条件：（1）在参选社区中工作满半年以上；（2）本人应提出书面申请，经选举委员会同意。选派到社区工作的机关干部、复退军人和大学生参选，可参照或适当放宽条件。上届社区居民委员会成员民主评议不合格的，原则上不得提名为新一届社区居民委员会候选人。②

为了规范社区居民委员选举工作，保障居民依法行使民主权利，在沧浪区民政局、吴门桥街道的指导下，南华社区根据《中华人民共和国城市居民组织法》和上级的有关解释，结合本社区实际，制定了《吴门桥街道南华社区第一届社区居民委员会选举补充办法》，内容如下：

第一条 社区居民委员会选举应当依法进行，坚持公开、公正、公平和竞争原则。

---

① 《沧浪区2010年社区党组织、社区居民委员会换届选举工作指导意见》（2010年3月4日）。
② 《吴门桥街道社区"两委"换届选举工作实施方案》（2010年3月15日）。

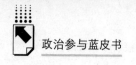

第二条 根据我社区具体情况，现居民委员会设立主任1名，副主任1名，委员5名（含专兼职）。

第三条 主任选举办法

主任竞选人，必须获得有效选举票的半数以上始得当选。如二位竞选人均未获半数，选举结果则无效，需进行第二次选举；如第二次选举仍未成功，则要进行重新选举。重新选举在第一次选举日后的一个月进行，重新选举程序与正常选举相同。另一主任竞选人落选后，自然当选居民委员会委员。

第四条 副主任选举办法

正式选举时，竞选人的有效票数均未超过半数，不进行二次选举，居民委员会则撤销副主任职位的设立。一人当选副主任后，另一落选的竞选人自然当选居民委员会委员。如两名竞选人均未当选，但有效票超过40%，则自然当选居民委员会委员，不满的则落选。

第五条 专兼职委员选举，根据报名人员实际情况，并结合街道核定的实际需求情况，安排7名竞选人参选，差额选举出3名委员，以得票数的前三名当选。

第六条 本办法自2010年4月7日起施行。

苏州市沧浪区南华社区首次实行的居民自荐竞选居民委员会选举，从3月13日开始，至4月30日结束，可分述各环节的基本情况于下。

（二）推选社区居民代表和选举委员会成员

南华社区党委组织党委委员及居民骨干认真学习了《中华人民共和国城市居民委员会组织法》、《沧浪区2010年社区党组织、社区居民委员会换届选举工作指导意见》和《吴门桥街道社区"两委"换届选举工作实施方案》，统一思想和认识。社区党委还召开党委扩大会议，邀请居民骨干、社区民警和机关兼职干部、街道联络员参加，统一思想、明确分工，部署本社区居民委员会选举工作。南华社区则召开了社区居民委员会首届选举工作会议，进行动员；街道指导小组对选举联络员进行了业务培训。

南华社区首先组织社区居民按照选民条件、民主协商推选社区居民代表，具体方法是以居民小组为单位推选居民代表，将全社区划分为55个居民小组，原则上每个居民小组推荐一或两名代表，驻社区单位（包括物业管理公司）可指定一人，以单位代表的身份参加社区居民代表会议。全社区共推选社区居民代表107人。

社区居民代表产生后，召开了社区居民代表会议，推选选举委员会，并由选举委员会负责制定选举办法草案。

选举委员会由成员9人组成（名单见表14），并确定以朱慧君、张莉香、许萍、任国芳4人为南华社区选举委员会候补委员。

表14　南华社区选举委员会成员情况表

姓　名	选举委员会职务	现任职务	姓　名	选举委员会职务	现任职务
吴继敏	主　任	社区工作站人员	俞菁	成　员	社区居民骨干
朱蓉珍	副主任	社区党员	赵智跃	成　员	社区民警
李苏明	副主任	社区党员	彭绍磊	成　员	社区挂职干部
顾永明	成　员	社区居民	俞芸	成　员	社区居民骨干
张巧良	成　员	社区居民			

选举委员会的主要职责是做好选举的宣传、发动工作；组织选民登记，审查选民资格；组织选民竞选报名，审查竞选人资格；公布正式竞选人名单；组织竞选人演说；公布选举日期、时间、地点及选举方式；主持投票选举，公布选举结果；总结选举工作，建立选举工作档案。选举委员会为非常设机构，选举工作结束时自然终止。

选举委员会成员中有被确定为竞选人的，其选举委员会成员资格自行终止。选举委员会成员不足7人的，由居民代表会议进行选举委员会成员补选。

（三）选民登记

南华社区充分利用广播、黑板报、画廊、标语、横幅等宣传工具，宣传《中华人民共和国城市居民委员会组织法》、《沧浪区2010年社区党组织、社区居民委员会换届选举工作指导意见》和《吴门桥街道社区"两委"换届选举工作实施方案》，宣传社区居民委员会选举的目的、意义、工作步骤和选举方式，使首届社区居民委员会选举家喻户晓，人人皆知。为了做到一步一宣传，先后共发放3200余张《南华社区居民委员会成立选举告居民书》和2000余张宣传材

料，让选举宣传工作进门入户，调动广大居民的参与积极性和热情。社区还专门开设了"选举咨询热线"，方便居民群众报名竞选和答疑解惑。

同时，街道办事处及时组织选举工作人员、社区选举委员会成员进行了选举知识及操作规程培训，要求所有人员一定要吃透摸清居民委员会选举的每一个程序步骤，严格按照法律程序操作。

选民登记是指社区选举委员会依照法律规定的条件和程序，对居民依法享有选举权和被选举权的资格进行登记、审查和确认。选民登记既是确认和办理有选举权的居民参加选举的唯一合法手续，又是对有选举权的居民进行数量统计的重要工作，南华社区重点抓了五个环节。

1. 选民资格的界定

确认选民资格是进行选民登记的前提条件。《中华人民共和国城市居民委员会组织法》第八条规定："年满18周岁的本居住地居民，不分民族、种族、性别、职业、家庭出身、宗教信仰、教育程度、财产状况、居住期限，都有选举权和被选举权；但是依照法律剥夺政治权利的除外。"据此，选民应具备以下三个条件：（1）年龄条件，年满18周岁；（2）属地条件，户口在本社区并实际居住在本社区的居民（按照沧浪区的规定，户口不在本社区但实际居住在本社区一年以上的居民，亦可登记为选民）；（3）政治条件，未被依法剥夺政治权利。精神病患者在发病期间停止行使选举权。

户口在本社区、实际居住不在本社区的居民，如本人要求登记的，由本人提供不参加实际居住地社区居民委员会的选举并得到实际居住地社区居民委员会确认的书面材料，可予以登记。

2. 进行选民登记

选民只有通过选民登记，并被编入选民登记名册，才在事实上取得选民资格，获得选举权和被选举权，才能参加投票选举。选民登记工作必须在选举日30天前（即3月25日）结束。

南华社区规定户籍的转接在3月23～24日一律停止，并要求选民登记工作必须认真仔细，做到不错登、不漏登和重登，既不能让享有选举权和被选举权的居民被错误地剥夺了应有的权利，也不能让一个不应该享受选举权的人取得选举权利。

南华社区共有18周岁以上、具有选举资格的选民2357人，登记选民1891人，选民登记率为80.23%。

3. 审核和确认选民名单

社区选举委员会对造册登记的选民名单进行认真的审核并确认，做到准确无误。确认无误后，在选民登记表上签名、盖章，一式两份，其中一份送街道指导小组备案。

4. 公布选民名单

造册登记的选民名单经过社区选举委员会审核确认后，按规定于 3 月 25 日（法定日）按居民小组排列顺序进行张榜公布。

居民如对公布名单有异议，可在 4 月 10 日前向社区选举委员会提出，社区选举委员会在 4 月 13 日前作出解释和纠正。

5. 发送"选民证"

"选民证"根据选民名单填写，写清投票时间、地点，并统计好投票会场和各投票站投票人数，然后以居民小组为单位发放，"选民证"应在选举日前送到选民手中。南华社区共发放"选民证"1891 张。投票选举时，选民必须持"选民证"才能领取选票。

（四）候选人报名和竞职演说

南华社区选举委员会决定，本届社区居民委员会设主任 1 名，副主任 1 名，委员 5 名（专职 1 名兼职 4 名）。凡是具备以下条件者，均可报名竞选：

（1）居住在本社区具有一定组织领导能力，身体健康，廉洁奉公，作风民主，办事公道，热心为居民服务。

（2）主任职位竞选者还应具备大专以上文化，党员，持有社工师资格证书者优先。

（3）副主任职位竞选者还应具备高中以上文化，具有社区工作经验，持有社工师资格证书者优先。

（4）社区居民委员会成员竞选人资格条件，须由社区成员代表大会通过。

共有 11 位居民报名参加竞选（报名人基本情况见表 15），南华社区选举委员会张榜公布了竞选人名单和简历，接受辖区居民的有效监督，切实做到选举公平、公正、透明。

表15　南华社区居民委员会选举报名竞选人情况表

	姓　名	性别	出生时间	政治面貌	竞争职务	学历	现　任　职　务
1	张美玲	女	1963.10	中共党员	主　任	大专	南华社区党委书记
2	吴培青	女	1970.05	中共党员	副主任	高中	南华社区
3	李丰	男	1958.12	中共党员	主　任	高中	南华社区
4	丁丽萍	女	1979.09	群　众	兼职委员	本科	苏州信息工程研究中心
5	顾永明	男	1950.02	中共党员	兼职委员	初中	南华社区党支书记
6	叶红	女	1967.09	群　众	副主任	高中	南华社区
7	李苏明	女	1952.12	中共党员	兼职委员	大专	退休
8	俞芸	女	1958.03	群　众	兼职委员	高中	退休
9	俞菁	女	1957.09	群　众	兼职委员	初中	退休
10	吴秀娟	女	1947.10	群　众	兼职委员	初中	退休
11	干昊雯	女	1983.08	中共党员	专职委员	本科	南华社区

　　为了让选民对报名竞选者有进一步的认识，南华社区于4月18日召开竞选人与居民代表见面会，11名竞选人为了获得更多选民的支持和拥护，分别向居民代表作了自我介绍和竞职演说。

　　竞选社区居民委员会主任的张美玲的演讲内容如下：

尊敬的各位选民朋友：你们好！

　　今天是我们南华社区居委会主任首次实行公开、公平、公正竞选宣传日，我的心情既高兴，又激动。高兴的是选举委员会给我这个参加竞选的机会；激动的是我今天可以向大家敞开心扉，说说我为什么要报名竞选社区居委会主任，希望大家听了我的讲话后能在投票时支持我。

　　我叫张美玲，1963年10月出生，今年45岁，家住南华公寓31幢303室，中共党员。1981年10月我进苏州染织二厂工作，当时是做操作工；由于工作认真负责，1985年被评为苏州市操作能手；2000年因苏州染织二厂倒闭下岗，被劳务派遣到苏州爱普生有限公司工作。2006年再次下岗失业，一个偶然的机会让我进入了解放社区工作，在解放社区任社区党委副书记、居委会副主任。2009年我被街道调到这里筹建南华社区。

　　在这几年的社区工作中，我虚心学习，认真思考，努力工作，在社区里我学会了电脑办公技能，能得心应手地应对我的工作；积极参加普法活动，学习相关法律知识，调解一些居民邻里纠纷，组织社区志愿者建立治安巡逻队并与义务巡逻队员们一起，利用休息时间在社区的大街小巷巡视；学习相关政策，落实帮扶措施，帮助弱势群体解决生活上的困难，让他们充分享受到了党和政府的温暖。几年来的社区工作里有酸、有甜、有苦、有辣，我想这已成为我人生阅历中一笔很宝贵的财富，我已深深体会并爱上社区这项工作了，把它作为我的事业来追求，能及时地了解群众冷暖，真正地为群众办好事，服好务，我从内心感到光荣、开心。

今天我站在这里竞选南华社区居委会主任，是想让自己能有一个更广的为居民服务的舞台。我的优势在于几年的工作实践使我已积累了大量的社区工作经验，也培养了我坚忍不拔的精神，我的工作服务水平在不断地提高。我做过工作站站长，熟悉条线工作，做过居委会副主任，熟悉居民自治的各项工作内容，2009 年通过公推直选当选为南华社区党委书记，对整个社区工作都有比较详细的了解。我做工作最重要的是"用心"，用一颗真诚的心去为居民服务，帮他们解决实际困难。几年来，在实际工作中都能坚持做到：能办的不推，不能办的好好解释，认真讲解政策，让居民理解，做好居民的贴心人。

我的第二个优势是家住在南华小区，我熟悉我们南华社区的环境，方便了解我们社区居民的需求。同时我们也是邻居，能为邻居服务是我最大的荣幸，我也会努力把服务做到最好！

各位代表，参加此次竞选，对我来说是一次难得的学习和锻炼的机会。如果竞选成功，我将不辜负广大居民的厚望，积极带领"两委"一班人，以群众的利益为重，视群众为亲人，把群众的利益作为我工作的首要职责，把群众的满意度作为衡量我工作的标准，尽心尽责做好各项工作，充分发挥好居委会在联系党和政府与人民群众之间的纽带和桥梁作用，虚心听取群众的意见和建议，了解群众的需求，为群众办实事，做好事，关心群众的切身利益，全力推进社区建设，按照管理有序、文明祥和的新型社区建设目标，努力把我们的社区建设成为党建更加扎实、民主更加健全、服务更加完善、治安更加良好、环境更加优美、居民生活更加便利、人际关系更加和谐的社区。

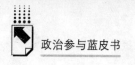

再次恳请大家在投票时为我投上您庄严的一票，谢谢大家！也感谢选举委员会的同志们给我机会。

竞选社区居民委员会主任的李丰演讲内容如下：

尊敬的各位居民：你们好！

我叫李丰，是一名中共党员，今年51岁，1978年5月参加工作，先后在盐城地区制药厂、苏州市金属材料公司、中国有色金属材料公司苏州公司、中国诚通集团东方公司、苏州工业园区天盛金属有限公司工作。2009年8月来南华社区参与居委会筹建工作。

今天能参加我们南华社区选举委员会组织的社区居委会成员竞选演说会，感到很荣幸。首先我要感谢选举委员会给我的机会，同时也要感谢南华社区的各位居民在此前给予我工作上的支持。

我虽然有多年工作的经验，可社区工作时间不长，经验还不够，但是经过几个月的工作实践，我已热爱上了社区工作，在同志们的帮助下，我已熟悉社区的各项工作，逐渐培养了为居民服务的工作能力。这次我们社区居委会主任是通过公开、公平竞选产生，尽管我的年龄与选委会制定的要求相比有点偏大，但我想我是一名党员，理应站出来为居民群众服务，希望大家支持我，为我投上你的一票，理由是：

（一）我有为居民办事的热情，善于与人沟通，愿意为居民群众服务。我会把居民的事当成自己的事来办，把居民的困难当成自己的困难来解决。

（二）我比较有耐心，是一个倾听者。我能认真听取居民群众的意见，帮助居民解决难事、急事。对群众提出的事能办的我会尽力办，不能办的我会尽量解释清楚。相信在居民群众的支持下，在同志们的帮助下，在我自己的努力下能更好地为社区居民服务。

不管我能不能竞选成主任，我都会更认真学习了解每一项政策法规，为居民群众排忧解难，都会一如既往地做好居民服务工作，做居民的贴心人，为建设幸福、和谐的民本社区而努力工作。

请大家支持我，投我一票，谢谢！

竞选社区居民委员会副主任的吴培青演讲内容如下：

尊敬的居民代表：大家下午好！

　　首先感谢选举委员会给我锻炼自我、提高能力、接受挑战的机会，同时也感谢在座的各位社区居民代表对我工作的理解、信任和支持，使我满怀热情和信心来参加这次社区副主任职位的竞选。

　　我叫吴培青，今年40岁，居住于南华公寓11幢104室，高中文化，1990～2001年先后在木杏酒楼、滨河酒家工作，从餐厅服务员升到餐饮部主管，2002年起在家乐福超市工作，任珠宝柜柜长一职，2008年3月进入社区，在社区主要负责环境卫生、幸福联盟、关工委等工作。

　　在两年的工作中，我爱岗敬业、任劳任怨，干一行、爱一行，努力把工作做到最好。不断地学习，提高自己的业务能力及综合素质，今年已参加了社会工作师的报考。在工作中，能够虚心地向老同志求教，学习他们的实际工作经验和工作方法，为己所用。充分利用现有条件，根据社区居民需要，组织志愿者队伍，开展洁净家园、美化环境、便民利民的社区服务和丰富多彩的文艺活动。"知群众冷暖，解群众忧愁"是我的工作目标，我经常深入辖区和居民家庭进行走访，怀着一颗对工作的赤诚之心，尽己所能，满腔热忱，帮助居民群众解决日常生活中的一些困难，为居民群众办实事、办好事。

　　两年的工作实践，让我深深地体会到社区工作的重要性，它是在党和政府与广大居民群众之间搭建的桥梁，社区工作直接关系到群众切身利益。让居民安居乐业，让老有所养、少有所学、残有所助、难有所解，这些都需要我们社区工作人员勤勤恳恳的工作才能充分地体现出来。

　　如果这次我能竞选成功，我将不负居民群众的厚望，我会更加严格要求自己，努力学习与广大居民生活息息相关的政策，虚心听取居民的意见和建议，了解居民的需求，为居民办实事，做好事，关心居民的切身利益。用我的细心、爱心和耐心，全心全意为居民服务。

　　社区工作天地虽小却大有作为，能从事这样有意义而又非常实在的工作，我深感荣幸，我真诚地希望居民能够投我一票，给我这个机会，能为居民提供更多更好的服务。

　　谢谢大家！

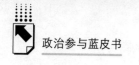

竞选社区居民委员会专职委员的干昊雯的演讲内容如下：

尊敬的各位领导、居民代表们：你们好！

我叫干昊雯，准备竞选专职委员。我是一名大学生，同时也是一名党员，做过工程师，做过客服，经过几年的工作学习，觉得自己历练的还不够，最后我选择进入社区基层来更好地锻炼自己。俗话说来得早不如来得巧，刚好赶上了社区3年一届的选举，也让我比别人更幸运，有这个机会站在这里竞选社区委员。

我此次竞选的目的，就是要更好地为广大居民服务，贡献我的力量，为老百姓做好事、做实事。我会严格要求自己，做到以下几点。

思想素质方面，我会坚定我的政治立场，培养高度的事业心和责任感，要有民主意识。只有树立正确的世界观和人生观，才能踏踏实实地投入社区工作，有开创社区工作新局面的信心和决心；才能将全身心投入社区工作，精益求精。

职业道德素质方面，有强烈的社区意识和奉献精神。社区工作包括服务和管理，随机性强，突发事件多，烦琐的日常事务就会占去许多个人时间，甚至有时会牺牲个人的利益。所以，事业心、责任感、进取心和无私奉献的精神是一个合格的社区工作者所必备的。只有具有奉献精神的人，才能真正把心思放到工作上，想出新点子、新办法，才能扎扎实实为居民办实事，为居民谋福利。

业务工作能力方面，我会丰富我的知识面和加强信息管理的能力，善于积累工作经验。随着信息化、网络化、高科技化等手段在社区管理中的不断运用，仅仅有对社区工作的热心付出和奉献精神是远远不够的。必须根据时代发展的要求，认真学习研究和改进社区工作的科学性。

组织管理方面，要培养筹划和决断能力、组织协调能力和人际交往能力。要善于与居民打成一片，能扩大工作面，建立广泛的工作关系，多举办一些居民活动，让居民和社区融为一个和谐的大家庭。同时还要有创新意识，不断解放思想，实事求是，与时俱进。

特别要指出的是，大家走进来的时候应该也注意到门口树的牌子写着"法制南华"，对，我们社区的特色就是法制。党的十六大对社会主义政治文明进行了系统论述，强调要把党的领导、人民当家做主和依法治国结合起来，促进社会主义民主政治建设。社区自治必须依法自治，而不是任意而为，社区的任何一项决策必须在法律所允许的范围内制定和执行。我作为一个社区工作者也将运用法律知识，依法调解社区组织与民众之间的各种纠纷。当社区组织与民众发生矛盾时，依据法律，本着合法、合理的精神参与调解。同时我们也作为社区管理者更要为社区居民提供必要的法律支持，做法律方面的咨询，以保护居民的合法利益。

最后，感谢领导给我这次机会来竞选，如果我没有当选，我也不会气馁，因为我已经很幸运，比别人多了这么一次宝贵的学习经验，我会继续做好我分内的工作，全心全意为居民服务，继续为我们南华社区的发展献计献策，为打造有南华特色的法制社区而继续奋斗。

我的讲话完了，谢谢大家。

（五）投票选举

为保证选举顺利进行，南华社区选举委员会对中心会场和投票站的环境作了精心布置，以标语、横幅等营造良好选举氛围。中心会场有"南华社区居民委员会选举大会"会标，选举会场和各投票站都设立了秘密写票室（点），落实了代写人和领票处。

选举委员会还制作了票箱和选票。选票分为三张，主任、副主任、委员三种职务各印制一张选票，选民一次领三张票，一次投票。

因故不能参加投票选举的选民，可委托本人信任的选民按本人意愿选举投票，但必须办理委托投票手续。被委托选民接受的委托不得超过3人。办理程序为"不能参加投票的选民本人填写委托投票证，经社区选举委员会同意持选民委托证的选民亲自参加大会，凭委托票、选民证领取选票，然后写票和投票"。

选举委员会决定4月25日早上7点15分开始投票，下午1点投票结束。选举大会由选举委员会主任吴继敏主持，选举委员会共安排了4个定点投票站和一个流动票箱。选举工作人员在居民代表的监督下检查所有票箱，然后封箱，由各工作小组到投票点接受投票。各投票点的工作人员在发放选票后、接收投票之前负责解释填写选票的方法和要求。选民凭选民证和委托投票证领取选票，选民领到选票后，可以到秘密写票处写票，没有书写能力的选民可以到代写处或请其信任的选民代写。

在整个选举过程中，区民政局部分领导、聘请的区人大代表、政协委员、居民代表（作为选举观察员）以及相关新闻媒体到场观察选举大会，监督整个选举过程。

南华社区登记选民 1891 人，参加投票选民 1732 人，占本社区选民总数的 91.59%。发出选票 1732 套，回收选票 1728 套，其中有效选票红票（主任选票） 1681 张（含弃权票 9 张），无效选票 47 张；黄票（副主任选票）1683 张（含弃权票 23 张），无效选票 45 张；蓝票（委员选票）1635 张（含弃权票 29 张），无效选票 93 张。

经过近三个小时的计票、唱票工作，南华社区选举产生了第一届社区居民委员会（选举结果见表 16）。

表 16 南华社区居民委员会选举结果统计

主任竞选人	姓 名	李丰	张美玲					
	得 票	172	1500					
	得票率(%)	10.23	89.23					
副主任竞选人	姓 名	叶红	吴培青					
	得 票	159	1501					
	得票率(%)	9.45	89.19					
委员竞选人	姓 名	丁丽萍	干昊雯	李苏明	吴秀娟	俞菁	俞芸	顾永明
	得 票	619	1001	652	547	507	509	742
	得票率(%)	37.86	61.22	39.88	33.46	31.01	31.13	45.38

选举计票结束后，由监票员芮霞英、夏义，计票员许萍、黄雪琴、缪玉娣、朱蓉珍、徐菊英、吴继敏在选举结果报告单上签字后报告社区选举委员会主任，由社区选举委员会主任向大会宣布选举结果，并将选举结果报告单上报街道指导小组备案。

选举结束之后，除了认真写好选举工作总结、收集资料立卷归档外，南华社区建立健全了社区居民委员会组织网络，召开本届社区居民委员会成员会议，明确分工，健全五个工作委员会，名单报街道指导小组备案。

加投票选民 1732 人，选民参选率为 91.59%。其中当选主任者得票 1500 张，占有效选票（1681 张）的 89.23%；当选副主任者得票 1501 张，占有效选票的 89.29%。按照选举前的规定，落选的主任、副主任候选人直接当选为委员，另 3 名委员则以得票数前 3 名竞选者当选，并未强求得票过半数者当选（当选的另 3 名委员，干昊雯得 1001 票，得票率 61.22%；顾永明得 742 票，得票率 45.38%；李苏明得 652 票，得票率 39.88%）。从委员选票的分布看，竞争较为激烈，得票最少的俞菁，亦得了 507 票，得票率为 31.01%，显示居民确实按自己的意愿，作了较充分的选择。

从当选者的性别构成看，11 名候选人中只有 2 名男性候选人（顾永明、李丰）并全部当选，9 名女性候选人中 5 位当选（张美玲、吴培青、叶红、干昊雯、李苏明），可见男性候选人和男性当选者比例偏低。

在党派构成上，11 位候选人中，中共党员 6 名全部当选，群众 5 名只有 1 名当选。尽管在候选人中党员与非党员比例相当（6∶5），但是在当选者中党员比例很高（85%），并且张美玲是以南华社区党委书记的身份当选居民委员会主任，也就是说社区党委书记和居民委员会主任实行了"一肩挑"的做法。

从年龄构成上看，11 位候选人中，年龄最大的是吴秀娟（63 岁，1947 年出生），最小的是干昊雯（26 岁，1983 年出生），平均年龄是 47.7 岁。当选者年龄最大的是顾永明（60 岁，1950 年出生），最小的是干昊雯，当选者平均年龄是 46.7 岁。

从学历构成上看，11 位候选人中，本科学历 2 人（丁丽萍、干昊雯），大专学历 2 人（张美玲、李苏明），高中学历 4 人（吴培青、李丰、叶红、俞芸），初中学历 3 人（顾永明、俞菁、吴秀娟）；当选者中本科学历 1 人（14%），大专学历 2 人（29%），高中学历 3 人（43%），初中学历 1 人（14%）。

4. 选举效应：两个增强

在苏州市社区居民委员会换届选举中，南华社区在第一届居民委员会选举中实行自愿报名或自荐的形式竞选社区"当家人"，在推进基层群众自治的实践中取得了成功。选民通过参加这样的选举活动，自我管理、自我服务的民主自治意识增强，正效应得到进一步凸显。

第一，家园意识增强。南华社区作为 2009 年 3 月份刚刚成立的新社区，社区居民对社区的概念还没有在较大范围内建立和巩固，在这样的前提下以自愿报

名或自荐形式竞选居民委员会成员，确有难度，但社区选举委员会积极宣传，确保选民的知情权，并通过本次选举，拉近了居民群众与社区、社工的距离，家园共同体意识明显增强。

第二，参与意识和权利意识增强。通过参与竞选社区"当家人"的选举活动，社区居民参与社区建设的热情被极大地调动起来。其实，这种参与意识增强的背后是居民权利意识的提升，真正把宪法和居民委员会组织法等法律赋予自己的选举权、被选举权、知情权、参与权等基本权利落实到自我管理、自我教育和自我服务的社区自治活动中。

社区基层民主是我国基层民主政治建设的重要组成部分，而民主选举是社区建设的一项重要内容。南华社区以符合条件的居民自愿报名或自荐的方式竞选社区"当家人"，并成功选举出首届居民委员会，通过选举活动增强了居民的家园意识、参与意识和权利意识，在南华社区基层民主建设上掀开了新的一页。

专家数据解析　权威资讯发布

社会科学文献出版社　皮书系列

皮书是非常珍贵实用的资讯，对社会各阶层、各行业的人士都能提供有益的帮助，适合各级党政部门决策人员、科研机构研究人员、企事业单位领导、管理工作者、媒体记者、国外驻华商社和使领事馆工作人员，以及关注中国和世界经济、社会形势的各界人士阅读使用。

权威　前沿　原创

"皮书系列"是社会科学文献出版社十多年来连续推出的大型系列图书,由一系列权威研究报告组成,在每年的岁末年初对每一年度有关中国与世界的经济、社会、文化、法治、国际形势、行业等各个领域以及各区域的现状和发展态势进行分析和预测,年出版百余种。

"皮书系列"的作者以中国社会科学院的专家为主,多为国内一流研究机构的一流专家,他们的看法和观点体现和反映了对中国与世界的现实和未来最高水平的解读与分析,具有不容置疑的权威性。

咨询电话: 010-59367028　　QQ:1265056568
邮　　箱: duzhe@ssap.cn　邮编: 100029
邮购地址: 北京市西城区北三环中路
　　　　　甲29号院3号楼华龙大厦13层
　　　　　社会科学文献出版社　学术传播中心
银行户名: 社会科学文献出版社发行部
开户银行: 中国工商银行北京北太平庄支行
账　　号: 0200010009200367306
网　　址: www.ssap.com.cn
　　　　　www.pishu.cn

图书在版编目（CIP）数据

中国政治参与报告.2011/房宁主编. —北京：社会科学文献
出版社，2011.5
（政治参与蓝皮书）
ISBN 978－7－5097－2290－9

Ⅰ.①中… Ⅱ.①房… Ⅲ.①公民－参与管理－研究报告－
中国－2011 Ⅳ.①D621.5

中国版本图书馆 CIP 数据核字（2011）第 062035 号

政治参与蓝皮书

中国政治参与报告（2011）

主 编／房 宁
副 主 编／杨海蛟
执行主编／史卫民

出 版 人／谢寿光
总 编 辑／邹东涛
出 版 者／社会科学文献出版社
地 址／北京市西城区北三环中路甲 29 号院 3 号楼华龙大厦
邮政编码／100029
网 址／http://www.ssap.com.cn
网站支持／（010）59367077
责任部门／社会科学图书事业部（010）59367156
电子信箱／shekebu@ssap.cn
项目经理／王 绯
责任编辑／李 响
责任校对／王 亮
责任印制／岳 阳
品牌推广／蔡继辉

总 经 销／社会科学文献出版社发行部
　　　　　　（010）59367081　59367089
经 销／各地书店
读者服务／读者服务中心（010）59367028
排 版／北京中文天地文化艺术有限公司
印 刷／北京季蜂印刷有限公司

开 本／787mm×1092mm　1/16
印 张／23.25　字数／396 千字
版 次／2011 年 5 月第 1 版　印次／2011 年 5 月第 1 次印刷

书 号／ISBN 978－7－5097－2290－9
定 价／68.00 元

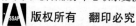

中国皮书网全新改版，增值服务大众

中国皮书网
http://www.pishu.cn

图书 ▾　在此输入关键字　🔍 搜索

页　皮书动态　皮书观点　皮书数据　皮书报道　皮书评价与研究　在线购书　皮书数据库　皮书博客　皮书留言

规划皮书行业标准，引领皮书出版潮流
发布皮书重要资讯，打造皮书服务平台

中国皮书网开通于2005年，作为皮书出版资讯的主要发布平台，在发布皮书相关资讯，推广皮书研究成果，以及促进皮书读者与编写者之间互动交流等方面发挥了重要的作用。2008年10月，中国出版工作者协会、中国出版科学研究所组织的"2008年全国出版业网站评选"中，中国皮书网荣获"最具商业价值网站奖"。

2010年，在皮书品牌化运作十年之后，随着"皮书系列"的品牌价值不断提升、社会影响力不断扩大，社会科学文献出版社精益求精，对原有中国皮书网进行了全新改版，力求为众多的皮书用户提供更加优质的服务。新改版的中国皮书网在皮书内容资讯、出版资讯等信息的发布方面更加系统全面，在皮书数据库的登录方面更加便捷，同时，引入众多皮书编写单位参与该网站的内容更新维护，为广大用户提供更多增值服务。

www.pishu.cn

中国皮书网提供： ·皮书最新出版动态　·专家最新观点数据
·媒体影响力报道　·在线购书服务
·皮书数据库界面快速登录　·电子期刊免费下载

盘点年度资讯 预测时代前程

从"盘阅读"到全程在线阅读
皮书数据库完美升级

·产品更多样

 从纸书到电子书，再到全程在线网络阅读，皮书系列产品更加多样化。2010年开始，皮书系列随书附赠产品将从原先的电子光盘改为更具价值的皮书数据库阅读卡。纸书的购买者凭借附赠的阅读卡将获得皮书数据库高价值的免费阅读服务。

·内容更丰富

 皮书数据库以皮书系列为基础，整合国内外其他相关资讯构建而成，内容包括建社以来的700余部皮书、20000多篇文章，并且每年以120种皮书、4000篇文章的数量增加，可以为读者提供更加广泛的资讯服务。皮书数据库开创便捷的检索系统，可以实现精确查找与模糊匹配，为读者提供更加准确的资讯服务。

·流程更简便

 登录皮书数据库网站www.i-ssdb.cn，注册、登录、充值后，即可实现下载阅读，购买本书赠送您100元充值卡。请按以下方法进行充值。

充值卡使用步骤：

第一步

· 刮开下面密码涂层
· 登录 www.i-ssdb.cn
 点击"注册"进行用户注册

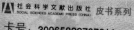
卡号：30965822707611
密码：

（本卡为图书内容的一部分，不购书刮卡，视为盗书）

第二步

登录后点击"会员中心"进入会员中心。

SSDB
社科文献资源库
SOCIAL SCIENCE
DATABASE

第三步

· 点击"在线充值"的"充值卡充值"，
· 输入正确的"卡号"和"密码"，即可使用。

如果您还有疑问，可以点击网站的"使用帮助"或电话垂询010-59367071。